刘醒龙文集

刘醒龙文集

[中篇小说]

凤 凰 琴

刘醒龙 著

广西师范大学出版社

·桂林·

图书在版编目（CIP）数据

凤凰琴 / 刘醒龙著. --桂林：广西师范大学出版社，2022.3

（刘醒龙文集）

ISBN 978-7-5598-4662-4

Ⅰ.①凤… Ⅱ.①刘… Ⅲ.①中篇小说－小说集－中国－当代 Ⅳ.①I247.5

中国版本图书馆 CIP 数据核字（2022）第 012454 号

广西师范大学出版社出版发行

（广西桂林市五里店路 9 号　邮政编码：541004）

网址：http://www.bbtpress.com

出版人：黄轩庄

全国新华书店经销

湛江南华印务有限公司印刷

（广东省湛江市霞山区绿塘路 61 号　邮政编码：524002）

开本：880 mm × 1 230 mm　1/32

印张：15.5　　　字数：280 千

2022 年 3 月第 1 版　　2022 年 3 月第 1 次印刷

印数：0 001~6 000 册　定价：69.80 元

如发现印装质量问题，影响阅读，请与出版社发行部门联系调换。

目 录

凤凰琴
001

村支书
081

民歌与狼
147

我们香港见
258

城市眼影
372

凤凰琴

阳历九月，太阳依然没有回忆起自己冬日的柔和美丽，从一出山起就露出一副让人急得浑身冒汗的红彤彤面孔，一直傲慢地悬在人的头顶上，终于等到它又落山了时，它仍要伸出半轮舌头将天边舔得一片猩红。这样，被烤蔫了的垸子才从迷糊中清醒过来，一只狗黑溜溜地从竹林里撵出一群鸡，一团团黄东西惊得满垸咯咯叫，暮归的老牛不满地哼了一声，各家各户的烟囱赶紧吐出一团黑烟。黑烟翻滚得很快，转眼就上了山腰，这时的烟囱才开始徐徐缓缓地飘洒出一带青云。

天黑下来时，张英才坐在垸边的大樟树下，看完手里拿着的那本小说的最后一页。这本小说名叫《小城里的年轻人》，是县文化馆的一名干部写的，他很喜欢它。七月初高中毕业回家时，他把它从学校图书室里偷来了。那次偷书是较大的行动，共有六个人参加，都是些高考预选时筛下来的，别人尽挑家电修理、机械修理、养殖种植等方面的书，他只挑了这一本，然后就到外面去望风放哨。张英才不记得自己已看过几遍,听说舅舅要来,他就捧着这书天天到垸边去等。一边等,一边看,两三天就是一遍,越看越觉得死在城里也比活在农村好。近半个月,他至少两次看见一个很像舅舅的男人在远远地走着,每每到前面的岔路口便变了方向,走到邻垸去了。今天是第三次,太阳下山之前,他又见到那个像是舅舅的人在那岔路口上,和他的目光分手了。张英才闭上眼睛,往心里叹气。天一暗,野蚊子都出动起来,有几只很敏捷地扑到他的脸上,叮得他肉一跳,一巴掌扇去将自己打得生痛。他爬起来,拿上书往家里踱去。

进门时,母亲望着他说:"我正准备唤你挑水呢。"

张英才将书一撂说:"早上挑的,就用完了?"

母亲说:"还不是你讲究多,嫌塘里的水脏,不让去洗菜,要在家里用井水洗。"

张英才无话了,只好去挑水,挑了两担,水缸才装一小半,他就歇着和母亲说话:"我看到舅舅到隔壁垸里去了。"

母亲一怔:"你莫瞎说。"

张英才说:"以前我没作声。我看见他三次了。"

母亲怔得更厉害了,说:"看见也当没看见,不要和别人说,也不要和你父说。"

张英才说:"妈你慌什么,舅舅思想这样好不会做坏事的。"

母亲苦笑一声:"可惜你舅妈太不贤德。不然,我早就上他家去了,免得让你天天在那里苦盼死等。"

张英才说:"她还不是仗着叔叔在外面当大官。"

母亲说:"也怪你舅舅不坚决,他若是娶了隔壁垸的蓝二婶,也不至于像现在这样在女人面前抬不起头来。人还是不高攀别人为好。"

张英才很敏感:"你是叫我别走舅舅的后门?"

母亲忙说:"你这孩子怎么尽乱猜,猜到舅舅头上去了。"

张英才咬咬牙说:"我可不怕攀高站不稳。我把丑话说在先,你不让舅舅帮我找个工作,我连根草也不帮家里动一动。"说着他操起扁担,挑着水桶出门去,在门口,脚下一绊险些摔倒,他骂了一声:"狗日的!"

母亲生气了:"天上雷公,地下母舅,你敢骂谁?"

张英才说:"谁我都敢骂,不信你等着听。"果然挑水回来时他又骂了一声。

母亲上来轻轻打了他一耳光,自己却先哭了起来,嘴里声称:"等你父回来了,让他收拾你。"

张英才因此没吃晚饭,父亲回来时他已睡了。躺在床上听见父亲在问为什么,母亲说刚才他突然头疼起来了。

父亲说:"屁,是读书读懒了身子。"说着气就来了,"十七八的男人,屁用也没有,去年预选差三分,复读一年反倒读蚀了本,今年倒差四分。"

张英才蒙上被子不听,还用手指塞住耳朵。

后来母亲进房来,放了一碗鸡蛋在他床前,小声说:"不管怎样饭还是要吃的,跟别人过不去还可以,跟自己过不去那就比荅还荅了。"又说:"你也真是的,读了一年也不见长进,哪怕是比去年少差一分,在你父面前也好交代些呀。"

闷了一会儿,张英才就出了一身汗,他撩开被子见母亲走了,就下床,闩上门,趴到桌子上给一位女同学写信,他写道:我正在看一本《小城里的年轻人》,里面有篇叫《第九个售货亭》,写得棒极了!而你就像里面那个叫玉洁的姑娘,你和她的心灵一样美。写了一通后,他忽然觉得没话写了,想想后,又写道:我舅舅在乡文教站当站长,他帮我找了一份很适合我个性的工作,过两天就去报到上班,这个单位大学生很多。至于是什么单位,现在不告诉你,等上班后再写信给你,管保你见了信封上的地址一定会大吃一惊。写完后,他读了一遍,不觉一阵脸发烧,提笔准备将后面这段假话划掉,犹豫半天,还是留下了。回转身他去吃鸡蛋,一边吃一边对自己说:"天下女人都爱听假话。"鸡蛋吃到一半,他忽然想起自己一分钱也没有,明天去寄信买邮票这样的小事,还得伸手朝父母讨钱。他勉强再吃了两口,怎么也吃不下去了,推开碗,仰面倒在床上无声地哭起来。

张英才醒来时,才知道自己睡了一夜,连蚊帐也没放下,身上到处是红疱疱,痒死人。他坐起来看到昨夜吃剩下的半碗鸡蛋,觉得肚子饿极了,他想起学校报栏上的卫生小知识说隔夜的鸡蛋不能吃,就将已挨着碗边的手缩回来。这时,母亲在推房门。张英才懒得去开门,他知道那门闩很松,推几次就能够推开。

推几下,门真的开了。

母亲进来低声对他说:"舅舅来了,你态度可要放好点,别像待我和你父一样。"

母亲扫了几眼那半碗鸡蛋和张英才,叹口气,端起碗三两口就吃光了。张英才想提醒母亲,话到嘴边停住了。他穿好衣服走到堂屋,冲着父亲对面坐着的男人客客气气地叫了声舅舅。

舅舅说:"英才,我是专门为你的事来的。"

父亲说:"蠢货!还不快谢谢。"

张英才看了一眼舅舅的脚,从乡里到这儿有二十多里路,大清早的露水重得很,舅舅的皮鞋上却是干干净净的,他觉得自己心中有数了,嘴上还是道了谢。

舅舅说:"我给你弄了一个代课的名额。这学期全乡只有两个空额,想代课的却有几十个,所以拖到昨天才落实。你抓紧收拾一下,吃了早饭我送你到界岭小学去报到。"

张英才听了耳朵一竖:"界岭小学?"

母亲也不相信:"全乡那多学校,怎么偏把英才送到那个大山杪子上去?"

舅舅说:"正因为大家都不愿去,所以才缺老师,才需要代课的。"

父亲说:"不是还有一个名额吗?"

舅舅愣了愣才回答:"乡中心小学有个空缺,站里研究后,给了隔壁垸的蓝飞。"

母亲见父亲脸上在变色，忙抢着说："人家蓝二婶守寡养大一个孩子不容易，照顾照顾也是应该的。"

父亲掉过脸冲着母亲说："那你就弄碗农药给我喝了算了，看谁来同情你。"

舅舅不高兴了："别有肉嫌肥，不干就说个话，我好请别人家的孩子，免得影响全乡的教育事业。"

父亲一听软了："当了宰相还想当皇帝呢，人哪不想好上加好呢，我们这是说说而已。"

母亲抓住机会说："英才，还不赶快收拾东西去！"

一直没作声的张英才说："收拾个屁！我不去代课。"

父亲当即去房里拎出一担粪桶，摆在堂屋里，要张英才随粪车一路到镇上去拉粪。张英才瞅着粪桶不作声。舅舅挪了挪椅子，让粪桶离自己远点，也离张英才近点，边挪边说："你没有城镇户口，刚一毕业就能到教育上来代课就算很不错咧，再说你不吃点苦，我怎么有理由在上面帮忙说话呢？"

父亲在一边催促："不愿教书算了，免得老子在家没个帮手。"

张英才抬起头来说："父，你放文明点好吗？舅舅是客人又是领导干部，你敢不敢将粪桶放在村长的座位前面？"

父亲愣愣后将粪桶拎了回去。

母亲早就进房帮张英才收拾行李去了。堂屋只剩下舅甥二人。

张英才也挪了一下椅子，和舅舅离得更近些，贴着耳朵说:"我知道,你是昨天来的,先去了隔壁垸里。"停一停,他接着说:"假如我去了那上不巴天、下不接地的地方,你被人撤了职那我怎么办?"

舅舅回过神来:"你这孩子,尽瞎猜,我都快五十的人了,还不知道卒子该怎么拱?先去了再说。我在那儿待了整十年才解决户口和转正。那地方是个培养人才的好去处,我一转正就当上了文教站长。"

舅舅从怀里掏出一副近视眼镜,要张英才戴上。张英才很奇怪,自己又不是近视眼,戴副眼镜不是自找麻烦嘛。舅舅解释半天,他才明白,舅舅是拿他的所谓高度近视当理由,站里其他人才同意让他出来代课的。舅舅说:"什么事想办成都得有个理由,没有理由的事,再狠的关系也难办,理由小不怕,只要能成立就行。"张英才戴上眼镜后什么也看不清,而且头昏得很,他要取下,舅舅不让,说本来准备早几天送来让他戴上适应适应,却耽搁了,所以现在得分秒必争。还说,界岭小学没人戴眼镜,他戴了眼镜去,他们会看重他一些,另外,他戴上眼镜显得老成多了。

张英才站起来走了几步,连叫:"不行!不行!"

父母亲不知道情由,从房里钻出来说:"都什么时候了,还在叫不行!"父亲还骂,"你是骆驼托生的,生就个受罪的八字。"

张英才用手摸摸眼镜说:"你除了八字以外什么也不懂。"说完便进房里去,片刻后夹着那本小说出来说,"舅舅,我们走吧!"

母亲说:"还没吃早饭呢!"

张英才说:"我今天走上工作岗位,该舅舅请我的客。"

舅舅很爽快地点点头,让张英才的父母很是吃惊,几乎同时说:"这不是屁股屙尿——反了吗!"

张英才背着行李出门时,垸里的几个年轻人还来劝他别去,说我们这块地盘和界岭比,就像城里和我们这儿比一样。张英才不听,说人各有志,人各有命嘛。父亲听了这句话很高兴,认为儿子长进多了,这一年复读总算没白读。临和家里人分手时,母亲哭了,父亲不以为意,在一旁数落说:"又不是去当兵,哭个什么!"在路上,张英才一直想这个问题,怎么去当兵的就可以哭,大家不都是抢着去吗?

舅舅是诚心请张英才的客,一路上逢卖吃食的地方就进去问,但大家卖的都是隔夜的油条。到上山前的最后一处店子仍是这样,舅舅只好买上十根油条塞进他提着的网兜里,却又将十只皮蛋塞进了张英才挎包里。

山路有二十多里远,陡得面前的路都快抵着鼻尖了。路不好走。又戴着很别扭的眼镜,张英才很少顾得上和舅舅说话。歇脚时,他问学校的基本情况,舅舅要他别急,等会儿一看就清清楚楚。他又问当小学老师要注意些什么。舅舅说,看见别的老师打学生时,假装什么也没看见就行。张英才见舅舅对这类话不感兴趣,就不再问这些,回头问蓝飞的母亲年轻时长得漂不漂亮,等了半天不见动静,朦胧中他觉得有些异样,摘下眼镜一看舅舅正在揉眼窝。

之后没有再歇,一口气爬上界岭。一排旧房子前面一杆国旗在山风里飘得叭叭响,旧房子里传出一阵读书声,贴在墙上的两张红纸写着两条标语:欢迎上级领导来校指导工作!欢迎新老师!张英才摘下眼镜读了标语后,心里多少有点激动。

这时,不知从哪里钻出一个中年男人,很响亮地叫:"万站长,怎么这早就来了,这可是杀我们一个措手不及呀!"

舅舅笑笑说:"还不是想来赶早饭!"

舅舅说着就向张英才介绍,说这人就是校长,姓余。又将张英才向余校长做了介绍。

余校长招呼他们进屋弄早饭吃。余校长亲自动手炒了两碗油盐饭端上来,正吃着又进来了两个年轻一些的男人。经介绍,知道一个是副校长,叫邓有米。另一个是教导主任,叫孙四海。张英才装作擦镜片上的水雾,想将他们观察得清楚些,看了半天,除了觉得他们瘦得很普通外,没有什么特别的印象。

舅舅这时吃完了,抹抹嘴说:"也好,全校的教职工都到齐了,我就先说几句!"

张英才听了吃惊不小,来了半天没见到学生下课休息,他以为教室里还有别的老师呢。舅舅说的无非是些新学期要有新起色新突破之类的套话,说得很起劲,一本正经的,张英才听得一点意思也没有。他装作出去小便,走到外面遛了一圈，才发现几间教室里一个老师也没有，他猜不出哪是几年级，三间教室是如何装下六个年级的？黑板上也辨不出，都是语文课，都是作文、生字和造句等内容。他回去时舅舅终于讲完了，接下来是余校长讲。余校长讲了几句嗓子就沙哑了。邓有米见了毫不客气地说："你嗓子痛就歇着，我来向站长汇报。"说着打开捧在手里的小本子，一五一十地说起来，刚说了入学率和退学率两个数字，舅舅就打断他的话，说这些报表上都有，说点报表上没有的情况。邓有米眼睛一转，就说了几件他如何动员适龄儿童上学的事，还说他垫了几十元钱，给交不起学费的学生买课本，邓有米说了半天，见站长既不往心里记，也不往本子上记，就知趣地打住了。接下来是孙四海说，孙四海低低地说了一句："村里已经有九个月没给我们发工资了。"然后就没话了。

舅舅也不追问，起身后要到教室去看看。到了第一间教室，余校长说这是五六年级。

张英才看到大部分学生都没有课本，手里拿的是一本油印小册子，正想问，却听到舅舅说："这些油印课本又是你老余的杰作吧？"

余校长说："我这手再也刻不动钢板了，我让他们自己刻的。"

张英才看见舅舅抓着余校长那双大骨节的手轻轻叹了口气。第二间教室是三四年级，是孙四海带的，学生们用的却是清一色新课本。一问，学生们都说是孙老师帮他们买的。

再一问，孙四海却说这是学生们自己的劳动所得。张英才见舅舅想追问，余校长连忙将话岔开了，要他们去看看一二年级，无疑，这个班是邓有米带的，所以，一进教室，他就接上刚才汇报时的话题，指着一个个学生说自己动员他们入学的艰难。

正说着，舅舅忽然打断他的话问："今年招了多少新生？"

邓有米说："四十二个。"

舅舅说："你数数看，怎么只有二十四个。"

邓有米说："别人都请假了。"

舅舅说："连桌子椅子也请假了？老余，马上要搞施行'义务教育法'检查，不要到时弄得你我都过不去哟！"

邓有米红着脸不说话。余校长一边连连点头。孙四海嘴角挂着一丝冷笑。张英才把这些全看在眼里。回头整理余校长给他腾出的一间宿舍时，他瞅空问舅舅这三人之间是不是面和心不和。舅舅要他少管这些闲事，并记住阶级矛盾和民族矛盾的关系，舅舅说，在这儿他和他们算不上是一个民族的，他是外来人，他们会将他看成是一个侵略者。张英才对这话似懂非懂。

房间的墙壁上挂着一只扁长的木匣子。张英才取下来打开后，才知道这是一只琴，他没见过这种琴，一排按键写着1234567 i，底下是几根金属弦，他用手指拨了一下，声音有些沙哑，像余校长的嗓门。

张英才问:"舅舅,这是什么琴?"

舅舅看也不看,边挂蚊帐边说:"那上面写着字呢!"

张英才摘下眼镜细看,果然琴盖上印着"凤凰琴"三个字,还有一排小字是:北京市东风民族乐器厂制造。房间收拾好后,张英才将那本《小城里的年轻人》拿出来,端端正正地摆在床头边。

正好余校长来了,他看了看书说:"这个作者我认识,他以前也是民办教师,我和他一起开过会。他幸亏改了行,不然,恐怕和我现在差不多。"

张英才正想问点什么,舅舅说:"老余,你这不是泼冷水吗?"

余校长忙说:"我还敢摆弄冷水?我这身风湿病再弄冷水,恐怕连头发都要生出大骨节来。"

这时,学校放学了。张英才后来才熟悉这学校的规矩,因为学生住得太分散,来得晚,走得早,所以一天只有两节课,上午一节,下午一节。一些学生往山坳里跑,一些学生往山上跑。张英才不明白,邓有米告诉他,上下都是去采蘑菇、扯野草。张英才还想问,余校长来叫他们去吃饭。正吃着,学生们都回来了,将野草和蘑菇分别放进余校长家的猪栏和厨房里。张英才望着这些心里直纳闷,这不是剥削学生欺压少年吗?正想着,余校长起身离座走进厨房。听动静,像是在里面给学生打饭。果然,一会儿就有许多学生端着饭碗从里面走出来,到另一间屋子里去了,接着余校长双手捧着一盆菜出来。舅舅开口叫:"老余,你等等。"说着就叫张英才回屋去将那些油条拿来,交给老余,让老余分给学生。张英才看见学生们大口大口地吃着分到手的半根油条,心里有些不好受。舅舅问余校长,哪几个孩子是他自己的,余校长指了两下,张英才马上想到电视里的非洲饥民。

舅舅尝了尝学生们的菜后,脸色阴冷地说:"老余,你妻子已拖垮了,再拖几年恐怕你全家都得垮。"

余校长叹气说:"我不是党员,没有党性讲,可我讲个做人的良心,这么多孩子不读书怎么行呢?拖个十年八载,未必村里经济情况还不会好起来,到那时再享福吧!"

张英才听了半天终于明白,学校里有二三十个学生离家太远,不能回家吃中午饭,其中还有十几个学生,夜晚也不能回家,全都寄宿在余校长家。家长隔三岔五来一趟,送些鲜菜咸菜来,也有种了油菜的,每年五六月份,用酒瓶装一瓶菜油送来。再就是米,这是每个学生都少不了要带来的。

吃罢饭,张英才的舅舅要进房里去看看余校长的妻子。余校长拦住坚决不让进门,口口声声称谁见她那模样,准保要恶心三天。拉扯一阵,动静大了,惊动了房里的人。

那女人就在里面蔫妥妥地说:"领导的好意我领了,请领导别进来。"

作罢后,余校长就劝张英才的舅舅下山,不然赶不上太阳,黑了就不好办。

舅舅说:"是该走,你们都陪着我,都不去上课,学生们都放了鸭子。"停了停又说道,"我这外甥初出茅庐,就此托付三位了。"

邓有米抢在余校长前面说:"已研究过了,高低都不就,就中间,让他跟孙主任两个月,然后接孙主任的班,孙主任再接余校长的班,余校长腾出手来抓全盘工作和全村的扫盲工作。"

舅舅第一次笑了。

邓有米见缝插针,猛地问:"万站长,今年还有没有民办教师转正的名额?"

张英才听了心里一愣,他见旁边的孙四海也竖起耳朵等回音。

舅舅想也不想,坚决地回答:"没有!"

大家听了很失望,连张英才也有点失望。

看见舅舅走远了,张英才忽然感到孤单。旁边的邓有米忽然说:"快去,你舅舅在招呼你呢!"一看舅舅在招手,他连忙跑过去,到了近处,舅舅说:"忘了件事,他们要问你这眼镜是几多度,你就说是四百度。"张英才说:"我还以为你跟我说什么秘密事呢。"舅舅没理,走了。

剩下他和他们三个时,他们果然问他的眼镜多少度,他不好意思说,但最终仍说是四百度。孙四海借去试了试,然后说:"不错,是四百度。"张英才见遇上了真近视,不由得有些后怕,同时佩服舅舅想得真周到,这样的人,犯了错误也不会让别人察觉。

下午仍然只有一节课，张英才陪着孙四海站了两个多小时。孙四海怎么样讲课他一点也没印象，他一直在琢磨六个年级分三个班，这课怎么上。中间孙四海扔下粉笔去上厕所，他跟上去趁机问这事，孙四海说，我们这学校是两年招一次新生。返回时，教室里多了一头猪。张英才去撵，学生们一齐叫起来，说这是余校长养的，它就喜欢吃粉笔灰。孙四海在门口往里走着说，别理它就是。往下去，张英才更无法专心，他看看猪，看看学生，心里很有些悲凉。

山上黑得早，看着似黄昏，实际才下午四点左右。

学校放学了，没有走的留在余校长家住宿的十几个学生，在一个个头较高的男孩带领下，参差不齐地往旁边的一座山坳走去。不一会儿，张英才眼里就没有学生，只有猪了。张英才感到很空虚。他取下那只凤凰琴，拧下钢笔帽，左手拿着拨弦，右手按那些键，试着弹了一句曲子，不算好听，过得去而已，弹了几下，就没兴趣。他歇下来后，忽地一愣：怎么音乐还在响？再听，才知是笛子声，张英才趴到窗口一望，见孙四海和邓有米一左一右背靠背地靠在外面的旗杆上，各人横握一支竹笛，正在使劲吹。

山下升起了雾，顺着一道道峡谷，冉冉地舒卷成一个个云团，背阳的山坡铺着一块块阴森的绿，早熟的稻田透着一层浅黄，一群黑山羊在云团中出没，有红色的书包跳跃其中，极似潇潇春雨中的灿烂桃花。太阳正在无可奈何地下落，黄昏的第一阵山风就吹褪了它的光泽，变得如同一只绣球。远远的大山就是一只狮子,这是竖着看;横着看,则是一条龙的模样。

吹出的曲子,张英才觉得很耳熟,听下去才搞清是那首《我们的生活充满阳光》,节奏却是慢了一半。两支笛子一个声音高一个声音低,缓慢地吹出许多悲凉。张英才心里跟着哼一句试试,那节奏,半天才让他哼出"幸福的歌儿"几个字。他也走到旗杆下,说:"这个曲子要欢快些才好听。"孙四海和邓有米没理他。张英才就在一旁用巴掌打着节拍纠正。可是没用。张英才惆怅起来,禁不住思索一个问题:能望见这杆旗的地方,会不会听见这笛声?

忽然哨声响起,余校长叼着一只哨子,走到旗杆下,跟着那十几个学生从山坳里跑回来,在旗杆面前站成整齐的一排。余校长望望太阳,喊了声立正稍息,便走过去将带头的那个学生身上的破褂子用手理理。那褂子肩上有个大洞,余校长扯了几下也无法将周围的布扯拢来,遮住露出来的一块黑瘦的肩头。张英才站在这个队伍的后面,他看到一溜干瘦的小腿都没有穿鞋。这边余校长见还有好多破褂子在等着他,就作罢了。这时,太阳已挨着山了。余校长猛地一声厉喊:"立正——奏国歌——降国旗!"在两支笛子吹出的国歌声中,余校长拉动旗杆上的绳子,国旗徐徐落下后,学生们拥着余校长、捧着国旗向余校长的家走去。

这一幕让张英才着实吃了一惊。一转眼想起读中学时,升降国旗的那种场面,又觉得有点滑稽可笑。

邓有米走过来问他:"晚上有地方吃饭没有?"

张英才答:"我在余校长家搭伙。"

邓有米说:"你是想回到旧社会吗?走,上我家去吃一餐,习惯得了,以后干脆咱们搭伙算了。"

张英才推了几把,见推不脱就同意了。

路不远,只是要翻两个山包。邓有米的妻子长得很敦实,左边生了个疤瘌眼儿。

见张英才老看她,邓有米就说:"她本是个丹凤眼,前年冬天我在学校开会没回,她夜里来接我,半路上被狼舔了一下,就落下个残疾。"

张英才说:"这么苦的事,我舅舅他们了解吗?"

邓有米说:"都是余校长嘴巴严言辞短,什么苦都兜着不说出去,从不跟上面汇报,还说万站长在这儿待了十年,他还不知道这儿的底细吗?不说人家心里会记着,说多了人家反会嫌弃。"

张英才说:"我舅舅是常挂惦着你们,所以才特地放我来这儿锻炼的。"

邓有米说:"你锻炼一阵就可以走,我是土生土长的,哪怕是转了正,也离不开这儿。"说着忽然一转话题:"万站长一定和你交了底,什么时候有转正的指标下来?"

张英才说:"他的确什么也没说,他是个老左,正派得很。"

邓有米的妻子插嘴说:"疼外甥,疼脚跟,舅甥中间总隔着一层东西。"

邓有米瞪了一眼："你懂个屁，快把饭菜做好端上来。"复又说，"我打听过，我的年龄、教龄和表现都符合转正要求，现在一切都等你舅舅开恩了。"

香喷喷的一碗腊肉挂面端到张英才面前。邓有米说："不是让你搞酒吗？"

邓有米的妻子说："太晚了，来不及，反正又不是来了就走，长着呢，只要张老师不嫌，改日我再弄一桌酒。"

邓有米说："也罢，看在小张的面上，不整你了。"

张英才听出这是一台戏，在家时，来了客，父亲和母亲也常这样演出。一般人做客，这碗里的肉只能吃一小半留一多半，张英才饿极了，又知道邓有米有求于他，就将碗里全吃光了。直吃得满头大汗，才记起这是夏天。山上凉得很，刚出来的汗不用擦马上就干了。张英才打了个喷嚏，他怕得感冒，就起身告辞。

邓有米拿上手电筒送他。路上，他忽然介绍起孙四海的情况，他说孙四海打着勤工俭学的幌子，让学生每天上学放学在路边采些草药，譬如金银花什么的，交到一个叫王小兰的女人家里，积成堆后再拿去卖。孙四海不结婚就是因为从十七八岁起，就和王小兰好上了，王小兰的丈夫得了黄瓜肿的病，就是慢性黄疸肝炎，什么事也做不了，一切全靠孙四海。邓有米最后说，要是哪天半夜听到笛子响了起来，那准是王小兰在他那里睡过觉，刚走。

若是没有后面这句话,张英才一定会讨厌孙四海。有后面这句话,张英才觉得孙四海活像他那本小说里那小城中的年轻人,浪漫得像个诗人。有一句话,他掂量了一番后才说:"邓校长,我舅舅不喜欢别人在他面前打小报告,他说这是降低了他的人格。"邓有米听了他编造的这句话,就不再说孙四海了,回头说自己有哪些缺点。这时他们爬上了学校前面的那个山包,张英才就叫邓有米回去。

张英才回到屋里点上灯,拿起小说看了几行,那些字都不往脑子里去。搁下书,他拿起琴。琴盒上写着:"赠别明爱芬同志存念1981年8月。"张英才看了两遍后,就不看了,随手将《我们的生活充满阳光》弹了一遍,有几个音记不准,试了几次。到弹第五遍时,才弹出点味道。

山空夜寂,仿佛世外,自己弹,自己听,挺能抒情。

这时,门被敲响了。拉开后,门外站着余校长,欲言又止的样子。

张英才问:"有事吗?"

余校长支吾地说:"没有事。山上凉,多穿件衣服。"

张英才想起一件事:"我正想过去问你,这琴盒上写着的明爱芬同志是谁?"

余校长等一会儿才回答:"就是我妻子。"

张英才说:"用她的琴,她会生气吗?"

余校长冷冷地说:"你就用着吧,什么东西对她都是多余的。她若是能生气就好了。她不生气,她只想寻死,早死早托生。"

听着这话,张英才吓了一跳。

睡不着,张英才想不出再给女同学写信用怎样的地址。半夜里,低沉而悠长的笛子忽然吹响了。张英才从床上爬起来,站到门口。孙四海的窗户上没有亮,只有两颗黑闪闪的东西。他把这当成孙四海的眼睛。笛子吹的还是《我们的生活充满阳光》,吹得如泣如诉,凄婉极了,很和谐地同拂过山坡的夜风一起,飘飘荡荡地走得很远。

夜里没有做梦,睡得正香时,又听到了笛声,吹的又是国歌。

张英才睁开眼,见天色已亮,赶忙爬下床,披上衣服冲到门外。他看到余校长站在最前面,一把一把地扯着旗杆上的绳子,余校长身后是邓有米和孙四海,再后面是昨天的那十几个小学生。九月的山里,晨风大而凉,队伍最末的两个孩子只穿着背心、裤头,四条黑瘦的小腿在风里瑟瑟不止。张英才认出这是余校长的两个孩子。

国旗和太阳一道,从余校长的手臂上冉冉升起来。

张英才说:"我迟到了。怎么昨天没人提醒我?"

余校长说:"这事是大家自愿的。"

张英才问:"这些孩子能理解吗?"

余校长说:"至少长大以后会理解。"

说着余校长眼里忽然涌出泪花来:"又少了一个,昨天还在这儿,可夜里来人将他领走了,他父亲病死了,他得回去顶大梁过日子。他才十二岁。我真没料到他会对我说出那样的话。他说他家那儿可以望见这面红旗,望到红旗他就知道有祖国、有学校,他就什么也不怕。"

余校长用大骨节的手揉着眼窝。

孙四海在一旁说:"就是领头的那个大孩子,叫韩雨,是五六年级最聪明的一个。"

张英才知道这是说给自己听的。

张英才感动了,说:"余校长,这些事你该向我舅舅他们反映,让国家出面关心一下这些孩子。"

余校长说:"这山大得很咧,许多人连饭都吃不饱,哪能顾到教育上来哟。"又说,"听说国家派了科技扶贫团来,这样就好,搞科技就要搞教育。孩子们就有希望了。"

邓有米插嘴:"还希望我们几个都能转正。"

张英才的情绪就被破坏了,他扭头进屋去刷牙洗脸。

拿上毛巾牙刷牙膏,走到屋子旁边的一条小溪,掬了一捧水润润嘴,将牙刷搁到牙床上带劲地来回扯动。

忽然感觉身边有人,一看是孙四海。

孙四海提一只小木桶来汲水,舀满后并不急着走,站在边上说:"你不该动那凤凰琴。"

张英才没听清:"你说什么?"

孙四海又说了一遍:"我们是从不碰那凤凰琴的。"

张英才想再问,忙用水漱去嘴里的白沫。孙四海却走了。

早饭是在余校长家吃的。是昨夜的剩饭加上野芹菜一起煮，再放点盐和辣椒压味。没有菜，有的学生自己伸手到腌菜缸里捞一根白菜梗，拿着嚼。旁边的想学他，伸手捞了几下没捞着，缸太大，他人小够不着缸底，就生气，说先前的学生多吃多占，他要告诉余校长。

张英才站在他们中间勉强吃了几口，就走了出来，回到房间摸出两个皮蛋，揣在口袋里，又到溪边去。他倒掉碗里那种猪食一样的东西，涮干净后，独自坐在水边的青石上剥起皮蛋来。一边剥一边哼着一首歌，刚唱到"路边的野花你不要采"一句，一只影子现在他的脸上。

张英才吃了一惊，冲着走到近处的孙四海道："你这个人是怎么了，阴阳怪气的，像个没骨头的阴魂。"

见到滚落溪中的是只皮蛋，孙四海也不客气地说道："我也太自作多情了，见你吃不惯余校长家的伙食，就留了几个红芋给你，没料到你自己备有山珍海味。"他把手中的红芋往地上一扔，拔腿就走。

张英才捡起红芋，来到孙四海的门口，有意大口大口地吃给他看。孙四海见了不说话，只顾埋头劈柴。红芋吃光了，张英才只好去开教室的门。

孙四海在背后叫："张老师，今天的课由你讲。"

张英才毫不谦虚："我讲就我讲。"连头也没有回。

山里的孩子老实，很少提问，张英才照本宣科，觉得讲课当老师并不艰难，全凭嘴皮子，一动口就会。孙四海从头到尾都没来打照面，他也一点不觉得慌。先教生字生词，再朗读课文三五遍，然后划分段落，理解段落大意、课文中心思想，最后是用词造句或模拟课文做一篇作文，上学时老师教他们用的一套他记得一点没走移。余校长在窗外转过几回，邓有米装作来借粉笔，进了一趟教室，他拿上两支粉笔后道："张老师一定得了万站长真传，课讲得好极了。"

挨到下课，张英才看到孙四海一身泥土，从后山上下来，钻到屋里烧火做饭。他也尾随着进了屋，见孙四海不搭理他，便讪讪地说："孙主任，干脆我上你这儿来搭伙吧？"

孙四海冷冷地说："我不想拍谁的马屁，也不愿别人说我在拍谁的马屁。其实，你没必要和人搭伙，自己屋里搭座灶就成。"

张英才说："我不会搭灶。"

孙四海说："想搭？我和班上的叶碧秋说一下，她父亲是个砌匠，让他明天来。"

张英才说："这不合适吧？"

孙四海说："要是你自己动手做，那才真不合适，家长知道了会认为你瞧不起他。"

说着话旁边来了一个女孩。女孩长得眉清目秀，挺招人喜爱，身上衣服虽然也补过，看起来却像天然的。女孩笑笑径直到灶后帮忙烧火。

张英才问："这是谁家的女伢儿？"

孙四海答："她叫李子，她妈就是王小兰。"说时把目光直扫张英才，仿佛说想问什么就尽管问。

张英才由于听邓有米说过孙四海与王小兰的事,见孙四海这么直爽,反倒不好意思起来。于是转过话题,说:"灶没搭起来,我就在你这儿吃,你撑不走我的。"

孙四海怪自己主意出坏了,说:"让你抓住把柄了。先说定,灶一做好就分开。"

张英才连忙点点头。孙四海正在切菜,吩咐李子给锅里添一把米。

吃饭时,孙四海和李子坐在一边,张英才越看越觉得两人长得极像。他记起教室学习栏上有篇范文好像是李子写的,他便端上饭碗边吃边走到教室,范文果然是李子写的。

题目叫《我的好妈妈》。李子写道:

妈妈每天都要将同学们交到我家的草药洗净晒干,再分类放好,聚上一担,妈妈就挑到山下收购部去卖。山路很不好走,妈妈回家时身上经常是这儿一块血迹,那儿一块伤痕。今年天气不好,草药霉烂了不少,收购部的人又老是扣秤压价,新学期又到了,仍没凑够给班上同学买书的钱,妈妈后来将给爸爸备的一副棺材卖了,才凑齐钱,交给孙老师去给同学们买书。妈妈的心很苦,她总怕我大了以后会恨她,我多次向她保证,可她总是摇头,不相信我的话。

张英才看完后,没有回到孙四海的屋里。孙四海喊他将碗送去洗，他才从自己屋里出来，碗里盛着剩下的八只皮蛋。他对李子说："放学后将这点东西带回去给你妈，就说有个新来的张老师问她好！"

李子不肯接。孙四海说："拿着吧。代你妈谢谢张老师。"

李子谢过了，张英才忍不住用手在她的额上抚摸了几下。

下午是数学课，张英才先不上数学，将李子的作文抄在黑板上，自己先大声朗诵一遍，又叫学生们齐声朗读十遍。学校教室破旧了，窟窿多，不隔音。上午上语文，下午上数学，这是全校统一安排的，目的是避免读语文时的吵闹声，干扰了上数学课所需要的安静。三四年级的大声读书，搅得一二年级和五六年级不得安宁。

邓有米跑过来，想说话，看到黑板上抄着的作文，脸上有些发白，就一声不吭地回去了。

余校长没进教室，就在外面转了两趟，也没说什么。

放学后，笛子声又响了起来。

老曲子，《我们的生活充满阳光》。

张英才站在一旁用脚打着拍子，还是压不着那节奏，那旋律慢得别扭，他有点不明白这两支笛子是如何配合得这么好。后来，他干脆就着这旋律朗诵起李子的作文来。他的普通话很好，在这样的傍晚里又特别来情绪，一下子就将孙四海的眼泪弄了出来。

降了国旗，张英才拦住邓有米问："邓校长，李子的这篇作文你认为写得怎么样？"

邓有米眨着眼皮回答:"首先是你朗诵得好,作文嘛不大好说,你说呢,孙主任?"

孙四海一点不回避:"只说一个字,好!"

邓有米逼问了一句:"好在哪里?"

孙四海答:"有真情实感。"

余校长这时踱过来说:"孙主任,我看你那块茯苓地的排水沟还是不行,如果雨大一点就危险了。"

孙四海说:"底下太硬了,挖不动,我打算叫几个学生家长来帮忙挖一天。"

余校长说:"也好,我那块地的红芋长得不好,干脆提前挖了,让学生们尝个新鲜。家长们来了,叫他们顺带把这事做了。邓校长,你家有什么事没有?免得再叫家长来第二次。"

邓有米说:"我没事要别人干。我说过,我们又不是旧社会教私塾的先生——"

邓有米话没说完,孙四海就扭头走了,一边走一边狠狠甩笛子里面的口水。

李子回家去了,放学时垸里有人路过学校顺路带她回去的,在平时,都是孙四海送她。张英才蹲在灶后烧火,几次想和孙四海说话,但见他满脸的阴气就忍住了。直到吃饭,两人都没开口。

一顿饭快吃完了,油灯火舌一跳,余校长的小儿子钻进门来,冲着一点声响也没有的屋子叫道:"孙主任、张老师，我妈头痛得要死，我父问你们有止痛的药没有，有就借几粒。"

孙四海说："我没有，志儿。"

张英才忙说："志儿，我有，我给你拿去。"临出门，他回头说："孙四海，你像个男人。"回到屋里，他将以防万一的一小瓶止痛药，全部给了志儿。

夜里，张英才无事可干，又弄起了凤凰琴。偶然地，他觉得有些异样，琴盒上写的"赠别明爱芬同志存念"与"1981年8月"这两排字之间，有几个什么字被别人用小刀刮去了。刮得一点墨迹也没剩，只留下一片刀痕。

外面的月亮很好，他把凤凰琴搬到月亮地里，试着弹了几下。弹不好，月光昏昏的，看不见琴键上的音阶。他好不扫兴，就用钢笔帽猛地拨动琴弦，发出阵阵刺耳的和声。忽然间，余校长屋里有女人发出一声尖叫，宿在余校长屋里的学生惊慌地哭起来。张英才急忙跑过去，大门闩得死死的，敲不开，他就叫："余校长！余校长！有事吗？要人帮忙吗？"余校长在屋里答："没事，你去睡吧！"他趴在门上，从门缝中听到余校长的妻子在低声抽泣着，那情形是安静下来了。他想了想就绕到屋后，隔着窗户对屋里的学生们说："别害怕，我是张老师，在替你们守着窗户呢！"刚说完，山坡上亮起了两对绿色的小灯笼，他死死忍住没有惊叫，脚下一点不敢迟疑，飞快地逃回自己屋里。

进屋后，才记起将凤凰琴忘在外面，还忘了解小便。他不敢开门出去,在后墙根上找了个洞,哗哗啦啦将身子放干净了,就去床上捉蚊子睡觉。凤凰琴在外面过一夜,明早再拿不要紧。

捉完蚊子,再看几页小说,困意就上来了,这是昨夜没睡好的缘故。他本打算吹灭灯,刚噘起嘴巴,又变了主意,从蚊帐里伸出一只手,将煤油灯拧小了。一阵风从窗口吹进来,手臂凉丝丝的。他想父母这时一定还在乘凉,大山杪子上就只有一宗好处,再热的天也热不着。

虽然困,心里总像有事搁着睡不稳。迷迷糊糊中,听到窗口有动静,一睁眼睛,看到一只枯瘦的白手,正在窗前的桌子上晃动着要抓什么。张英才身上的汗毛一根根都竖起几寸高,枕边什么东西也没有,只有一本小说集,他抓起来隔着蚊帐朝那只手砸去,同时大叫一声:"抓鬼呀!"

那只手哆嗦了一下,跟着就有人说话:"张老师别怕,是我,老余呀。见你灯没熄,想帮你吹熄。睡着了点灯,浪费油,又怕引起火灾。"末了补一句,"学生们交点学杂费不容易呀!"

一听是余校长,张英才就没好气了:"这大年纪了,做事还这么鬼鬼祟祟的,叫我一声不就行了!"

余校长理亏地应道:"我怕耽误了你的瞌睡。"

这事过去不一会儿,张英才刚寻到旧梦,余校长又在窗前闹起来,叫得有些急:"张老师,赶快起来帮我一把。"

张英才被惊醒后有些烦躁:"你家水井起火了还是怎

么的？"

余校长说："不是的，志儿他妈不行了，我一个人动不了手。"

张英才一骨碌爬起来，跟着余校长进了他妻子的房。前脚还没往里迈，后脚就在往后撤。明爱芬光着半个上身，直挺挺地躺在床上，满屋一股恶心的粪臭。

余校长在里面说："张老师，实在无法，就委屈你一回！"

张英才看看无奈何了，只有进去。

一看明爱芬只有出气没有进气，脸憋得像只紫茄子。余校长分析一定是吞了什么东西憋在喉咙里，并简要地说了她以前吞过瓦片、石子和小砖头等东西，张英才心里一动，脸上发愣，想这女人命真大，自杀多少次仍还活着。余校长和他简单地商量了一下，决定由一个人扶着明爱芬，另一个人用手拍她的背，看看能不能让她吐出什么东西来。明爱芬大小便失禁身上脏得很，余校长自己习惯了，就上去扶，露出背心让张英才拍。张英才不敢用力，拍了几下没效果，余校长就叫他在床沿上练练，连连拍几下余校长不满意，要他再用力些。他心一横，想着这是下谁的黑手，一掌下去，打得床一晃。余校长说："就这样。非得这样才出得来。"张英才看准那地方猛地一巴掌下去，只见明爱芬脖子一挺，哇地吐出一只小瓶子来。正是刚天黑时，志儿去借药，张英才给他的那一只。

余校长将明爱芬安顿好，看着她睡过去。

明爱芬喉咙一咕哝,说了一句梦话:"死了我也要转正。"

出得屋来,余校长将志儿从学生们睡的那间屋里,一把提到堂屋,朝屁股上打了几巴掌,骂他这么大了还不开窍,又将不该给的东西给妈妈。志儿不哭,全身缩成一团。张英才上前去护着,余校长才将他送回床上,并对那些吓醒了的学生说:"没事,明老师又闹病了,大家安心睡吧,明天还要起早升国旗呢!"

送张英才回屋的路上,两人站在月亮地里说了一会儿话。余校长解释,他家过去发生这类事,从不请别人帮忙,自己现在一身的风湿,使不上劲才求他。张英才很奇怪,怎么不叫孙四海帮一帮,余校长说自己天黑以后从不去孙四海屋里,怕碰见不方便的事。说了之后又声明,孙四海是少有的好人。张英才请他放心,孙四海的事就是自己的事,任谁也不告诉。张英才又追问邓有米为人怎么样,余校长表态说这个人其实也很不错。

张英才于是说:"你果真是和事佬一个。"

余校长问:"谁告诉你的?"

张英才如实说,这是邓有米的原话。

余校长听了反而高兴起来道:"我怕他会对我有很大意见呢!"

张英才抓住机会问:"那凤凰琴是谁送你爱人明老师的?"

余校长反问:"你问这个干什么?"

张英才道："问问就问问呗！"

余校长叹口气："我也想查出来呢，可明老师她死不说明。"

张英才不信："你俩一个学校里住这久，还不知道？"

余校长说："我比她来得晚，最早是她和你舅舅万站长两个。之前，我在部队当兵。"

张英才有些信这话，分手后，他顺便将凤凰琴拿进屋。到灯下一看，凤凰琴琴弦被谁齐齐地剪断了。

天刚亮，就有人来敲门。张英才以为是余校长叫他起来升国旗，开开门，门口站的是怯生生的叶碧秋。

叶碧秋说："张老师，我父来了。"

这才看见旁边站着一个模样很沧桑的男人。叶碧秋的父亲很恭敬地道："张老师，我来打扰了。"

张英才忙说："剥削你的劳动力，真不好意思。"

叶碧秋的父亲连忙回答："张老师你莫这样说，烂泥巴搭个灶最多只能用个十年八载，你教孩子一个字，可是能受用世世代代的。"

张英才不解："能用一辈子就不错了，哪能用世世代代的？"

叶碧秋的父亲说："过几年，她找了婆家，结婚生孩子后，就可以传到下一代，认的字不像公家发的这票那证，不会过期的。"

张英才听了心里一动："你这孩子聪明，婚姻的事别处理早了,让她多发展几年。"

叶碧秋的父亲说:"我是准备响应号召,让她搞好计划生育的。"

听出这话是言不由衷的。叶碧秋的父亲放下工具,也不歇,在地上画了一个圈,就开始搭起灶来。他本来在别处做屋,将人家的事搁一天,先赶到这儿来。到外面两支笛子吹奏国歌时,灶已搭到齐腰高了。张英才忽然想起自己还没有备着锅。他问孙四海哪里有锅卖,邓有米一旁听着接腔应了,说自己家里有口锅闲着没用,给他拿来就是。到上课时,邓有米果然顶着一口黑锅来了。张英才只有谢过并收下。

上午十点钟左右,张英才从窗户里看到山路上走来了父亲。

父亲给张英才带来了一封信和一罐头瓶猪油,还有一瓷缸腌菜。

张英才对父亲说:"正愁没有油炒菜,你就送来了及时雨。"

父亲说:"我还以为学校有食堂,带点油来打算让你拌菜吃。"

张英才问:"我妈的身体好吗?"

父亲说:"她呀,三五年之内没有生命危险。"

张英才见父亲说了一句很文气的话,就说:"父,没想到你的文化水平也提高了。"

父亲说:"儿子为人师表,老子可不能往你脸上抹粪。"

张英才嫌父亲后一句话说得太没水平了，就去拆信看。

信是一个叫姚燕的女同学写来的，三页信纸读了半天才读完。前面都是些废话，如同窗三载、手足情长等等，关键是后面一句话，姚燕在信上说，毕业以后，除了这一次给他以外，她没有给任何男同学写过信。虽然这话的后面就是此致敬礼，张英才仍读出许多别的意思来。姚燕的歌唱得特别好，年年元旦、元宵、三八、五一、五四、七一、八一、十一等时节，只要县文化馆举办歌手比赛或晚会，她就报名参加，为此影响了学习，但她总说自己不后悔。姚燕长得不漂亮，但模样很甜很可爱。所以，张英才想也不想就趴到桌子上赶紧写回信，说自己也是第一次给女同学写信等等。

想到姚燕唱歌，就想到自己将来可以用凤凰琴为她伴奏。他去动一动凤凰琴，才记起琴弦已被人剪断了。不知是谁这样缺德。张英才将琴打开后，搁在窗台外面，让断弦垂垂吊吊的样子，去刺激那做贼心虚的人。

因是第一次来校，余校长非要张英才的父亲上他家吃饭。灶还没有搭好，没理由不去。吃了饭出来，父亲直叹息余校长人好，自己的家庭负担这么重，还养着差不多二十个学生，还说："你舅舅的站长要是让我当，我就将他全家的户口都转了。"

张英才说："你莫瞎表态，舅舅那小官能屙出三尺高的尿？转户口要县公安局局长点头才行。"

说着话，忽然山坡上有人喊余校长派人到下面垸里去领工资。

余校长便拉上张英才做伴。到了垸里才搞清,乡文教站的会计给这一带学校的老师送工资和民办教师补助金时,在路上差一点被抢了,幸亏跑得快,只是头上被砸破了一个窟窿,流了很多血,走到垸里后就再也走不动了。余校长签字代领了几个人的补助金,走时安慰那会计说:"这案子好破,你只要叫公安局的人到那些家里没人读书的户里去查就是。"

张英才拿了钱后,随口问:"补助金分不分级别?"

余校长说:"大家一样多。"

张英才默默一算,竟然多出一个人的钱来,心想再问,又怕不便。回校后他就给舅舅写了一封信,要舅舅查查为什么这里只有四个民办教师,余校长却领走五个人的补助金。

两封信都交给了父亲。张英才还嘱咐父亲将姚燕的信寄挂号,怕父亲弄错,他说邮费涨了价,现在挂号得五角。

父亲要张英才给钱。他有点气,说:"父子之间,你把账算得这清干什么,日后有我给你钱用的时候。"

父亲听出这话的味:"好好,谁教恩往下流呢!"

父亲走时,他正在上课。听见父亲在外面叫一声"我走了哇!"他走到教室门口挥挥手就转回来。刚过一会儿,叶碧秋的父亲搭好了灶也要走。张英才放下粉笔去送,叶碧秋的父亲对张英才说:"你父让我转告你,他将那一瓶猪油送给余校长了,他怕你生气,不敢直接和你说。他说他中午在余校长家吃饭,那菜里找半天才能找到几个油星子。"

这天特别热闹，放学后，国旗刚降下，呼呼啦啦地来了一大群家长。十几个人，也不喝茶，分了两拨，一拨去挖孙四海茯苓地的排水沟，一拨帮余校长挖红芋。大家都很忙，没人注意到张英才，更没人注意到断了弦的凤凰琴。张英才到孙四海的茯苓地里转了转，大家都在议论：孙四海这块地的茯苓丰收了，地上裂了好些半寸宽的缝，这是底下的茯苓特别大，涨的。孙四海头一回笑眯眯地说，自己头几年种的茯苓都跑了香。张英才问什么叫跑了香。孙四海说，茯苓这东西怪得很，你在这儿下的香木菌种，隔了年挖开一看，香木倒是烂得很好，就是一个茯苓也找不到，而离得很远的地方，会无缘无故地长出一窖茯苓来，这是因为香跑到那儿去了，有时候，香会翻过山头，跑到山背后去的。张英才不信，认为这是迷信。大家立即对他有些不满，只顾埋头挖沟不再说话。

张英才觉得没趣，便走到余校长的红芋地里。几个大人在前面挥锄猛挖，十几个小学生跟在身后，见到锄头翻出红芋来，就围上去抢，然后送到地头的箩筐里。红芋的确没种好，又挖早了，最大的只有拳头那么大。余校长说，反正长不大了，早点挖还可以多种一季白菜。张英才看见小学生翘着屁股趴在地上折腾，初始，心里直发笑，尔后见到他们脸上沾着鼻涕、沾着泥土，头发上尽是枯死的红芋叶，想到余校长将要像洗红芋一样把他们一个个洗干净。他喊道："同学们别闹，要注意卫生，注意安全。"余校长不依他，反说："让他们闹去，难得这么快活，泥巴模样更可爱。"余校长用手将红芋一拧，上面沾的大部分泥土就掉了，送到嘴边一口咬掉半截，直说鲜甜嫩腻，叫张英才也来一个。张英才拿了一个要去溪边洗，余校长说："莫洗，洗了不鲜，有白水气味。"他装作没听见，依然去溪边洗了个干净，他不好再回去，只有回屋烧火做饭。

走到操场中间，听见有童音叫张老师，一看是叶碧秋。他问："你怎么没回家？"

叶碧秋答："我细姨就住在下面垸里，我父让我上她家去为张老师要点炒菜的油来。"果然，半酒瓶菜油递到了面前。

张英才真的有些生气了："我又没像余校长一人照顾二十几个，怎么会要你去帮我讨吃的呢？"见叶碧秋吓得要哭，张英才忙变换口气，"这次就算了，以后就别再自作聪明。"

叶碧秋忙放下油瓶，转身欲走。

张英才拉住她说："你帮我一个忙，问问余校长的志儿，是谁弄断了凤凰琴的琴弦。"

叶碧秋点了头，张英才就送她回细姨家。进垸后才知道，她细姨就住在邓有米的隔壁。

邓有米见到后又留他吃晚饭，他谎称已吃过，坚决地谢绝了。往回走时，张英才记起叶碧秋刚才走路时款款的样子，很像那个给他写信的女同学姚燕，他有点担心父亲会不会将他的回信弄丢。他又想，可惜叶碧秋比姚燕小许多。

天气一天比一天凉，学校里的事几天时间就熟悉了，每日几件旧事,做起来寂寞得很,凤凰琴弦断了一事,便成了真正的大事件。等了几个星期不见叶碧秋找他汇报情况,反而老躲着他,一放学就往家里跑。星期六下午一上课张英才就宣布,放学后叶碧秋留下一会儿。叶碧秋果然不敢抢着跑了。

张英才问她:"你问过余志儿没有?"

叶碧秋说:"问过,他说是他干的,还要我来告诉你。"

张英才说:"那你怎么迟迟不说?"

叶碧秋说:"他说他知道我是你派来的狗特务。我要是说了,就真的成了狗特务。"

张英才说:"那你为什么还要说?"

叶碧秋说:"我父说,是你问我的,和我自己跑去说就不一样。"

张英才说:"我不相信是志儿干的。"

叶碧秋说:"我也不相信,志儿尽冒充英雄。"

张英才说:"那你再去问问他。"

叶碧秋说:"我不敢问。上一回,他说他吃了蚯蚓。我说不信,他就当面捉了一条蚯蚓吃了。"

眼看谈不妥,张英才就放叶碧秋走了。

星期六的国旗降得早些,原因是老师要送那些路远的学生回家。尽管降国旗时,全校的学生都参加了,但由于太阳还很高,天空还很灿烂,邓有米和孙四海的笛子吹不出黄昏时的那种深情,气氛也就没有往日的肃穆。降完旗,邓有米、孙四海和余校长各带一个路队，往校外走。学校里显得特别冷清。张英才试过几回这种滋味了，星期六、星期天这两天夜里，学校就像修在山顶上的一座大庙，寂寞得瘆人。余校长总说他路不熟，留他看校。张英才这回耍了个小心眼，悄悄地跟上了孙四海这一路。直到走出两三里远，才从背后撵上去打招呼。孙四海见了他有点意外，嘴上什么也没说，依然牵着李子的手，一步步稳稳地走着，还不断提些课堂上的问题，让李子回答。李子若是到路边采山楂时，孙四海必定在旁边紧紧守护着。这一路队有六个学生，到第一个学生的家时，已走了近十里路。

张英才走热了，脱下上衣只穿一件背心，说："这十里路，相当于我们畈下的二十里。"

孙四海说："难走的还在后头呢！"

路的确越来越难走。草丛中的蛇蜕也越来越多，孙四海从裤兜里掏出一个塑料袋，将捡到的蛇蜕小心地装进去。张英才看到一只蛇蜕，鼓起勇气把手伸了出去，刚一触到那发糙的乳白色东西时，身上就一阵阵起疙瘩。

李子在旁边说："张老师怕蛇了！"

孙四海说："李子你用一个成语来形容一下。"

李子想了想说："杯弓蛇影。"

孙四海轻轻抚了一下那片微微发黄的头发。张英才不由得尴尬起来。蛇蜕有许多了，塑料袋装得满满的。孙四海不让学生们再捡，要他们赶紧走路。张英才站在山梁上以为离天黑还有会儿,一下到山沟,就很难看清路了。

学生们陆续到家,只剩下一个李子。最后李子也到家了。李子的母亲就站在家门口,一副等了很久的样子。孙四海将塑料袋递过去,李子的母亲也将一只装得满满的袋子递过来。都交换了,孙四海才说:"李子这几天夜里有些咳嗽。"又介绍说:"这是新来的张老师,以后由他带李子的课。"张英才不知道怎么称呼好,只有点点头。李子的母亲也在点头,点得很深,像是在鞠躬。然后问:"不进屋坐会儿?"孙四海忧郁地答:"不坐了。"黑暗中,张英才似乎看清这女人是个哀戚戚的冷美人。

女人身后的屋里传出一个男人的呼唤:"李子回来了吗?"

孙四海立刻说:"我们走了。"

女人什么话也没说,牵过李子倚在门口伫望着离去的黑影。

远远望去,山上有一处灯火很像学校。一问,果真是的。

张英才奇怪:"李子回家不是多绕了十里路吗?"

孙四海说:"路是绕了点,但能多采些草药,她愿意。她不绕别的学生就要绕。"

张英才壮壮胆后,忽然说:"李子她妈不该嫁给她父。"

孙四海愣了愣说:"谁叫她娘家穷呢,这个男人那时是大队干部,又实心实意地喜欢她,她抗拒不了。谁知搞责任制后,他上山采药挣钱,摔断了腰。"

张英才胆子更大了,追问一句:"那你当初怎不娶她?"

孙四海叹口气:"还不是因为穷,一听说我是民办教师,她娘家就将我拒之门外。"

正待再问,前面有人呻吟着唤他们。听声音是余校长。他们走拢去,见余校长拄着一根树枝靠在路边石头上。余校长解释自己是怎么成了这样子的。他送完学生返回天就黑了,路过一个田垄,明明看见一个人在前面走着,还叼着一只烟头,火花一闪一闪的,他走快几步想撵上去做个伴。到近处,他一拍那人的肩头,觉得特别冰凉,像块石头。他仔细一打量,果然是块石头,不仅是块石头,还是块墓碑。他心里一慌,脚下乱了,一连跌了几跤,将膝盖摔得稀烂。

余校长说:"我想等个熟人做伴,回去看个究竟。"

孙四海说:"也太巧了。我们去看看,你丢下什么没有。"

张英才知道这风俗,人走黑路受了惊吓,一定要赶忙回去找一找,以免有精气或魂魄失散了,不然迟早要大病一场。张英才不信这个,他胆子特别小,家里人总说这是受了惊吓找得不及时的缘故,所以,有时他又有点相信。

回去一找,果然是座墓碑。看铭文知道是村里老支书的。学校就是老支书拍板让全村人,那时叫大队,勒紧裤带修建的。过去余校长常叹息说若是老支书在世,学校也不至于像现在这个破样子。

这时,孙四海开口说:"老支书,你爱教育爱学校我们都知道,可你这样做就是爱过头了,你要是将余校长惊出毛病来，事情可就糟了。你要想爱得正确，就请保佑我们几个人早点转正吧！"

余校长一旁说："孙主任，你可别像邓校长，为了转正，不论是神是鬼，见到了就烧香磕头。"

孙四海苦笑一声："余校长放心，我这是开玩笑。"

大家又说墓碑的事，一致认为是余校长看花了眼，再有另一种可能是遇上了磷火，加上心里太紧张的缘故，引出幻觉。末了，余校长说，这种事山里常发生，不用大惊小怪。边说边走，就到了邓有米的家，几个人门外喊了一声，邓有米的妻子出来应，才知道他还没有回来，邓有米送学生的路最远，有个学生离学校足有二十里，来回一趟整四十里，三个人进屋去说了一会儿话，邓有米在外面叫门。开门进屋，四人一凑情况，不由得吓了一跳。倒不是因余校长遇上怪事，而是邓有米撞着一群狼了。说巧都巧到一块儿去了，邓有米刚绕过一座山嘴，狼群就迎面冲过来，他吓得不知所措，站在路中间一动也不动，那狼也怪，像赶什么急事，一个接一个擦身而去，连闻也不闻他一下。

说到最后，大家都笑。邓有米的妻子揉着泪汪汪的眼睛说："真是应了老古话，穷光蛋也有个穷福分。"

余校长添一句："穷人的命大八字小。"

星期天，张英才起床就往家里赶。从山上往山下走，几乎是一溜小跑。二十里山路走完，山下的人才开始吃早饭。路上碰见了蓝飞，他也是星期天回家看看。两人只是见面熟，走到岔路上自然就分手了。一进家门他就问:"妈,父呢?"母亲说:"你父一早就到镇上拉粪去了。"他正想问她知不知道父亲寄过一封挂号信没有,一扫眼发现灶头上搁着一封写给他的信,也是挂号。拆开一看,只有一句话:时时刻刻等你来敲门。他先是一怔,很快就明白了意思,心里高兴地说,没有料到姚燕还这么浪漫有诗意。

母亲给他做了一碗腊肉面,正吃着,舅舅从外面走进来,见面就说:"听说你回了,就连忙赶来,有个通知,正愁送不及时,你就赶紧带回学校去。"

张英才说:"刚到家,就要返回?"

舅舅说:"这是大事,贯彻'义务教育法'的精神,下下个星期要到你们那儿搞扫盲工作验收,一天也不能挨了。"

张英才知道舅舅一定又在蓝二婶那儿,听蓝飞说他回了,就跑来抓他的公差。不过收到了姚燕的信,回家的主要目的就算达到了,早回校迟回校都是一个样。他从舅舅手里接过了通知,回头扒完碗里的面条腊肉,提上母亲匆匆给他收拾的一些吃食就上路了。

上山路走得并不慢,歇气时,他忍不住拿出姚燕的信来读,信纸上有一种女孩特有的香味,他贴在鼻子上一闻就是好久,这样就耽误了,还在半腰上,就看见路旁独户人家开始吃午饭。他也不急,从包里抠出两只熟鸡蛋,剥了壳咽下去,依旧走走停停。走到邓有米家的后山上,他弃了正路,从砍柴人走的小路插下去。

邓有米家门口的粪凼里，有几个人正在忙碌着，将粪凼里的土粪一担担地往一块地里挑，地头上已堆起了一座黑油油的土粪堆。张英才认出其中两个人，是上次帮孙四海挖茯苓地排水沟那帮家长中的。邓有米也挽着裤腿在一旁走动，脚背以上却一点黑土也没沾。

见张英才来，邓有米不好意思地说："马上要秋播了，我怕到时忙不过来，昨天和家长们随便说起，没想到他们就自动来了。其实，这土粪再沤一阵更肥些。"

张英才说："现在你和余校长、孙四海摆平了。"

邓有米说："其实，那天我那话没说清楚。"

张英才抢白道："那天你是想说民办教师本来就是教私塾的先生，是不是？"

邓有米说："你可不要对我有什么看法！"

张英才说："你不是怕我，你是怕我舅舅。你洗洗手！"

邓有米眉毛一扬："是不是有转正的名额下来了？"

张英才说："可不能先透露，等大家当面了再说不迟。"

邓有米走在前面，乐得屁颠颠的，这个样子让张英才觉得很好笑。余校长不在家，领着志儿他们上菜地浇水去了，只有孙四海坐在门口吹笛子，曲子是黄梅戏《夫妻双双把家还》，又是将快乐吹成了忧伤。

邓有米冲着他喊："孙主任，到张老师屋里来开会。"

孙四海放下笛子："星期天开什么会？这地方，抓得再紧也不能提前达到小康水平。"

邓有米说:"来吧来吧,这回亏不了你。"

在等余校长期间,张英才将熟鸡蛋分给他俩一人一个,他自己也吃一个。边吃边说:"我有个俗语对联,看你们能不能对上:时时刻刻等你来敲门。"

邓有米和孙四海想了一阵,认为这没有什么,再想想就能对出来。这时余校长来了,手也没洗满是泥土。邓有米说开会。张英才不急,要余校长帮忙对对联。余校长听了就说:"这个上联很难对,主要是那个'你'字。"

邓有米忙插嘴:"'你'能对的字太少了,只有'我'和'他'两个字。"

余校长说:"是原因之一,主要的还在之二,这个'你'字用在这里表示两人在互相盼望,下联只能用一个'我'字,就是这个'我'字来对也很勉强,所以,在这里是难有很好的下联的。"

一席话说得大家都服了气,张英才心中有苦不便说出来,就岔开话说:"我舅舅让捎个通知给你们,要你们按通知上的要求,尽快执行,做好准备工作。"

余校长接过通知看了看,顺手递给将颈伸得老长的邓有米,让他读读。邓有米接过去,咳一下,清清嗓子响亮地读道:"西河乡文教站文件,西文字第31号,关于迎接全县扫盲工作检查验收的紧急通知。"刚读完标题,邓有米脸就变色了,最后几个字几乎能听出一些哭腔。

余校长问:"邓校长,你怎么啦?"

邓有米实在忍不住沮丧："我还当它是通知转正的文件，前几次的文件总是这个季节发下来。"

邓有米不愿再读。

孙四海不用人叫，自己拿过去，自己读起来。

读得余校长一脸的严肃。

孙四海一合上文件，余校长就说："满打满算才剩十天时间，没空讨论研究了，今天我就独裁一回，从星期一起，咱们四个人做这样的分工，张老师正式带三四年级的课，孙主任将一二和五六年级的课一担挑了，抽出邓校长和我突击搞扫盲工作。"

张英才打断余校长的话："我不懂，十天时间怎么能扫除文盲呢？"

余校长头一回用不客气的语气说："你不懂的事多得很，以后可以慢慢学，现在没空解释，这事关系到学校的前途，一点也放松不得。"

余校长还宣布了几条纪律：一切为了山里的教育事业，一切为了山里的孩子，一切为了学校的前途。张英才听不懂这叫什么纪律，他想说这倒像是誓词。余校长这一认真，就显示出领导者的风范，让张英才生出几分畏惧，不敢乱插嘴。

余校长话不多，说完后就叫大家补充。

邓有米提出，要村里派个主要干部参加准备工作。

孙四海说："来个人又不能帮忙做作业、改作业，不如趁机让村里将拖欠的工资补给我们。"

邓有米连声叫好。余校长苦笑一下:"也只好出此下策了。不过各位也得出点血,借此机会请支书和村长来学校吃餐饭。每人十元钱,怎么样?"

邓有米说:"可以是可以,在谁家做呢?"

余校长看了每人几眼,才犹豫地说:"就在我家吧,明老师做不了饭,就另外请个会做饭的女人来帮帮。"

孙四海低声说:"我没意见,还可以让村干部感受一下学校里艰难的气氛。"

至于请谁,商量半天唯有王小兰合适,她做的饭菜又省料又清爽。这一切都定下来后,天就黑了。

吃过饭后,张英才就趴在煤油灯下冥思苦想,如何写上一句话,才能在姚燕的那句话上来个锦上添花。他将那本小说集从头到尾翻了一遍,其中每一句有关爱情的话,都细细品过,竟没有一点现成的可供参考。枯坐到半夜,余校长又在窗外察看,见他没睡,就打个招呼走回去。他灵机一动,冒出一句话来:敲门太费时了,我要直接翻进你的窗户。写了这句话后,张英才很激动,也不怕外面的黑暗,跑去敲孙四海的门。刚敲一下,孙四海还没醒,他就觉得没意思,这样的话怎么和孙四海说呢,说了也不会有共同语言的。他悄悄地退回去,身后孙四海醒了,问:"谁呀?"张英才学了一声猫叫:"喵——"

支书、村长和会计是星期二来学校的,加上王小兰与学校本来的四个人,刚好一桌。王小兰的菜其实做得不怎么的,就是作料放得重，他们都说这菜做得有口劲。吃饭之前，村干部们先说了一个好消息：尽管村里经济困难，还是决定先将拖欠教师的工资支付五个月，同时还希望全体老师能在这次扫盲工作中，为村党支部和全村人民增光添彩。大家都为这话鼓掌，余校长的妻子明爱芬，也在里屋鼓了掌。然后吃饭喝酒。

酒至半酣就开始逗闹。会计死死拉着王小兰的手，非要王小兰和他干一杯。学校的人都为她说好话，说她真的不会喝酒。会计不答应，不喝酒他可以代王小兰喝，每喝一杯王小兰必须亲他一下。也不等王小兰分辩，会计端起王小兰的酒杯，一口喝干后，便将老脸往王小兰嘴上凑。孙四海的脸顿时涨得像一大块猪肝，余校长怕出事，用手连连扯孙四海的衣角，邓有米见势不妙，起身解手去了。

张英才本与此事无关，又有很硬的亲戚做后台，大家对他很客气。他见会计闹得有些过分，就挺枪出马杀到两人中间，一手分开王小兰，一手将酒瓶倒过来，斟满桌上的空酒杯，说："我代王大姐和你连干三杯。"也不管会计同意不同意，一口气将酒杯喝干了三次。会计是快六十岁的人了，一见张英才血气方刚的样子，就连忙甘拜下风。孙四海的脸色也开始平和了。张英才岂肯白喝三杯，拉扯之间会计叫头昏，说："我服了你，但酒是不敢喝的，我从桌子底下爬过去行啵？"张英才答应了，会计真的趴到地上去。村长见了道："行行，就这样，意思到了就行。"张英才心里对村干部本是有意见的，自己来这儿教书都这么长时间了，没有一个人来看看他，又见村长在他面前如此打官腔，就来了气。他也不说话，绕到会计的背后，双手抵住会计的屁股直往桌子底下推。对面坐着的孙四海，将自己和凳子一起往后移了移，露出空当，让张英才将会计推到桌子这边来了。会计恼羞成怒，爬起来时手里攥着一只肉骨头，要砸张英才，支书连忙抱住他，口称："醉了！醉了！别再喝了，撤席吧。别让孩子们看见笑话我们！"

送走了村干部，张英才看见王小兰趁人不注意，溜进了孙四海的屋子。他装作走动的样子，轻轻到了窗外，听见里面女人的哭声嗡嗡的，像是电影镜头里两个人搂在一起时的那种哭声。

这天夜里，孙四海的笛声响了很久，搞不清楚是什么时候歇下来的。

第二天早上，孙四海在操场上露面时，人明显消瘦了许多，眼圈挨着的地方都是阴影。升完国旗，余校长吩咐，三四和五六年级，各抽十个成绩差的学生，交给他和邓有米安排。按照成绩单顺序，叶碧秋应该是前十名，这倒数前十名轮不上她。张英才不理解余校长搞扫盲工作，要抽成绩差的学生做何用处。问又得不到回答，因而多了个心眼，把叶碧秋派了去。

隔天，他问叶碧秋："余校长安排的事你都做了吗？"

这次他吸取上次的教训，说话时绕了弯。

叶碧秋果然很坦白地回答:"余校长安排我代替余小毛做一年级的作业,我很认真地做了,余校长还表扬了我。"

张英才问:"你认识余小毛吗?"

叶碧秋说:"认识。前年他和我一起报名上一年级,上了两天课就没有再来,今年报名余校长又动员他来了,只报个名就回去了。他家困难读不起书!"

张英才说:"我们班的同学,总共要代多少个报名不上学的学生做作业?"

叶碧秋说:"余校长说,一个同学负责两个人的。做完了,每个学生奖一支铅笔,两个作业本。"

张英才说:"明天放学时,你把给余小毛做的作业本拿给我,我替你改一改。"

叶碧秋一点也没怀疑,点头答应了。

过了一天,叶碧秋果然将作业本带来交给他。他一看,完全和一二年级已经做过的作业一模一样。由于成绩差,哪怕是高年级学生了,做一年级的作业还是常出差错。张英才一点也不明白,这样做是什么目的。

转眼十天过去,舅舅带着检查团来了。

检查团来时,余校长又要孙四海将五六年级的课,也交给张英才,理由是孙四海也要参加一部分接待工作。所以,张英才忙得团团直转,连和舅舅打招呼的工夫也没有。他只是觉得一二年级的学生,似乎比平时多出许多,却难得有空想其中的缘故。

检查团在学校待了一天,下午总结时,张英才给两个班的学生布置了同一个作文题《国旗升起的时候》,三四年级要求写五百字,五六年级要求写八百字,自己抽空去听了一下总结报告。报告是县教委的一个科长讲的,他认为,在办学条件如此恶劣的情况下,界岭小学能达到百分之九十六点几的入学率,真是一个奇迹!他还拍了拍放在桌子上的几大堆作业本。张英才听完报告才明白,这次检查只是查扫盲工作最迫切的问题:适龄儿童是否入学。

张英才的舅舅只是检查团的一名普通成员,他发言说:"老万我不怕大家说搞本位主义,如果界岭小学这次评不上先进,我就不当这个文教站长了。"

余校长带头鼓起了掌,检查团的成员也都鼓了掌。

山上没地方住,检查团看着余校长指挥学生降下国旗后,就踏黑下山了。

临走时,张英才对舅舅说:"舅舅,我有情况要反映。"

舅舅边走边说:"你的情况我知道,等回家过年时,再好好聊一聊吧!"

舅舅走出两百米远,张英才记起忘了将写给姚燕的信,交给舅舅带到山下邮局寄出去。他喊了两声,撒腿追上去。跑了百来米,看到舅舅在那儿拼命摆手,他停下脚步,怔怔地望着那一行人,在黑沉沉的山脉中隐去。

检查团走后,张英才越想越觉得不对头,平时各处弄虚作假的事他见得多,那些事与他无关,看见了也装作没看见。

这回不同，不仅他是当事人，舅舅也是，而且学校里其他人明摆着是串通一气，怕他泄露玄机，事事处处都防范他，把他和舅舅都耍了，就像他耍叶碧秋一样。这一想就有气往上涌，他忍不住，拿起笔给舅舅和县教委负责人写了两封内容大致相同的信，详细地述说了界岭小学和界岭村，在这次检查中偷梁换柱、张冠李戴等等见不得阳光的伎俩。信写好后，他有空就站到学校旁边的路边上，等那个三天来一趟的邮递员。等了四天不见邮递员来，也不知是错过了，还是邮递员这次走的不是这条路线。他不愿再等下去。拦住一个要下山去的学生家长，将两封信托他带下山寄出去。不过姚燕的信他没交给他，他只会将它托付给像父亲和舅舅这样万分可靠的人。

这几天，学校里气氛很好，村干部来过几趟了，大家一道每间屋子细细察看，哪儿要修，哪儿要补。村长表态，发下来的奖金，村里一分钱不留，全部给学校做修理费，让老师和学生过一个温暖舒适的冬天。余校长将这话在各班上一宣布，学生们都朝着屋顶上的窟窿和墙壁上的裂缝欢呼起来。余校长还许诺，若是修理费能省下一点，就可以免去部分家庭困难的学生的学费。

过了十来天，下午，张英才没课，到溪边洗头天晚上换下来的衣服，边洗边吹着口哨，也是吹那首《我们的生活充满阳光》，还一边想孙四海和邓有米的笛子里，这一段总算有了些欢乐的调子飘出来。

忽然间,听到身后有人喊他,张英才四处打量,才看见舅舅站在很高的石岸上。他甩甩手上的泡沫,正待上去,舅舅已跳下来了。

舅舅走过来,铁青着脸,不问三七二十一,劈头盖脸就是几个耳光,打得张英才险些滚进溪水中。

张英才捂着脸委屈地说:"你凭什么一见面就打我?"

舅舅说:"打你还是轻的,你若是我的儿子,就一爪子掐死你!"

张英才说:"我又没有违法乱纪。"

舅舅说:"若是那样,倒不用我管。你为什么要写信告状?天下就你正派?天下就你眼睛看得清?我们都是伪君子?睁眼瞎?"

张英才说:"我也没写别的,就是说明了事实真相。"

舅舅说:"你以为我就不知道这儿实际入学率只有百分之六十几?你知道我在这儿教书时,费尽九牛二虎之力,入学率才达到多少吗?臭小子,才百分之十六呀!我告诉你,别以为自己比他们能干,如果这儿实际入学率能达到百分之九十几,他们个个都能当全国模范教师。"

舅舅要张英才洗完衣服后回屋里待着,学校里无论发生了什么事,都不要出来。

几巴掌打怕了,张英才老老实实地待在自己屋里。

天黑前,笛子声一直没响。直到余校长用异样的声音喊"奏国歌!"笛声才沉重地响起来。之后,孙四海开始拼命地劈柴,用斧头将柴连劈带砸,弄成粉碎,嘴里一声声咒骂着:"狗日的!狗日的!"直到余校长叫他去商量一件事。

舅舅很晚才到张英才房中,灯光下脸色有些缓和了,叹口气说:"你花两毛钱买一张票,弄掉了学校的先进和八百元奖金,余校长早就指望这笔钱用来修理校舍。其实,这儿的情况上面完全清楚,这儿抓入学率,比别处抓高考升学率还难,都同意界岭小学当先进,你捅了一下后就不行了,窗纸捅破了漏风!"张英才想辩几句,舅舅不让他说,"我让余校长写一个大山区适龄儿童上学难的情况汇报,做个补救,避免受到通报批评。我和他们谈了,让他们有空将每个学生入学时的艰难过程和你说说,你也要好好听,多受点教育。"

话音刚落,舅舅就睡着了。

舅舅的鼾声很大,吵得张英才入梦迟了,早上醒来一看,床那头已没有了人。

早饭后,张英才拿着课本往教室那边走。

半路上碰见孙四海,对他说:"你休息吧,课我上!"

张英才说:"不是说好,这个星期的课由我上吗?"

孙四海不冷不热地说:"让你休息还不好吗?"

张英才听了不高兴起来:"休息就休息,累死人了,我还正想请假呢!"说着转身就走。第二天,几乎是在头天的同一个地方又碰见了孙四海。

孙四海说:"你不是请假了,怎么还往教室跑?"

张英才说不出话来,心里却是真生气了。

舅舅走后,张英才很明显地感到大家对他的反感。孙四海见他时,只要一开口,那话里总有几根不软不硬的刺。邓有米干脆不与他对面。看见他来就躲到一边去了。余校长更气人,张英才向他汇报,说孙四海剥夺了他的教学权利,他竟然装聋,东扯西拉的,还煞有介事地解释,自己的耳朵一到秋冬季节就出问题。开头几天,张英才还以为只是孙四海发了牛脾气,闹几天别扭也就过去了,过了两个星期仍没让他上课。余校长和邓有米也不出面干涉,他就想到这一定是他们合谋设下的计策,其目的是撵他走。

晚上,张英才看见一只手电筒灯光在往余校长家里飘动。到了门口亮处,张英才认出是邓有米,随即,孙四海也去了。他猜一定是开黑会,不然为何单单落下他一人!

张英才越想越来气,忍不住推门闯进会场。进屋就叫:"学校开会,怎么就不让我参加?"

孙四海答:"你算老几?这是学校负责人会议。"

张英才一下子愣住了,退不得,进不得。最后还是余校长表态:"就让张老师参加旁听吧!"

张英才不客气地坐下来。听了一阵,搞清楚是在研究冬天即将来临,如何弄钱修理校舍等问题。

大家都闷坐着不说话,听得见旁边屋里,学生们为争被窝的细声细语的争吵。

闷到最后,孙四海憋不住说:"只有一个办法。"大家精神一振,盼孙四海快点说,孙四海犹豫一番,终于说:"只有将我那些茯苓提前挖了，卖了，变出钱来先借给学校，待学校有了收入时再还我。"

余校长说："这不行，还不到挖茯苓的季节，这么多茯苓，你会亏好大一笔钱的。"

孙四海说："总比往年跑了香强多了。"

余校长说："既然这样，那我就代表全校师生愧领了。"

一直低头不语的邓有米抬起头小声嘟哝："要是评上了先进，不就少了这道难关！"说了之后，又一副后悔的样子，恨不能收回说出口的话，赶紧重新低下头。

余校长问："还有事没有，没有事就散会。"

张英才说："我有件事，我要求上课。"

余校长说："过几天再研究，这是小事，来得及。"

张英才说："不行，人都在，你们今天就得给我回个话。"

孙四海开口说："张英才，你别仗势欺人。什么时候研究是领导考虑的事，就是现在研究，你也得先出去，等研究好了，再将结果通知你。"

张英才无话，只好先行退出，他又没胆子候在门外的操场上，回到自己的屋里，用耳朵和眼睛同时注意着外面的动静。不一会儿，孙四海过来，隔着窗子对他说："我们研究过了，决定下一回再研究这事。"这话让张英才气得直擂床板，用牙齿将枕巾咬成团，塞在嘴里狠命嚼才没哭出来。

学校一如既往，不安排张英才的课。

哪怕是请了学生家长来帮忙挖茯苓，孙四海不时要跑去张罗，也不让张英才替一下。茯苓挖到第二天中午，山上一片惊哗。张英才以为出事了，心里有些幸灾乐祸。没过多久，孙四海兴冲冲地从山上下来，手里捧着一个灰不溜秋的东西，嘴里叫着："稀奇，真稀奇，茯苓长成人形了。"张英才忍不住也凑拢去看，果然，一只大茯苓，长得有头有脑，有手有脚，极像一个小娃娃。余校长从孙四海手里接过茯苓人，细看一遍后，遗憾地说："可惜挖早了点，还没有长成大人，要是长得分清男女，就值大价钱了，说不定还能成为国宝。"

孙四海愣过之后，手一用力，将茯苓人的头手脚一一掰下来，一下一下地扔到张英才的脚下。张英才见孙四海的眼里冒着火，不敢吱声，扭头回屋，将自己反锁起来。

张英才终于觉得，老这么斗也不是事，回避一阵也许能使事情有所转化，他就向余校长交了一张请假条，余校长立即签了字，还说一个星期若不够，你还可以延期一两个星期都行。张英才拎上一只包，装上牙刷毛巾和给姚燕的信，外加那本小说集就下山了。

下山后，张英才没有回家，直接去了乡里，想见舅舅，舅妈拦在门口，告诉他舅舅到外地参观去了，一点也没有让他进屋的意思。他心里骂：难怪舅舅会偷偷和蓝二婶相好——这个母夜叉！嘴里依然道了谢。

出了文教站，看见回县城的末班客车停在公路边上。车上人不多，有不少空位，他摸摸口袋里的钱，打定主意，干脆上一趟县城，将信直接交给姚燕。他一上车，车就开了，走了三个小时，在县城边上他叫了停车。姚燕家在城郊，父母是种菜的，问了半天路才找到。找到和没找到一样，她一家人全上黄州走亲戚去了，大门上着锁。他一下子就紧张起来，原以为晚上可以住在姚燕家，现在要掏住宿费了，便觉得囊中羞涩。他记得县城有家农友旅社，过去父亲来学校看他总住那儿，同学们尽拿此事笑话他，他和父亲说了几次，父亲不肯改，仍住那农友旅社。张英才找到农友旅社，交了两元钱，登记了一个床铺，也不去看看，拿了牌牌就出门瞎逛。几个月没来，县城就变了样，别的没有，主要是人们穿的裤子，从十几岁到三十几岁的人，不论男女统统穿一条绷得紧紧的既像牛仔裤又不像牛仔裤的裤子，他想搞清这裤子的叫法，就走到一个成衣摊子上，远远地用手一指，要摊主拿条裤子来看看，摊主拿着取衣杆，碰一下说："是要牛仔细裤？"又碰了一下说："还是要萝卜裤？"他知道这种裤子叫萝卜裤，便说："算了，这式样不好。"转到天黑，找个小吃店买了碗面，三下两下吃完，就回到农友旅社，蒙头睡了。后半夜，农民赶早去占集贸市场上的好位置，将他吵醒，他没手表不知几点，跟着起来去车站搭车，到了候车室一看那钟才三点一刻，候车室里只有几个要饭的躺在那儿。

好不容易回到乡里，刚下车就碰上蓝飞。相互简单说了些情况，蓝飞就替他出主意，要他回去装作准备进行转正考试的样子，不信那几个民办教师不来巴结他。张英才对这个主意很满意，抵消了先前对蓝飞的不满。

张英才回家吃了顿中饭，又让母亲准备几样可以存放的菜，就赶着回校。

回到学校，他就将初高中的课本以及学习笔记，全部铺开，陈列在桌面上，窗户也用报纸糊死，不露一点缝隙。一连两天，除了大小便和必要的室外活动，譬如升降国旗等，其余时间决不出屋，即使要出屋也将门随手锁上。第三天早上，他去厕所回来，发觉窗纸被人抠了一个小洞。他什么也没说，找了一块纸，把那个小洞又补上。中午，他闩着门在屋里做饭，听见有人叫门，打开了，是叶碧秋。

叶碧秋站在门外说："张老师，我有个问题搞不懂，你能教我吗？"

张英才说："什么问题？"

叶碧秋说："最小的个位数是哪个数？"

张英才一愣："谁让你回答这个问题的？"

叶碧秋说："是邓校长和孙主任两个人一起来考我的，还说若不懂可以问张老师。"

张英才心里明白是怎么回事，就说："你进屋来等着，我查查资料。"装模作样地将一本本书都露给叶碧秋看过，他才拍了一下头，"记起来了，不用查，最小的个位数是一。"

叶碧秋说："谢谢老师。"

张英才故意说："如果没有特别重要的事，不要再来敲门，我要复习，准备考试。"

叶碧秋走后，张英才忍不住一阵窃笑。下午放学后，他听到笛子的响声有些三心二意，就有意走出去。邓有米立即放下笛子，冲他极不自然地笑一笑，他视而不见，嘴里喃喃地背着数学公式。

天一黑，张英才正要闩门，孙四海来了，对他说："明天我要下山一趟，配副眼镜，课就由你去上。"

张英才说："我请了一星期假还未满呢！"

孙四海说："我这是私人请你帮忙。"

张英才说："如果是公对公，那可没门儿！"

孙四海走到桌边，拿起那副近视眼镜："你这眼镜是几多度的？"

张英才说："四百度。我告诉过你。"

孙四海说："我记性差，忘了。"边说，眼睛狠狠地将每一本书盯了一下。

孙四海果然是下山去了，到伸手不见五指时才回来，背着一大摞书。张英才问李子，孙老师背回的是些什么书，李子告诉他全是中学的数理化课本。孙四海背书回来后，就没有在半夜吹过一回笛子，每次张英才夜里起来小便，都看到一个读书人的影子，映在窗纸上。

邓有米也请假下山去了一趟，回来后神情忧郁，背后和余校长嘀咕："可能是这次转正的面很窄，名额很少，所以上面有意保密，一点口风不透。"邓有米回来的当天，余校长就亲自来找张英才，询问他近来工作安心不安心。张英才矢口否认自己有过不安心。余校长就单刀直入，指着桌上的书本问他这是干什么。张英才用准备参加明年高考的理由来应付。见问不出什么,余校长走出去,对着守在一边的邓有米仰天长叹。后来几次,张英才听到余校长恍惚地自语:"邓有米可以花钱买通人情后门,孙四海可以凭本事硬考,张英才又有本事又有后门,我老余这把瘦骨头能靠点什么呢?"

张英才实在服了蓝飞这一招,几乎是一夜之间,他就成了这个学校的宝贝,被人或明或暗地宠着。他想,民办教师转正这一关,实在太厉害了。

往后的一个月中,邓有米往山下跑了七八趟。每次都是失望而归,可见了张英才仍要做出笑脸,口称又见到了万站长,万站长真是个好领导,等等。

这天晚上,余校长踱进了张英才的屋,寒暄一阵,就把目光转向凤凰琴:"最近一段怎么没听见你弹琴,是不是弦断了?"

张英才说:"弦断了不要紧,主要是没工夫。"

余校长从口袋里掏出一卷琴弦:"我还有四根旧琴弦,不知合适不,你上上去试试看。"

张英才也不推辞,伸手接过来,并说:"只怕过不了两天又会弄断的。"

余校长说:"不会的,再也不会的,以前主要是明老师听不得这琴响,听了就犯病。现在我将门窗堵严实了。"支吾几句再转过话题,"张老师,你听说这次转正,是不是对一些特别的人,譬如像——像我这样的人,有什么优惠政策?"

张英才说:"这次转正?没听说,一点消息也没听说。"

余校长忧伤地转过脸:"没听说就算了!你忙,我到孙主任那里去转转。"走了几步又回头,"我考虑了很久,决定向上报你当教导处副主任。"

张英才心里想笑,嘴上说:"多谢余校长的栽培。"

余校长敲不开孙四海的门。孙四海声明过,这一段放学后,他谁也不见,连王小兰这一个月也没见来。余校长本也无事,隔着门说几句就打了回转。

正在这时,黑洞洞的操场上传来一个女人的哭声:"余校长,余校长喂!你快救救邓校长,救救我家有米吧!"

邓有米的妻子跌跌撞撞地扑过来,一把抓住余校长。

余校长有些急:"你放开我,有话慢说,这黑的天,叫别人看见了如何说得清!"

邓有米的妻子仍不放手:"我不管这些,有米他让派出所的人抓去了,你要想法救他出来。"

张英才这时从屋里钻出来:"派出所的人怎么会抓他呢?"

邓有米的妻子答:"还不是为了转正的事,别的人不是有学问就是有靠山,有米他什么也没有,就想找路子走走后门,家里又没钱,送不成礼。没办法,有米就到山上砍了几棵树,偷着卖了。没想到被查了出来——余校长,你可不能见死不救哇!"

余校长一听急了:"这不是丢学校的脸嘛!上次先进没

评上,这次又来个副校长偷树,真是斯文扫地哟!"

见余校长又急又丧气,张英才就一旁劝:"事已至此,还是得想个办法为妙。"

余校长在操场上团团转,像只热锅上的蚂蚁。

邓有米的妻子坐在地上干号,声音又长又尖。

张英才不耐烦地说:"你哭得难听死了,像死了人一样,搞乱了别人的心怎么想主意呢!"

经张英才这一说,邓有米妻子的哭声低了很多。

余校长这时叹了一口气说:"只能这样了,就说是给学校砍的,学校要修理校舍,又拿不出钱,只好代学生忍辱负重,做此下策之事。"

张英才说:"行倒行,就怕孙四海不同意。"

余校长说:"你去喊他来一下,我刚才去过,他不开门。你敲门,他会开的。"

张英才过去一叫,门真的开了,说了经过,孙四海露出一脸鄙夷相:"没本事就认命罢了,干吗一人做鬼,还拖着大家陪他去阴家呢?"

余校长说:"行还是不行,你表个态。"

孙四海说:"我没态可表,就当我不知道这事。"

余校长说:"这也算个话,你就把一切推给我得了。"

邓有米的妻子叫起来:"姓孙的,别以为自己就那么清白,想坐在黄鹤楼上看帆船,是人总有栽跟头的时候!"

孙四海将门掩到一半停下来,低声说:"我同意,就算是学校决定的吧！"

余校长连夜独自下山，第二天下午才和邓有米一道回来，邓有米脸上有几道疤痕，开始还以为是让派出所的人打的，说过后才知道，是自己钻到床底下去躲时，被床底的杂物划伤的。邓有米整个灰了心，一连几天，见人就说自己愿意当一生的民办教师，再也不想转正，吃那天鹅肉了。

会计又送补助费来，还透露说，上次被抢一案有线索了。会计刚走，邓有米的弟弟就被抓走，他一见到派出所的人就说："前几天你们来抓我哥哥时，我就以为是来抓我的。"他做木材生意亏了本，就横了心，专搞不义之财。这两件事一发生，邓有米的背驼了许多，还向余校长递交了辞职申请。

只有孙四海无动于衷，继续在那里夜以继日地复习。星期六下午放学，照例是老师送学生回家。余校长见邓有米情绪不好，怕出事就叫张英才跟着邓有米。一路上很顺利，返回时，碰上了王小兰。王小兰慌慌张张地往学校里去找李子。张英才记得很清楚，站路队时，是孙四海牵着李子的手出发的。王小兰仍不放心，她心里感觉似乎要出事了，非要到学校看看。

到了学校，孙四海的窗口亮着，有人影一动不动地透出来。

王小兰叫开门，气喘喘地问："李子呢？女儿呢？"

孙四海说："她不是回家了？"

王小兰说："你们是在哪儿分手的？"

孙四海说:"半路上,我想赶早回来复习,就没把她送到门口。"

一听这话,王小兰哇哇地大哭起来,扭头就往门外跑。余校长也来了,大家意识到这个问题的严重性,立即分成两路:一路是孙四海和张英才,顺着路队走的路找;一路是余校长和邓有米,沿近路往前找。孙四海跑得飞快,不一会儿就超过了王小兰,张英才跌了几跤,还是跟不上。幸亏孙四海要到沿途路边人家问问,张英才才时断时续地跟住。

跑到张英才头一回跟路队走到天黑的那道山岭上,月亮出来了。孙四海站在山梁上不动,等张英才跟上来后,就说:"李子在那边树上,被一群狼围着。"张英才一看,那棵黑黝黝的木梓树上,果然有李子嘶哑的哭声,树下有十几对绿莹莹的狼眼睛。

孙四海吩咐张英才,看准路后,两人大叫着往那树下冲,千万不能停,然后迅速爬上树去,等余校长和邓有米来。说着,孙四海大叫:"李子——别怕——我来了!"张英才有些怕,不知叫什么好,嘴里哇哇地乱吼出一些声来,狼群吓得往后退了些,他们趁机爬上木梓树。孙四海一把将李子搂在怀里,李子没哭,他自己先哭起来,狼群又将木梓树围起来,但只过了半个小时,就被余校长带来的一大群人撵跑了。

回到学校,已是后半夜。孙四海不肯去睡,谁劝也没有用,一个人坐在旗杆下吹着笛子,一个个音符流得非常慢、非常缓,沉沉地,苍凉得很,一如悼念谁或送别谁。张英才早上起来，看见操场上到处是焦黑的纸灰，他捡起一张没烧完的纸片一看，是中学课本。

孙四海仍坐在旗杆下吹笛子，从笛孔里流出一点鲜艳的东西，滴在地上，变成一小块殷红。

余校长坐在自己屋门口抽着烟。

不远的山坡上，邓有米双手掩面，躺在枯草丛中，都是一夜未眠。

晨风瑟瑟，初霜铺在山野上，褪色褪得发白的国旗，被衬出一种别样风采。张英才对余校长他们说："我今天是第一次听懂了国歌。"他这话含有多层意思，其中一层，是对自己搞的这场恶作剧很悔恨。他不敢说明白了，只想找机会报答一下，做一种补救。晚上，他将自己上山后的所见所闻，如升国旗、降国旗、李子的作文、余校长家的十几个孩子，以及孙四海仅有的一次疏忽就能使学生遭到危险等，写成一篇文章叫《大山·小学·国旗》，又亲自下山送到邮局，寄给了省报。在邮局门口，正好和跑界岭这条线的邮递员走了个对面，邮递员交给他一封信，又是姚燕的，那情意绵绵的话写了几页纸，他没读完就塞进口袋里，心里一点谈情说爱的兴趣也没有。

大约过了一个星期，文教站的会计领来一个陌生人，说是省教委下来调查落榜高中毕业生情况，要和张英才好好谈谈，会计将这人扔下，自己回去了。那人自称姓王，张英才见他年纪较大，就喊他王科长。王科长和他谈得很少，却老爱往教室和学生中钻,还逐个同余校长、邓有米和孙四海谈了话,张英才问起谈了些什么,他们都说只是拉拉家常。有一次王科长竟跑进明爱芬的房里,余校长发现得快,硬将他拉出来。第二天中午王科长不见人影,张英才以为他不辞而别,不料到天黑后又回来了,说是到下面垸里去看看风土人情。王科长最喜欢看学校升国旗、降国旗,每到这个时候,就拿着照相机按个不停,一点也不疼惜胶卷。

到了第三天下午,又逢星期六,王科长跟着孙四海的路队绕了一大圈,回来后才说了实话,王科长不是省教委的,而是省报的高级记者。收到张英才的稿件后,报社的人非常激动,就派他下来核实。大家开始改口叫他王记者。王记者说,他目睹了这一切,文章中所写每一点都是真实的。还说那篇文章一个星期以内就可以见报,要发头版头条,还要配编者按和照片。

刚好王记者走后的第七天,县教委、宣传部的人在张英才的舅舅的陪同下,亲自将报纸送上山来,声称张英才和界岭小学为全县教育事业争了光,在省报这么显要的位置,发表这么大一篇文章是从未有过的。张英才接过报纸,发现文章不是发在头条位置,那个位置上是一篇关于大力发展养猪事业的文章。界岭小学的文章排在这篇文章后面,编者按和照片倒是都有。

照片印得非常好,余校长抓着旗绳的大骨节的手,横吹笛子的邓有米和孙四海,打着赤脚、披着余校长的破褂子、站在满地霜花中的志儿,趴在几块土砖搭起的木板上做作业的李子,以及围在桌边吃饭的一群小学生,这些全都看得一清二楚。余校长看了照片直惋惜:"要知道报纸上要登这些,说什么也得帮他们整理整理。"

县里来的人在山上待了两天,走之前问有什么要求没有。余校长、邓有米、孙四海都说希望能拨点钱,添置一些课桌课椅。最后问张英才,张英才呛呛地说:"请领导发点善心,给几个转正指标,解决这些老民办教师的后顾之忧。"领导将这些话都记下才下山。

又过了十来天,邮递员给学校送来一只大麻袋,打开一看里面全是信。是从全省各地寄来的,除了表示慰问敬佩和要求介绍经验外,还有二十多封信是说要和界岭小学一道开展手拉手活动。张英才不知道什么叫手拉手活动,余校长就解释,这是团中央一个什么基金会搞的,富裕地区的学校帮助贫困地区的学校的活动。这么多的学校都愿意来帮助界岭小学,大家自然很高兴。当即决定分头写回信,一人分了一大堆。

忽然,邓有米叫道:"这么多信,都写回信要几多邮票钱呀?"大家受到提醒,忙着点了点数。一共是三百一十七封,如果每封信都要回,需要邮费六十三元四角整。四个人都傻了眼,发了半天呆,余校长才说:"先将重要的挑五封出来回信,其余的以后再说。"大家一挑,发现几封专门写给张英才的。

张英才一一拆开看,都是差不多的意思,称他有文才,将民办教师写活了,也有说他敢于为民请命,有良心和同情心的。只有一封信很特别,只有一句话:速借故请假来我处一趟。开始还以为是姚燕写的,再看落款,方知是舅舅。他不敢再撒谎,舅舅说有事又不能不去,便想了个主意,写了个请假条,只写"因事请假一天"六个字,趁天没亮,余校长还未起床之际,塞进余校长的门缝里。

日上三竿时,张英才到了舅舅家。舅妈正蹲在门口刷牙,一只又肥又大的屁股将门堵得死死的,见人来也不挪出道缝。张英才只好等她刷完牙,进门时,见地上的白泡沫中有些血样,心里就骂了句活该。舅舅正在屋里洗女人的内衣,满手的肥皂泡。见了他,用手一指厨房:"没吃早饭吧,还有两个馒头。"张英才也不谦让,自己进了厨房,一只大碗盛着两只肉包子和两只馒头。他懂得舅舅话里的意思,肉包子肯定是留给舅妈的,就用手移开上面的肉包子,拿出碗里的馒头,一手一个,捏着站到舅舅身边,望着他吃。张英才咽了一口问:"什么事,这急的!"舅舅望了一下房门小声说:"等忙完了再说。"于是,他知道这事得瞒着舅妈。舅妈从房里整整齐齐地出来,用纸包上肉包子,拿着就出门去了。张英才问:"她这是去哪?"舅舅说:"上班去呗!"

接下来就入了正题。张英才的那篇文章受到上面的重视,除了拨给界岭小学一笔三千元的专款以外,还破例给了一个转正的名额,并点名将这名额给了张英才,这不仅是他的文章写得好，还因为只有他各方面的条件比较合适，其余四个相差太远了，既超龄，学历又不够。

舅舅说："你把这表填了，快点的话，下个月就可以批下来。"

张英才简直不相信这是事实，看了舅舅半天才说："这没搞错吧？"

舅舅将登记表摊在他面前："白纸黑字，还错得了！"

张英才终于拿起笔，正要填写，又止住了："舅舅，这表我不能填，应该给余校长他们，事情都是他们做的，我只不过写了篇文章。"

舅舅说："你别着，你舅妈为了她表弟转正的事，都和我闹了几次离婚。这次的机会一生不会有第二次。"

张英才说："如果在一个月以前，我不会让的，现在我想还是让给他们一次机会，我比他们年轻二十多岁，就算像你一样十年遇到一次，也还有两次机会呢！"

舅舅听完他说了自己假装准备转正考试，弄得他们差点出了大事故的经过后，心也动了："其实，我也想将他们转正，只是没有这个权力。"

张英才说："你可以找领导做做工作。"

舅舅想了想，态度又坚决起来："不行，姐姐把你交给我，我要替你的一生负责。你想想，转正后得马上到县里去读两年师范，这时就快二十一岁了，然后干上三五年，积蓄点钱正好可以结婚成家。"

张英才说:"你这样做,我是不会同意的。"

舅舅说:"你这孩子!早知这样,还不如当初让蓝飞去界岭,把这个机会给他!"

张英才说:"这可是你自己说的,这些话我可是没向舅妈漏一点风声哟!"

舅舅气得往门外走:"你倒要挟起来我了!好好,你的事我不管了,自己看着办去!"过了几分钟,舅舅又从门外转回来:"外甥风格高,舅舅当然不能拉后腿。不过你得回去问你父母同意不同意,免得到时弄得我成了猪八戒照镜子,里外不是人。"

张英才坐在舅舅的自行车的后架上,半个钟头不到,两个人就进了张英才的家门。

舅舅先说,张英才补充。刚说完,父亲就说:"我儿这一年复读的确没白读,你思想也提高了,做人就得这样,该让的就要舍得让!"

母亲还没开口,眼泪先流出来:"孩子,这样做当然对,只是你自己不知要多吃多少苦。"

舅舅叹口气:"你们都这样想,倒是我先前不对了。"

张英才边给母亲擦眼泪边对舅舅说:"我也是为你做牺牲。你想想,堂堂的万站长,不将转正名额给自己那能写一手好文章的外甥,反给一位条件不如他外甥的人,说出去不等于给你脸上添光嘛,说不定因此将你提拔到县里当个局长、主任什么的呢!"

一屋人都笑了起来。

两个人随后上山去界岭小学。一路上舅舅说了几次，到了学校后名额肯定不好分，只能搞无记名投票。他搞过几次这种投票，有一百人参加，就有一百人能得到票，参加投票的都是自己投自己的票。这次投票张英才的票千万不能投给别人，投给了谁，谁就是两票，就是多数。舅舅要他给自己也留一点机会，同时也可以检查一下别人的风格如何。

三千元拨款加一个转正名额，弄得界岭小学人人欣喜若狂。投票时，舅舅坐在张英才身边，看见那笔在纸上写下余校长的名字，他气得恨不能给外甥一个耳光。他以为这个名额非余校长莫属了，不料唱票结果，仍是一人一票。张英才马上明白，余校长投了他一票。舅舅也明白是怎么回事，情不自禁地说：「看来我还没能力将每个人都看透。」

按照规定，投票无效时，就进行公开评议。

大家坐在一起，半天无话。

张英才忍不住先说：「我看这次的名额，大家就让给余校长吧！」过了好久仍没响应，他又说：「不谈别的理由，余校长是学校元老，吃的苦最多。」

又过了好久，孙四海低声说：「给余校长我没意见。」

邓有米也只好表态：「给老余我无话可说。」

一直耷拉着眼皮的余校长，抬起头来。张英才以为他会说几句感激话来接受评议结果，听到的却是一句意想不到的话：「万站长，我有几句话，想单独和你谈一谈。」

听到这话,邓有米、孙四海和张英才起身要往外走。

舅舅忙说:"你们人多,还是我和老余到外面去说话。"

余校长也说:"我们到外面去说话方便一些。"

他俩起身出去,站在操场边上,面对面说了一会儿,余校长像是流了些眼泪,张英才的舅舅嘴唇动也没动,只是在最后时候点了点头。

舅舅招手叫张英才他们出来。大家站成了一圈。

舅舅声音沉沉地说:"余校长有件事想和大家商量一下。老余,你说吧。你说了,我再说。"

余校长不安地扫了大家一眼:"刚才大家投票时忘了一个人,就是明爱芬、我妻子,她也是我校的一名老师。那年腊月她生下志儿的第三天,就到县里去参加民办教师转正考试,没想到河上的桥板被人偷走了,为了赶车,她蹚了冷水河,还没进考场人就病倒了。抬回来后,下身就废了。拖了这多年,她心还不死,夜里做梦都念着转正。我想,就是还没转正这口气憋在心里没散,所以她每回到了死亡线上又返回来。我想,若是真给她转了正,说不定过不了几天,她就会死的。现在这个样子,她难受,我也难受,连带着国家、集体和大家都不好办。我想和大家商量一下,让她将这几步路走快点,走舒服点,让她这一生多少有点高兴的事。大家刚才的好意我心领了,转正的名额我不要,能不能把它给——给——明爱芬呢?"说完,他低下头,不敢看大家的神色。

张英才的舅舅把每个人都看了一遍才说:"明爱芬本来是不够条件的,给她挂个民办教师的衔,主要是因为照顾余校长的生活。所以,虽然只有四个人上课,站里仍给你们学校发五个人的补助金。但是,我不是没有一点人性的人,只要大家同意给明爱芬转正,并且保守秘密不向外说她是个废人,哪怕是犯错误,我也要帮老余这一回。"

孙四海什么也没说,缓缓地将手举起来。

邓有米也跟着举起了手。

张英才见了,将自己的两只手都举起来。

舅舅说:"老余,你抬头看看表决结果。"

余校长抬不起头,泪水哗哗直往外流,喃喃地说:"我知道,天下尽是好人。"

太阳挂在正当顶,地上的影子很清晰。

大家跟着余校长进了明爱芬的房。张英才第二次进这间屋,觉得气味比以前更难闻。上次是夜晚,加上慌张,没看清,这次不同,清楚地分辨出,明爱芬的模样,完全是一张白纸覆在一副骨架上。

余校长捧着表格,走到床前说:"爱芬,你终于转正了。"

明爱芬眼珠一动:"你别骗我,你总是对我这么说。"

余校长说:"这次是真的,万站长刚刚主持开了会,大家都同意转你。"

张英才的舅舅说:"这次上面特别批给界岭小学一个名额。"

邓有米说:"这还得感谢张老师那篇文章舆论造得好。"

孙四海说:"余校长,你快把表格给她填了吧!"

明爱芬接过表格,从头到尾细看一遍,脸上逐渐起了一层红晕。她忽然说:"老余,快拿水我洗洗,这手哇,别弄脏表格。"

张英才连忙到外面去端水,趁机猛吸几口新鲜空气。

明爱芬用肥皂小心洗净了手,擦干,又朝余校长要过一支笔,颤颤悠悠地填上:明爱芬,女,已婚,汉族,共青团员,贫农,一九四九年元月二十二日生。

那支笔忽然不动了。

邓有米说:"明老师,快写呀,万站长今天要赶回去呢!"

明爱芬那里没有一点动静。

在背后扶着她的余校长眼眶一湿,哽咽地说:"我知道你会这样走的,爱芬,你也是好人,这样走最好,大家都不为难,你也高兴。"

明爱芬死了。

一屋的人悄无声息,只有余校长在和她轻轻话别。

张英才忍了一会儿,终于叫出来:"明老师,我去为你下半旗志哀!"

张英才走在前面,孙四海跟在后面。邓有米把在教室做作文的学生全部集合到操场上,说:"余校长的爱人,明爱芬老师死了!"再无下文。张英才扯动旗绳。孙四海吹响笛子,依然是那首《我们的生活充满阳光》。国旗徐徐下落,志儿、李子、叶碧秋先哭，大家便都哭了。

余校长给明爱芬换上早就准备好的寿衣，点上长明灯，再赶到操场，见国旗真的降了下来，慌张地说："这半旗可不是随便降的，你们可别找错误犯。"他伸手去升旗，使劲一拉，旗绳断了。张英才说："这是天意。"余校长急了，对邓有米说："这是政治问题，不能当儿戏。你快找个人到乡邮电所，借副爬电线杆的脚扒来。"

张英才的舅舅这时说："老余，你去张罗明老师的后事吧，这些事你就别操心了。"停一停，又说，"明老师这一走，名额的问题还得重新研究一下。"

余校长说："万站长放心，这事我已考虑好了，保证不误你下山。"

张英才的舅舅在山上待了好几天，直到明爱芬安葬好了。

文教站会计送安葬费时，带来了张英才舅妈的口信，要舅舅马上回家有急事。

舅舅对张英才说："屁事，一定是闻到风声了，想要我将这个转正名额给她表弟。"

张英才说："你就硬气一回，看她能把你生吃了！"

舅舅答："我是这样想的。"

葬礼来了千把人，让余校长惊慌了手脚，都是界岭小学的新老学生和他们的家长亲属，操场上站了黑压压的一片。村长致悼词时说了这么一句："明爱芬同志是我的启蒙老师，她二十年教师生涯留下的业绩，将垂范千秋。"张英才见到村长说话时噙着泪花,就把上次喝酒时的不快扔在一边,倒了一杯水递过去让他润润嗓子。来的人都送了礼,有布料、大米,也有送鱼送肉、送豆腐鲜菜的。孙四海摆个桌子在那登记,大家都不去那儿,说这么多的人情,余校长若是还起礼来,哪还负担得起?孙四海坐在那儿没事干就去厨房帮忙,王小兰在那儿,她被请来负责筹办葬礼后的酒席。

孙四海刚进去,还没和王小兰搭上话,邓有米就来喊他,说余校长要他俩去商量一件事。

张英才和舅舅分别看到他们进了余校长的家,不一会儿就出来了,脸上很平静。他们没料到这是在开校务会,专门研究那仅有的一个转正名额问题。舅舅随后进去看看,见余校长正在那儿填表,就没有打扰。

舅舅出来对张英才说:"余校长转正后,这两年师范怎么个读法?两个孩子由谁来养活呢?一二十个住在学校读书的学生又该怎么办呢?"

张英才也没有答案,就说:"车到山前必有路,谁能把后路看得一清二楚呢!"

酒席在操场上摆了几十桌,桌子和碗筷都是从附近垸里借的,酒菜全是别人送礼送的。大家都说,就是上次老支书死,也没有明老师死得隆重热闹。

酒席散后,就到了黄昏。张英才送完最后一张桌子回来,见他舅舅和余校长正在他家门口争论着什么,两人都很激动。张英才想拢去又有些不敢。

站了一会儿,孙四海和邓有米也来了。

舅舅见了,就喊:"你们都过来!"

张英才走过去。他舅舅递过一张表:"你看余校长是怎么填的。"

张英才一看,上面赫然写着张英才三个字。

张英才结结巴巴起来:"余校长,你怎么能把转正名额让给我呢?"

舅舅说:"我劝不转他,就看你的了!"

余校长说:"谁来也没有用,这是校务会决定的。"

张英才不相信:"真的吗?"

孙四海说:"是真的,从上次李子出事后,我就一直在想,假如自己一走,李子一家怎么办,特别是李子怎么办。我的一切都在这儿。转不转正,其实是无所谓的。"

邓有米接着说:"明老师这一死,我彻底想通了,不能把转正的事看得太重。人活着能做事就是千般好,别的都是空的。张老师,你不一样,年轻,有才气,没负担,正是该出去闯一闯的时候。"

张英才仍旧说:"我不信,这不是你们心里想的。"

余校长正色道:"张老师,你这样说就太伤人心了。邓校长和孙主任的确是自愿放弃的。只有一点,大家希望你将来有出息了,要像万站长一样,不管到哪里,都莫忘记还有一个叫界岭的地方,那里孩子上学还很困难。"

张英才听不下去,大叫一声:"我不转正。"转身钻进自己屋里。

舅舅随后进来，不理他，打开凤凰琴拨了几个音。

张英才说："你不要乱弹琴。"

舅舅不管，又拨了几下："你不是想知道，这琴的主人是谁吗？就是我。"

张英才一惊："那你干吗要送给明爱芬？"

舅舅只顾说自己的："转正的事我不强迫你，我讲个故事，你再决定。十几年前，这个学校只有两个教师：我和明爱芬。那年，学校也是分到一个名额。论转正条件，明爱芬比我强一大截。我就想别的门路，迅速和你舅妈结了婚。你舅妈品行不好，已离了两次婚，但她却有一个军官叔叔做靠山。明爱芬当然明白这一点，她为了证明自己比我强，明知无望，又刚生孩子，仍硬撑着要去参加考试，想在考分上压倒我。结果就是前几天余校长所说的，她将自己弄废了。我一转正就调到了文教站，走之前，我不敢见明爱芬，就想将凤凰琴作为礼物送给她，让她躺在床上时有个做伴的。写好字后，又怕自己的名字会刺激她，就用小刀把它刮掉。我将自己的东西全拿走了，就只留下凤凰琴，我想老余见了一定会拿回去的。没想到它一直搁在这里。"

张英才听完了说："这叫有得必有失！"

舅舅说："你真聪明，我就是要你明白这个道理。"

张英才坐在桌子前不说话。

舅舅说："我累了，先睡，你想好了就喊醒我。明天回去，还不知道你舅妈怎么跟我吵。"躺下后又补充,"这次转正要两步棋一步走。明天就随我下山,一边到师范报到,一边办手续。别人都是九月份入的学,晚了赶不上考试,拿不到学分就麻烦了。"

一觉醒来,天已亮了,屋里不见张英才。

舅舅开门一看,张英才独自靠在旗杆上出神,屋内的行李却都收拾好了。

天上纷纷扬扬地下起了雪。学校依然在升国旗,张英才要余校长让他亲手升一回国旗,他在笛声中一把一把地拉动绳子,忽然听到身后响起了凤凰琴声。他忍不住回头一看,见他舅舅和余校长正在合作,弹奏着国歌。

张英才离开界岭小学时,大部分学生还未到校,这种天气余校长、邓有米和孙四海都要到半路上去接学生,三人都为不能为他送行而感到不好意思。张英才将那副四百度的近视眼镜送给了孙四海。余校长将凤凰琴送给了张英才。然后,大家握手道别。各走各的路。张英才和他舅舅下到半山腰时,遇见了邮递员。邮递员又给界岭小学送来了一麻袋信,还给了张英才一张汇票。看后,张英才对舅舅说:"是报社寄来的稿费,一百九十三元。"舅舅说:"真不少,比我一月工资还多。"张英才本想问问有没有姚燕寄给他的信,马上意识到问也是白问,又不能查,反正学校那些人会转给他的。舅舅忽然说:"今后你要努力呀!那时,我总想,到了你们这一代人百事都好办了,没想到难办的事还有那么多。"正走着,身后有人喊。是叶碧秋的父亲，他要进城找活儿干。叶碧秋的父亲告诉他俩，余校长在举行葬礼那天，和那些孩子还没上学的家长都谈了话，大部分人的思想通了，表态说，过了年一定让孩子到学校里来。张英才和舅舅走累了，想歇歇，就让叶碧秋的父亲先走了。

雪越下越大，几阵风劲劲地吹过，天空就乱舞起来。转眼之间，地上没白的地方就白了，先前白了的地方变得浮肿起来。

张英才望着雪景，不免说了句："瑞雪兆丰年。"

舅舅说："别浪漫了，快走吧，不然就下不了山。"

一九九二年一月于黄州赤壁

村支书

1

　　乡财政所的所长今天亲自来到望天畈村，催收十几年前兴建望天畈水闸时，财政所给村里的一笔五千元贷款。村里一点钱也没有，连招待客人的钱都没有，本来就恼火的财政所长在方支书家里吃了一餐家常饭后，走时更恼火，竟然当着方支书的面，到村部旁边的小餐馆里，买了酒菜独自补给一番。方支书在外面耐心地等所长出来，再与其道别。随后方支书独自来到水闸上，正赶上村民文小素在那里撬石头，将本来就破破烂烂的水闸又撬出一个大窟窿。文小素还说话气他，说集体都没了哪来集体财产。

　　方支书回到家里时，天已经很暗了。他脸上也积满厚厚的乌云。妻子正在做饭，实则是熬粥。方支书有胃病，很严重，一日三餐只能吃稀的，害得两个儿子盼吃干饭就像盼娶媳妇一样。妻子见丈夫两肩扛着乌云进屋来,连忙低头用火钳夹了一大把柴草往灶里塞,装作没注意他回来了。

方支书眼角一扫就明白妻子是怕招惹他,但他还是控制不住心里的火气,说:"这是灶,不是化尸炉,柴火要节约点烧,现在不是过去,没人把你当支书娘子供起来,给你送柴送菜的。三把两把地将这点柴烧光了,往后打算吃生的?"

这时,母亲从屋里走出来,病恹恹地唤了一声:"建国儿,妻子多烧一把柴,少烧一把草,与你这个大男人相什么干?你在外面受了气是啵?那也不该往家里人身上发作呀!你成天忙工作,家里哪宗事不是靠你妻子撑着。你得多谢她才是!"

方支书想了想,说:"是我不好,我不该公私不分。"

母亲又说:"你看你,男人就该像个男人,心里知道是怎么回事就行,不用说出来,说出来会损害自己的威信,你说是不是,媳妇儿?"

"是的,妈。"做妻子的只能低声应一句。

方支书忍不住叹了一口气。

吃饭时,一家五口闷闷地低头将各自碗里的粥喝得哗啦一片响,桌子中间只有一碗腌辣椒。方支书的筷子没处伸,终于说了句:"怎么不弄点别的菜?"

妻子过了一会儿才回答:"菜园里的菜都快干死了。干了两个多月,我顾得了田里就顾不了园里,想保饭碗就丢了菜碗。"说着说着,妻子眼里就滚出一阵泪珠来。

方支书放下碗筷,对两个儿子说:"你们今天有家庭作业吗?"

两个儿子齐声回答说:"有。"

方支书不再说什么,站起来,挑着一担水桶出了门。

菜园在山根上。这时月亮还在山背后歇着,星星出来了很多,却没有多大作用。

看不清妻子在菜园种了些什么,但他感觉到茄子、辣椒和四季豆的叶子都枯得像烤熟的烟叶,手指一捻就成了一堆粉末。地干透了,方支书接连挑了十几担水浇上去,地里仍像水浇到火堆里那样响着吱吱的拼命吮吸声。

这时,村里的大喇叭在山头上叫起来,要村里的支委都去村部开会。这个会是下午他生气时布置下的。

方支书又挑了一担水,才撂下挑子去村部。当第二个人进会场时,他还在想,其实自己可以再挑两担水再来。第三个到会场的是村会计。会计兼着广播员,但刚才的通知是会计的妻子播送的。会计的妻子是外乡人,说话声音很亲切,所以一向反对说话洋腔洋调、只认准乡音好听的村里人,破例接受了这个声音。会计前两年在外跑单帮,自从娶回这个川妹子,便不再出门了。当初支委们开会确定谁当会计,方支书拍板定下来后,长叹了一口气说,假如另外那些在外跑单帮的人,有一个洗手不干,愿意长待在家里,这会计的事就轮不到他干。会计进屋后,忙给方支书递烟,又从随手带来的两只开水瓶中的一只里倒些水出来,给方支书泡了一杯茶,还顺势附在方支书的耳边说:"这瓶水是刚烧的,开一些。"方支书极威严地望了会计一眼。会计赶忙一笑,转身给旁边一位倒茶,用的却是另一只篾片壳的开水瓶,先前一只是绿塑料壳,上面用红油漆写着一个喜字。

大家喝着茶,听方支书说今年天气有点反常,干旱来得这么早,恐怕不久要发大水的,大家听了直点头,会计还附和说:"七八年没发大水。是该发一回大水了。"

方支书对这话很不满意,将手中的茶杯往桌面上重重一放,正要发作,妇联主任小林进来了。

小林生孩子不久,长得有点胖。她冲着方支书笑了笑说:"我迟到了。"

生气了的方支书也笑笑说:"不迟不迟,你又当了一回朱建华,得个第三名呢!"

会计给小林的茶也是用绿塑料壳开水瓶里的水泡的。

大家都知道小林从入党到当支委,都是方支书暗中操纵的。方支书不是那种死脑筋的人,受到外地改革的影响,也在村里提倡一些新事物。他说,支委里面得有一个有公关能力的女的。方支书并没有点名说谁,但大家都明白这是指在乡业余剧团待了三年的小林。小林人长得好,又会说话,为人处世很得体,是男人都有几分喜欢她。所以选她当支委也算不上是长官意志搞假民主,选她当支委的那次支部大会,她得了二十票,只有几个女党员没投她的票,当然这是大家私下猜测的,不然她的票数就会超过方支书。小林给了会计一些笑，大半张脸却朝着方支书。

会计很满足，高兴地说："听说朱建华退休不跳高了！"

方支书又变脸说："朱建华是你爹还是你老子，退个屁的休！那叫退役！"

会计吓了一跳，端着开水瓶的手有些颤抖。方支书这时想起一件事："你的账都做好了？"

会计更加惶惶地说："还差三元七角钱对不上，其他都没问题了。"

方支书说："你是不是买了一包蝴蝶泉抽了？"

会计忙说："那会出现赤字，可我这是钱多了。"

方支书说："这就怪了，那你早点回家去查查吧！"

会计说："不怕不怕，等散会了我再加夜班。"

小林心直口快："一百几十斤一个的男人，熬几夜怕什么。方支书当年带队修水利，几天几夜不睡觉是常事。"

于是，方支书就不再盯着会计，自己戴着手表不去看，却问小林："几点了，怎么人还没过半数？"

小林说："九点四十分。来时我顺路邀了一下，胡支委、李支委和高支委都出门忙生意去了，剩下文村长。文村长一定会来的。咱们边开边等吧，文村长一来就可以过半数了。"

方支书想了想说："那就边开边等吧！"说着就去推正在打瞌睡的人，"开会了，二叔！"

二叔睁开眼说："三个人怎么开，最少也得四个人才能过半数呀！"方支书说："文村长马上就会来的。"

二叔说:"他来个鬼哟!"

方支书一惊:"怎么回事?"

二叔说:"我家老四天黑前见他躲在一辆贩茶叶的汽车里,去武汉了。"

听得此言,方支书的心头火顿时可以煮熟一只牛头。过去两年,他曾在会上三令五申,村里的主要干部不能出去做生意。文村长虽然带头违犯纪律,他却不能像对待会计那样随心所欲,再大的火也得放在心里窝着。文村长和他一起代表着这个村的两大姓,搞不好会出宗族问题。他忍了又忍,同时望了几次小林。

小林说:"有事不能做决定,议一议不要紧的。"

方支书点点头,以示赞许。他说:"这样一件事。望天湖水闸我看得修一修。下午,我从那里路过时,见到有人在水闸上撬石头呢,走拢去一看,是文小素。我问他撬石头干什么,他说是给自己的田修个放水缺。我说你怎么可以在水闸上撬石头呢,这是挖集体的墙脚。他说集体这个墙早就没有了,空留这个墙脚有屁用。文小素撬下的那块石头,我记得就是当年修水闸时,将二叔的腿砸断了的那块。那时候,我才三十五岁。"说着话,就有一丝伤感从他眼里流出来,悠悠地飘向小林。二叔摸摸自己的腿没有接话。方支书继续说:"一连几多年都是风调雨顺,大家都将水闸的作用忘了。说实话,还得感谢文小素,要不是他撬石头,我也会疏忽的。所以我才留心看了一圈,结果自己把自己吓了一跳。破坏成这个样子了,大水一来非垮不可。得赶紧想办法修一修。"

四个人占一间大屋子本来就很空寂,方支书的话一停,五月的风便喧哗起来,闹得窗户上过冬的纸也发了癫狂,噼噼啪啪的音响像是抽打谁的瘦脸,生脆得很。

这时,外面山头上的高音喇叭里传出一阵嚓嚓的电流声。以为又要播紧急通知,大家都竖起了耳朵。喇叭响了一阵就没动静了,小林他们转而将目光看着方支书。村里的规矩,广播任何通知一定要方支书点头才行。方支书于是怀疑地盯着会计。会计嘴里嘟哝:"这个臭婆娘,手痒也别去玩广播呀!"心里明白是怎么回事,这是他们两口子约定的暗号,喇叭响声从一下到五下,都有具体的规定和内容。刚才只响一阵,是表示家里来了重要客人。

见没人说话,方支书就点小林的名,要小林说。小林朝二叔那里略一推辞,回头还是自己开口说:"修水闸关键是要有钱,五千元大概差不多吧。从哪里弄这一大笔资金呢?我看得依靠群众,走群众路线。全村一千多人,每人四五元就行。"

二叔一听,抢着说:"每人四五元,人口多的家庭就是六七十元,谁负担得了?这样大的事还得依靠集体。"二叔家的人多,他算的是自己家里的账。

会计插嘴说:"都快半年了,账上一个钱也没有,来客抽烟都是赊的,这么大的水闸可赊不来。"

二叔见会计顶自己,很不高兴地说:"这是支委会,你连党员都不是,插什么嘴!"

方支书的内心打算被小林先说出来,本是一件很默契的好事,接下来自己再借题发挥,就能充分体现出他的民主作风,而不是文村长总在背后议论的家长制一言堂。会计的话,并不难听,二叔一生气,他也忽地生起气来,会计当着别人面暴露村里的一穷二白,这不是在丢一把手的脸嘛。他将茶杯往桌子上用力一放。茶杯竟没放稳,哗啦一声歪了,一股热水泻在小林搁在桌面的那只手上。

小林哎哟叫了一声。方支书连忙捉住那只手,问:"要紧吗?不要紧吧?"

小林咬着牙只摇头不说话。会计见状,从口袋里掏出一块手帕,擦干那只手上的茶水,又从账柜顶上拿出一只很脏的煤油灯,拧开灯头,倒了些煤油在那只手上,并说:"好了,保证没事。不会起泡的。"

方支书怔怔地看着会计做完这些,竟然忘了自己在做什么。后来,他感到自己的掌心里有种东西在轻轻挣扎,回过神来才发现,小林正在往回抽那只被自己紧紧握着的手。一股说不出的滋味倏地升起在心头,他赶紧松开,停了停才说:"其实搽肥皂比搽煤油好。"

小林说:"都一个样。"说时,手背已变得通红。

方支书很快镇静下来,说:"明天派人将文村长找回来,后天晚上开党员大会,动员集资修水闸。今天的会就到这儿吧!"

二叔说:"你可不能将这说成是支部的意见。"

方支书听到这话像是呛了一口水,嗓子眼儿痒得很,却说不出话来。二叔家上下三代共十几口人,每次集资总是他带头反对。方支书盼着小林帮忙说句话,小林疼痛钻心,思绪全是乱的,只知道在背后催促着让快些走。

方支书在小林幽香的身影里走了很长一段路后,才拐上另一条小路。水桶还搁在菜地里,他计划给菜地浇上二十担水,开会前已浇了十二担,还有八担必须补上。他是先听见水响,后认清妻子的,也许是水一响他就感觉到是妻子在替他给菜地浇水了,反正那响声让他明显加快了脚步。

黑暗中,方支书去接那条扁担,无意中碰上妻子的手,糙得像山梁上的麻骨石,又像一只破布鞋底,还能当成是新做的尚未磨光的一截扁担。他似乎想起了什么,猛地愣了愣。片刻之后,扁担哗啦一声掉在地上,他双手紧紧抓住妻子的手,使劲抚摸着。妻子脸上出现两块晶莹。方支书以为妻子动感情了,轻轻地却又是深深地说了句:"我不是个好男人,让你吃苦了!"说得自己也心酸了。他不知道自己的抚摸,弄开了妻子手上的裂口。为了不辜负丈夫那难得的温情,妻子拼命将疼痛的哎哟声全部掺进泪水里。

方支书将水挑回来,妻子就一瓢瓢地洒成扇形,往菜叶上浇去。水光很好看,一闪一闪的,像灯光下新媳妇微启微闭的白牙。水声也很好听,扑扑扑地,像隔窗偷听的新媳妇铺床时拍打枕被的声音。再挑起一担空桶往回走到田埂上时,他心里想起一句黄梅戏唱词,"你挑水来我浇园",还忍不住哼出声来。七个字唱了四个,脚背上突然一阵刺痛,低下头时,正好看见一条长长的黑影在地上晃了几下。

方支书很紧张,一扔水桶,高声叫道:"哎哟喂,蛇咬我了——"

菜地里的妻子听到喊声,慌慌张张跑过来,见丈夫坐在田埂上,抱着自己的脚,拼命地往外挤血水。她不管三七二十一,抱起丈夫的脚,塞进嘴里死死地吮吸。方支书这时候竟然会想:小林绝不会做这种事的。他又想,不过小林是当领导干部的苗子,不愿做某件事时,并不让人觉得生气,人也正派,跟文村长完全不是一回事。

妻子这时已解下裤腰上的布带,将他的腿扎牢了,反身背起他往家里走去。

在路上,方支书对着妻子的背说:"跟了我这多年,你后悔吗?"

等了半天,他仍没听到回答。

妻子脚步很沉重,每挪一下,就将远近垸里的一盏灯震熄。方方扁扁、红红绿绿的窗户一个接一个地合上了睡眼,到最后,只剩下会计家的窗户还挂在亮闪闪的电灯上。方支书真想去看看,会计是不是又在和人打牌赌钱,又碍于脚仍在疼。

2

会计并没有打牌赌钱,他家里来了客人,他只是陪客人喝酒。客人是郎税务,村里人背后都喊他老狼。会计和郎税务是老交情,还在他做生意时,郎税务就从不收他的税。会计没有直接向税务所做过一分钱的贡献,但是郎税务年年总要给会计送一张交税先进个人的奖状。外人以为会计想入党、想当干部进村委会,真的及时交齐了各种税,实际上,会计是靠出卖邻居们的经济情报而当上先进的。他经常将哪家卖了些什么、贩了什么、做了些什么生意、赚了多少、蚀了多少等情况偷偷告诉郎税务,郎税务上门时便有的放矢,将人家的来龙去脉说得鼻子是鼻子,眼睛是眼睛,想赖也赖不了。交了税的人,唯有背后骂几声老狼解解气。郎税务公开介绍经验时,绝不吐露会计的事,只说要注意收集经济情报。所以,这个秘密从没有人察觉。

会计进家门后见来客是郎税务,先是一怔,随后又暗暗高兴,不待询问,就将文村长今天偷运了一车茶叶到外面去卖的事说了出来。以前文村长也做过别的生意,会计知道却一次也没有告诉郎税务,这一次不一样,他心里对文村长怄着一大包气。

二十多天前,文村长引了几个人到村部,说是县委政研室下来搞调查的,要会计去准备一桌饭菜。会计知道这些人全是文村长的高中同学,在几家工厂当工人,其中一个的确抽到政研室帮过几天忙,但很快又回工厂了。会计不好当面戳穿,只好到餐馆里约了一钵子鱼头豆腐汤和半斤花生米。吃饭时文村长脸色还好,对同学们说:"乡下搞不到好菜,就算吃一回忆苦饭吧!"那些人刚走,文村长就变了脸,骂道:"你这个杂种,敢丢我的人,我撤了你的职!"会计忍让地说:"账上早没钱了。"文村长又骂:"有钱还要你干什么?有钱我还不知道怎么用?"后来,会计在方支书面前委屈地说:"当干部的不一心一意为老百姓谋利益,还冲着部下发横!"说着还要交出财务印章。方支书挽留几句,他就改变了念头,依然将印章带回家里。

郎税务听会计一说,非常高兴,说:"有这一笔,我一个月的税收任务就完成了。"说着就掏了二十元钱,说是就汤下面,今晚这餐饭就算他请会计了。

酒酣耳热之际,会计说:"你千万莫以为我这样做是搞经。"搞经是土话,就是捣鬼。"我揭发他,是想让他得到一个教训,重新做人,当个好干部。"

郎税务说:"是搞经又怕什么,你是为社会主义而搞经,要大搞特搞才对。话说回来,你们文村长如果像方支书一样一心一意搞工作,能力可比方支书强多了。你说说,这地方谁有他这大的本事,竟然搞到军车来帮他运茶叶。下午,我们在镇上设卡时,刮风似的闯过一部军车,我们心里都怀疑,可是不敢上去拦——妈的,这一回非要将这家伙罚个日落西山。"说着又从皮夹子里撕下一叠税票,白送给会计,让他代自己去文小素家收茶叶税,收到了算作奖金归会计拿去。

会计说:"文小素家还是你亲自去,你把方山泉家交给我吧!"

郎税务说:"由你挑吧,都行。我知道文小素又臭又硬不好对付,我不怕,我就喜欢和这种角色斗,才过瘾。像方山泉那种人,钱收得再多再及时,连一点胜利者的味道都品不出来。"

会计不回话,先给对方斟了一大杯酒,再瞅空偷偷给自己倒了一杯白开水,然后叫着干了。

郎税务说:"你的酒怎么冒气?"

会计说:"乡下深夜电压高,电灯晃眼得很,你是看花了。"

一声碰响,两只酒杯就干了。

到撤酒席时,郎税务已经是醉醺醺的一个人了,却摇摇晃晃地要会计领他上方支书家去。

会计说:"都半夜了呢!"

郎税务说:"才吃晚饭就半夜了,你怕是被川妹子辣昏了头啵!"

会计坚持说:"明天再去吧!"

郎税务说:"革命工作哪能分什么白天黑夜今天明天,事情一上手就不能歇气。你不去我自己去,你怕吵醒了领导我不怕,他管不着我的一根卵子毛。"

会计没办法,只好陪着他出门去。

此时已是半夜两点多钟了,连路旁的大石头都开始响起微鼾。天上的星星一颗颗地暗淡下去,把亮光都让给了刚刚升起的月亮。地上很凉,露珠一滴滴直往皮肉里面钻。

会计知道方支书可不是随便打搅的。方支书总是胃疼,到下半夜才能睡着,所以过了半夜,村里人是不会去碰他的门槛的,除非有特别紧急的事才例外。会计打定主意,就在外面和郎税务泡到天亮。刚走到垸边,一阵凉风吹来,会计说:"我得回去添件衣服。"进屋后磨蹭一番,再找件衣服装模作样披了出来,竟不见郎税务了。找了好久,才发现郎税务蹲在一个草堆后面,月光照见他那白花花的胖屁股,硬是像一只白脸盆。会计懒得喊,一旁站了半天,仍不见动静。他捂着鼻子走拢去细看,才知道郎税务蹲在那里睡着了。会计喊了七八声,郎税务才应了一声。他无可奈何地扶起郎税务,并帮忙系好裤子,等他将自己的腰竖起来,郎税务又站在那儿睡着了。

会计想了想,有了个主意,他贴着郎税务的耳朵说:"老狼,我有钱也不会交这个税,退一步说,真要交也不交给你!"

郎税务霍地醒了,边睁眼皮边吼:"你敢抗税,我饶了你,国法饶不了你!"睁开眼后,见身边只有会计,便问,"我做梦了?"

会计说:"你是做梦了。"

郎税务又问："这半夜你带我去哪儿？"

会计说："送你回家。"

郎税务走了几步，回过神来说："不对，我要去老方家。我不怕那个土皇帝，是真皇帝我也敢拔他三根胡须。"

见骗不了他，会计只好带他上路。当然是走大路，小路近，但小路草杂蛇多。郎税务一听到蛇身上就出冷汗，说自己平生只怕两种东西：一是蛇，二是老婆，大路远不要紧，两只脚不走路要它们干什么。郎税务走路时摇摇晃晃的样子非常可笑，会计有意碰他一下，那身子几乎就要倒下，会计有点慌，忙去用手扶住。郎税务的身子就此整个趴在他的身上，甩也甩不脱。

走了一段，会计就累得不行了，但他又不敢走快，不敢早点走到方支书家门口。

这么艰难地挨到天亮，终于走完本该早就可以走完的路，再疲惫不堪地唤一声方支书时，会计看见自己身上披的那件衣服，被一只狗叼着满地乱窜。

方支书此时已经醒了，正在看自己的脚肿成什么模样。昨夜妻子将他背回家后，又跑了几里路，上卫生所买了一些蛇药，吃的吃，敷的敷，然后就坐在床里边守着。方支书尚未看清，妻子先对他说："这药真灵，一点也没让脚肿起来。"方支书仔细瞅了瞅，心中就有了数，只是不好在妻子面前说破，承认并没有被蛇咬，可能是让杂刺刺了一下。

这时，会计在外面叫门。

方支书听了很高兴，忙叫妻子去开门。

妻子一点也不高兴，开门时一脸的怨气，说："支书被蛇咬了，你们也不让他歇口气。"

会计惊得嘴张开老大，幸亏方支书在里屋说："不要紧，是条嫩蛇，不太毒，没什么危险，进来说话吧！"

听到蛇咬了人，郎税务的酒彻底醒了，进屋后很乖巧地慰问了几句，才谈正事。

方支书听说文村长那车茶叶即便不罚款，也得补交一万元左右的税款，心里怦地动了一下，忍不住抢过话题问："你是准备单独处理，还是想由支部出面配合？"

郎税务说："当然，我找你就是要你们支持。"

方支书说："那好，我有个建议，所谓放长线钓大鱼，就是说大事不能太急，你不如先去将文小素这些好办的事办了，回头再一齐用力攻克堡垒。"

郎税务说："恐怕还是领导带头的好，文村长的大钱都交了，群众的小钱还有不交之理？"

方支书说："文村长是代表着一个集体，猛地一下就搞到他的头上，恐怕影响不好。"

郎税务知道方支书当干部的年数，资格老，他并不怕他，但又不愿得罪他，所以勉强答应了。

就在他们说话的工夫，会计溜到外面的代销店，买了两瓶麦乳精和两瓶罐头，提回来悄悄地交给方支书的妻子。不知情的方支书板着脸吩咐他陪郎税务去文小素家收税，人走后，才知道会计送了慰问礼。他对妻子说:"别人的东西一两一寸也不能要,就会计的东西可以留下,他不会私人出钱,他会找老狼帮忙报销的。"说完就开始吃稀饭,并顺便问了一下两个儿子的功课。儿子们像约定好了,齐声说自己头昏影响学习。

妻子说:"真是不懂事的东西,像是饿牢里放出来的,四只窟窿盯住麦乳精不放。没你们的份儿。一瓶给你奶奶,一瓶给你爸爸。"

方支书说:"就给他们一瓶吧,我这胃,再好的东西吃下去也不吸收,白浪费。"

吃过饭,方支书就钻进房里,翻开笔记本,准备明天党员大会上的报告。他一边梳理着村里发生的、必须在会上点名的好事和坏事,一边盘算,如何将郎税务想收缴文村长的那笔茶叶税款,弄到村里的账上,那样修水闸的钱就不用另想主意了。

快中午时,小林听说方支书被蛇咬了,带着两斤猪肉来看他。正巧方支书妻子出门挑水去了。小林也不作声。操起菜刀砧板将猪肉切碎,放进锅里,又舀了几瓢水,再往灶门里塞了几块柴,这才进房里和方支书打招呼说话。

说着说着,方支书一愣,问:"咦,哪来的肉香?"喊妻子不见人应,喊母亲,母亲也出门去了。回头见小林在悄悄地笑,就明白是怎么回事。他说:"你想将生米做成熟饭也没有用,她回来了我就让她退钱给你。"

小林继续笑,说:"我还没吃早饭,我是做给自己吃的,借你的锅碗瓢盆用一用。"

方支书也笑起来:"你怎么也变成女泼皮了!那好,肉没吃完不准回去。"

小林大胆地说:"只要你不怕大嫂吃醋,我就不走。"

方支书无奈地说:"好好,我怕你。等下回你家有事时,再还礼也行。"

吃中饭时,方支书一家都很高兴,方支书破例在家人面前和小林谈文村长贩茶叶的事。小林想也不想就来了主意,说我们可以动员文村长将赚的钱捐些出来,这样文村长就可以不交税,村里就可以将水闸修好,还可以维护文村长和支部的名声。方支书忍不住当面夸小林年轻聪明。

这话让方支书的妻子突然不高兴起来,推说头昏,端着碗坐到灶后的小凳上去了。

3

党员大会前,村里发生了两件出乎意料的事。

第一件事是,头上缠着白纱布的会计垂头丧气地来找方支书,他和郎税务一起去文小素家收茶叶税,被文小素一顿唾沫加上一阵乱棍撵出来。文小素说他自己种几棵茶叶舍不得喝,拿去卖几个钱,却要交税,谁来收,他也不会交的。

郎税务口齿不干净，说了几个脏字眼。文小素便借题发挥，说你当干部的敢骂人，穷老百姓的就敢打人。说着那棍子就当空直下，会计见势不妙忙上前去拦，忙乱中，棍子在他的额头上开了一朵花。

没办法，方支书只好丢下准备半截的讲话稿。第一步并不是去处理文小素，而是安抚郎税务，要他别将这件事交给上面处理，村党支部一定能够将此事处理得十分妥当，还讲出道理让郎税务信服：这事只能冷处理，若热热闹闹地宣扬出去，那不是等于告诉其他人怎样抗税吗？郎税务心里也不愿将自己收税时挨打的事张扬出去，所以双方一拍即合。第二步当然是找文小素，但方支书并不急于上门，他布置了一个欲擒故纵的阵势，一段时间内让村里所有干部都不得和文小素谈抗税的事，文小素上门找他，他也拒不接见，却叫会计的妻子一日早中晚三遍，在广播里读报纸上别的地方将抗税人抓进牢里去的文章，直把文小素弄得像被浑水呛晕了的胖头鱼，一天到晚不知所措，捆着被窝等着公安局的人来捉他。

第二件事，方支书和文村长几乎闹崩了。

文村长是前年选举的。方支书则当了近二十年的支书，根基深得很，他不开口的事，文村长翻跟头下命令，也不会有人动手动脚跟着他去干。文村长为此吵着要党政分家，乡长来帮他俩做了分工，文村长管企业，支书管农业。村里早就没有企业了，乡里的意思是叫文村长做点开拓性工作，因为他年轻。结果，文村长除了申请到一枚农贸公司的公章外，什么也没干成。但不知怎么的，村民们普遍对文村长的印象很好，总认为文村长比方支书的能力强，只是方支书不肯放权，文村长英雄无用武之地，村集体才越搞越穷。文村长甚至在支部大会上公开说，一个人如果连自己的家都搞不富，还能领导大家致富吗？方支书听了直生闷气，说不出话来。这时候小林站出来了。小林说，文村长你这话很有点"四人帮"的味道，你这不是在煽动人夺权吧，你当村长在一人之下，千人之上，真有本事还能遮得住？你要是三年内能办起个不亏本的企业，我想方支书会主动让贤的。方支书对小林另眼相看，这件事也起了很大作用。

文村长贩完茶叶回家后，方支书让会计送信要他马上到水闸那里去一趟，他俩在那儿碰头商量一些事。到家不久的文村长刚和年轻漂亮的妻子亲热完，心里正高兴，二话没说马不停蹄地赶到水闸那儿。方支书递了一支游泳牌香烟过来，文村长没接，反而掏出一包"阿诗玛"递过去。

方支书问："抽这好的烟，发了财啵？"

文村长并不顾忌，说："吃了一点夜草。"

方支书点上一支"阿诗玛"，深深吸了一口，隔了好久才有游丝般的一丁点烟从嘴里漾出来，方支书说别人是抽烟，他是吃烟，抽下去还要冒出来，吃下去的就返不回了。

蹲在水闸上，看脚下几百亩畈田，风光美极了。油菜花灿烂得没有节制，抓一把吹来的风也可以拧出半两香油，麦子尚未成熟，便迫不及待地在穗子上舞动祝福的腰肢，早稻秧苗长成了一块块绿方玉，浮游在黄金的浪涛之上。这是五月的傍晚，带子一样的一条清水贴着长堤，悠悠荡荡地淌着。

文村长说："什么事？这样急。"

方支书打了一个迂回，指着田畈说："咱们这田畈真是菩萨赐的，别处干得越厉害，咱们越是大丰收。"

文村长说："就是怕发大水。"

方支书说："是呀。我这一阵老觉得今年可能要发大水。从搞责任制到现在一直是风调雨顺，老天爷这忙今年可能要帮到头了。"

文村长说："发点大水警告一下大家也可以，还可以借机发现隐患。"

方支书说："你说的是让坏事变成好事这个意思，我很同意。有的事却不能让它坏下去，一发现就得纠正。"

文村长很敏感，从眼睛就可以看出他脑筋里正在打圈圈。

方支书继续说："这水闸坏了，就得及时修理，万一大水来了，那可就糟了。"

文村长明白过来，放下心里那块悬着的石头，说："找我来就是为了修这水闸的事？这水闸呀，建了十几年从未发挥过作用，现在又要修，恐怕很多人想不通。"

方支书说："思想不通还好办，可以多做工作，眼下最难办的是经费。村里已欠了两万多元的债，实在是拿不出这笔款子。"

文村长说:"那你总有个主意吧?"

方支书说:"就是不好开口。"

文村长说:"你我都是为百姓做事,说出来怕什么。"

方支书说:"那你就别怪我直说了。你能不能将这次贩茶叶赚的钱,捐个五千出来,也算为村里积点功德吧。"

文村长愣了愣说:"我没贩什么茶叶,我只进城找几个朋友聚了聚。"

方支书勉强一笑说:"你别瞒了,连老狼都弄得一清二楚,他说你光是税就得交一万元,还不算罚款。我帮你做了些工作,我想这样,你捐五千出来,余下的全归你自己,村里再补个报告,就说是集体卖的茶叶,筹款修水闸,让他们将税全免了。这样于你于集体都有好处。"

文村长一声冷笑说:"不知到底是谁得到好处,恐怕是有人想用别人的血汗来为自己树碑立传。"

方支书强制自己说:"一个小支书算老几,屙泡尿可以淹死好几十个!我犯得着费那份心思吗?!我这是真心为你好!"

文村长说:"别卖乖,你少到乡里说我的坏话就行了。"

方支书说:"我是凭良心说的。我干吗要无中生有说你的坏话,都快老了的人,难道还不懂要多栽花少栽刺的道理!"

文村长哼了一声,几乎是用鼻子说:"十几二十年来,你栽了些什么花?人家一把手今天找上级要部拖拉机,明天又向国家要座水电站,咱们村都穷成这个样子了,年年救济款反而比别处少,村里一无所有,就只你大支书有专车,外加漂亮的女支委。"

说完，文村长扭头就走。

方支书气得半天无话，见文村长走远了，才想出一句："你别逞能，等老狼找上门时，看你怎么办？"

晚上的支部大会，照例是会计先到，准备茶水，随后是方支书到场，再往后是小林进屋。三人见面互相问了各人的伤势，都说没事，方支书把小林叫到一边，让她做个思想准备，准备主持会议。

小林问："文村长不是已经回来了吗？"

方支书说："他可能会撬盘子的。"他正想将详情告诉小林，忽然腹部一阵剧痛，他连忙蹲下去，藏住蜡黄面孔。

小林听见他牙齿咬得磕磕响，知道他的胃病又犯了，就说："你回去休息吧，我照你的安排去做。"

方支书忍着痛说："这大的事，我不能缺席。你还嫩，斗不过文村长。"

小林说："这是支部大会，他不敢乱来。"

方支书直摇头说："他这个人心一横时，就将党性忘光了，难说！"

小林只好让他，说："你这毛病得好好查一查，就怕变成癌哟！"

方支书苦笑一声："变成癌了，查也没用，陈永贵得了癌还不是等着死。没查出来，死的时候还痛快些，免得人还没死心就先死了。"

说着话时，陆续来了十几个人。文村长、二叔都来了。小林点点人头，告诉方支书在家的党员都来了，可以开会了。小林是组织委员，于是就宣布开会，宣布由文村长主持这个大会。文村长大声说，他嗓子疼，换别人主持一回，过一回主持的瘾吧。

方支书一点不和他客套，就让小林站起来。

小林于是就说，首先由方支书做报告。

方支书将村里近来发生的大事从头到尾评说了一遍，单单落下文小素抗税打人的事。小林在一旁小声提醒他，他则小声回答，这事还得压一压。然后，就说目前虽然在忙于抗旱，但必须做好防洪抗大汛的准备，这是中央田副总理的一贯指示，村里的那座水闸是个重大隐患，已到了非修不可的关键时刻。

方支书说："我个人的意见是，动员全村人民，每人捐资五元，抢在汛期之前修好水闸。"

方支书说完后，屋里鸦雀无声。

好一阵，才听见二叔说："咱们就不能伸手向上，要一点吗？"

二叔这一句话响了一下没有回声。又过了半天，还不见动静。

方支书觉得有些反常，一紧张，刚缓和的胃疼又剧烈发作起来。他强忍着，嗓子颤颤地说："大家是不是还有别的想法，也可以说说！"

这时，有个人站起来说："方支书，你还记得八〇年分田时不？那时，大家都想要畈上的好田。也是在这间屋里，你要党员发扬风格，将好田让给普通群众，大家听了你的。你用心过过目，畈上的田有哪一块是党员家的。现在要修水闸了，却要旁人跟着出钱。打个譬喻：如果用中国的钱去帮美国修水库，别说我们，连总书记也会想不通。"

方支书一怔，发现自己竟将这么重要的一点考虑漏掉了。他想了想说："在座各位跟着我这没能耐的一把手吃了不少苦，我本不能再干了，可你们又再次选我，让我连任。我分不清哪是上策、哪是下策，我只知道办事凭良心——"不知是胃疼还是动了情，方支书哽咽起来。

说话的那人刚坐下去，又站了起来说："方支书我不是怨你，谁想怨你谁出门遭雷打。"

有人接着说："吃点苦是应该的，谁叫我们是党员呢！"

小林见气氛变好了，立即大声说："大家都表个态吧！"

小林刚说完，文村长站起来不紧不慢地说："我不说什么了，要捐就捐吧，不过捐多捐少得自愿。会计，你记上我的账，我捐人民币五分整！"

文村长的话让全场一派哗然。

方支书实在没料到文村长会来这一手。开始他还以为文村长回家自己想通了，改变了态度。他气愤地一拍桌子站起来，将一个剑指指着文村长，许久说不出话来。

小林气愤地说："文村长，你说这话像个党员干部吗？"

文村长阴阳怪气地说："我就算不像党员，可也不像一只骚狐狸。"

小林当场哭了起来，这时，屋子中间，二叔猛地一摔凳子，拨开众人走到文村长面前，一字一顿地说："你小子太混了，我算是瞎了眼，上届支委开会时推举你做村长候选人。我本来不同意集资修水闸，是你教育了我。会计，我家十二口人，应交六十元，我就是卖儿卖女，也不会拖到后天。"

二叔这一说，党员们纷纷表态支持集资。

因为感动，也因为震动，方支书自己却突然改了主意。他说："这座水闸的事有大家的支持就够了，钱就不用大家筹了。明天我就去找上级，说什么也要讨五千元回来，为村里谋点利益。"

文村长打断他的话说："你有本事要回多少钱，我个人就捐多少。"

方支书没理他，让小林宣布散会。

回到家里不见妻子，听母亲说她踏黑上山砍柴去了。

方支书揉了两把胃，准备出门去接一接，母亲忽然问："儿呀，妈本不当犯你的纪律，问支部的事，可你的脚步好重啊！"

方支书说："没事，妈，会开得从未有过的好，只是你的儿子好像不大称职了！"

方支书刚走到门外，妻子就回来了。他要接担子，妻子不给，说："你多当心自己的胃吧，天要变了！"

方支书抬头一看,月亮果然长出许多毛来。

月亮长毛,大雨豪豪。

半夜里,方支书被雨惊醒了。妻子太累睡在床那头一点动静也没有。他轻轻地起床出门,来到田里挖开放水缺,再转到菜地将蓄水的土坡一道道弄平。返回时,他一路将别人田里的放水缺都顺带扒开了。刚到垸边,就见自家屋里有光亮,推开门见妻子也起了床,正在给他烧热水洗澡。

方支书很感动地说:"你起来干什么,淋点雨没多大事。"洗澡时感到心里一阵阵热燥,身上水没擦干,他就拉妻子回到被窝。黑暗中,妻子说:"你身体不行,别太费劲了。"方支书嘟哝了一句什么,连他自己也不知道。后来,两个都睡死了。

再醒来,天已大亮。方支书坐在床上对慌忙跳到地上去的妻子说:"二叔这人还真不错!"他顿了顿,本来还有几句评价二叔的话,但他觉得跟小林说最合适,跟妻子说一点用也没有。方支书重新对妻子说:"二叔身体不好,你把会计送的两瓶罐头带上,代我去看看他。"

妻子一直不说话,直到吃早饭时才忽然开口:"送一瓶不行吗?二叔又没生病,送那么多干什么,留下一瓶将来还可以再送一份人情。"

方支书说:"这样也行。可就是东西太少了,拿出手不好看。"

里屋一阵咳嗽声传出来,母亲唤了一声儿,要他们两个进去说话。母亲说:"媳妇儿,你男人是支书,瘦死的骆驼比马大,不做事就罢,做了,再难也要做像样些。就按男人说的,两瓶一起送。下一回,我这里还有瓶麦乳精呢。"

妻子嗯了一声,说:"我听妈的。"

回到饭桌上,方支书对妻子说:"妈这病不能再拖了,今天我先进城找医院联系一下,等雨停了,送她去看看。"

妻子说:"你要出门?"说时眼睛直扫外面的雨。

方支书说:"要修水闸了。我到县里去要点钱。"

4

吃完饭,方支书从墙角推出一辆破自行车,文村长说的专车就是指的它。它是地区行署下派的一个工作队带来的,工作队完成任务离开时,赠给方支书作为纪念。

从方支书披上雨衣到一跷腿跨上自行车,妻子没说一个字,只用一对湿漉漉的眼睛送着他。方支书自然发现了,也不作声。他知道妻子担心自己的身体。小林也担心他的身体,小林说过:方支书的身体垮不得,他若垮了,让文村长掌权把舵,不出三年村里的人都得出门讨饭。他批评小林言过其实,说哪个当一把手都不会成心将工作搞差,将村里搞穷,将人心搞散,只是方法不对头而已,走错路罢了。咱们村前后四十年总共有百多人当过干部,真正算作坏人的也才一个两个，文村长现在闹，只不过是对我不服气，真等他当家时，就不一样了。他一边骑着车一边想，半路上他听见好像有人喊了一声方支书，是从一辆客车上传下的，回头看时，只见车窗里有一只手在摆动。

三十里路，他骑车走了近两个小时，进城时已是十点整。他把车子直接骑进县水利局的院子，支好并锁牢，便去找人打听先前帮村里设计水闸的张工程师。一楼办公室每扇门都闭得紧紧的，门的质量非常好，试了几扇门都找不到一道缝，好不容易发现一道破绽，从门缝里看进去，一个三十多岁的男人正和一个差不多同样年龄的女人，嘴对嘴地搂在一起。他看了看手表，见快到下班时间了，不能再拖，便竖起食指，小心翼翼地弯成一个钩，在门上不轻不重地敲了两下，随后抽身躲进旁边的厕所里。十分钟后，他从厕所里出来，那扇门已经开了。他装作一无所知地走进去，屋里只剩下那个女的。

方支书问："张工在家吗？"

女人板着脸反问："什么张工？"

方支书不解，又问："就是张工程师，你们不这么称呼了？"

女人说："你管称呼干什么！你是找防白蚁的，还是找修水库的，还是搞水土保持的？你不知道张是中国的大姓，咱们这儿叫张工的多得很，就像这——"女人把桌上的算盘珠子拨得七零八落。

方支书说:"就是从前管修水闸的那位!"

女人将一颗算盘珠子拨得叭的一声响:"他呀,守大坝去了。"

方支书问:"犯错误了?调动了?"

女人不耐烦地说:"连这个都不懂?就是死了。癌症。胃里长了十几个肉坨子。上个月的事。"

方支书不敢发愣,继续问:"那修水闸的事找谁合适?"

女人说:"还有谁呢,找局长呗!"

"局长在哪里办公?"他下决心问最后一句。

女人告诉他:"看门上,门上有牌子。"

门上果然有牌子,写着各种股室的名字。方支书在二楼找到了局长办公室,门开着,却无人。他不敢进去,就在门口徘徊。过了一会儿,从二楼厕所里出来一个人,正是他在一楼门缝中窥见的那个男人。

方支书迎上去问:"同志,局长在吗?"

那人问:"你有什么事?"

见那人挺客气的,方支书就将水闸的事的来龙去脉说了一遍。那人听他说时,抽了两支烟,是"大重九"。他本想将文村长给他的那包"阿诗玛"奉一支上去,又怕不是真佛,等真见了局长时,少了不够抽,就强忍着,做出自己不抽烟的样子。他说了半个小时,那人一直虚心听着。

等他说完,那人才说:"要钱的事,你该找财政局。"又补上一句,"如果有了钱,要技术人员指导施工,可以来找我们。"说完伸手关了门,转身走开。

方支书说:"多谢指导,同志你贵姓?"

那人说:"我嘛,姓张。"

方支书心想,难怪那女人态度生硬,这姓张的人的确太多了。他跟着往楼下走,那女人也正好在关办公室的门,二人相互抛着媚眼,嘴里却大声说着平常话:下班啦?然后点点头,各自走了。等他俩离远了,方支书才不解地摇摇头。

看看表才十一点,方支书决定到财政局去撞撞大运。财政局间间办公室都被人挤得满满的。等着说话的人在办公室前都排成了排,那些一支比一支长的烟,蜻蜓一样直往桌面上飞,也不管那儿坐的人是女是男,是老是少。方支书试了几张桌子和几间办公室,都没机会插进去,听着别人说话的口气,像是一些厂长、经理什么的。他自愧不如,退让再三,终于发现有间办公室里,一老一少正在安安静静地下象棋。他已学会先看门上的牌子,知道这是农财股,便认定是找着对口的地方了,赶忙脱下雨衣,挂在门外走廊边的铁丝上,又跺跺脚上的泥,小声清清嗓子,这才进屋去。刚好一局棋下完了,老的赢,少的输,老的高兴,少的也高兴。

一见方支书进门,少的就主动问:"找谁呀?哪个单位的?"

方支书一怔,怎么问人连起码的称呼也不带?由于是来求人施舍,也不好流露表情,依然回答:"我是望天畈村的——"

没等他说完，老的拦腰打断他的话："望天畈村，是来还那笔贷款吗？你们也早该还这笔钱了，当初地区行署工作队为你们作保，他们屁也不放一个就走了，你们竟然也将这笔钱当揩屁股的纸！"

"这是我们张股长！"听过介绍后，方支书忍不住嘀咕一句："怎么又遇上姓张的了！"

张股长继续说下去："听说你们望天畈是全县最穷的村？"

方支书问："是县里评的吗？我没听说，也没公布。"

张股长感到这话有点呛人，就喝了一口水："改革开放都这多年了，还没脱贫，肯定是领导班子有问题，你是村里什么干部？一把手像是姓什么方吧？你们村的人就没有想过将他换下来？"

方支书想了想后说："姓方的就是我，我就是一把手。"

张股长看了方支书一眼，多少有点尴尬："随口说的，你别生气。"

方支书说："没什么，我们村里有人说话更难听。"

方支书接下来很平静地将刚才在水利局说过的话又说了一遍。张股长听后半天没动静，方支书又想掏"阿诗玛"，又觉得还没到关键时候。

张股长终于开口了："九点钟县里开了一个财税工作碰头会，提到望天畈村的村干部贩茶叶赚大钱却拒不交税，有这事吗？"

方支书眨眨眼坚决地摇摇头。

张股长点点头："你讲义气，不说同事的坏话和短处。看样子是一个吃得苦干实事的人，我就和你说点内情吧！想到上面要钱修水利，除了主要领导蹲点的地方，县里一律不开口子，而且县财政穷得连工资也发不出去，所以，你也不要跑冤枉路，花冤枉钱。我不像有些人说吊胃口的话，吊上三两年，收些昧心的礼物，到头来找个理由一把推个精光。你若是不甘心，还可以到地区财政局试试，但是没有过硬的关系是不行的。"

张股长说着还让人给方支书搬座倒茶。方支书拦住说不坐不喝，仍然站在那里问了一些有关农业的财政政策，本来还想追问文村长贩茶叶的事，见人家有下班的意思，也只好主动告辞。在取雨衣时，他听见张股长在里面和那下象棋的对手说："这人是老实人，有机会可以帮一把。"方支书很感动，将雨衣仍挂在那里，却借口找雨衣，返回去专门对张股长说："非常非常感激你的看重。"张股长露出一丝苦笑说："我们俩是同病相怜。"

方支书在街边小吃摊上买了两个馒头吃过，算一算只花三毛钱，又去茶水摊上买杯茶水喝了。他以为顶多不过再花五分，谁知卖茶的老头硬说一角钱一杯，满城都是这个规矩，而他的杯子比别人家的还大一圈。城里人都爱睡午觉，这段时间干不了正事，正好可以到医院里去打听一下母亲的病能不能治。天上的雨下小些了，他将雨衣脱下来夹在自行车货架上，推着车子来到县医院，在门诊部找个医生将母亲的病情说了一遍。医生愣了半天，才说这病太古怪，让他到隔壁地区医院去试试。

方支书信了这话，又找到地区医院。一挂号却要收五角钱，说是中午休息只能挂急诊。他说隔壁县医院也在休息怎么只收一角，那人在几眼看不透的小窗口后说，这是地区办的，教授比他们的护士还多。方支书只得交五角，找半天才找到中医科。他又说了一遍母亲如何一合眼就做梦，醒来就咳嗽，若是梦见死去的人，醒后准保哮喘发作，都一年多了。说完后他补一句："这病能治吗？"医生年轻，话很老练："能！"他从没见这么干脆肯定的医生，别的人总说难。他不相信又问："怎么治？"医生白了一眼："嘴上抹红药水，屁股上搽紫药水——你把病人送来就是，管我怎么治！"他知趣地站起来说："我过几天送人来。"医生忽然客气地冲他一笑，他赶忙还了个笑脸。转过身才发现背后站着一个很好看的女护士。

尽管有这种种事，得了母亲的病能治这个准信，方支书还是挺高兴的。他给自行车开了锁，走几步后觉得少了件东西，细一看，雨衣让人偷走了。这件雨衣是那年一支拉练部队经过村里，作为"军民鱼水情"送给他的，军用品结实，多年后还不怎么破。他站在那里四处张望，有人戴着红袖箍走拢来，说他妨碍交通，他就解释原因。刚说清又出问题了。那人发现他的车子没有牌照，怀疑是偷的，要他回去打个证明来取，他不得不又做了一番解释，并用巴掌擦去车后轮雨盖尾端的泥水，露出隐约可见的行政科三个字，来为自己作证。幸亏那人并不蛮横，挥挥手叫他快走。

又怄了一回气，但方支书反而更高兴。在说清自行车的来历的时候，他突然想到了送他车子的工作队张队长。张队长在地区行署工作，肯定和地区财政局有密切联系，肯定可以帮帮忙。张队长是个肯帮忙的人，在村里时，正值刚刚打倒"四人帮"，别人都不敢唱样板戏，张队长不怕，没事照样哼几句过瘾。小林就是在张队长手上当上团支部书记的。他记得张队长说自己没女儿，非要小林随他进城，当他的女儿。小林的父母这时很乐意了，小林自己却死活不肯。前些时，有人重提这事，小林似乎有点后悔。

三拉四扯，去了不少时间，一看表已到两点半了，是机关下午上班的时间。他赶紧骑上车子就跑。地区行署门口立了个"下车推行"的牌子，他照着做了，仍被门卫拦住，是要他登记。他说了要找的人，是行政科的张科长。

门卫听了一撂笔不给登记，说："行政科没有一个姓张的。"

方支书就解释说："从前是行政科长，现在不知道干什么。"

门卫听了就问名字。他用力记了一下，说："是叫张金金。"

门卫顿时严厉起来，说："你是来上访告状的吧？少给我来这一套，要告状你回头往右拐，信访办在那里。实话告诉你，这儿没有一个叫张金金的什么人。你老老实实地走吧！"

方支书还想说点什么，门卫根本不听，摊开双手直往门外轰他。

上班的人很多，方支书明白现在犟不得，只好退在一边，支好自行车脚架，蹲在门口想从人群中瞅出一张熟悉面孔来。等了半天，门口的人越来越稀少了。后来的人都一律自觉去门卫那里登记，他想这一定也是来办事的。

方支书重新溜到门口，冲着门卫讪笑一下说："我的确是来找张科长的，也许是将他的名字记错了。我是党员，是望天畈村的支部书记，这是我的党费证。我不会做越格的事，你放我进去，试试能不能找着，就十分钟时间，保证出来。"

门卫冷笑一声："你当这是乡下呀，可以这家瞄瞄，那家看看，这是地区行署——"

门卫一声长长的拖腔让他火了："地区行署的牌子再大也是为百姓办事的。"当然，他没有说出口，只是像石头一样猫在路边，下决心就这么等着，不管是张队长还是张科长，只要还在这儿上班，总是可以认出来的。

好在雨已停了。只是说了半天话，口渴得很。这还不要紧，关键是胃又疼起来。方支书不好哼哼，只能蹲在门外一遍遍地说："张科长莫不是早调走了！"这一阵高、一阵低的叫唤大约被旁人听见了。

不知何时，门卫走过来说："你把那个人名字写给我看看。"方支书就写了。一写完,门卫就叫冤枉:"你是找张金鑫哪,怎么老说成张金金呢,这个字要读作新旧的新,不能读成金银的金。"

方支书说:"我们都这么读,他那时也没说我们错了呀。"

门卫说:"要是找张金鑫,就上四楼农办,他现在是主任了。"

方支书觉得胃也不疼了,欢天喜地进了大门,他又想掏"阿诗玛",终于没舍得掏。上了四楼,找着农办,一问,张主任到省里开会去了,三天后才能回。

5

事情多少有点眉目。这是方支书回家后,吃完饭洗过澡,躺在床上反思时下的结论。人一放松,胃又疼起来。这回疼得不比往常,一直到鸡叫三遍后才平息了些。他让妻子摸摸,看是否感觉到有坨子。妻子摸了半天说没有。他就放心地睡到天亮。醒来就问妻子去看过二叔没有。妻子说去过了,二叔很感激,还说亲不亲一家人,到什么时候叔叔也不会打侄儿的外拐子。

吃饭时他想到文小素的事火候已经熬到了,搁下碗,他就叫上民兵连长和治保主任一齐去文小素家。

一见他们,文小素就泪眼汪汪地抱着打了捆的被条站起来,说:"我等了好几天。"

方支书说:"你这是哪里的话,我们是来和你商量个事,要你吃点苦,近段时间好好照看一下水闸,别让人再破坏了。"

文小素说:"我抗税打人的事,你们不追究了?"

方支书说:"那件事我知道你有很深刻的反省,我和郎税务说好,这两天你只要写个检讨,带上该交的税款送给郎税务就行。往他家里送,别往办公室送。那里人多会把本来不臭的东西搅成臭的。"

文小素说:"上他家空手去不好吧?"

方支书装作没听见,又和他谈起水闸的事。文小素当场拍胸,保证从今往后不许别人动水闸上的一粒沙子,不然就对不起方支书的大恩大德。方支书再三叮嘱水闸的事责任重大,村里信任他才将这事交给他。说完就起身离开文小素的家。

刚走到垸边,就听见文小素抓鸡的吆喝声,和鸡们的鼓噪声。他们往后山上走,居高临下,清楚地看见文小素提着两只鸡匆匆往镇上走去。方支书叹了一口气,对身边的人说:"我们去文村长家!"

半路上碰见小林,小林正在自己的责任田边给孩子喂奶。

见了他们,小林将孩子换到另一只乳房上吊着,这才打个招呼问:"方支书,要钱的事有门路吗?"

方支书犹豫一下说:"差不多,有个七七八八了。"

小林很机敏地没再问下去,轻声和民兵连长说笑。

民兵连长说小林的乳房好白。

小林说:"我的屁股更白,你想舔吗?"

方支书不高兴:"你们都是党员,要注意影响。"

治保主任则在一旁说,不要紧,现在全是党内,没有群众。方支书一看,果然四周几个人全是党员,忍不住也笑了。

笑完了他才正色地说:"大家都是支委,有件事和你们通个气,文村长贩茶叶的事县里点名了。"

小林问:"那我们怎么办?"

方支书说:"支部先不忙拿意见,主要看文村长的态度。"

说完,方支书就要小林也一齐去文村长家。小林二话没说,冲着不远处的垸子大声叫婆婆来抱孩子。看着婆婆开始往这边走,她就把孩子放在田头,和方支书他们一道走了。

文村长家里开了一桌麻将,几个似曾相识的人趴在桌边,见人进来连头也不抬一下。文村长倒是点点头,算是客气过了,手中仍在忙乎自己的方阵。文村长的妻子将他们引到另一间屋子坐下,每人泡了一杯茶,外加一支烟,但不是"阿诗玛"。方支书看见牌桌上每人面前放了一包"阿诗玛"。一杯茶和一支烟都用完了,还不见文村长进来,方支书就叫文村长的妻子去唤。文村长的妻子去去就回,说是马上就来,还重新给每人上茶敬烟。大家只好再等。

民兵连长对文村长的妻子说:"你们家不该住这样土的房子。"

文村长的妻子说:"大家都是一个样。"

治保主任说:"我知道文村长的心思,他想一鸣惊人,盖个小洋楼。"

文村长的妻子说:"他屙得起那样高的三尺尿?河里打鱼河里用,有点钱也是左手进右手出,在家存不住。"

小林说:"大姐,你别说客气话。想盖楼房又不犯法,能盖就盖。钱多了不用,当心文村长养外室。"

文村长的妻子嘴上说丈夫没这个胆子,手脚上却明显有了惶惑。

小林忽然问:"外面那个瘦高个是县税务局长的小舅子吧?"

文村长的妻子有点恍惚地点点头。

小林又问:"那两个人呢?"

文村长妻子说:"都是税务局的。"

小林正要再问下去,发现方支书脸色非常难看,就打住了。

方支书将手中的烟头捻碎,一抬屁股,低声说:"走!"

正在这时,文村长出现在门口,先对妻子说:"快把早饭端上来,肚子都饿瘪了。"然后一边用手搓着脸,一边说:"怎么要走,不是有事吗?"

方支书不作声,小林觉得不回答不好,就说:"没事,顺便走走。"

文村长阴阴一笑:"四个支委正好过半数,大概是形成什么决议了,来打招呼的吧?"

方支书这才开口:"都是路上碰着,是去处理文小素那愣种。"

文村长说:"是吗?"

方支书觉得文村长有点欺人太甚,便决定镇他一镇:"说有事也有事。昨天我去县里办事,听到信息,你卖茶叶的事闹大了,县里主要领导都点了你的名,准备派调查组下来严肃处理。你得做个准备,支部也在做准备。"

文村长高深莫测地将眼皮闭了一会儿,打开时,朝外屋叫了声:"张股长,你来一下。"

一个白胖胖的中年人应声来到门口。

文村长说:"这是张股长,这是方支书。方支书说县里点了我的名,还准备派调查组来。"

张股长说:"你已经交了税,怕什么。一百多斤茶叶,交了一百元的税,这个道理到哪儿也是梆梆响。放心,有我们大家在呢!"

文村长谢过张股长,复对方支书说:"交税的收据要不要复印几份,给支部做个凭证?"

方支书说:"用不着,你自己保管好就是。"说着就带人走了。

在路上,方支书一句话也不说,他原想借机狠狠压压文村长,将他的行为拢到支部一盘棋上来,所以,狠狠心将县里听来的那话说重些凶些。没料到半路上杀出个程咬金,文村长反而更邪乎了。见村部旁的小餐馆里没人,小林要民兵连长请她吃鱼头豆腐汤、喝啤酒,治保主任也在一旁起哄,说要跟着沾沾小林的光。小林不管三七二十一,拉着方支书和治保主任进去坐下,直唤上菜上酒记民兵连长的账。开餐馆的是本村人,不怕谁会赖账,转眼就将吃食端了上来。

民兵连长见了,只好自认倒霉,说:"好,不叫请客,就当我生病吃了药。"

吃的时候,大家都朝方支书敬酒,小林却说胃疼的人喝不得啤酒。方支书经不住劝,就多喝了几口。喝到第三杯时,方支书忍不住又说起了水闸。他说:"我总觉得一场大水就要来了,这个水闸是村里的心腹大患,不修它一修,我这心里比胃不好还难受。"

大家一齐说:"天无绝人之路。你不是说已有眉目能在上边弄到钱吗?等钱一到手,我们日夜不睡地出苦力干就是。"

方支书不禁叹了一口气,过了一阵才说:"要是文村长和我们一条心就好了,他这人心眼多,门路也广,不比我,老古板一个!"

正吃着,餐馆外面有人唤方支书。一看是文小素。文小素进来说:"正好几位都在,免得日后难得请到一块儿,我就再加两个菜,两瓶酒,报答领导对我的挽救。"

大家无法推辞,只好任他加酒加菜。酒菜一到,文小素并不落座,说:"方支书,你是我的再生恩人,郎税务跟我说了,不是你,这一刻我恐怕已待在监狱里了。所以,这一杯先敬你!"方支书实在不敢再喝,他觉得胃里难受得很,就用一只手将杯子死死捂着,不让文小素倒酒。文小素不依,非要敬酒不可。方支书极力抵挡,搞得文小素都毛了,说:"你大支书瞧不起我这小百姓是不?算我低一等,我给你跪下总可以吧!"说着真的要跪,几个人一齐拦住,同时劝方支书喝一杯的一半,剩下半杯由民兵连长喝。方支书勉强同意了,文小素却不同意,说:"又不是乐果,一杯酒死得了人?再说到处是假农药,想寻死的人都死不成咧!"

小林说:"文小素,我是女的,我代方支书喝总行吧!"

文小素说:"行,但得喝双杯。"

小林说:"四杯也行!"

二人连喝四杯。完了小林还要喝,文小素却开始讨饶,说自己再喝,回去时得小林背。小林说背就背,酒非得喝到底。方支书一旁皱着眉头让散了,不然别人会以为干部欺负群众,说着自己就离席去找茶喝。大家也就风扫残云,将桌子上的酒菜收拾干净,跟着离席了。

吃完饭,文小素附着方支书耳边说:"文村长的事,老狼让我捎个信给你。"

方支书见大家都支着耳朵听,就说:"大家都是支委,你就明着说吧,不碍事。"

文小素就说:"文村长贩茶叶的事,老狼认为虽然交了税,但肯定有人在中间搞经,得了好处,让国家吃了大亏。老狼明天要来村里,搞一份书面材料,然后向上捅。他要方支书和会计明天在家里等着。"

大家听了都很高兴,方支书也说了两句狐狸尾巴藏不住之类的话,跟着忽然叫起胃疼来。

大家轮流扶着他往回走,一到家门口,方支书说自己缓过劲来了,又让小林将郎税务的事通知会计,他说自己明天还要进城去跑跑修水闸的款项。文小素说正巧,他也要进城去买化肥。

6

第二天早饭后,一辆手扶拖拉机"突突突"地停在方支书门外,驾驶员坐在拖拉机上直唤:"方支书,走不走哇?"方支书的妻子跑出来说:"走,就走。"转身进屋扶出母亲,径直往拖拉机上爬,爬上去就说:"走吧!"驾驶员疑问:"方支书呢?他不去?"方支书的妻子说:"他胃疼得很,不去了。"

正说着,面色苍白的方支书出现在门口,说:"等一等,我去。"

方支书吃力地扛着那辆旧自行车,爬上拖拉机挂斗。

拖拉机路过文小素家,方支书叫驾驶员停下叫一声,捎上文小素一道去。可是文小素的儿子嫩嫩地说他爸早走了。方支书的母亲有病,拖拉机不敢跑快。半路上,迎面看见郎税务骑着一辆崭新的女式自行车过来了，方支书赶忙闭上眼睛，装作打瞌睡。郎税务用很大的声音叫喊，他也权当没听见。拖拉机仍在跑，速度却明显慢了，直到最后停下来。

母亲在他耳边唤："儿呀，老狼在拦车呢！"

方支书只好醒过来，像是一无所知地朝拦在车头的郎税务打个招呼。

郎税务不高兴地说："不是提前打过招呼了嘛，怎么还往外跑，是怕惹麻烦？"

方支书赔着笑脸说："哪里哪里！老母亲有病，在城里约好了医生，让今天上午送去看看。另外，需要上面拨款修水闸的事，有个门路，也是约今天回话。没办法，请原谅。家里的事都向会计交代清楚了，让他按你的意思办就是。"

看看方支书的老母真的在拖拉机上，郎税务只好让到一边，却说了一句狠话："假如这次不协助我，日后可别怪我太原则了。"

方支书又赔了许多笑脸，见郎税务脸色好了些，才让拖拉机继续往前开。没走多远，母亲就开始呕吐，像是头朝下一般，胃里的东西从嘴直往外喷，后来胃里没东西可吐了，母亲还在那里干呕，不敢睁开眼睛，只要打开眼皮，就觉得所有东西都在飘动旋转。

方支书恨不得早点到医院，因为他的胃里也难受得很。偏偏拖拉机又停了下来。

文小素扶着自行车站在路边直招手，见拖拉机停了连忙奔过来，说："化肥又涨价了，我钱带少了。想着你要来，就在这儿等。借二十元钱，回去就还你。"驾驶员说："我只能借你十块，开车的得留着点钱以防万一。"文小素说："方支书，你能借我十元吗？"给母亲看病的钱本来是留着余地的，方支书还是在心里算了算，这才借了十元给文小素。这一关过去，下面就再也没有阻拦了。

到了医院，门诊部人很多，排着长长的队，他想这么等下去，肯定要等到十一点以后，自己不如真的去地区行署看看，运气好，说不定能碰上张主任。他就将钱和母亲交给了妻子，说自己去去就回，要不了多久。

到了地区行署，这次门卫不再拦他，还对他说张主任刚回，车子还没停稳呢。方支书一看，果然有辆灰色轿车正在下人。他看见有个人有点像张金鑫，心里怕错过机会，连忙叫着："张主任！张主任！"像的人没答应。倒是旁边一个人答应了。他怔了一阵，到底还是从眉眼间找到些张队长的影子，便走拢去自我介绍，说："我是望天畈村的小方，这是你送给我的那辆车子。"他等了一会儿，终于等来了一声惊叹，还听到了一声："岁月不饶人。那时候你不到四十吧？小方变老方了！"

方支书顾不上感叹，见张主任认出了自己，心里只顾高兴，觉得要钱的事真有希望了。到办公室一落座，方支书连忙将揣了几天的那包"阿诗玛"掏出来，递了一支过去。张主任接过去用鼻子一嗅，立刻丢到一边说："你这烟是假的，而且发霉了，还是抽我的吧！"方支书被说得无地自容，暗暗地骂文村长，后见张主任并不怪才踏实些。方支书开口就说小林的事，说她入了党当了支委还是支部书记的培养对象。张主任竟不大记得了，反问哪个小林。方支书提醒就是他曾想要去做女儿的那个小林。

张主任记起来了，对旁边的秘书说："我的眼光还是可以的，当初只是一个小姑娘，十几年后真的出息了。"

秘书自然是恭维一番，说张主任是当组织部部长的最合适人选。

方支书正想怎么开口说要钱的事，张主任却先开口了："老方，你来找我是有事吧？"

方支书说："没要紧的事哪敢随便打扰老领导。是这样，那年你帮忙修的那个水闸坏了，村里想修一修。"

张主任一听到水闸，脸上就有光放出来："我在你们那儿就只做了一宗像样的事，修了个水闸。那水闸太重要，那绿油油的满满一畈当家田全靠它保护，坏了就该修。"

方支书说："这几年集体经济都搞没了，村里越来越穷，账上长年没有一分钱。那年修水闸你帮忙借的贷款到现在一分钱也没还。"

"别说，我知道，你是想我出面帮忙搞点钱。"张主任站起来踱了几步，"你们村划成贫困地区或者苏区没有？"

方支书说："就差几里路远，都没划成，隔壁的望天山是界线。"

张主任发了火:"界线还不是人划的!你太没用了,这些事要拼老命去争,要吃透文件精神,多钻文件上的空子。"火冒一阵,张主任又平缓下来,"你是个老实人,我早就下过结论。你一个人老实,村里可就吃亏了。"

方支书说:"我知道这个。我说不干了,可他们总是要选我!"

张主任又火了:"谁说让你不干了,你要干下去,一直干到死。现在像你这样的干部越多才越好。这样,你回去弄个报告来,我帮忙想个办法试试。"

方支书一听忙说:"报告准备了好几个,不知哪个合适,请张主任多做指示。"说着他从口袋里掏出几张纸,递过去。

张主任一见就笑了,说:"你也是行了狗屎运,碰巧我提前回来,让你碰上了。"

方支书说:"前天我就来过一次。假如今天没碰上,下回我还要来。"

张主任说:"这个我能想象,不把想做的事做成,就不是你老方的性格。"

张主任将几份报告看了半天,选了一张,其余的一把扫进字纸篓,又叫秘书给财政局张局长打电话,说自己有事要马上去见他。秘书很快联系好了,张主任让方支书在办公室等着,自己去去就回。

方支书扫了几眼字纸篓,想去翻翻被丢掉的是哪几张,好弄清张主任拿去使用的那张报告用的是什么理由,几次都伸出手了，却不敢真的去拿。

后来，张主任返回来了，说："成了，就这样。五千元。不多不少。加上那次也是五千，就算我送给望天畈一个万元户吧！"

方支书见了，说了许多感激话，最后才提出要走。张主任不肯，非要留他吃饭。张主任将他领到地区行署后门外的一个餐馆里，让方支书自己点菜。方支书不好意思，只要了一个麻辣豆腐，张主任见了，亲自动手给他点了一只烧鸡，还对他说，吃不了找老板要个塑料袋子带回去。又要点酒，方支书拦住，说自己的胃病越来越厉害，沾不得酒。

张主任同情地说："你是老胃病，可别变成癌了。"

这时，秘书来喊张主任，说专员找他有事，张主任说："吃完你只管拍屁股走路。"扭头先去了。

这边人一走，那边老板过来劝方支书再点几个菜，还说反正记农办的账，不是张主任私人掏，怕什么。方支书不肯，吃完麻辣豆腐后，赶紧提着那只一点未动的烧鸡往医院赶。路过地区行署大门，想着钱快到手了，方支书就将那包"阿诗玛"送给了门卫。门卫接过烟说，欢迎下次再来。

方支书回到医院门诊部，怎么也找不见母亲和自己的妻子，出门找那辆拖拉机也找不见，就断定他们一定自己先回去了。

太阳转到西边。天上又起了云，阳光拥挤着从云缝里钻出来，特别刺人。方支书没料到今天办事这么顺利，不由得又哼了两句黄梅戏。破车子骑起来也比往日轻灵。

路过村部时,方支书见郎税务的那辆红色女式轻便车停在外面,心里顿时打了几个圈圈,正准备掉转龙头绕开走时,窗子里响起了一声喊:"老方!"见郎税务已看到自己了,方支书只好下车进屋,一看,几个支委、会计都在。

郎税务劈头盖脸就是一句:"望天畈的人,从支部书记起,没有一个觉悟高的,明知某某人做了违法的事,都不肯写个书面证明材料。"

方支书说:"你别一竹篙打一船人!毛主席说了,好人总是大多数。"

郎税务说:"你问会计,找群众,群众吓得像老鼠,找支委,支委溜得像水蛇,好不容易拢到一起,个个都像吃了哑药。"

方支书说:"这事该找小林,她负责组织和纪检。"

会计说:"小林的孩子生病,上卫生所去了。"

方支书低头思考时看见那只烧鸡,便说:"先不忙上纲上线,我请大家尝个鲜——这是地区行署领导请客的酒店的名菜。"

方支书把烧鸡往桌上一放,郎税务那酱油色的脸,立刻褪了许多浓妆,还说:"那酒由我出,也算请大家协力帮我一回。"郎税务出去买回一瓶白酒。

这中间方支书跟会计耳语几句,会计也出去了一会儿。

正喝着酒,喇叭响了,叫着:"文小素,请速到村部来!"

没过多久文小素气喘喘地到了。大家先敬他一杯酒，又递给他一个鸡头，然后方支书就请他帮个忙，要他以部分群众的名义，写份材料检举文村长贩茶叶逃税的事。文小素二话没说就答应了，按会计和郎税务说的情况，写了满满两张纸。方支书看了看觉得错别字太多，让再抄一遍。郎税务忙说不用抄，错别字越多，越能代表基本群众，上头越相信。就让文小素按了手押。

文小素走后，郎税务对方支书说："还是老姜辣些，刚才的话我全部回收。"

趁着这股劲，方支书告诉大家，他今天在地区行署要回了五千元钱修水闸。

大家很高兴，说这下子可叫文村长腹背受敌了。

郎税务却泼了一盆冷水，他说从地区行署到村里，关卡多得很，弄不好肥水就流到别人田里去了。

方支书说张主任亲口保证，这笔款是戴帽下达，谁也拿不走。

7

天黑时，方支书一进家门，儿子就迎上来悄悄地说："奶奶发你的脾气了。"再一看，妻子正在灶后面流着眼泪，灶膛里的火光在脸上晶晶地闪动着。一问才知道，上午他不在医院时,医生给他母亲看过病,开了张药方,划过价后发现钱不够。在等他回来的时候,碰见了文小素,说是他看见方支书正在餐馆里与别人一道喝酒。母亲气坏了,爬上拖拉机就回家,从那时到现在一句话也不说,一口水也不喝,谁也不理睬。

方支书听了,连忙泡了一碗红糖水,双手捧着走到母亲的床前,轻轻地叫了声:"妈!"没人应,他又叫第二声。又没应。又叫第三声。

这时,母亲翻了一下身,重重地说:"我不是你妈。我没有儿子。我明天就去找文村长要求吃五保!"

方支书一听,泪水就出来了,双膝往下一跪,说:"妈,我知道自己外没能善待百姓,内无力伺候上人,可我是尽了心的。你打我骂我都行,可你不能说我不是你的儿子。"

方支书一哭一跪,门外偷听的妻子和儿子也慌忙进到房里,在地上哭成一片跪成一片。

母亲见了,闭上眼睛长叹一声说:"儿啊,起来吧,男儿膝下有黄金。一见到你,我这气就消了。"

方支书起来坐到床边,用汤匙将糖水一口口喂给母亲,还解释说,自己并不想吃那顿饭,却想到能从嘴边省下一只烧鸡给母亲尝尝鲜,就答应了张主任,谁知回来时碰上了老狼。

母亲说:"这些都是应该的,我是老糊涂了,才生这冤枉气。"

母亲说消气就真的消气了。

方支书躺在床上后，打定主意明天仍然进城去，一来帮母亲将药买回来，二来还要找一趟张主任，问问这钱从哪些途径往下拨，免得到时真要查时无从查起。临睡前，他叮嘱妻子早晨起来，先去文小素家将那十元钱讨回来。半夜醒来想想不合适，哪有头天借钱，第二天就去讨的人呢！所以天亮后他又叫妻子，还是先去会计家借点用用，等文小素还钱后再还给会计。

第二天进城，方支书先去将药买好，以免再出现失误，回头再去地区行署。张主任不在。问秘书，说是出差了，还让方支书快走，张主任昨天发了他的脾气。方支书追问几句，秘书不肯说，他不好再问，就转而问那笔钱从怎样的渠道往下拨。秘书说，先拨到县财政局，再怎样就得问县里。方支书点点头就告辞了，谁知下楼梯时正好碰上张主任。

张主任见了他一脸愠色："昨天请你喝酒你不喝。我一走，你自个反要了一箱啤酒，你不怕累吗，这么远往家里拖？"

方支书忙分辩："没有的事。"

张主任说："你未必还要我去找人对质？算了，以后你别想喝我一口水。以前还把你当成老实人，真是看花了眼。"说完扔下方支书一个人走了。

方支书闷了一会儿，走出后门找到那家餐馆，一问就弄清楚了，那箱啤酒是秘书弄去的。他打算当即回去说个明白，一转念又觉得这样做太不人道，等于捅了别人一刀，就想还是自己兜着算了，别影响年轻人的前程。走了一段路后忽然想到文村长，他举一反三认为还是说清了好，免得秘书将来跌更大的跟头。于是他又转到大门口，写了一封短信托门卫转给张主任。

做完这件事他又来到县财政局。

农财股的老张股长正在看报纸。听他介绍后说，还早呢，从地区账上转过来至少要一个星期。方支书想问自己从地区财政局到县财政局只走了七分钟不到，这转账为什么这样慢。他终于没问，道过谢后就回家了。

到了第十天，方支书决定再次进城看看。

这十天里他过得格外悠闲，见人就说水闸的事，说五千元钱的事。他听好几个人说，文村长有些慌，心疼自己真要白掏五千元钱。小林告诉他，文村长想反悔，和她开玩笑试探，说最多只能兑现五百元。方支书说，那就请他将自己吐的痰舔回去。

方支书进城后先去县财政局，张股长不在，办公室坐着一个陌生人。他开口问那笔款子，还未说完，那人就说没有拨过来，说着还站起来做出一副要出门的样子。方支书连忙先走了。他在街上瞎逛一阵，决定还是厚着脸皮再去地区行署找张主任。刚到大门口，门卫告诉他，张主任又去省里开会去了，他的车子早上走的。他便写了个条子留给张主任，当然还是托门卫转。

隔了两天,方支书又进了城,依然是先前的步骤。县财政局那人依然是先前那样打发了他。他便又到了地区行署,门卫说张主任可能在家,他便上楼去找。办公室没有,秘书说不知道他去哪儿了。等到快吃午饭时还不见张主任露面,他只好赶快往回走。到这时,他才意识到郎税务那话的严重性。季节已到六月半,汛期之前的日子不太多了,得抓紧时间。他便骑着破车子,一天一趟地往城里跑。县财政局那边依然打听不出任何消息。只是打听到新来的这个陌生人也姓张,是犯了错误从县委办公室贬下来的,所以架子大得很。因为认识,只要方支书一进门,他就说:"没有!"张主任也一直没见着,秘书有一次说张主任上厕所去了,他赶忙跑到厕所门口等,可是过了一个多钟头也不见人出来,他装作小便进去一看,里面一个人都没有。跑了多次没有结果,方支书逼出了一个办法,每来一次都给张主任留个条子,无非是些:又来了一趟,不见老领导或者不见主任您等等,这样一些话。县财政局那边他也玩了一个花招,他带着小林来了一趟,自己不出面,却让小林去问先前那个老张股长哪里去了。得知老张股长退休后,他们就上老张股长的家。老张股长告诉他们,那笔款子已经拨到水利局的账上去了,因为这是他为党为人民做的最后一件工作,所以他记得清楚。

水利局的账是小林去查的。方支书在小林面前多次提起初来水利局时碰上的尴尬事。他喜欢听小林取笑说,这是一场"艳遇"。小林是自告奋勇要去查账的。她想好了办法,去水利局时，专门找方支书遇见的那个女人。见面之后，小林就说某个下雨天，她来水利局时，凑巧看到有个男人在办公室里行非礼，便故意在门上敲了几下。接下来小林就对脸色绯红的女人说查找一笔五千元财政拨款的事。女人二话没说，搬出一叠账本找了半上午，还是没找到这笔钱。女人一脸的歉意小林是看懂了，她是不会耍她的。小林走时说，如果有消息请尽快通知望天畈村。女人很客气地将小林送到门口，再三保证决不误事，眉眼之中很有点巴结的味道。

"衙门深似海！"小林回村对方支书说了查账的经过。

方支书想不通，这么多的钱会不翼而飞下落不明。解铃还得系铃人，他决定再找一次张主任。日子不等人，已经到了六月底，得办快些才是，不然七月底八月初山洪下来，事情就艰难了。他和小林合计了好久，小林咬牙想出了个主意，由她直接找到张主任家里去。方支书摇头不同意，他认为现今领导干部的妻子最讨厌年轻漂亮的女子，小林真的找上门去，反而会弄巧成拙。小林及时开玩笑，问方支书的妻子是否也是这样防着她。方支书哪有心思说笑，见小林也想不出好办法，便无奈地说："门卫抽过我一包'阿诗玛'，说不定能从那儿找点门路。"

于是，方支书这一次哪儿也不去，一锚下在门房，求门卫帮忙打电话问问张主任在哪儿。门卫不肯违反制度，被求不过才答应试试。门卫将电话打到农办。那边听到是门卫，想必是批评了几句什么。方支书见门卫放下电话时脸色很难看，咬着牙说："今天非要找到张主任的行踪，看看到底会犯多大错误。"挨了批评的门卫也想找回一点面子，快下班时，他拦住农办的一辆小车，谎称刚才有电话打错了，把门卫当成了农办，问张主任哪儿去了，听口气像是专员的秘书。司机随口说张主任住院好几天了。方支书听了又喜又忧，喜的是终于找到张主任了，忧的是自己身上只剩下不到三元钱，到医院见张主任总不能空着手去。这是从开始要钱跑路以来算计好的十元钱里剩下来的，每次跑路都只能吃两个馒头当中餐，最好也才吃了一碗素面。他这是替自己节约，村里拿不出钱，得自己贴，而自己家几乎和村里一样穷。这十元钱用完了以后，下笔钱尚不知从何处能弄回。

门卫看出他的心思，说："你空手去就是，张主任还在乎你那几斤烂水果？"

方支书苦笑一下。

张主任住在干部病房。方支书进去找了一位护士询问。护士看了他几眼，也不说话，把他引到一扇门边，自己先进去说："爸，有人找你，从乡下来的。"方支书吓了一跳，正准备朝护士说有眼不识泰山，护士绕过他，看也不看就关上门走了。

方支书硬着头皮一边朝里走一边说："张主任，是我。又来给您添麻烦了。"

张主任正在沙发上静养，见了他，说："怪不得我练气功总入不了静，原来都是你们这些人给搅的。"

方支书站在那儿说:"张主任您别生气,我只说两句话就走,那笔钱——"

张主任也站了起来说:"我就厌烦人家提个钱字!去去去!我又不是你们村的出纳会计!"

方支书按照自己的思路继续往下说:"不信您数我留下的那些纸条,我找了您十八次,才见上一面。若不是为村里的老百姓,我干吗要这么贱?"

张主任一愣,走几步到了方支书面前问:"十八次?你找我十八次?"

方支书点点头尚未说出声,张主任就变了态度:"老方你别再说什么了,就在这儿等着,那点钱我这就亲自去给你查清楚,你别再瞎跑瞎碰了。下午两点钟以前给你个准信。"

说着,张主任就出门去了。

方支书正待在病房里不知所措,护士又进来了,冲着他说:"我爸说你胃不好,让我带你去做个检查。"

方支书立刻露出一脸窘态,说:"不,我身上没带钱。"

护士说:"不要你的钱,记我爸的账。"

方支书跟在护士后面前后进了四五种不同的房子,一直折腾到下午三点多钟才算检查完。他看不懂检查表上的那些洋码子,所以干脆不看,就看医生的脸色。也看不出名堂,只知道是严肃得很。出来后又发现全医院的人都是一副面孔。

回到张主任的病房,张主任已坐在原先的位子上,见他进来也不说话，只是点一下头，就把眼睛盯在天花板上不放下来。护士走上去附着他耳边小声说了几句，他才收回目光，长长地叹了一声说："老方，我现在才相信你的确跑了十八次。如果没有我，你跑八十次也不一定能办成。"方支书以为事情办成了，正在窃喜，又听到张主任说："你就回去等好了，反正不要再跑第十九次，等有了下落我亲自上门去告诉你。我就不相信查不出这笔钱的下落。"

张主任打开柜子，拿出几盒人参蜂王浆和几瓶振华851交给他，说："拿回去按说明书吃了试试看，工作上的事多让小林他们干干，你就好生歇一阵。"

方支书知道自己不能再说什么了，几颗眼泪在打着转，他赶忙告辞出来，一路上想着遇上这样的领导，真是下级的福气。

回家时，天已很黑了。两个儿子都上前报喜，他俩一个参加高考，一个参加中考，在大考前的最后一次测验中，他们都拿了全乡第一。小林也跑来说，乡里已下了决心，准备将文村长撤了。母亲说自己吃了药后身上明显感觉舒服多了。他睡前喝了一支人参蜂王浆，再喝了几口振华851。这天晚上，他破例一上床就睡着了，直到天亮后才醒过来。

8

　　起床后,方支书发觉天气不太对头,才阳历六月底,天气就闷热得出奇。到中午前后,胃里又有了剧痛感。天上的云虽然只是薄薄一层,他还是感到了不妙。下午,他到水闸上看了看。文小素正好在那儿。水闸还是上次那个样子,没有再被损坏,他多少有些放心,就表扬了文小素几句。他正想提提上次借的那十元钱,文小素先开了口,解释这一阵手头太紧,借的钱得再过一阵才能还。方支书表示自己并不急着等钱用。其实,过几天大儿子去县里参加高考,妻子正愁哪里去弄钱呢!

　　闷热天气持续了三天,云层突然变厚。到了第四天早上,雨就落下来了。那个疯狂劲,才一个上午,就把小溪小沟填得满满的。方支书让会计用广播将全体支委喊到了村部,布置说,这雨可能要下个三五天,得赶紧动员全村人上堤去防洪。文村长也到了会,不过一句话也没有说。下到第五天,那雨不但没歇反而越下越大,地上能存水的地方都存得没法再存了。

　　电视广播报纸一齐说,全国十八个省发生了特大水灾。

　　方支书又让会计通知支委开紧急会,地点在水闸上。大家站在水闸上,看见堤外的洪水比堤内的田地高出近一丈,都不说话。只有小林说:"这水闸若是一破,咱望天畈就全完了。"方支书说:"是我心太软,也不该和文村长赌气。若是早些狠狠心将水闸修牢固了,现在就不用担心。吃后悔药没用,只能亡羊补牢。三千米大堤由七个支委包下来,中间水闸由我带会计镇守,其余六人一边三个,只要还在下雨就一步也不能离开。"大家听了仍不说话,点点头很快分散到各人的堤段上去了。方支书让会计寻了一只锣来,预备报警用。

雨又下了五天。方支书在前后十天中几乎没合过什么眼皮,人累得不成形了。所幸大堤和水闸有惊无险,基本上平安无事。第十天夜里,天上露出半个月亮,堤外的洪水也在消退。方支书见了,就叫支委们都回去休息,他自个儿看着水闸就行。会计、小林都不肯走,文村长坐在他的堤段上也不肯走。这时,广播喇叭里"嚓嚓嚓"地响了三声。会计知道这是三差一的意思,妻子催他回去打牌。会计说过不走的话又不好再改口,便推说回去弄点吃的,走了。水闸上就剩下方支书和小林。方支书要小林和他一起到临时搭起的守护棚里坐一坐。小林坐进去,方支书又要她坐拢一点。小林有点慌,但见方支书又累又瘦一点精神没有的样子,还是谨慎地往拢靠了一些。

方支书用一种异样的目光看了小林一下,说:"你觉得我这个人怎么样?"

小林说:"你是个好人。"

方支书说:"那文村长怎么会说我们之间关系不正

常呢？"

小林说："想损人时这一招最厉害。"

方支书说："其实，我真的很喜欢你。"说着就捉住了小林的一只手。

小林一开始没作声，后来见方支书的手有顺着她的手臂往别的地方挪动的意思，才赶紧说："方支书你别这样，我不是那种贱女人。"

方支书猛地一愣，然后把手抓得更紧了，说："你怎么这样想？我是说我女儿若没死她一定长得和你一模一样，甚至更漂亮。"

小林说："那我喊你一声爸行吗？"

方支书说："只要你心里认了就行了。真喊出来，日后我们怎么在村里做工作。"

方支书忽然改了话题："乡里要撤文村长的职，你有什么想法？"

小林说："早该这么做。"

方支书说："你错了。明天我就去找乡长保下他。你以为换了你，你就干得过文村长？你头脑还嫩，连他的半个脑袋都不及。他敢跟我闹，正说明他有能力、想超过我。"

小林听不懂方支书的逻辑，觉得有些头晕。

方支书又说："有些事不能全怪文村长。是政策造成的。眼下有些政策得赶紧修改，不然就会将人心越搞越散。现在是集体散了，将来还不知道是什么散了。"

小林没有听进去这些话,她听到棚外有动静,赶紧钻出草棚一看,是文村长。

文村长说:"我来看看水闸。"说完就扭头走了。

小林也要到那边堤上看看。方支书将锣交给她,说一个女人力量弱,怕出现万一,有事就敲几下锣。小林接过锣,顺着大堤走了一趟。走到头见无情况又往回走。刚走几步,隐约听到有人喊了一声。再听又什么动静也没有。她提着锣,依旧边走边察看堤内堤外。再回到水闸,已过了差不多一个小时。

水闸上有个人影,走近了一看才知是文村长。

小林说:"好像听见有人喊。"

文村长说:"我也是听见了才过来的。"

小林像是意识到什么,问:"方支书呢?"

文村长说:"我一来就没见到他。"

二人说了一阵话,仍没见到方支书,便以为他是走畈中间的小路回家休息去了。直到天亮后,方支书的妻子来送早饭,才知方支书一整夜没敲过家门。让会计在广播里喊了十几遍后,仍找不到方支书的人影。

中午时分,水闸上响了一声枪。民兵连长在用枪打鳡鱼,几条从下游水库里蹿上来的大鳡鱼,正在水闸附近抢吃什么。民兵连长一枪打死的那条鳡鱼有好几十斤。

见到大鳡鱼,会计忍不住说:"早上我听到自行车铃响,方支书会不会是也捉到了大鳡鱼,拖到城里卖去了?这几天他老喝人参蜂王浆和振华851，不做些贩买贩卖的事，哪儿来的钱。"

刚好郎税务来找文小素补充材料，心想一瓶振华851就得四十元钱，以为又要捉住一只肥手了，便骑上自行车往方支书家里赶。刚到方支书门口就听到许多人在传，找到方支书的尸体了。郎税务一听打了一个冷战。

方支书的尸体是被民兵连长发现的。他下到水里捞被枪打死的鳡鱼时，踩到了一个软绵绵的东西，一摸是条人腿。他喊了几个人下去帮忙死劲一拨，随着方支书尸体露出水面，一股水桶粗的水柱从堤内的闸底喷了出来，将一床棉被炮弹一样弹出老远。小林和文村长这才知道，昨夜水闸突然出现了漏洞，方支书喊了一声后，见情况危急，就抱起草棚内的那床棉被，跳入水中。方支书腿上的肉几乎被鳡鱼吃光，两根白花花的腿骨和枯瘦的身子一起平卧在长堤上。

小林哇的一声哭了起来，随后全村人都哭了。

只有一个人没有哭。那就是文村长。他见到方支书的尸体后，愣愣地揪了下自己的半边头发。然后笔直跑到学校，将方支书的两个儿子用一辆拖拉机拖着送到城里，找了一家旅馆住，再托一个朋友照顾他俩，说后天就要考试，不让他们在这之前知道父亲的死讯。安顿好后，他又到县委办公室，声泪俱下地诉说了方支书英勇献身的经过。县委书记当即乘车直奔望天畈。

第二天，张主任代表地区行署也赶到望天畈，他说方支书上次诊断的结果是胃癌晚期。文小素听了忍不住说:"方支书真划算,眼看要死了,还白捡个英雄当着。"张主任还没查到那五千元钱的下落。但是,文村长坦白了,是他串通财政局的人做了手脚,将钱转到了乡财政所,还了十几年前修水闸时借的那笔五千元贷款。张主任听了,要县委书记当场表态处分文村长。文村长却说:"请你们不要处分我,给我三年时间,三年之内不能让望天畈富起来,我就撞死在这水闸上。"大家听了半天无话。只听见张主任抚着水闸,一声接一声地长叹。

方支书下葬时,方支书的妻子由小林扶着,她用枯涩的嗓子说:"我真后悔当初没有说,嫁给了他,自己一点也不后悔。"从坟山上沉重地往回走的路上,小林朝方支书的妻子喊了一声妈。大家都不明白。方支书的妻子说她明白,她说:"方支书生前跟我说过几次,想认小林做女儿,但见小林连张主任这样的人都不答应,就始终没有明说出来。"

这天晚上,会计一开广播就听到县电台在广播县委关于开展向望天畈村党支部书记方建国学习的决定。上床睡觉时他找了个借口将他的川妹子狠狠揍了一顿。就在会计痛打自己的妻子时,张主任领着支委开会征求文村长去留问题的意见。张主任玩了一个新花样,每人发了一张字条,上面写着同一个问题:如果方支书在世他会怎么处理文村长?张主任得到同样一种答案:方支书会给文村长一次机会,让他继续干下去。张主任还有个想法,将文村长贩茶叶赚的一万元钱都弄出来留给村里,一部分拿来修理水闸,另一部分办个小企业。

散会时,大家刚走到门口,突然停电,挂在电灯上的所有窗户全消失了,只有远处一盏长明灯背负着坟山不断闪烁。

一九九一年十月二十五日晚完稿于东湖《湖北日报》招待所

民歌与狼

1

春天让那么多鲜花开着。可它管不了夏天,夏天说来就来,还邀上秋天。看着鲜花被弄得七零八落,春天在一旁束手无策。从进文化站的那一刻,柳柳就想对古九思说这句话。古九思坚持要她唱支民歌听听。柳柳坚持说自己真的唱不好。

这时,镇上最有钱的田大华在门外夸张地大声嚷了一句:"我从没见过这样说话的,比金子响还好听。"

田大华进屋后,坐在椅子上的柳柳更显得局促不安。古九思站起来寒暄几句后,让田大华坐在柳柳身边。田大华走向椅子时,顺势扳了一下柳柳的肩头,并说还是古九思的面子大,一请她就到,当初自己想要她到大华娱乐厅当领班,请了三次,她连一面都不肯见。柳柳脸一红,小声说她怕有钱有势的人。柳柳起身走到一旁拿起开水瓶,正要往杯子里倒水。田大华连忙从皮包里掏出一盒茶叶递给她，说是专门请人采的野茶，虽然样子不大好看，品质却是别的茶叶没法比的。柳柳打开茶叶盒闻了闻说，她家附近山上也有野茶树，可大家只是将它砍了当柴烧。柳柳抓起一撮茶叶放进茶杯里的动作很优雅，特别是几个手指很自然地跷成了兰花指。

田大华说："野茶起码没有农药的污染，现在有地位有文化的人，都讲究这个。"

古九思表态要尝一尝后，田大华立即暧昧地笑了笑："现在什么东西都是野的好。"

田大华开的大华娱乐厅在全县各地都有分厅。他将古九思甩来的一支香烟点着了才继续说："我也想参加民歌比赛，到电视台当个签约歌手。说来你别不相信，昨天在县城玩卡拉OK，我一开口就将县里的头头儿们都镇住了。"

一股水汽正从柳柳的肩头冒出来，屋里隐约有了一些茶叶的清香。

古九思说："我知道，你唱歌才像金子响。"

"真的，我说的是真话。"田大华强调起来。

"你别乱形容，唐诗宋词里谁说过金子的好话？"古九思挺了挺腰，接着说，"你现在是娱乐业业主了，轻易不来我这文化站，今天来是有别的原因吧！"

田大华连忙说："古站长这么英明，我就不拐弯抹角了。省里要搞企业家书法比赛，我是个粗人，不懂得书法，但我知道你的狼字写得好，请你帮忙维护一下我的企业形象。"

田大华从皮包里取出一份文件，搁在铺着毛毡的桌面上。

古九思将文件扒到一边，只问如何落款。田大华要他只写公司的名称。

柳柳沏好了茶，端过来分别递给古九思和田大华。古九思尝了一口后没有作声，第二口尝过了他才深深说了句："有味道。"

古九思刚想要摊开宣纸，柳柳便连忙将毛毡整理好。

田大华藏着心里的得意说："柳柳天生就是文化站的人。"

柳柳像是没有听见。

古九思拿起毛笔在砚池里试了试后，突然叫道："别喝！"柳柳和田大华各自端了一杯茶，听到叫声，田大华倒没事，柳柳手一抖，茶水溢出来洒在地上。古九思对她说："你不能喝热茶和开水，那会毁了你的嗓子！"

田大华讨好地说："保护嗓子是不是应该多喝胖大海？"

古九思没有回答，他凝眉想了一阵，这才用力蘸了一笔墨，随着笔墨翻腾，一个狼字出现在纸上。墨迹未干，田大华在一旁先喝了几声彩，古九思正要将自己的图章盖上去，田大华连忙取出一只红包双手捧着递过去。古九思没有盖成图章，他用眼角睃了一下后，什么也没说，继续定神在那幅狼字上。看了一阵，他亲自将宣纸揭起来，走到挂满文件夹的那面墙前，用文件夹将宣纸夹好，再后退几步，足足端详了五分钟。这期间田大华说了些什么，他一句也没听见。

后来，古九思长叹一声。

柳柳忙问："古老师怎么啦？"

古九思说："没什么。"他朝田大华一挥手，"你拿上它快走，不然，我可能反悔不给你了。"说着露出极心疼的样子。

田大华上去三下两下地将那幅字折叠好，抢劫一般放进皮包里。田大华折叠那写了狼字的宣纸时，古九思一下又一下地咧着嘴，像是正被他人蹂躏。实在撑不住时，他将那只红包拿起来扔给田大华。红包在空中潇洒地划了一道弧线，飘落在田大华的脸上，随之又掉在地上。

古九思说："你可以走了。"

田大华经过柳柳面前时说："古站长做梦都有文化，你跟他学唱歌，肯定会出名的。"

田大华的身影将从门口透进来的光亮挡住，他回头又说了一遍谢谢。田大华消失时，屋里的光亮似乎也消失了。

"天黑得越来越快了！"古九思说。

"我耽误了你的宝贵时间。"柳柳不好意思地说，"但我真的唱不好民歌。"

古九思说："我不会看错人的。说实话，我还留着一首好民歌，很多年了——像是特意等着你来。"古九思犹豫一下才将后面的半句话说出来。

"我不会骗你的，耽误了文化站的大事可不好。"柳柳的态度非常诚恳。

古九思有些不高兴："连田大华都能听出你的声音与众

不同，我可是一辈子研究这个。"

柳柳嫣然一笑："田大华在瞎说，他是醉翁之意不在酒，以前还说过我笑起来像巩俐哩！"

古九思愣了愣："你拒绝田大华是对的，那种地方比狼窝还危险。"

柳柳说："我知道，我们垸里有两个女孩就是在那种地方被不要脸的男人害了。"

古九思说："明白就好，这样吧，你回去好好想一想，三天之后再来找我。"

柳柳连忙往门口走，还顺手扯了一下电灯开关线。电灯没有亮。古九思没有理睬这些，他将野茶分了一半拿在手里，跟在柳柳身后一直走到大门外。外面明显暗起来，镇上的电灯几乎都亮了。对面的大华娱乐厅，被霓虹灯照出几分灿烂。有过路人问古九思怎么还不开灯，是不是供电所又停了他们的电。古九思说，没有活动，用不着浪费电。那人说文化站的活动内容都叫大华娱乐厅抢走了，从前男人都争着来文化站玩，其实是为了看漂亮女人。漂亮女人不来文化站，文化站自然就没东西吸引人了。古九思正色回答说好，女人天生就是艺术品。那人嘿嘿一笑："就像你老婆一样。"说完便一溜烟走不见了。

古九思顺着他的背影望过去，见柳柳还在街边的一家服装店外徘徊。隔着一条窄窄的街，可以看清一阵风吹起柳柳的黑发，款款飘动几下，柔柔地铺在肩上。柳柳无意地晃了一下头,黑发便抡得像一柄小伞。

一辆自行车顺街疾驶过来,眼见着驶过柳柳了,忽听见轮胎在地上摩擦得响起来,同时骑车的男人叫了声:"柳柳!"

"带我回去!"柳柳一边叫,一边毫不犹豫地跳到自行车的后座上。

男人紧扶着自行车说:"到前面来吧,你坐在后面我骑不稳。"

柳柳故意一扭身子,自行车在街上乱窜了几下。

柳柳说:"你别瞎想,我的车子被牛踩坏了,不然谁坐你这破车!"

说着话,自行车和人已消失在街口那边。

古九思在越来越黑的街边站了好久。

对面的霓虹灯越来越诱人。从巷子里钻出几个小孩,在灯光下蹦来蹦去。他转身将搁在门口的一块告示牌拿回屋里。告示牌是他亲手写的,县里要举办民歌比赛,目的是挑选出色的民歌手参加地区和省里的比赛。为这事古九思上上下下找了好久,柳柳的被发现让他兴奋不已。他将告示牌放回屋里,想到这事,还忍不住一个人在黑暗中轻轻笑了一下。

锁上门,他便往对面的服装店走去。

一股熨衣服的蒸汽气味扑面而来时,古九思冲着埋头整理服装的女人叫了声:"何怡!"

何怡抬起头来问:"招到明星了,这么高兴?"

古九思说:"找到一个叫柳柳的女孩,比当年的汪子兰还出色!不过她还没答应。"

"你若是能给她月薪八百,准保像娱乐厅的小园一样见面就叫你干爹。"何怡一转话题,"我问你,镇里欠的钱拿来了吗?"

古九思不动声色地说:"别明知故问,我整天没锁大门,哪有时间去找他们?"

何怡将熨斗按到一件女式西裤上,白色蒸汽吱地喷出来。"跟你说了一百遍,新来的汪镇长爱舞文弄墨,你要抓住这个机遇,不然的话,等到台湾也回归了,你还收不回这笔钱。"

古九思说:"别扫我的兴,你回家做几个菜吧,我想喝酒。"

何怡看了他一眼,过了一会儿才低声嘟哝一句:"越不爱听,我越要说。"

古九思装作没听见,看着何怡将东西一件一件地收拾好。

店里的事他一点也帮不上忙。前年腊月,天色也是这样要黑未黑,他替何怡守店,将一件进价两百元的大衣,一百六十元卖了出去。何怡追问过几次,那件大衣便宜卖给谁了。古九思咬定了说是一个安徽人,哪怕何怡说她不会上别人家去扯皮,他也不改口。何怡不相信,她总在猜疑这件大衣买卖的背后还有别的故事。古九思则说,幸亏是男式大衣,若是女式大衣,何怡恐怕要将全镇挖地三尺了。古九思每次都感到何怡会说,嫁了这样的男人算是上辈子功德没修够,但何怡从来没有如此表示过,最厉害时也只是幽怨地盯他一眼。

何怡一边收拾,一边徒劳地重申几种服装的最低价。

说话时,大华娱乐厅的小冯匆匆跑过来,要选一条最好的裙子。何怡取了两条连衣裙让小冯挑。她不经意地问是不是田大华破例发奖金了。小冯打量着那条素色碎花的连衣裙说,她是替小园选的,小园正在陪县里的袁副书记喝酒,在酒桌上,袁副书记认了小园作干妹妹。小冯选定了那件素色碎花连衣裙。何怡也说很合适,像小冯、小园这样清纯的女孩,就该穿素洁一些的衣服。小冯付钱时,何怡又说,为何城里的男人爱唱"村里有个姑娘叫小芳",因为他们看多了那些假眉假眼的洋派女孩,想返璞归真。小冯咔地一笑,她付了二百六十六元钱,却要何怡开张三百二十元的发票。

古九思说:"小冯,你比最老练的腐败分子还要精明。"

小冯说:"袁副书记才是真老练,他只看一眼,田大华就马上掏钱给小园,让她买裙子。"

小冯拿上连衣裙走开了。满街都是卡拉OK的声音。

古九思轰隆隆地拉下卷闸门。他说:"也只有你敢说她们清纯。"

何怡说:"嘴巴一张皮,说话上下移。好话说得再多也不用负法律责任。依我看,你不如就选她们去参加民歌比赛,你听听,她们的卡拉OK唱得多好!"

古九思说:"我不管你卖的服装,你也别管我的民歌。"

二人边说边离开服装店。快到家门口时,一辆拖拉机迎面驶来，惊天动地的轰鸣声中，似乎有个女孩在叫古老师。拖拉机没有亮灯，黑咕隆咚地停在他们面前，果然有女孩从挂斗中跳下来，古九思认出是汪子兰的女儿小娜。

小娜先同何怡打招呼。

何怡上前拉着她的手问："怎么这晚到镇里来？"

小娜迟疑一下才说："本想早点来，但一直等不到顺路的车。"

何怡又说："你来是想跟古老师学民歌吧？"

小娜涩涩一笑："也不知什么原因，就像不是我妈亲生的，一点也没有她的遗传。"

何怡说："你妈受过挫折，怀孕时就不想让你再步她的后尘。"

古九思这时才插嘴说："不管什么事，先上家里去吃饭再说。"

小娜说："回头再说吧！"说着就跳上拖拉机走开了。

何怡冲着她的背影说："汪子兰养了这么漂亮的女儿，哪天到我店里，我给她挑一套好衣服！"

古九思站在黑暗中不知对谁说："这鬼拖拉机，怎么连灯都不装一个？"

何怡狠狠地扯了他一把："你还是放心不下汪子兰！"

古九思说："人得有点同情心，你没看见小娜的皮鞋上都补了两个疤。"

"哟嚯！"何怡惊叫起来，"你真有本事，这么黑的天，还能看清别人脚上的情况。是不是又想起当年她妈在台上唱歌跳舞的情形了？"

"你这是怎么啦，我能把记忆抹去吗？"古九思不高兴了。

回到家里，何怡先到厨房里忙起来。古九思将半包野茶放下，随手打开电视机，看见屏幕上正在滚动播出关于民歌比赛的文字通告，接下来还有记者对县文化局关局长的采访。他知道关局长会提及自己，就耐心地等待着，还特意将音量调到最大。何怡从厨房里探出头来，正好看见关局长在电视里说，古九思的民歌研究与创作，在省内有着特殊地位，这一点也是本县的文化特色。关局长的话让何怡脸上露出妩媚。节目的最后，是县剧团的一名演员在一处舞台上唱着一首由古九思创作的民歌。一句还没听完，古九思就皱着眉头换了频道，他嫌对方没有唱出民歌的神韵。

古九思钻进房里，从抽屉里拿出几张有些发黄的乐谱，一个人愣愣地看了一阵，神情一会儿喜悦一会儿沉郁。他取下挂在墙上的笛子，举起来正要吹奏，又忽地放下来。

古九思转过身，径直走到屋外。

西河镇早早地安静下来了，回荡在夜空中的是大华娱乐厅里的卡拉OK声，一个男人在声嘶力竭地吼着《心太软》。从山上吹来的风，沿着公路漫不经心地穿过镇子，几户人家的旧式木门被吹得吱吱作响。一个挑水的老人身前身后晃动着两块月亮一样的东西。古九思让到路边。老人将扁担换了一个肩。月亮般的东西一颤动,水也洒在地上了。古九思说他挑得太满。老人不在意,说西河里流水不断,洒点没事。又说,还是河里流淌着的水有味道。古九思说,大老远的,要挑水也该让小的们来干。老人说,他们只会跟着干部弄虚作假,用那有老鼠药味道的自来水哄人。古九思正要走,老人又说,你是不是也在写民歌卖钱?田大华同我家老二说,他今天买了你一件作品。古九思想了想正要回答,老人走远了。

迎着风,迎着水,古九思一直走到西河边的几棵大柳树下。

古九思还没站稳,树后就走出小娜。

古九思意外地说:"你怎么在这儿?"

小娜说:"上次我给男朋友买大衣时,你不是叫我在这儿等着吗?"

古九思叹了一声:"你又有事,是吗?"

小娜说:"我要结婚了,想买几件嫁衣。"

古九思说:"经济上还不宽裕?"

小娜说:"男朋友挺会挣钱,但妈妈不让我花他的。"

古九思说:"过两天你再来吧,我等着你。爸爸又没给你寄生活费?"

小娜摇摇头,咬着牙说:"我妈不让他寄。"

一只狼突然在河那边的山谷里嚎叫起来。脚下的河水更加幽暗,水光点点地闪个不停,远远地可以感到四周的不安。

小娜说:"我妈还在想念你。"

狼又叫起来,它已经到了河边。一个女孩陪着一个男人走过来,隔着一段距离就能听见女孩说,我什么都不想,就想当歌星。见这边有人,他们开始拐弯。古九思听出来,女孩是大华娱乐厅的小园。

小娜最后说:"我妈老爱说,下大雪那年若让狼吃了就没有后来的烦恼。"

2

做好的饭菜都凉了。

何怡趴在饭桌上,望见古九思进门,连忙将一瓶药酒端起来,往古九思的酒杯里倒。古九思连饮了三杯,没来得及吃上几口菜,周身就燥热起来。饭后古九思让何怡泡了两杯野茶,一边品一边说着各自的体会。古九思告诉何怡,野茶树长在半山崖上,要采它很危险。

何怡忽然插嘴说:"野茶让人好兴奋!"

古九思看过去,何怡的眼睛柔光点点非常动人。

他一搁茶杯,上前去抱着何怡将她在床上放横了。

"都是五十几的人了,怎么还是说来就来?"何怡那仅存的娇气也还动人。

这天夜里,特别激动的古九思让何怡准备好纸笔墨砚,打算为自己留下几幅字画。他一口气写完三张宣纸，何怡在一旁不断叫好，说是好久不见丈夫如此才情四溢了。古九思将它们铺开，后退几步，站在满是墨香的屋子当中，端详一阵后，有些失望地叹气走上前去，将两幅写着狼字的条幅拿起来，揉成一团，扔在地上。为了不让何怡伸手去捡，他还抬起脚将纸团踩瘪了。何怡诧异地望着他，嘴里说古九思不欣赏的，她可以拿去送人。古九思没有听进去，他老是出神。上了床后，终于还是将为田大华写条幅的事说了出来。何怡一直没作声，古九思摸了摸她的身子，还当她是睡着了。

"既然自认为是最好的，就不该给田大华。"何怡冷不防一开口，古九思的手在她胸脯上哆嗦了一下。

何怡又说："有女孩在面前站着，不好舔自己吐的痰。男人都是这样，见到漂亮女人就忘了自己是谁。事情过了又后悔。"

除了声音在动，何怡身上几乎没有一处在动。

"我要是知道自己是谁，当初就不会娶你。"古九思说。

"她真的长得很出众？"何怡的腿动了一下，醋醋地说。

古九思笑起来："首先我得重申，在西河镇最漂亮的是民歌，其次才可能考虑到女人。我对你说，柳柳确实很漂亮，这是我信任你，爱你。如果我说的正好相反，你就不用再尊重我了，因为我在骗你。"

古九思的一席话说得酣畅淋漓。

"这么说，你认准了柳柳？"何怡终于翻过身来面对古九思。

古九思想了想后说:"就是这样!"

何怡幽幽地说:"你别又因为民歌,再次弄出一场悲剧。"

"你跟了我几十年,怎么还不懂!"说着,古九思像水牛洗澡一样翻了个身,将光背对着何怡。

说何怡不懂,其实是古九思自己不懂。

他一直想在柳柳与汪子兰之间找出某种联系,想得越久,那些本来在疑问中存在的一些头绪,反而变得更加虚无缥缈了。慢慢地,他只能注意到记忆中不断回响的那首歌。一开始是汪子兰在文化站唱。汪子兰很年轻,一对辫子在民歌声中如山涧旁的藤条一样荡来荡去。汪子兰的民歌像花开时节的风,不但能听到还能抚摸到。对男人,它是女人多情的温柔嘴唇,能烫烫地贴近鼻尖。对女人,它是男人雄浑的壮实臂膀,会有力地搂住腰肢。后来,汪子兰不见了,天地间只流着一道清水。清水也会歌唱。一只灰狼从树林中徐徐跑到水边,伸出爪子一碰水线,清水就抽出条条丝线,波纹触及之处,忘情的旋律将山都撼动了。灰狼扑进水里,长啸着同清水一道仰天高歌。

古九思突然惊醒,睁开眼睛,屋里一片漆黑,何怡正在枕边喃喃梦呓。他摸了摸自己身上,到处是汗漉漉的。古九思爬起来,拧亮台灯,从抽屉里翻出一个笔记本,大约在十几页处,记录着从前做过的一场梦。他嘟哝一句:"相隔这么久,怎么连梦都做得一模一样?"

古九思拿过笛子,用舌头轻轻舔了两下笛膜。也没有试音,随着肺腑里的气息流出,笛声就响了。古九思将清水唱歌的梦境完全投进笛声里,当灰狼出现时,他突然一惊,无缘无故地将笛子掉到地上。他正要去捡,不知什么时候站在身后的何怡,抢先伸手将笛子拾起来。

何怡将笛子还给古九思:"你怎么啦,吹得正动听哩,心里出事了吗?"

何怡只穿着最贴身的小衣,她身材极好,这种年纪了,仍像少妇一样楚楚动人。

古九思好久说不出话,直到凉风让他打了一个喷嚏,才说:"怎么有人会像狼那样唱民歌?"

"狼唱民歌,那还不将人都吓死!"何怡说。

古九思觉察到手中的笛子有些不对劲,低头看清楚后,他怎么也不明白,离地只有这么矮,笛子为何会摔裂?窗外传来一阵极苍老的叹息声。何怡胆怯地从身后紧紧搂住自己的丈夫。

古九思叫了声:"谁呀?"

他推开窗户探头望了一阵,只有大华娱乐厅的霓虹灯在闪耀。他刚要关上窗户,镇子里的狗一齐狂吠起来。何怡告诉他,可能是母狼来找它的儿女,上午她见到有人在镇里卖小狼。

苍老的叹息又响起来,这一次他们听清是风吹过街巷发出的声音。

狼一直在叫,有时远,有时近。

早上醒来,古九思在被窝里连打了几个喷嚏。等他下到地上,又感到头有些重。何怡见他感冒了,连忙找出几颗药丸让他吃了下去。

这时,田大华在门外大声说:"古站长,昨晚镇上的人都听见你横吹笛子,大家都说你找到美人了,心里在发烧!"

何怡连忙迎到门口:"他呀,笛子一响,却将狼招来了。"边说边客气地将田大华往屋里让。

见田大华真的进了屋,何怡又赶紧将放在盆子里的脏衣服掇进睡房。田大华探头探脑地往四周看了一番,认定到底是文化人的家,连扫帚都很文雅。不过他还是提了条建议,通往猪圈的后门也应该写上一首诗。古九思淡淡一笑,田大华有关文化的雅兴便消失了。田大华告诉古九思,汪镇长请他九点钟准时到镇政府见见面。古九思不理解,怎么这样的事让田大华来通知。他以为汪镇长也想要一幅狼字,但田大华坚决地否认了这种意思。田大华要古九思去时带上笛子,汪镇长可能要欣赏一下他创作的民歌。

古九思不想告诉田大华,笛子昨晚摔裂了。

他说:"我是民间音乐家,不是跑江湖卖艺的。"

他又说:"现在独生子女比生他养他的祖宗厉害,但在我这儿谁也别想翻天。"

见田大华一愣一愣的,古九思就让他回去原汤原汁地说给汪镇长听。田大华追问他是去还是不去,他忍不住讥讽田大华，只认识金库里的货币和抽屉里的牛角大印，却听不懂弦外之音。他要田大华如实转告，汪镇长会明白的。

田大华像是突然明白过来，不客气地告诉古九思，文化站和镇政府的关系是花瓶和房子的关系，怎么可以让花瓶来左右房子哩。田大华接着又笑回来，说自己不是政府官员，所以才崇拜他，才找他要字。

一直在聆听的何怡从厨房里跑出来，告诉田大华，古九思正在发烧，说着便又要古九思吃感冒药。古九思不肯吃，田大华就跟着劝，说感冒一开始时就要用超量的药将它压下去。

四颗药片下肚，古九思两眉之间蹙起四只疙瘩。田大华说："别人吃药往肚子里吞，古站长吃药往眉头上塞。"接着他一转话题，要古九思别太犟，说文化站现在的日子也不好过，大华娱乐厅的部分收入是镇里的小金库，别人不知道，只要古九思灵活一点，他都有权给文化站一点小钱。何怡一听这话顿时眼睛一亮。

田大华要回去陪县里来的袁副书记吃早饭。何怡撵到屋外，将镇里欠她的服装款一事匆匆说了一遍。

田大华说："干脆等到台湾都收回来了，再一齐结账吧。"

这句玩笑将何怡的脸都急红了。回到厨房，她错将盐当成糖放进豆腐脑里。古九思吃了一口，便将碗筷放下。何怡以为他生气了，就发火说，该生气的应该是她。古九思不同她说，他端起小碗送到何怡嘴边。何怡喝了一口，还没咽下便大叫起来:"你想害死我很容易,但你还不知道人家柳柳愿不愿意嫁哩!"古九思又让何怡尝自己碗里的。何怡伸出舌头舔了一下后,扑哧一声笑起来。

出门前何怡又绷紧了脸,再次提醒古九思,那笔服装款如果这个月仍不付清,她就到法庭起诉。

3

一夜之间,西河镇发生了三件大事。首先是几家店铺被人偷了,派出所的老江放出话来,被盗的冰箱、彩电和VCD加起来正好凑足整套家用。其次是那个卖小狼的男人投宿的私人饭店所养的猪,被狼咬死两头。第三是古九思又在用笛子吹那首让女人魂不守舍的曲子。

古九思帮助何怡打开服装店的卷闸门,发现门口有一堆男人的粪便。他找了一把扫帚将它弄干净,身后有女人在偷偷地笑。何怡不轻不重地说了句:"哪个畜生屁股上不长眼睛!"古九思不让她骂人。她还说:"我说的是实话,畜生屁股上是没有长眼睛。"

古九思回头看了看,发现大华娱乐厅的小园正用一种奇怪的眼光打量着自己。他忍不住多看了两眼,越看越觉得在哪儿见过这眼神。在穿过街道走向文化站的过程中,古九思有意绕了几步,最大可能地接近小园。隔着一条街,古九思经常听见小园在娱乐厅里唱歌,也经常听到男人们歇斯底里的喝彩声,他并不是完全不喜欢,小园有时一个人在三楼宿舍的窗口,边梳头边唱歌的样子,还是有些艺术味的。

小园已将小冯昨天替她挑的裙子穿在身上。

裙子出奇地合身。看到古九思走近了,她似乎特意扭动一下身子,让女人的魅力爆炸般四射开来。

后来,古九思一个人坐在文化站里,无论如何也止不住想睡觉的念头。他刚闭上眼睛,小园就进来了。他告诉小园自己有些感冒,又将感冒药吃多了点,所以才特别困。小园伸手摸了摸他的额头,挺妩媚地说他并没有发烧。小园贴着肩膀对他说,自己是他的崇拜者,早就想找机会认识,但一直没有机会,昨晚听了他的笛声,她心里好感动。古九思的喉咙有些发紧,想喝水。小园就去给他倒水。小园将水放在古九思的手边,轻声吩咐一句什么。没多久他又看见那双眼睛,黑暗中特别亮,弥漫着一种说不清是淡绿还是浅蓝的光芒。古九思知道自己的双眼正跟着这两只眼睛,在许多房子和许多林子组成的迷宫里游荡。他也知道自己从来不惧怕这些没有出路的生活,就像西河边上的大山,只要密林有一脚宽的缝,他就有信心走下去。古九思依然在迷宫里自信地走着,突然间,哭成泪人的柳柳出现在眼前。

古九思被自己惊醒后,身上又出了一层冷汗。

他拿起手边的茶杯一口气喝下半杯,才发觉水是温的,而且是用那野茶泡的。屋里有一股女人的体香,他很熟悉何怡的这种味道。他想走走，两只脚却明显跟不上自己的念头。

蝉在窗外的树上，将身子撕裂后壮烈地嘶叫着。

走廊上响起小动物跑过的声音。一只小狗般的东西跑进来，毫不犹豫地伏在他的两脚之间。等到明白这灰了吧唧的小东西是只小狼时，他的心一下子悬起来。小狼的牙齿很嫩，咧着长嘴发出来的呜呜，同小孩的啼哭一样哀婉。院子里响起两个男人的声音，他们一边寻找小狼，一边为付了钱小狼却跑了的半截子生意而争吵。古九思听见外面的那幅美术广告牌被挪动了，那上面有他亲笔绘制的一个女人抱着一个婴儿的计划生育宣传画。古九思再次看了一眼小狼，然后弯下腰伸手拎起它，放进一只抽屉里。

小狼的尾巴被抽屉夹了一下，它痛楚地叫了一声。

两个男人闯进屋子时，院子里涌进许多看热闹的人。

一个男人用安徽方言问："看见一只小狼了吗？"

"这里是文化站。"古九思认真地说。

"文化站有什么了不起，县文化馆不是一天到晚都在耍猴和玩蛇吗？我们听见小狼在你屋子里叫。"另一个男人说。

"我在写民歌，试音。"古九思说，"想再听听吗？"

古九思凝神片刻，一扬嗓子高亢地吼了一句。声音未落，靠墙边小桌上放的一瓶啤酒砰地爆炸了，一堆白色泡沫云一样翻卷得老高。院子里的人群纷纷涌进屋里。

何怡赶过来，分开众人挤到前面问是怎么回事。

古九思自己也说不清楚，他默默地将碎玻璃和泡沫扫进畚箕。

"如果天下的民歌都这么唱,地球也得炸开。"那个男人继续用安徽方言说。

另一个男人说:"唱民歌的怎么学狼叫?"边说边用目光扫着何怡的脖子。

这时,小园在院子的围墙底下发现一个窟窿,她提醒大家小狼肯定是钻进窟窿逃到后街去了。

多数人退走后,小园迫不及待地问古九思,昨晚他用笛子吹的是什么曲子。古九思没有作声,何怡代他回答。这首民歌古九思写了整二十年,到如今仍没有合适的名字。别的女人说,她们有想好了的歌名可以义务献给古九思。马上有男人用浑话说,她们可以义务做点更有意思的事。男人女人一哄而散后,屋里只剩下何怡和小园陪着古九思。

何怡就小园身上的新裙子聊了几句后,不经意地说起自己刚才来看古九思,他迷迷糊糊地竟然将自己当作了小园。小园吃吃地笑个不停,她还没有碰见过不喜欢自己的男人,县里的袁副书记一只脚已经迈出了娱乐厅的大门,一见到她便改了主意,留在西河镇过夜。

"可惜你见到的都是风月场上的男人。"何怡说,"我家老古只喜欢清水一样的女人,不信你尽管试试,我保证不干涉。"

何怡徐徐地笑起来。

小园突然张开双臂搂住了古九思的腰。

"有毛！那儿——那儿！"小园在古九思的腋下惶惶地尖叫。

办公桌抽屉缝隙里，果然有个毛茸茸的东西在摇摆着。不知所措的何怡也往古九思身后躲。古九思掰开小园的手，上前去拉开抽屉，将小狼拎了出来。小狼一点也不叫，只是龇牙咧嘴，并在空中不停地蹬着四只小腿。

何怡惊讶地说："你还真的藏起这野物了？"

古九思看了看小园说："这小狼有点像你！"

小园说："女孩有点野性才性感。"

古九思不理她，打开后门，将小狼放出去。

小狼走了几步，便一溜烟地跑起来。一会儿就翻过河堤，进到白花花的沙滩中。

小狼和小园都走了，何怡才问古九思："你刚才说什么了？"

古九思说："小园的眼睛里有些狼的东西。"

听到这话，何怡便放心地回去卖服装了。

身上的疲软已不那么明显，古九思开始动手清扫院子和屋子，自从电视录像不再被人喜欢后，文化站还没有一次来过这么多人。不长的时间里，地上到处都是浓痰和烟蒂，宣传画上的女人也被抹上一撮胡须，怀中婴儿裤裆里多出一只酒壶一样朝天翘着的小玩意儿。古九思在心里骂了一句脏话。清理完这些，用去了半个小时，当他将宣传画上多出的那些东西用颜料覆盖完毕，门口又进来一群人。

走在头里的田大华大声说:"古站长画的美女一定是自己的梦中情人。"

跟在田大华后面的是镇政府的司机,最后的那个男人是汪镇长。古九思冲着汪镇长点了一下头,手中的颜料瓶一歪,一团朱黄泼在地上。

司机随口说:"真像吃奶的小孩在拉屎。"

汪镇长马上驳斥说:"这是艺术,搞不懂你就擦车去。"

司机嘿嘿一笑,知趣地退到汪镇长身后。

田大华一进屋就咋呼:"怎么有股怪味,有狼来过这儿!"他一吸鼻子,不停地眨着眼睛。

古九思没有说出小狼的事。他不想同他们说这些,狼的话题一旦出现,肮脏丑陋凶残的东西都会随之而来。墙上有一幅给自己写的字:清水无香。他用自己的目光将其他三人的目光往条幅上引。

先是汪镇长将抱在胸前的双臂放下来。

跟着田大华放着油光的胖脸瘪了不少。

司机坦率,他说:"这四个字太有文化了。"

大家刚坐下,田大华就说:"我昨天来还没有体会,今天感觉就不一样。大概是汪镇长礼贤下士,文化站就超凡脱俗起来。"

司机则补充说:"这是汪镇长到任后,第一次到下属单位。"

古九思说:"你们是记性好,忘性大。前天广播里还说,汪镇长亲自到财政所研究如何集中资金，扩大镇里的肉狗养殖规模。"

汪镇长岔开话题说："老古有五十几了？你这种风度县城里也不多见，有士绅贵族风范。你家里过去是什么成分？地主吧？我研究过，凡是过去被划为地主的，他们的子女现在都比贫下中农的后代有出息。所以现在人爱说一天可以产生一个暴发户，三代才能培养出一个贵族。"

汪镇长的话让田大华听得耳朵一颤一颤的。

汪镇长接着说："西河镇一定要往培养出几个贵族的方向努力，我当镇长绝对不会只要求多出一些万元户。光有钱有什么用，要做就做既有钱又有教养的贵族。这是新的精神资源增长点。老古，你可以成为贵族，你有这个潜力。你还可以用这个题材写一首民歌。政府不好公开讲的，民间可以公开唱。"

古九思说："对不起，我不会有这样的灵感。我这脑子只对高山流水、聚爱离情有反应。"

大家都盯着那幅清水无香的条幅不说话。

沉默了一阵，汪镇长要古九思汇报民歌调赛的准备工作。

古九思说："民歌我早就写好了，只要再选一个合适的女歌手就行，然后我就指导她练唱。"

汪镇长一扭头说："田老板，你不是说要推荐一个歌手给老古吗？将她请来，让老古看看，行的话就敲定下来。"

没等古九思说出什么来，田大华就急忙出了门。

趁着空隙，汪镇长问古九思是不是真的只有发现最美的女孩，才会用笛子吹那支没有歌名的曲子。古九思没有想过这个问题。

因为觉得汪镇长有点虚伪，古九思说话更显意味深长。

"不能让我动心的女孩，我是不会让她唱我的歌的。"

这句话让汪镇长听后露出一种若有所思的表情："那女孩叫什么？"

"柳柳。"古九思说。

"怎样的美？"汪镇长说。

古九思望着汪镇长跷着的二郎腿说："美就是美，它没法像考察干部那样，制订一些指标。"

汪镇长摸摸自己的鼻子没有作声。

有女人进院子了，高跟皮鞋响得像是在敲边鼓。古九思没料到田大华领来的人是小园。小园一进屋，汪镇长就让她快叫古老师。

小园像个中学生一样毕恭毕敬地叫了声："古老师！"

汪镇长笑着说："样子倒挺乖巧！老古，认了这个学生就不用现找生手来培养了。"

古九思说："她同民歌是两股道上跑的车。她得跟邓丽君学。"

汪镇长说："艺术总是殊途同归。这话不外行吧？"

古九思一时说不出话来。

汪镇长又说："小园的唱歌才能是袁副书记发现的，袁副书记又是民歌调赛的组委会主任,你就是让小园上台唱黄鸡公,尾巴拖,三岁孩子会唱歌,袁副书记也会让她获得一等奖。老古别犹豫,三心二意会错失良机。民间音乐艺术的机遇本来就少之又少,若不抓住,别说你,连我都要悔绿肠子。就这么定了,让小园来唱。田老板,你就做老古的经济后盾。作为补偿,你可以在小园的宣传材料上写明是由大华娱乐厅选送的歌手。"

"小园的歌我常听,我有信心投资,不怕没有回报率。"田大华朝小园挤了一下眼,"来一曲吧,让古老师也感动感动!"

小园妩媚一笑,没待古九思有所表示,她就亮着嗓子高声唱起来。小园唱的是英语歌。田大华边听边说这首歌的中文名字叫《人鬼情未了》。小园唱得正起劲,门口出现几个闻声赶来的男人,见是小园,便毫不客气地说,还以为古九思找了个什么样的大美女,原来是三陪小姐。他们一点也不怕汪镇长瞪得老大的眼睛,继续说,文化站终于学会了改革开放搞活和繁荣昌盛了。大概身后还有别人,他们回头说,和三级片差不多,没什么好看。门外的人都笑起来。散开后,还不忘留下一堆色眯眯的目光。

古九思用手指掏了一阵耳朵,他让小园先回去。小园一转身,裙子旋成一把伞,显出半截丰润的大腿。古九思让司机和田大华也出去了,这才对汪镇长说:"不行,这个小园不行,她会将我的民歌唱成动物发情的信号。"

汪镇长不高兴,沉着脸说:"人唱歌就是为了煽情。"

汪镇长不再说话,起身便往门外走。

古九思想起何怡的吩咐,跟在后面说:"有个遗留问题请镇里解决一下。"

汪镇长好像没听见,头也不回地钻进切诺基越野车里。

越野车一走,何怡就跑过来,问清了经过,她一蹬脚,将服装店丢给古九思,自己到镇政府去讨说法。半个小时后,她居然拿着汪镇长批给田大华的条子回来了。她不停地告诉古九思,汪镇长同先前的领导绝对不一样。汪镇长让她拿上发票去找田大华报销。

4

约定的日子,柳柳一直没有出现在文化站。

走廊上女人的脚步声响过两次。第一次是小园。自从由汪镇长钦点之后,小园每天上午和下午必来文化站来询问何时开始练唱。小园还算着日子,说时间很紧,过一天就浪费一天。第二次是小冯,小冯来找小园,说是袁副书记今天又要来,田大华怕小园有别的应酬,先给她打个招呼。

临近中午,古九思忍不住到镇外往通向柳柳家的山路看了一阵。返回时,正好看见何怡气冲冲地从大华娱乐厅里走出来,他猜测一定是汪镇长的批条没起作用,田大华不肯付钱。这种双簧戏不会超出他的意料。他在路旁的树下怔了一会儿，便决定索性去柳柳家一趟。

古九思在河滩上走了好久。清水洗过的细沙被阳光晒得很脆，踩一脚要响两声。

那一年，他在这河的上游也是这样地走着，一直走到黄昏。突然间从河水里冒出少女汪子兰，一身粉红的衣服像皮肤一样贴在身体上，整个人成了水晶做的。少女汪子兰羞红着脸躲在水边的大石头后边不敢出来。痴迷了的古九思，拿起石头这边的一包衣服走到汪子兰的面前，告诉她自己是在为一首民歌的创作寻找灵感，他认为自己终于找到想找到的灵感了。少女汪子兰听信了他的话。少女的身体是最圣洁的，可以直接化入民歌。那时，夕阳正从石头后面投入最后的霞光。他站在比自己还高大的石头旁，少女汪子兰用宁静的目光注视着他，轻轻地用两个指头解开了第一个纽扣。少女汪子兰没有戴乳罩，脱去衣服，就像去掉一层老化的皮肤，露出一对刚刚成熟的乳房和琥珀般的一对乳头。古九思震惊了！汪子兰赤裸上身看着他。四周分明有一派瑞光。古九思喃喃地说，他知道这首歌怎么写了。汪子兰接过他手中的干净衣服，在他伸手便能触摸到的地方，将自己穿戴好，然后徐徐走过河滩。她没有回头，背对着他说，我喜欢你的民歌。少女汪子兰在河岸上唱起他写的一首民歌。少女汪子兰唱歌时，附近山上传来一阵狼叫。古九思坐在河滩中的大石头上，打开笔记本，写出了后来流传很广的民歌《有朵花儿不会香》。率先唱出这首民歌的少女汪子兰则成了文化站业余剧团团长。

河滩上那块大石头被田大华放炮炸成了碎片。传说田大华是靠女人发的财,发财之后除了做药材生意,还要治理河道为自己积点阴德。古九思曾专门找过田大华。田大华要他说清楚那个迷人的故事。古九思不愿说,他不想让别人知道这些,而使一段洁净的美妙变成茶余饭后的牙慧。田大华炸了那块大石头,还埋怨古九思信不过他。

古九思知道路,涉水过了西河,沿着一条支流往峡谷里走。一进峡口就觉得阳光轻柔很多。西河镇里凋谢了的桃花、梨花,在这儿正开得绚丽。

一辆拖拉机从身后追上来,在他前面走着的一个老头喊了一声,拖拉机没有停,老头跑了几步,猫一样跳上了挂斗。

古九思独自走着,拐了一个弯,先前那辆拖拉机因为熄火而停在一个陡坡上。驾驶员正冲着老头大声呵斥。

老头笑一笑后,跟上了古九思。

老头认识古九思,他对他说的第一句话是:"我是打猎的,不爱听你写的民歌。"古九思有些懵。老头接着说:"我同野猪、豹子打了一辈子交道,性子野一些,你那些民歌我听了就会失去战斗力。"

老头告诉古九思,自从年轻人都去广东打工后,多年不见的狼又出现了。他买了些炸弹,准备炸这些狼日的东西。他从包里掏出一团黑乎乎的家伙说,只要包点羊油在上面,放进山里，狼一咬，就会将它的嘴巴炸碎。老头其实信心不大，他又说，好多年没和狼打交道了，不知道老办法还管不管用。老头一张嘴学了一声狼叫，那声音比真狼叫还恐怖。老头说，在狼面前绝不能温良恭俭让，现在的狼比以前更凶，山上的树少了，吃的东西少了，要活得好它们必须使劲想办法。

古九思告诉老头，西河镇外有只母狼在找它的小狼。老头知道这消息，他说他不打产崽的母狼。这是他年轻时在山里打猎，从来没被狼群围攻过的主要原因。谁打死了刚产崽的母狼，母狼的子子孙孙都会牢牢记着。至于老头下的炸弹会不会炸死母狼，他狡黠地说，在炸弹旁边放一罐鲫鱼汤就行，鲫鱼汤是催奶的，母狼也知道自己的主要责任。古九思当然撇着嘴表示不相信。老头放声大笑起来。

那辆拖拉机又追上来，老头不顾驾驶员的呵斥，依然跳了上去。他在挂斗里大声说："等我不能再上山打猎了，我会将这个窍门告诉你，让你写进民歌里。"

随后，古九思遇上两个骑自行车的女孩。女孩们擦身而过后，频频扭头看他，接着就下了自行车。女孩问他去哪儿，说这一段路很平，可以骑车载他一程。古九思见女孩模样都挺可爱就同意了。他要骑车载那女孩，女孩不肯，说自己这车龙头不好把握。古九思望了望公路旁的深涧便不再坚持。

古九思坐在自行车的后座，女孩不停地问他关于民歌调赛的事。女孩也想参加，她周围的人都说她唱歌比电视里的歌手强。古九思告诉她，唱民歌的原则便是不与电视里的那些歌手同流合污。女孩不相信地腾出一只手，从荷包里掏出一张纸往后递给古九思。古九思打开那张纸，上面印着的第一行字是：关于在全镇举办民间歌手选拔赛的通知。往下还有获胜歌手将有机会同活跃在荧屏上的著名歌星同场献艺等字样。古九思正吃惊，一阵风将手中的纸吹起来。他们急忙停下来，但也只能看着那张纸，飘飘荡荡地落入深涧之中。女孩说不要紧，反正上面的内容她已记住了。古九思问她从哪儿弄到这个通知的。女孩说是表姐给她的。表姐姓冯，在文化站对面的大华娱乐厅里打工，通知是别人给表姐的同屋小园的，表姐拿去复印了一份给她。

古九思明白这通知是有来头的，他只好告诉女孩，可以按通知上说的去做。

女孩高兴地又载了他一程。

离开女孩，古九思拐进一处更加狭窄的峡口。简易的机耕路上留着两道新鲜的车辙。走了二十多分钟，忽然看见镇政府的那辆切诺基停在路旁。一棵大樟树的树荫将切诺基掩得严严实实。司机独自一人躺在后排座上睡觉。古九思将司机叫醒，聊了几句，他就问镇里搞民歌比赛的事，司机不肯直说，只是数落他是不是吃了太多的红芋所以才这样爱嗝酸气，连领导的重视都置之不理。

古九思说："我选的歌手必须能听懂我心里的声音。"

司机一下子跳到地上："别太把自己当回事，我劝你没事夜里到西河边听听狼是怎么唱歌的。"

司机几乎要指着他的鼻子了。

"我是人。"古九思固执地说。

"别以为现在做人高贵,还不如狼哩!"司机语气很轻蔑。

古九思走了几步,回头说:"你告诉汪镇长,如果真要搞什么选拔赛,他自己去搞好了。"

半空中突然有人惊恐万状地叫喊快躲开。古九思抬头后,只见陡峭的山坡上,被人惊动了的一块石头正一蹦一蹦地往下窜。司机也从车里跳出来,两人站在路边盯着石头飞来的方向。石头像长了眼睛一样直奔他俩而来,在最后时刻,他们分开闪向两边。接着比二十九寸彩电还大的一块石头,呼啸着越过他们头顶,砸在路边岩石上,发出石破天惊般的巨响,还有飞溅的火花。

汪镇长带着一群人正从山上往下走。

古九思以为汪镇长会喊住自己。他继续往前走,一直走过前面的山嘴,汪镇长也没喊一声老古什么的。他在山嘴后面停了一会儿,彼此看不见,说话的声音却听得见。有人在向汪镇长献计,要大力宣扬西河镇出美女这个主题,来往的人一多,各方面就活了。古九思听见汪镇长在哈哈大笑。汪镇长这种笑法很豪爽,一点不像他的前任,但凡笑时总是阴阴的。心情不好的古九思,嗅到那块石头砸出火花,所产生的岩石气味。山嘴那边有人向汪镇长建议再回去看看,说不定柳柳已经采完桑叶回家了。汪镇长没有同意，说专门去就过分了，让群众觉得不像领导干部。

下午三点四十五分，古九思在沿着一条山溪自然修建的坑里找到那家仅有的小杂货店，买上一碗方便面，用开水冲了，三下两下扒进肚子里。问清女店主名叫方四秀后，他便打听柳柳家的情况。

方四秀说："我知道你是古老师，今天上午汪镇长也来看过柳柳，她家里没人，汪镇长在我这儿坐了半天。"

方四秀盈盈的目光格外多情。她告诉古九思，柳柳的嗓音好，全是沾了水的光，这一条沟里，就数柳柳家的井水最清甜。所以柳柳的弟弟才能够考上中南民族学院。古九思立即问她是否听过柳柳唱歌。

"一个坑里住了这么多年，哪有什么秘密。"方四秀说，"柳柳每天采了桑叶回来，总是唱着歌从我家门前经过。"

古九思说："那我先在你家躲着听一听。"

方四秀笑弯了眉毛和眼睛，她将一张躺椅从卧室里搬到堂屋，古九思刚坐下，她又到厨房里忙开了。时间不长，方四秀便随着一股米酒醇香飘出来，脸上红红的略带羞涩。古九思笑着谢过了，这才埋下头将放在面前的鸡蛋米酒一口气吃得精光。再抬头时，方四秀已重新将自己头发挽了一个髻。

古九思明白自己得夸奖这女人几句。

"怎么一转眼你就变得更好看了？"

方四秀嘴唇一抖："女人的命是男人的，碰见的男人越好,女人也越好。"

她回头往外看望了一下,随手将门关了半扇。又说了几句,古九思知道她丈夫到武汉卖茶叶去了,儿子在镇里寄宿读高中,家里只有她一个人。

方四秀说,自己做姑娘时就很迷恋古九思的民歌。

正说着,方四秀突然紧张得两手哆嗦起来。

"那我就给你唱首民歌吧!"古九思站起来说。

民歌一响,山谷就有回应。一对跑起来像小狗小猫一样的男孩和女孩,手牵手出现在大门口。古九思没有放开嗓子,他轻轻地哼着。方四秀脸上红晕消退了,眼圈却红起来。古九思顺着她的目光望过去,柳柳背着满满一篓桑叶,正从山溪上的独木桥往坑里走来。

柳柳边擦汗边喘气,一点也没有唱歌的迹象。

古九思走出去迎着柳柳。柳柳勉强笑了一下,又低头往前走。她背上的那只大背篓,让古九思心里重重地酸起来。柳柳径直走到家门前,掏出钥匙打开门锁。

方四秀伤心地对古九思说:"女人真的不经老!你的歌还是那么好听,我们却不行了!"

柳柳家里,充满桑叶清香。蚕架上已经白了,一层一层的大蚕如同白雪,几乎可以映照出柳柳的眸子。古九思进屋时,柳柳正将刚采回的桑叶撒在密密麻麻的大蚕上面。

古九思捉了一只大蚕放在手背上:"它要做茧了。"

"还有三天。"柳柳飞快地说。

"今年春茧价钱还行吗?"古九思问。

"春茧要跌也跌不了多少,听说夏茧市场不好。"柳柳忧虑起来。

古九思在屋里看了一遍,各种摆设很简陋。"你妈呢?"

"她到山那边学种黑木耳去了。"柳柳将那些大蚕喂了以后,又拿起剪刀将桑叶剪成丝,准备喂蚁蚕。

墙上贴着一张盖着中南民族学院印章的奖状。

古九思忍不住轻叹一声。

柳柳立即说:"我弟弟书读得很好,他还准备考研究生。"

古九思说:"你爸不在了,光靠你和妈妈在家里种种养养,能供他读这么多书吗?"

"当然可以。"柳柳坚定地说。

"柳柳!"古九思沉默一阵后说,"跟我去唱民歌吧,你会出类拔萃的!"

"我不行。"柳柳说,"我在村长家里试过一次卡拉OK,他家所有女人都比我唱得好。"

"唱民歌同唱卡拉OK不是一回事,唱卡拉OK只是做梦,唱民歌却是真实的。"古九思说着抓起一把剪得像头发丝的桑叶撒在蚁蚕上面。

柳柳没让他撒第二把:"生人手臭,蚁蚕会不吃叶的。"

柳柳知道自己话没说好,她吐了一下舌头,不好意思地看着古九思。

"我已经听说了,镇里决定让小园到县里去参加比赛。

小园是唱歌的料,我不是。真的,我不是。古老师你别为我劳神费力了。"柳柳恳切地说。

"这一带哪只鸟会唱歌只有我最清楚,你别推辞,如果有困难我会想办法帮你解决。"古九思说,"你不答应,我就在你家住下去。"

"那样,我妈可高兴死了,她连刘德华都不喜欢,就只喜欢你,她说你的民歌能将人的心提起这么高。"柳柳边说边比画了一下,"我爸在世时,还为这事吃你的醋哩!"

"真有这事,你就更应该听我的话了,也算是为了你妈嘛!"古九思心里高兴,觉得事情有了多半把握。

5

屋里突然暗下来,太阳已越过屋后的山顶。

柳柳站在一只盛满蚕粪的箩筐前笑了笑,古九思连忙上前去同她一起抬起蚕粪,放进大门外的柴棚里。柴棚里已经放了两箩筐,柳柳说这些蚕粪可以顶半包化肥。从柴棚里出来,正好听见村长喊柳柳过去拿信。柳柳兴奋得顾不上从小木桥那边绕,踩着小河中凸起的几块石头跳到对岸。

柳柳边看信边往回走时,村长隔着小河同古九思大声说了几句话。村里已经接到镇里的口头通知,要挑几个会唱民歌的女孩,准备接受镇里的选拔。村长问,他老婆民歌唱得不错，就是老了点，不知能不能报名。古九思知道他在开玩笑，就说只要舍得酒肉，怎么都行。村长走了很远才回头问他要不要去家里坐坐吃个便饭。古九思装作没听见，村长也没再问第二次。

村长送来的信不是柳柳的弟弟写的。写信的人是他在大学的女同学，说柳柳的弟弟为了替家里减轻负担，课余时间经常到外面去打工，上个星期天替人往七楼上送煤气罐时，摔了一跌，差点让煤气罐砸断了腿。女同学的文笔很好，柳柳还没读完，便先哭了。古九思劝柳柳别伤心着急，说不定是弟弟谈恋爱了，这女同学便是他的女朋友，爱得太深，就会将对方的小毛病看成大灾难。柳柳咬着牙说，不管怎么样，下次寄钱给弟弟，一定要增加三十元。

远处传来一声狼叫。

垸里的狗一齐冲到小河边，对着山上狂吠。

"你该回去了。"柳柳突然说，"一会儿有辆拖拉机要回西河镇。"

"我要等你妈回来，同她谈谈。"古九思说。

"你还是走吧，没什么好谈的。"柳柳有些急了，"我说了假话，妈妈根本就不喜欢民歌。"

一辆拖拉机装着满满一挂斗松柴，小心翼翼地从小河那边驶来，轰轰隆隆的声音将小河边上那些狗惊散了。柳柳冲着拖拉机大声叫着，让带一个人下山。拖拉机停下来，驾驶员指着左右坐着的两个人说，谁不怕死可以坐到柴堆顶上去。

他认出古九思后又说自己可不愿从此一辈子挨全西河镇女人的骂。

柳柳看着拖拉机远去了,眼窝里溢出一层水。她说:"你这样会害了我妈。"

古九思一时奇怪起来,他说:"无缘无故的怎么会哩?"

"只要你一开口,我妈肯定要我跟你走。"柳柳抹了一把眼泪说,"见到我妈,你就知道她身体有多差,如果我不帮她,她会为弟弟的学费将自己累死。"

古九思一下子沉默起来,过了一阵才说:"既然这样我就不打扰了。民歌不是用来害人的。"

他刚走两步,又被柳柳拉住:"还有半个小时天就黑了,光凭两只脚走,碰到狼了怎么办!"

古九思说:"你可以借我一辆自行车。"

柳柳说:"我的自行车钢圈被牛踩瘪了。"

古九思将柳柳的自行车搬出来放平,找了几块砖垫在前轮的钢圈两边,然后站上去。他在镇里见过修理铺的人这样矫正撞瘪的钢圈。他试着一使劲,脚下震了一下。古九思跳到地上,扶起自行车一看,果然复原了。柳柳连忙满垸里寻找气筒给车胎打气。

古九思一个人站在不大的稻场上,不时碰上方四秀投过来的目光。

天色更暗了,屋檐下的广播传出音乐声。一会儿就开始播送本镇新闻。播音员先说了一通,汪镇长本周徒步考察了镇里二十多个自然村,接下来就开始念关于举办全镇民间歌手选拔赛的通知。古九思听见自己的名字排在评委会副主任名单里。他没想到广播中说汪镇长办事果断扎实,居然印证在自己头上。他很担心,汪镇长这样关心民歌不是一件好事。

一个女人出现在小木桥上,瘦弱的身子几乎被背上那只装满桑叶的竹篓子遮住了。古九思扫了一眼,没往心里去。等到柳柳的妈妈放下篓子站在面前,惊讶地叫他时,他才回过神来。

柳柳的妈妈因为激动,灰黄的脸上出现两团红晕。

"古老师你怎么来了,柳柳哩,怎么不招呼你到家里坐坐。"

"我马上就走,不坐了。"古九思眯了一下眼睛,女人眉心上的美人痣让他想起曾经在这片山里碰到的那场大雪。

方四秀凑过来说:"古老师来你家半天了。"

柳柳的妈妈继续激动地说:"古老师,过去我可是连请你来的念头都不敢有。那年过年下大雪,你带着业余剧团下来慰问军烈属,被困在对面山上,我随大家上山去救你们,都怪我们胆小,不敢主动上前接触你。本来是我们先到,却被后到的人接到上边垸里去了。"

柳柳的妈妈样子很苍老了,但说起往事,眉眼间仍有一丝羞涩。

古九思说:"那场茫茫大雪几乎将我们冻僵了,大家不知道你的名字,都说你的这颗红痣不仅是美人痣,还是佛痣。"

方四秀说:"这颗美人痣,让这一带的女人当年都快找不着敢嫁的男人。"

柳柳的妈妈一笑,堆到一起的皱纹几乎要将那颗美人痣淹没掉了。

柳柳匆匆跑过来,她将气筒递给古九思,自己将妈妈拉进屋里,让她先歇一歇。柳柳回到稻场不一会儿,妈妈便端着一杯香茶出来,嘴里还直埋怨柳柳没规矩不懂事。古九思埋头用气筒往车胎里打气,只听见咝咝响,不见车胎胀起来。柳柳接过气筒亲自试了几下。方四秀和柳柳的妈妈在一旁不停地说:"坏了,别试了。"柳柳彻底失望后,她俩反倒高兴起来。方四秀主动说,她家有几间空房,古九思不走,晚上就睡她家。柳柳则不客气地数落她,上午还见她借给别人用的气筒,下午就说找不着了,是不是想收古九思的住宿费。柳柳的妈妈也劝古九思别走,她有两样东西要还给他。

到这时,古九思真的想回去了。

他正要下决心步行,附近山上又传来狼叫。

垸里的狗叫得更凶了。他一犹豫天色便彻底暗下来。

柳柳的妈妈重提今晚就此住下,明天再走时,再也没有人吭声。柳柳的妈妈连忙进屋准备晚饭,方四秀也匆匆回到自己的家,剩下古九思和柳柳站在外面。柳柳的样子很像要哭。古九思劝她放心,他就是放弃这首民歌和这次民歌调赛,也决不会让她为难。

柳柳到厨房里帮助妈妈做饭,两个人有一句没一句地说着种黑木耳的事。

古九思想着何怡在家找不着他的样子,一个人站在门口无奈地笑。空气中弥漫着一种艾叶的香味,垸里养蚕的人家都在燃着陈年的艾叶,驱赶想咬大蚕的蚊虫。一辆绑着手电筒的自行车,流星一样飞快地往山下驶去。

吃饭时,广播里又播了一遍镇里的通知。柳柳怕妈妈听见故意挑剔说妈妈炒菜时盐放多了,古老师体力活干得少,口味肯定清淡。柳柳的妈妈连连称是。古九思心里搁着事,不时走神一阵,饭桌上的气氛就冷淡下来。

就连柳柳的妈妈也开始走神了。好在没有酒,很快就吃完了。喝完一杯香茶,柳柳的妈妈起身到卧屋里拿出一只小布包,里面有一本烧残的乐谱和半支用过的眉笔。听说这是那年在雪地里捡到的,古九思不禁唏嘘起来。那年被大雪困在山上时,是他带头将乐谱点燃,烧起一堆篝火,大家才没冻僵,坚持到有人来营救。

柳柳的妈妈想说什么,忽然猛烈地咳嗽起来。

柳柳上前轻轻捶着她的背,眼睛不愿看古九思。

柳柳的妈妈好不容易开口,说自己不要紧,只是让冷风呛了一下。她说:"我同柳柳的爸爸一起发现的这些东西,他抢先捡到乐谱,我只捡到眉笔,就这样我们好上了,第二年便生下这个女儿。"她望了柳柳一眼,"你同古老师的民歌有缘,前世就定了。你爸活着的时候能唱古老师写的所有民歌,他还吩咐过我,要将古老师以后的新歌都学了,到他坟前去唱。"她说话的声音有些凄婉，顿了顿后才继续说："古老师，我们很多年没听到你的新民歌了。"

古九思被感动了："新歌倒有一些，就是总也找不到能够唱的人，所以才一直等到现在。"他叹息着边说边看那屋梁上挂着的一串串红辣椒和萝卜干。

柳柳的妈妈不再说这些了，回过头来问当年唱民歌唱得最好的汪子兰的情况。古九思告诉她，汪子兰的情况同她差不多，有个女儿与柳柳同岁。柳柳的妈妈问汪子兰是不是仍同那个省城里的歌唱家在一起生活。古九思说他们离婚了。古九思不想多说，柳柳的妈妈也没再往下问。

这时，方四秀在外面叫门。她进来后先同柳柳她们小声说了几句，然后她们三个一齐笑着让古九思到方四秀家坐坐。

古九思满腹猜疑地进了方四秀家门，发现屋里聚着一大群老老少少的女人。方四秀准备了几大碗腊肉和一壶白酒。女人们的手都被桑叶染成墨绿色，她们举着酒杯一齐对古九思说，眼看大蚕要做茧了，今天她们也要轻松一下，只要古九思唱一首歌，她们就喝一杯酒。古九思推说自己的笛子摔坏了，没带来。女人们说不要紧，待会儿有笛子给他伴奏。

屋里突然静下来，昏暗的灯光下，女人们的眸子比灯芯还亮。古九思轻吸一口气，情怀一动，从丹田里涌出一支民歌来。歌声响起时，他感到周围有什么震撼了一下。

女人们很快就喝下去三杯酒，那些疲惫与沧桑过早堆积的脸上，开始显出掩埋太深的异性灿烂。

山里的夜晚，静得无话可说，只有民歌能够穿透它。

在女人最多的角落深处，柳柳也在一杯杯不停地喝着酒。古九思看出她心里在难受，当柳柳又将空酒杯举起来重新斟满时，古九思走过去，从女人们的头顶上伸手夺过她的酒杯，一口饮干了。女人们都回头看柳柳。柳柳脸上匆忙堆起许多笑容。

"柳柳这样子，是不是在害相思，恋爱了！"一个女人说，别的女人跟着哄笑。

柳柳的妈妈说："我是得考虑给女儿置嫁妆了。"

那女人马上接着说："这话从做娘的嘴里说出来，没有一点幸福感。"

古九思看见柳柳眼里出现一片湿润的光泽，赶忙说："你们请柳柳唱一首吧，我想喝杯酒。"

女人们都说好，异口同声地要柳柳唱《有朵花儿不会香》。柳柳低头不作声，她妈妈便站起来代她唱。柳柳的妈妈一开口就将古九思打动了。柳柳妈妈的歌声有几分粗糙，它夹在柔软而高扬的旋律中，一下一下地撞击着情怀中最迟钝的地方，引发深深的疼痛。古九思一连喝下三杯酒，还没有压住这种感觉。

正唱着，一缕奇异的声音传进屋里。

年纪大些的女人纷纷叫道："狼笛！狼笛来了！"

古九思没听清，又问了一遍。

方四秀说："就是传说中的狼笛，很小的时候就听大人说过的。"

古九思突然记起来,很多年前自己曾听外婆说,最高的那座山上曾经有个会吹笛子的年轻人,他一吹笛子天下最美的东西便都来到面前。听故事的童年离现在太远了,古九思忘了那年轻人是怎么变成狼的,他只记得外婆说那个年轻人变成狼以后还在吹笛子,人们听了都将它叫作狼笛,并因此变得善良了。

女人们告诉他,这声音也是近半年来才有的,男人们曾摸黑上山查找过,女人们不敢去那种地方,只能相信男人们所说的,是小狼在窝里练那将来让人恐惧的嗓子。女人们静下来让古九思认真听一阵,那声音真的有着笛子的韵味。

古九思情绪里出现了别的东西。他让女人们又喝了几杯酒后,女人们发觉他累了,就请他早点休息,随后一齐将他送回柳柳家。

人群在黑暗中迅速消失了。剩下三个人站在门口,狼笛一阵阵在山谷回荡着。

"我知道古老师来家的目的,古老师不能没有新民歌。"柳柳的妈妈咳了一声后突然说,"柳柳,你明天一早就随古老师走,跟他学民歌去,家里的事你不用操心,我生的孩子,我会负责到底。"

说完,她一个人先进屋去了。

6

屋里只听见剪刀在沙沙响。变成丝的桑叶，飘落似云，铺陈似海。两只手在其间宛如一对比翼的白鸽，无论怎样的翻飞与滑翔，总能在高处抒情地舒展。听过大蚕与蚁蚕咀嚼桑叶的声音，只要闭上眼睛，任何时候都能看见千山万岭之上的松涛起伏与桃花雨在深夜里的动情呢喃。

毫无疑问，民歌都是这样诞生的。

在古九思的记忆中，民歌是原野上的人群累着与闲着、快乐与忧伤，还有爱恨交加恩怨错乱时，清理性情与抚摸灵魂，无须神圣菩提的渡水之舟、度人之路。

所以，他对汪子兰特别地惋惜。

门缝里，柳柳她们依然在忙。她们发现一只大蚕通身透亮，昂着头要吐丝了。

生活里的女人，从门缝里看，会更加美妙。

古九思迷迷糊糊想到，民歌也有点像门缝里的女人。

小狼又在山上叫起来。

狼笛，他不由自主地想。

民歌真是个好东西，他不由自主地又想。

古九思就是想不起外婆故事中被忘掉的那一部分。

7

何怡的嗓音突然在刚刚天亮的山里响起来。

古九思披上衣服下了床跑到外面,果然是何怡站在小河那边的机耕路上,旁边还有小园。小园踩着石头跑过来,一只脚滑进小河里被水浸湿了。小园小声告诉古九思,何怡估计他是来找柳柳,昨晚就想来,是她劝住了她。小园说,何怡好大的火气,也挺会骂人的。

古九思不作声,等着何怡来到面前。

何怡瞪了他一阵,见垸里的人都站在门口看热闹,便换上笑脸,说自己要看看到底是什么样的美人坯子,将年过五十的古九思迷成这个样子,又像年轻时到处寻找汪子兰那样疯狂。进屋后,才发现一个人影也没有。何怡见到蚕就忍不住上去捉弄,还将一只大蚕递给小园。小园吓得脸色苍白,躲在古九思身后结结巴巴地说,她从小就怕蚕。何怡不相信如此时髦的女孩竟然会怕蚕。

何怡在屋里转了转,叹气地问古九思:"破窑出好瓦,对吗?"

古九思反问她:"你这辈子的醋要到何年何月才能吃完?"

方四秀拿着一只气筒走过来,说是无意中又找到了。虽然用不着自行车了,古九思还是将车胎的气打足。方四秀趁机同何怡搭讪，恭维她真是好福气。小园走到古九思旁边，抬起左腿放在门前的台阶上。正弯着腰的古九思一回头，正好看见短裙深处的粉红色内裤。他慌忙移开目光。如此一分神，多压了几下气筒，车胎叭的一声爆了。吓了一跳的何怡马上吩咐他留下两元钱补车胎。她已从方四秀嘴里知道柳柳家的情况，还说自己如果遇上这样的不幸，可没把握将孩子养大。

一旁观望的人骚动起来。

柳柳的妈妈从墙角后面拐出来，顾不上同何怡打招呼，便将一张字条交给古九思。她说早上醒来便发现女儿的房里是空的，采桑叶的篓子也不见了，便出门去追，追了四五里路也没见人影。

柳柳在字条上写道：妈，我不跟古老师走，我要跟着你，在家里养蚕。

柳柳的妈妈再三许诺，她一定会让柳柳去文化站报到。

古九思趁大家都没注意，在蚕架上放了五十元钱。

何怡租了一辆三轮车来接古九思，返回时，还捎了两个到西河镇买衣服的女孩。一路上何怡不停地向她们介绍自己店里的服装。小园也插嘴说何怡店里的衣服样式最好，她总在何怡店里买衣服。女孩们羞羞地看着小园两条白嫩的大腿。小园还大方地告诉何怡，待会儿她去找田大华，让田大华将那笔服装款按照汪镇长批示的，如数付给何怡。

何怡对此话将信将疑。

三轮车在镇内停下后,小园冲着古九思嫣然一笑,一个人先走了。何怡这才一本正经地让古九思小心点,小园是头母狼,会主动咬人的。她说自己去柳柳家找他,并不是吊他的眼线,而是今天晚上自己要去汉正街进货,怕他今天还不回,才去给个信。

古九思说:"上次进货离现在才几天时间?"

何怡说:"不是要搞歌手比赛吗,到时候那些女孩子肯定需要一些好看的裙子。"

古九思说:"我没同意,搞什么比赛。"

何怡说:"汪镇长手段太多,你根本没办法对付他,他会用牙和爪子,你光有民歌顶不了用。"

古九思重重地哼了一声,转身打开文化站大门。他不在时,有人从门缝里塞进两份镇里的红头文件。古九思从地上拾起它们,第一份他只扫了一眼便扔到一边,第二份则看了好久。文件上面说得很清楚,镇里真的要搞业余歌手选拔赛,还冠以"大华杯"。

先前那只小狼的气味还留在办公室里。他将文件翻过来,铺在桌上,提起毛笔重重叠叠地写上许多个狼字。

古九思记起多年前的情景,那时他正苦心临摹颜真卿的字帖。有一天,汪子兰站在他的身后,透过肩头看他练字,一股股鼻息从脖子上流过。汪子兰贴着他的耳朵说,为什么那么多人都要跟着别人学写虎字,写狼字就不行吗?古九思喜欢这个建议。随后汪子兰对他说了四个可能:可能要结婚，可能在武汉度蜜月，可能无法参加县里的会演，可能要麻烦他另找一个人唱《有朵花儿不会香》。事隔多年，古九思还记得汪子兰一口气说出四个可能的模样。古九思当时没有回头，如果一回头，他的脸就会碰上汪子兰。汪子兰气极地问他为何不说话。他确实一句话也没说，只是饱蘸了一笔墨，在纸上写出极沉重的一个狼字。汪子兰咬着嘴唇对他说，你写的哪像狼，是只没长角的羊。古九思很想告诉她，何怡已经怀孕了。但他终究什么也没说，在使出自己的全部精气神，重新写了一个狼字后，额头上竟有一层细细密密的汗珠渗出来。汪子兰转身离去时恨恨地预言，古九思将来要为今天的不语而后悔。第二天，汪子兰就跟随那个从省里下来搞音乐辅导的歌唱家去了武汉。

当古九思真的有些后悔，再也无人能够唱出自己心中的境界时，柳柳出现了。

古九思收起笔，将文件叠起来，扔进抽屉里。随后出门找个公用电话亭，打电话到县文化局，给柳柳报上名。在文化站一带游荡的女孩们，纷纷大胆地朝他扮着笑脸，甚至还起劲地议论比赛那天穿什么样的衣服，化什么样的妆。

一阵难以忍受的饥饿感猛地冒出来。古九思往家里走时，看到大华娱乐厅门前贴着一张老大的白纸，上面写着：参加比赛的歌手请上二楼报名。见四周无人，古九思往那白纸上唾了一口。到家后，自己动手做了一碗面条，只吃了两口，便心烦意乱地撂下筷子，在屋里乱转起来。忽然间，他在柴堆里发现那支被摔坏的笛子，顿时心生怒火，锁上门气冲冲地往外走。

一来一去之间，大华娱乐厅门前出现一幅很大的宣传画，上面画的女孩很像小园，只是胸脯和大腿没有那么露，眼神的火辣劲与妩媚也略微淡一些。画上的女孩神气地说着一句话：民歌谁都会唱！与之对应的那条过街横幅上写着：大华祝你唱出西河响遍神州。

还没见到何怡，古九思握着笛子的手就先抖起来。

何怡正在帮那两个一起坐三轮车来的女孩比试衣服。

古九思将笛子一伸，老远指着她，乌着脸说："你——太不像话了！"他说这话的动机，基本上相当于别人在骂千刀万剐之类的话。

何怡一见笛子，连忙上前按下古九思的手小声说："这女孩也打算参加歌手比赛，你这样会破坏自己的形象。"

古九思也只有这句狠话。过街时，他看见匀速驶过的越野车里，汪镇长正仰在副驾驶的座位上睡觉，伸出车窗外的手背上尽是红红绿绿。

笛子上的裂缝像是长在古九思的心里，他从抽屉里翻出一根铜丝，用钳子夹着往笛子上箍了几道。感觉箍好之后，他将笛子送到唇边，试着吹了一句，一种奇异的音乐声在他心头猛烈地撞了一下。古九思又试了一下，音准没问题，就是音色太陌生了。愣了好久，他才叹出一口气。

所谓文化早就被本地人看得轻淡了。西河镇文化站只养古九思一个人,这还是县里决定的。古九思是全县十大文化名人中挂头牌的,他的工资由县里出,历届镇政府都不大管他。古九思决定今天哪儿都不去,就在文化站候着,看镇里谁来同他谈歌手比赛的事。十点钟过后,终于有人进来了。古九思没有回头,继续全神贯注地听着录音机里播放的民歌。

那人走到对面,他才知道是田大华。

田大华说:"我不是你的领导,不用主动联系群众。是小园找我没找着,我来找她,我以为她在你这儿,就顺便过来看看。"

古九思说:"当然,你有钱,你就是老大。"

田大华伸手将古九思桌上的录音机关了,他要古九思别真的以为自己是贵族,在俗人面前摆谱装清高。其实汪镇长比他更有文化。汪镇长昨天半夜散会后,还赶着给民歌比赛画了一幅宣传画,没有哪个人不叫好。田大华还转述了汪镇长边画画,边同别人聊天时说的话:一棵树长在那里,有人用它,它就是栋梁,没人用它,就同狗尾巴草一个样。

古九思要田大华转告汪镇长,树长的是直骨,狗尾巴草长的是媚骨。

这时,有人在外面喊古九思接电话。

古九思跑到公用电话亭,文化局的人在电话里告诉古九思,他给柳柳报名后不久,田大华也打来电话,强调古九思个人决定的参赛人选不能算数,应当用公平公正公开的竞争,确定优胜人选。文化局的人又说,关局长相信自己的文化干部,原则上还是以古九思上报的人员为准,不过,希望古九思协调好当地的各种关系。

放下电话,古九思往回走时,看见小园正在街边同田大华说话。在他俩身后,汪镇长画的广告画前,聚集着不少女孩。

古九思打定主意要将那幅计划生育宣传画修改成民间歌手的形象,而且用柳柳作模特儿。古九思很快就将美术广告牌重新刷为白色,但他发现所存颜料连三原色都找不齐。他不甘心,仍在大小柜子里寻找。正在着急,小园走进来,怀里抱着的啤酒箱里满满的全是各色颜料。古九思当然明白小园没有神机妙算的本领,一定是趁自己不注意时来过一趟。

小园还带来好消息,何怡已到大华娱乐厅兑现了镇政府欠下的那笔服装款。

小园挺着一对高高的乳房,将手伸到古九思胸前,从他的心窝处掂起一根头发。小园说:"古老师一点不像五十岁,头发还这么黑,简直像刚做过焗油。你看我这里,都长白发了。"

小园将头抵近古九思的胸口。

古九思还没看就连声说:"没有没有,就算有也是少年白。"

小园不罢休,要他动手扒开头发往里看。古九思只好用两个指头小心地拨开一撮头发,然后告诉小园确实没有。

"你长得同我女儿一般高,她在黄州工作。"

古九思说出这话后,心里才又重新踏实起来。

小园会心地一笑。

"我不想报名参赛,他们对你太不尊重。"小园忽然说,"田大华离开卡拉 OK 什么都唱不好,还当了秘书长,真是笑话。田大华还向汪镇长建议,你在这方面威信太高,必须先挫伤你的锐气。"

"你还是报名吧,别同我扯在一起。"古九思随口说。

小园马上说:"你叫我报名,要是有什么传言,可别生我的气。田大华那张臭嘴什么话都能说出来。"她下意识地抹自己的嘴唇,"这两天他老说,这场比赛是专门为我做的笼子,连古老师你都要成为托儿。"

"别以为我好摆布。"古九思说,"你放心。"

小园临走时说:"其实,我一点都不喜欢田大华,他的眼光里有两只让人讨厌的苍蝇,还有那两排大黄牙。"

小园离开文化站是因为文化局又有电话打来。还是先前那个人,他说袁副书记给关局长打了招呼,关局长经过慎重考虑,决定请古九思主动配合汪镇长他们,将选拔赛办出特色办出影响来。因为小园事先透露了这边的内情,古九思才不至于发脾气。

放下电话他就到对面的服装店里待了一会儿。

何怡很高兴,田大华真的将镇里欠的钱付给了她。

古九思冷不防告诉何怡,今晚亲自陪她一起去汉正街进货。

何怡惊讶地看着门外的天空,是不是出现两个太阳。

8

开往汉正街的长途客车一进到武汉市区,那些睡死的人一下子全都醒来。同何怡一样,车上的人多数是来进货的。路过付家坡时,何怡叫古九思先下车,等天亮后找个卖乐器的商店买支笛子,算是她为那破笛子的事赔的不是。古九思觉得很对,正要下车,四周的人都说天没亮他一个人下车不安全,城里两条腿的狼比西河边上四条腿的狼还凶。况且江北汉口有几家大商场,什么都可以买到。古九思最终还是随车到了汉口。他陪何怡在朦胧晨光中细心地选货,很快就到了八点半钟。何怡催他去买笛子,还多给了一些钱,要他别急着随车回家,买好笛子后可以去找那个也是专门研究民歌的马先生聊聊,高兴的话就在武汉住两个晚上,不必回去受那帮小人的气。古九思嘴里说何怡说得有理,心里却想趁机到中南民族学院去看看柳柳的弟弟。古九思还想省点钱,接济柳柳的弟弟,所以他没有搭车,顺着马路快步往前走。

马路边的一家家电商店门口,几个男人正在卸货。古九思觉得旁边那个正用手机说话的男人有些眼熟,仔细一看,正是那个曾娶了汪子兰的歌唱家。接着他又认出其中还有小娜的男朋友。古九思的突然出现,让小娜的男朋友格外慌张。

歌唱家倒很镇静地迎上来，并且用身体挡住了古九思的视线。寒暄中古九思还是看清了，正在处理的那些货是一整套家用电器。歌唱家告诉古九思，他已经不唱歌了，同几个朋友合伙开了这家商店。所以才有实力送些家电给小娜，作为结婚礼物。小娜的男朋友一晃就不见了。歌唱家还叫古九思千万别搞什么民歌，那东西害人又害己，直到现在他才算大彻大悟，悔不当初。古九思不愿同他说下去，走了几步，头也不回地说那歌唱家，本来就不是这条道上的人。

汉口街上到处摆放着各式各样的家用电器，古九思情不自禁地想起前几天镇里发生的那起盗窃案。

走过一对青铜雕塑的武士像，古九思发现要找的商场就在眼前，心里非常高兴。他问了问门口站着的保安，然后跟着人群径直上了五楼，很快就找到卖乐器的地方。货架上只摆着三支笛子。他取出一支吹了一声音阶，正要吹第二声，售货员小姐走过来用一种特别的眼神看着他。除了那个正在弹钢琴的老太太，周围人的目光都很古怪。古九思顾不上这些，他又试了试笛音，然后就开始吹奏。吹着吹着，便觉得不对，他换了一支笛子还是不对。他将三支笛子轮着试了两遍也没有找到乐感。

"笛子是天籁之音！"古九思正在发呆，弹钢琴的老太太突然说，"它的共鸣箱是山川原野，是纯洁自然。我在这里当钢琴师有三年了，你是第二个试这笛子的人。商场这么混杂，一管竹笛简直如飞花入海。那边有个洗手间，你去那里面试试,效果会好一些。"

古九思拿上三支笛子进了卫生间,他依然找不到感觉,但比先前好些。洗手间的门被一个大腹便便的男人推开,一首民歌扑面而来。

弹钢琴的老太太十指在琴键上忧伤地舞动着,她闭着双眼,轻声唱着:"凤鸣山隐蔷薇金花银翠,梧桐树挂蝴蝶彩凤萦回,东厢琴弹苏月紫玉一对,西厢月照檐前雁北南飞。"老太太忘情地弹唱,两行眼泪从紧闭的眼睛中汩汩流出。

古九思惊讶地上去问:"你怎么会唱这首民歌?"

售货员小姐在一旁用面巾纸揩去老太太脸上的泪水。

老太太说:"我一听笛声就知道你是谁!老马死前常提到你!常给我唱你写的民歌!在你之前只有老马碰过这些笛子!"

"过年时马先生还给我写过信,怎么这么快就去了?"古九思说。

"是我害的。三月三那天,有一帮人上家里来同老马辩论民歌的问题,本来我一向是老马的支持者,但那天我也说老马太固执了,结果,他当场发了脑出血,怎么想办法也救不过来!"老太太的泪水更多了,"老马一直在说,只有你能写出让那些人闭上嘴、自己吞自己舌头的民歌!"

老太太怎么也说不下去了,泪珠和手指同时落在琴键上。

售货员小姐连忙将古九思拉到一边让他快走,说老太太这样伤心下去,泪水损坏钢琴,她赔不起。

古九思在商场外的青铜雕像下站了好久,还是不放心。他回到五楼时,听到钢琴声失去节奏,也没了旋律。走过去才看清,一对年轻夫妇正逗着一个小女孩,让其在琴键上乱弹。老太太退在一边端详着,面容很慈祥,目光却是忧郁的。

古九思知道自己多虑了。他悄悄地再次离开,穿过马路到对面的车站等待开往武昌的公共汽车时,碰到一个面色忧郁的男孩胸前挂着学生证,手里举着一只写有"家教"二字的牌子,在人群后面毫无表情地站着。古九思费了不少周折才找到中南民族学院,又问了许多学生,才得到准信:柳柳的弟弟上街找家教去了。此话让他马上想到那个神情忧郁的男孩。他心里很难过,不愿在这座城市里多待,留下一百元钱后,便搭车到了黄州,这时候他特别想看看女儿。

9

心事重重的古九思回到西河镇,顾不上与何怡打招呼,就先开了文化站大门。没有人往门缝里塞文件,地上只有几根被风吹进来的杂草。

他抹了抹桌椅上的灰尘,刚坐下,何怡就拎着一瓶开水走进来,问他这几天干吗住到女儿那里,不是说好去马先生家吗!古九思说,不是去得巧,女儿这回要出大事。古九思所说的出大事,是女儿的男朋友从宜昌到黄州,两人拉开架子准备同居。刚好古九思赶到了,硬拉着那男孩住到宾馆里。没说清楚时何怡吓得不轻,等到明白事情的来龙去脉,何怡又轻松地笑起来,说古九思这一生只有女儿和民歌最宝贵,由不得外人来插手。何怡要古九思放心,只要女儿觉得幸福就行,还说:"我们不也是结婚才五个月就生了她。"何怡脸上露出遐想幸福的模样。

何怡打开古九思的提包,见没有笛子,正要问,小娜走进来,后面还跟着柳柳和她妈妈。古九思一边让座一边问她们怎么约得这样齐。小娜说是在路上碰到的,去年在镇里卖蚕茧时她和柳柳就认识了。何怡是昨天认识柳柳的,她告诉古九思,柳柳昨天下午就同妈妈一道来过,还上她店里去问文化站为什么锁了门。

等别人说完话了,柳柳的妈妈才对古九思说:"从今天起,这个女儿就交给你管教。你尽管放心,柳柳再不会像那天早晨那样躲着你了。"

古九思没张嘴,何怡抢先说:"回头就住我家里,就当又有了个女儿。"

柳柳的妈妈连忙谢过。

柳柳没有说谢谢,她说:"古老师,我要是让你失望了怎么办?"

古九思说:"让人失望没事,但你不能让妈妈失望,等将新歌学会了,你要先回去唱给你爸爸听。"

柳柳马上不作声了。

古九思见小娜一直闷闷不乐不说话，就转向她说："我在汉口碰见你的男朋友了，他正同你爸一起从车上卸货，你爸说，他要送一整套家电给你做结婚礼。"

何怡夸张地惊叫一声。小娜反而更不高兴了。

何怡说："是不是不喜欢你爸，怪他不该将你们甩在农村受苦？"

"我妈是被民歌害的。"小娜转向古九思说，"这种年纪了，还老爱唱一根竹子节节高，割管笛子割管箫，有朝一日哥回了，哥吹笛子妹吹箫。"小娜最后学唱一句，自己也忍不住笑起来。

柳柳的妈妈说："这种年纪还能唱歌，心里有幸福哩！"

小娜说："还幸福，简直是个怨妇，一个人时总学古装戏里的架势。"说着她做了一个兰花指。

大家还没笑完，小园一头闯进来，冲着小娜说："你是柳柳吧？怎么见到我就不唱了，我是慕名而来。"

小娜面无表情地说："柳柳是她。"

小园扭头盯着柳柳，好一阵才说："太可惜了，我若是个男孩，从现在起就追你。"

柳柳脸色绯红，她说："不可惜，你可以去追男孩子。"

何怡望着小园时脸上溢出一种感激之情。

古九思趁机多看了小娜一眼，他清楚小娜是来买嫁衣的。他觉得应该趁现在说一说马先生同他夫人的事。这样能稳住何怡的心情，不让她有空去猜疑小娜。他从买笛子的过程说起,当说到马先生的遗孀、那个弹钢琴的老太太,如何边弹琴边唱民歌边流眼泪时,他自己的嗓子先沙哑起来。屋里的五个女人都有些伤情。古九思顺手拿起那支捆绑过的笛子吹起来。笛子一响,柳柳的妈妈忍不住唱了一句:"凤鸣山隐蔷薇金花银翠。"她嗓音又苍老了一些,正唱不下去时,柳柳一旁小声接唱:"梧桐树挂蝴蝶彩凤萦回。"柳柳唱一句后脸又红起来,不再唱了。但经不住屋里别的女人劝说,加上古九思的笛音老在她唱过的那一句上重复等待,她放开嗓子将后面几句歌词唱完。柳柳的歌声既纯又亮还情深如水,大家一齐鼓起掌来,刚刚还在伤情的女人们像是得到一些安慰。

柳柳趁大家不注意,轻轻扯了一下妈妈的袖子。

柳柳的妈妈站起来说:"河堤上有一树好桑叶,柳柳要去采了让我背回去喂蚕。"

何怡轻叹了一声。

几个人将柳柳和她妈妈送到门口,柳柳的妈妈说:"我这女儿孝顺过头了,她坚持要每天下午从家里出来,晚上住在这儿练民歌,第二天早上又回去,吃过午饭再来这里。来来回回地跑,顺路采些桑叶。我不答应这些条件她就不来。"柳柳的妈妈从门后背起来时一路采的半篓桑叶。

桑叶不重,大家的心情却沉重起来。

何怡说:"你们两家都缺根顶梁柱,做女儿的苦过了还有盼头,做娘的怎么办哩?"

"女人靠自己,日子还过得踏实一些。"小娜和柳柳还没开口,小园抢着说,"我其实比你们都苦,我是舅妈带大的,爸妈和舅舅都死了。"

何怡一摆手说:"女人在一起总爱说伤心的事,不说了,都做事去。"

女人们一走,文化站静得像古庙。

古九思独自试了试那笛子,忽然发觉破笛子的风格有可能被自己接受。

黄昏时,柳柳还没回。

古九思让何怡先回去准备饭菜,他守店,同时等着柳柳。

何怡刚走,小娜就来了。小娜很快就挑出六套衣服,从六套里选三套费了不少时间。好不容易舍弃了两套,余下四套小娜都想要。古九思问清小娜只带了三百五十元钱后,让她付三百二十元,将四套衣服全拿走。

古九思问小娜,男朋友上门做女婿是不是自愿的。

小娜一边点头一边说谢谢。

一辆拖拉机驶过来,小娜连忙抱上衣服跳进挂斗。

小娜走后,古九思就将何怡给他在武汉花的钱,同小娜付的三百二十元放在一起。

柳柳还没来。古九思站在街边,发现灯光照不到的树下似乎有个人影。他走过去一看正是柳柳,她正低头啃着一只馒头。古九思一开口,柳柳吓了一跳。古九思让柳柳帮忙将货物搬到一只板车上,拖着往家里走。半路上又碰到小娜。小娜从迎面开来的拖拉机上跳下来,将古九思叫到一边说,妈妈要她回来叮嘱古九思,别将在汉口碰到她男朋友的事告诉别人。古九思马上意识到汪子兰到了镇里,追问几次小娜才说实话,汪子兰正在镇外等她。古九思跟随小娜追过去,远远地看见一个人影站在那里。古九思叫了声子兰,那人影一闪身就不见了。

小娜说:"真想见我妈,你只有来参加我的婚礼。"

古九思没有将扫兴带回家。

正在厨房忙碌的何怡出来接着他们。古九思先说,卖了四套衣服,还将一把钱塞进何怡的口袋。古九思不容何怡细想,紧接着又将柳柳躲在树下啃冷馒头的事对何怡说了。何怡心疼地捧着柳柳的脸,要她做自己的干女儿,这个家也是她的家,不许她见外。吃饭时古九思喝了二两酒。平时他只喝一两酒,何怡没有注意这个变化,以为他是在为柳柳的到来高兴。

夜里,古九思的笛子响了很晚,他让柳柳跟着笛子唱从前汪子兰唱的民歌。

柳柳在里屋练歌时,田大华带着小园来看过。古九思没有出来接待。田大华对何怡说,柳柳这种水平,根本不是小园的对手。小园不让田大华这么说,她要何怡同古九思说说,让她跟柳柳一道学习。何怡应下来,要小园明天听回话。

何怡送走小园他们,又将门口那群嬉闹的小孩轰走。刚将大门掩上,外面又有人叫门。何怡将门打开,几个嬉皮笑脸的男人要进屋看看古九思二十年才选中的大美人。何怡啐了一口,让他们回去看自己老婆的臭脚。再次关上门后,她将古九思交来的钱点了两遍,越点越不对头。何怡皱着眉头在屋里不停地进进出出,有时问天气闷不闷,有时问唱得累不累,要不要喝口水,还问他们唱到什么时候休息。

古九思心里清楚是怎么回事,很严肃地请何怡不要再打扰了。

到了半夜,古九思不得不让柳柳休息。

柳柳刚进房里洗澡,何怡就上来问古九思是不是还有钱没交出来。古九思说全交了。古九思越是理直气壮,何怡越是痛心疾首,这四套衣服进价就花了八百,五百元出手岂不是血本无归。她追问谁是买主。古九思又像上次卖大衣一样,说是一个安徽人。何怡冷笑着表示,因为这些衣服是年轻女孩穿的,所以她必须查个水落石出。

何怡真的出门去了。

古九思站在门口,听得见何怡在远处的叫门声。

柳柳洗完澡出来,问何怡是不是对她有意见。古九思叫她别多心,先去睡觉。

柳柳房里的灯刚刚熄灭,何怡就回来了。

一见她那样子,古九思就知道用不着再瞒了,便说:"我是将衣服便宜卖给小娜了。小娜要结婚,不能没有嫁妆,你就当是那天夜里让贼偷了不行吗?或者就当送了三百元大礼也行。"

何怡不作声,胸脯在一起一伏。

古九思又说:"你别以为是我在送人情,你也有份儿,为什么你店里生意总比别人好,这里面也有我的因素。"

何怡胸脯起伏更剧烈了。

古九思继续说:"不管你怎么想,也不管你想不想得通,汪子兰家的事我不能不管,她是为民歌做过贡献的。"

突然间,何怡一伸脖子,吐出一口鲜血来。

古九思慌了,上前欲扶住何怡,被横空来的一巴掌扫开。情急之中,古九思连声叫柳柳快来。柳柳一出现,何怡就自己站起来,要去医院。这时候古九思才发现,柳柳只是上身披了件衬衣,灯光下的两条腿,几乎就是用美玉精心雕塑的。柳柳进屋穿衣服时,古九思在门外将板车准备好了。他们将何怡扶上板车躺好,小跑着去镇医院。

正在值班室里打瞌睡的医生见到他们时很高兴。他们用手电筒照了照何怡的嘴,认定不会有大毛病。何怡在另一间只让女人进去的屋子里做进一步检查。剩下来的男医生问清柳柳就是古九思选的歌手后,连声赞叹道,这么美的女孩往台上一站,不唱歌也有人掏钱买票。古九思对这话很不满,又不好对医生生气,只能说:"你这是外科医生的眼光。"

柳柳走进来,说那边的医生要古九思唱首民歌献给何怡。古九思没有注意到柳柳的眼神,真的唱了起来:"兰草花儿不会开,生在青山陡壁岩,十七八的哥哥把花采——"这时,门口进来一个女护士,她说:"古老师,你上当了,我们要听柳柳唱歌。"柳柳狡黠地冲着古九思笑一笑,然后接着

210

唱："脚踏石板手扒岩，叫声姐，我心爱，伸手儿来牵手儿来，带我一路上花台。"柳柳唱完后又去了另一间屋子。男医生说，好听是好听，可就是少了一点往心里钻的力量。

医生的诊断结果是，何怡嘴里一只血泡破了。还有一项诊断结果，医生笑眯眯地要古九思自己去问何怡。

回家后，古九思搂着何怡说了许多软话。

慢慢地何怡身子又变得柔软了，她才告诉古九思自己怀孕了。

古九思差一点从床上跳起来，想不到何怡已经闭经了还能怀孕。他兴奋一阵，才明白得将这小生命做掉。两人商量一阵，自然又提起衣服的事，古九思保证以后不会再发生这样的事。何怡要他别保证，只是得事先同她商量，她心里也明白古九思这样做也是为了民歌，而不是别的。

何怡在被窝里捏紧古九思的手，她说："柳柳穿得很少时，我都被迷住了。"

古九思说："女孩太好了，真爱她的男人反而舍不得去碰，结果总是吃那些胆大妄为的家伙的亏。我们得防着点，不让柳柳走了汪子兰的老路。"

"看看你，我怎么能不吃醋哩！"何怡这样说反而让古九思更兴奋，他在被窝里放肆起来。何怡将他推开说，"你的民歌若是加点现在这样的野性，会更好听。"

古九思气吁吁地告诉她："民歌不是学狼叫。"

后半夜，一只狼闯进镇里，弄得全镇的人都醒了。古九思与何怡也起来站在门口,同大家一道吃喝。再睡时,就睡过头了。柳柳将屋里扫得干干净净后掩上门回家去了,他们都不知道。古九思是何怡弄醒的,何怡在枕边要求古九思,让小园同柳柳一起学民歌,她还认为小园的唱法有可能比柳柳更受欢迎。古九思告诉她,他是不会让狼学了羊叫后到处迷惑人的。

这天早上,古九思突然决定将那无名民歌取名为《狼》。

10

民歌选拔赛的头天晚上,一只母狼在西河镇外叫个不停。

古九思想听狼笛,等了一夜,还是没有听见。

古九思不让柳柳参加选拔赛。

柳柳早起后依然采着桑叶回家去。

柳柳临走时问古九思,如果她妈妈来镇里看比赛,她该怎么办。古九思果断地说,叫她别来,这种鱼目混珠的比赛会倒了她的民歌胃口。柳柳走后,何怡也要走,她预料到今天的服装生意会很红火,赶早去开店门,让古九思做些吃的,给她送去。古九思不打算去上班,还要何怡编个小故事,有人问起时就说他不舒服。

一个人时,古九思吹了一会儿笛子,他有些习惯这种不正常的音乐声。

窗外有两个人在说话。

男人说:"昨晚狼叫得真凶。"

女人说:"你没听汪镇长说,他发了话让谁走,就是石头也会长出腿来,镇里有文件规定今天搞民歌比赛,那些狼是在带头响应汪镇长的号召。"

男人说:"干部们私下说,这是汪镇长在选美,前几名将被安排在镇里做事。"

女人说:"我听说内部早定了,第一名是大华娱乐厅的小园。"

男人说:"其实你也可以拿第一名,只要你愿意上汪镇长的床。"

女人说:"这么好的机会,还是留给你老婆吧。"

男人不知做了个什么动作,女人先是尖叫一声,接着又咻咻地笑个不停。古九思放下笛子冲着窗外喊:"你们也是狼吗?"一阵脚步声响过后,窗外没有动静了。

太静了古九思又不踏实,他在厨房里做早饭,耳朵总在留神外面。

又有一个男人说:"哟,干你们这行的真辛苦,这么早就开始上门服务。"

小园的声音响起来:"你说话不看对象,小心舌头上长疗疮。"

小园的脚步声径直进屋来。古九思以为她又是穿的短裙,心里先慌起来。小园出现在厨房门口时,却是一袭拖地长裙。

古九思忍不住多看了两眼。

小园说:"我来给何阿姨拿点吃的。"

古九思说:"不用麻烦,我会给她送去。"

"你不是不舒服吗?"小园说,"这时候露面别人会说你在装病。"

"我本来就是装病,怕什么。"古九思说。

小园走到灶后,双手撩起长裙,伸出长长的双腿,坐到小板凳上。灶膛里射出的火光映在她的肌肤上,闪烁着一片片难以抗拒的光芒。

小园说:"你真的不去当评委?"

古九思将一只鸡蛋敲开放进油锅,屋里嗞嗞地响成一片。

"你不去也好,我知道他们不尊重你,你不去可以出出他们的洋相,他们选的那几个评委除了说我线条好、眼神美和嘴唇性感以外,对民歌一窍不通。不过,报名的女孩中,好多人都打算唱你写的民歌。"

小园用火钳夹了一撮松针放进灶膛里。

"你说过,好民歌里可以听见泉水响,可以闻到兰花香。这一阵我便常到山里去找灵感。昨天中午,我正在后山练嗓子,一只小狼突然跑到我面前,像观众一样趴在那儿摇头摆尾地听。开始我还以为是谁家的小狗,后来,我认出正是上次你放跑的那只小狼,我怕附近有大狼,吓得屁滚尿流地往回跑。"

小园脸上满是后怕。

古九思将油锅里的鸡蛋捞起来。他说:"你又不是从月亮上来的,没见过泉水与兰花,关键是你要边唱边用心去想象和体会,泉水的响声是怎么流动,兰花的芬芳是如何飘荡。"

小园从灶后跳出来,连连说,自己茅塞顿开了。

小园端上何怡的早点走后,古九思才开始发愣,说不教小园,怎么还是教她了?

早饭后不久,镇里开始热闹起来。从大华娱乐厅里伸出来的高音喇叭反复在叫,请各位评委马上到大华娱乐厅里开筹备会。高音喇叭里响过一阵流行音乐后,又叫了起来:"文化站古站长请立即来大华娱乐厅,汪镇长已派人找你好久了,你在哪里?"高音喇叭叫个不停,古九思越听越烦,他明白这是他们在利用舆论演逼宫戏让自己就范。

外面有人敲门,他猜测是田大华等人来催,完全没料到是派出所的老江。

老江进屋来坐在那儿半天不说话,只管用眼睛盯着古九思。时间一长古九思心里就毛了。他说:"你这样看人太不礼貌!"老江不为所动,继续盯着他,偶尔露出一丝丝胸有成竹的微笑,然后伸手在腰间摸一摸,显出半截手铐来。古九思给他泡了一杯野茶,他津津有味地喝过后还是那个样子。古九思实在忍不住了:"我知道你来是为了家电商店被盗案,我知道小娜的爸爸要送一套家电给她做结婚礼物。"他气急败坏地说了些语无伦次的话。

老江马上追问:"是什么品牌的?"

古九思隐约记得小娜的男朋友从车上往下卸的彩电是长虹牌的。

见老江还要问,古九思站起来说:"我得去民歌比赛现场了,我是评委会副主任。"高音喇叭里又在叫着古九思的名字。古九思进一步说:"你若不走,就留下替我看门。"

老江不紧不慢地背着手往外走,冷不防说了句:"你教女孩们唱的那些民歌,是在麻痹她们,削弱她们的免疫力,最终是给执法者添麻烦。"

老江一直跟着古九思。古九思没办法,只好真的走进大华娱乐厅。正在前排往门口扭头探望的汪镇长带头站起来朝他鼓掌,并大声说:"我怕你失踪,正准备叫派出所的老江去查找哩!"大华娱乐厅里的歌手与观众看着汪镇长将古九思扶到前排正中间的座位上坐下。

门外汽车喇叭响了两下。汪镇长丢下古九思快步走到门口,一会儿便领着关局长进来了。关局长伸手同古九思软软地握了握,并小声告诉古九思,袁副书记也来了,田大华正陪着他在后台看望参加比赛的歌手。关局长还说古九思同镇里配合得这样好,他的担心就成了多余,在路上袁副书记还在强调,既然是县里的文化名人,就应该顾全文化事业大局。

这时,田大华匆匆走过来说:"小园不见了!"

汪镇长毫无表情地让田大华赶快去找。

田大华转身略一示意,古九思身边的几位评委立即往门口跑去。

古九思正不知是怎么回事，身后有人叫了声古老师。他回头一看，是柳柳的妈妈。柳柳的妈妈身边，还有方四秀等几个女邻居。古九思慌乱起来，他不知道柳柳是否也来了。

评委们一个接一个地转回来了。

袁副书记从后台传话出来，早点开演，他还要回县里去开常委会。

汪镇长脸上的颜色有些难看。

锣鼓一响，一个女孩有些慌乱地走出来。她刚开口就跑调了，惹得台下的人哄堂大笑。女孩一嘟嘴，突然有了胆量，大声说："刚才唱的不算，我重唱。"女孩不管侧幕旁的田大华如何做手势，坚决地从头唱起来。古九思忽然记起来，这女孩是小冯的表妹，那次去找柳柳，半路上碰见过她。女孩唱完后，该评委亮分。古九思想了想后，亮出了八分。随后的几个女孩，大致也是这种水平。她们唱得都还不错，或多或少带点汪子兰的味道。这也是古九思略感欣慰之处。

古九思是一号评委，主持人每次总是先请他亮分。几轮下来，他便感到有点不对劲，特别是最后面的五号评委、广播站的谈站长，只要古九思亮出的分数比较高，他马上会相应少给些分数。

他正在想这个问题，四周忽然响起热烈的掌声。古九思抬头一看，台上站着的竟是柳柳。柳柳眼睛微微向上看，她唱的是汪子兰曾经在县里唱过并获得特等奖的那首《有朵花儿不会香》。一句唱完，台下响起一片喝彩声。唱到第二句，一双胖手从侧幕里伸出来拍了几下。汪镇长见了赶紧跟着鼓掌。柳柳唱完后,古九思毫不犹豫地亮出了九点九分。谈站长犹豫了一下,不好意思地亮出了七点一分。

观众席中有人叫起来:"五号评委是不是心理变态!"

十几轮过后,古九思心里明白了,那四个评委已串通一气,控制每个参赛选手的总得分。他对身旁的一个评委说:"你们是不是没想到我会来?"那个评委懂了古九思的弦外之音,尴尬地不知道说什么好。

汪镇长有些坐不住了,他东张西望地看了几次,椅子在他屁股下面吱吱作响。

又一个女孩忸怩地走上台来,还没站定便开口说:"我要将这首歌献给我的爷爷奶奶、爸爸妈妈,还有在座的古老师,我家里人都说,如果没有古老师,我妈就生不下来我。"

台下的人哄笑起来。

女孩继续说:"我妈生我时都没力气了。医生叫她用力,她突然大声吼了一句古老师写的民歌,结果像打喷嚏一样将我喷出来了。"

女孩说完,竟跳下台,将手中的一束野花塞给古九思。

台下的人全都笑翻了。

柳柳的妈妈和方四秀她们也在人群中肆无忌惮地放声大笑。

剩下的歌手越来越少。快十二点时,小园的身影在窗口一闪,接着田大华从幕后走到台前,对着麦克风大声表扬参加比赛的歌手小园,说她刚才遇到一个女人突然小产出血,为了送对方上医院就诊,几乎错过了参加比赛的时间。侧幕旁那双胖手又带头鼓起掌来。

小园唱民歌时,古九思看见她的长裙上真的有两块血迹。

小园唱的民歌是柳柳刚唱过的。除了不喜欢她唱歌的风格外,古九思不得不暗暗承认小园有这方面的天赋。他给她亮了九点八分,然后回头盯着五号评委。五号评委犹豫地睃了他两次,最终亮出七点二分。台下的人又在喝倒彩。古九思对评委们说:"看来我们都是有点良心的人。"

比赛延续到下午一点才结束。

柳柳和小园得分相同,并列第一。

柳柳在台上领奖时,田大华在台下感谢古九思,只将小园训练几天,就让她多了一种魅力。田大华遗憾袁副书记没有亲手给小园和柳柳发奖,就回县里开会去了。柳柳刚拿到装着奖金的红包,田大华就当众宣布将她接收为本公司的名誉职员,不用上班每月照发工资,还向她弟弟提供一笔奖学金。关局长也宣布多给西河镇一个名额,让两位美丽的女歌手到更广阔的天地去施展才华。关局长还拉着柳柳被桑叶染绿的手,传达袁副书记的指示说,女孩的手不能老是这样,大家都要好好呵护她们。

送走袁副书记才返回的汪镇长摸了摸小园腹部的血迹,问是怎么回事,谁小产了?小园有些不好意思地说,是古九思的爱人何怡,当时她身边没有别人,她不能不帮她。汪镇长惊讶地盯着古九思说，能让五十几岁的女人怀孕的男人才是真的男人。古九思赶忙岔开这个话题，回头感谢田大华对柳柳的慷慨大方。田大华说只要古九思以后不骂他就行。

古九思正在猜测这话的意思，派出所的老江又出现了。

老江说："难怪田老板的文化品位一下子提高了这么多，原来有古站长在背后点拨。"

警察当久了说话的语气与众不同，大家正愣着，老江又说："古站长什么时候也教我写写狼字，让我也去得个什么奖过过瘾。"

大家还没听明白，田大华连忙又将古九思推出来，要老江先恭喜古九思又要当爸爸了。

古九思连忙夺路而逃，刚到门口便被柳柳的妈妈和方四秀她们拦住。柳柳的妈妈被刚才发生的事弄得木木讷讷地说不出话。方四秀替她说，她们在半路上拦住柳柳让她回来参加民歌比赛，她们喜欢柳柳唱民歌，特地赶来为她助阵。方四秀还说，古九思自己从不上台唱民歌，如果古九思的学生再不上台，这民歌比赛就一点意思也没有了。柳柳的妈妈这时才问，她们这样做有没有打乱古九思的计划。古九思连忙说很好很好，这就叫人算不如天算。方四秀趁人多时，将什么东西塞进古九思的口袋里，还冲着古九思羞涩一笑。这些有儿有女的女人聚集在一起后，一个个又变得多情起来。

古九思好不容易摆脱她们赶到医院。

见到他，何怡苍白的脸上露出一些同方四秀一样的羞涩。

陪着何怡的小冯说,是小园在女厕所里发现何怡出事的。

何怡的手,又凉又没力气。古九思将它紧紧握在自己的掌心里。

11

发现口袋里有两只制好的天麻是第三天的事。

小园和柳柳上家里来给他洗衣服,清理口袋时发现了天麻。古九思随即记起是方四秀放的。古九思曾在一首民歌里写过一个爱丈夫又爱情哥哥的女人,望着像两颗心一样的天麻犯难的故事。古九思刚让小园和柳柳在文化站里练过这首民歌。小园将天麻分两次还给古九思。给第一只时她说这是柳柳的心,给第二只时她说这是小园的心。她说小园二字时特别地妩媚。

柳柳不再住在古九思家里,也不用每天为了采桑叶来来回回地跑。汪镇长让柳柳和小园在镇政府的客室里免费住宿。田大华当月就给柳柳发了两百元钱,又给柳柳的弟弟寄了两百元。小园本来在大华娱乐厅同小冯共住着一间屋子,收拾得挺好,但她执意要同柳柳住到一起。小园的理由是住在大华娱乐厅楼上应酬特别多,躲也躲不开。古九思不知道小园从前有多少应酬,只知道小园现在每天总有几次被人叫出去,半个小时、一个小时地不见人影。古九思也不阻拦。剩下柳柳一个人时，便连忙教她练那首已被取名为《狼》的新民歌。

何怡在家里躺了十天后，硬撑着爬起来，打开店门做生意。她惦记着澳门回归的日子，还想将庆祝活动上必须统一穿着的那些服装包揽下来。小园也帮着打包票，如果镇里到时又拖着不给钱，她负责讨债。小园好像不知道古九思暗地里为柳柳上小课，继续在古九思面前极尽所能地妩媚下去。

何怡的服装店开门的那天早上，小园见到古九思就说，小冯的表妹被安排到镇政府客室当服务员了。小冯的表妹民歌唱得不太好，但汪镇长喜欢她大大方方不怯场的性格。

古九思对这个没兴趣，他让小园同柳柳一道练起了嗓子。

"凤鸣嘞山嘞隐嘞蔷薇也金花嘞银嘞呃翠也——呃啊——金花呃银翠也，梧喂桐树也挂蝴蝶呃彩喂凤也紫嘞回也，东嘞厢琴嘞弹苏月紫玉呃一对也，西厢月喂照也檐前嘞雁北嘞南呃飞也。"

古九思用毛笔蘸着墨汁凝神写他的狼字。他不停下来，小园和柳柳就得继续往下唱。写到第七个狼字时，古九思感到有什么东西不对劲，他想继续写，桌上的纸用完了。他一搁笔，小园赶紧长出一口气说："我都快憋出毛病来了。"古九思想了想，又让小园和柳柳各自单独唱了一遍，心里顿时有种不祥的预感：小园歌声中有种气势正在猛烈上升，并开始对柳柳的歌声进行压抑。

古九思找来纸，又写了一个狼字。

小园说："古老师，你写的狼，越来越有神了！"

"是有这个问题！"古九思喃喃地说。

小园又被叫了出去。

古九思示意柳柳关上门。

柳柳习惯地改唱《狼》时，古九思挥手打断她的歌唱说："你对小园的感觉如何？"

柳柳由唱歌转为说话有些不适应，定定神才回答："她比我能干。"

"不！唱民歌不是靠钱多钱少、不是靠妖艳迷人、不是靠嗓门大出气粗，你要记住。"古九思说，"好民歌是用自己平常过日子的心情唱出来的。"

柳柳没有点头："我越唱越觉得自己不如她。"

"你说说自己比她强的地方。"古九思说。

"她不会养蚕，不会采桑叶。"柳柳说。

古九思站起来说："对，回头唱歌时，你就想自己正在养蚕，正在采桑叶，想那大蚕为何比雪还白，还有桑叶上的露水珠是不是救人性命的甘泉！"

停了停，他还是将想说的话说出来："还有一点，你千万不能想小园在大华娱乐厅挣了多少钱，更不能想她去广东打的是什么工——你明白吗？"

古九思还没说完，柳柳忽然说："我妈来了。"

她跑到门口，果然迎着了妈妈。柳柳的妈妈到镇里来卖蚕茧，得了过年后的第一笔收入。她高兴地拉上柳柳到何怡的服装店里买了两件衣服，自己留一件，另一件是长裙，给了柳柳。

柳柳在文化站的另一间屋子里将长裙穿上后,立即神采飞扬起来。

古九思建议她索性买支口红搽一下嘴唇。柳柳羞羞答答地买了一支口红回来,虽然使用时动作很笨,但还是让刚进门的小园大吃一惊。

古九思再让她们一齐唱民歌时,柳柳的歌声忽然像泉水那样从黑色山岩中破石而出,化作一道瀑布挂在远山上。柳柳的妈妈很满意,她也听出来柳柳唱的民歌比那天比赛时动听多了,明显超过了小园。

柳柳的妈妈刚走,又有人打小园的叩机。小园掏出叩机看看后没有理,专心唱着民歌。一会儿工夫,那人竟打了十几遍,小园的叩机都快响破了。

小园唱了好久,终于忍不住问古九思,怎么一转眼间,柳柳的歌唱便有这么大的长进。古九思笼统地告诉她,人一生遇到的很多事常常只隔着一点点东西,就像夏天的雷阵雨,牛背这边下雨成河,牛背那边仍旧焦土冒烟。

小园正在低头琢磨古九思的话,田大华闯了进来,极不高兴地说:"小姐,你什么时候生出这么大的架子了?"

小园说:"我的叩机摔坏了,不信你看。"

她将腰间的叩机抠下来用力扔到地上。

田大华冷笑一声,一抬腿将叩机踩在脚下。

柳柳在一旁惊讶地捂住嘴,才没喊出声来。

田大华说:"别以为唱了三天民歌就是圣人了!我先走三步,你若不跟上来,明天我就让你从西河镇滚开。别忘了,那些在香港唱歌唱成了天王天后的人,如果没人撑腰,照样是——"他一使劲,叩机在脚底喳喳响起来。

田大华还没走,小园的脸色就一下子苍白起来。

猛然间,古九思厉声说:"田大华,请你马上离开这儿!"古九思指向门口的样子很威严。

田大华愣住了。

"你这样子有点像你写出来的狼字。"田大华说笑就笑起来,"我有公事,有几个重要客人,要小园陪一陪。"

"我这儿是文化站,没有三陪小姐。"古九思说。

小园说:"田老板,古老师教我教到关口上了,我一刻也不能分心。小冯不是在吗,你让她替我一次。"

"学艺就要这样!"门外有人接着说。

田大华耳朵尖,一下子听出是汪镇长。

汪镇长一边进门一边说:"袁副书记刚才还在说,小园人漂亮,不知志气漂不漂亮,志气漂亮他才好捧场。"

小园问袁副书记人在哪里。

汪镇长说袁副书记在电话里,一会儿就到。

汪镇长同意袁副书记的看法,别说想成为歌星,不管做什么,没人捧场都不行。汪镇长拍了拍小园的头。柳柳见汪镇长还想拍自己,赶紧躲到小园的身后去了。这时,汪镇长的司机抱来一箱可口可乐。汪镇长说,这是袁副书记送来的慰问品，袁副书记说小园和柳柳天生是唱民歌的材料，唱民歌要身材姣好，不似西洋唱法，全靠有个胖身体做共鸣箱。他还说，袁副书记要古九思在小园和柳柳身上多下点功夫，将这两个女孩培养成为本县文化事业的拳头产品。

滔滔不绝说得正欢的汪镇长突然发现了桌上写好的那幅狼字，他皱起眉头看了一阵说："民歌比赛那天，派出所的老江说的就是这个？"他几乎是质问古九思，"你这么斯文，如何要单单挑出狼字作为书法？"

小园抢着说："我知道，因为古老师新写的民歌叫作《狼》。"

"现在只要沾点文化的皮毛，就故意搞得神秘兮兮的。小园，你不要唱什么《狼》，我喜欢温柔多情的风格。"汪镇长严肃地说。

小园急起来："汪镇长这样一说，古老师更有理由不教我唱《狼》了！《狼》好，我要唱它！"

汪镇长暧昧地说："你只要听袁副书记的就行，袁副书记才是你最好的老师！"

田大华一直用脚挡着被踩碎的叩机。汪镇长对古九思说了一些抓紧时间、抓住机遇之类的话，回头在田大华耳边小声说了句什么。汪镇长走后，田大华才对小园说："这一次你可得听我的，袁副书记中午请你吃饭。"

小园说："你说话时别那么粗鲁，有事就好商量。"

田大华走时让小园再去买只叩机，将发票给他。他意味深长地告诉小园，袁副书记今晚不回县里。

小园放开喉咙发疯地唱了一阵，将一首民歌唱得血肉模糊，惨不忍睹。

小园后来对古九思说，很对不起，她不该这么糟蹋民歌。

小园还说，中午她不喝酒。

下午，古九思正在教柳柳唱《狼》，小园醉醺醺地进来，叫了声："我要喝可乐。"可口可乐箱子还没打开，小园已枕着桌上的那幅狼字睡着了。古九思没有多说一个字，只是让柳柳好好看看小园的模样。

柳柳看了一阵后说："贵妃醉酒那么美妙，怎么小园醉了这样难看？"

古九思适时告诉她，她们的区别是醉酒的原因不同，原因龌龊，结果无论如何也不会美。

柳柳不再看小园，她一抿嘴唇唱道："后山上四条腿的东西叫作狼，前心窝一条根的恩情是亲娘——"

柳柳眼眶里溢出湿漉漉的光泽。

古九思激动起来说："对，就是这样。"

柳柳突然说："小园其实很可怜，没有亲人心疼她，田大华他们又比狼还凶，我若是这样，肯定活不下去。"

柳柳脸上泪痕很重，古九思让她到水龙头下面去洗一洗。

柳柳刚出门，小园就迷迷糊糊地动手将自己的胸前衣扣解开，露出一对半遮半掩的乳房，上面有几道鲜红的爪痕。古九思慌忙逃出门，站在大门口，望着街那边正在忙碌的何怡，大声叫她多坐坐，别老站着。柳柳洗完脸回到屋子。古九思有意等了几分钟，他回去时，小园的衣衫果然已被柳柳重新扣好了。

古九思吹着笛子让柳柳跟着唱。

唱着唱着，柳柳就走神了。

古九思知道，柳柳是在想小园乳房上的红爪痕，但他不好说什么。

天黑之前，小园终于醒来。

小园像是捡着便宜了，看上去挺高兴。

她们走后，古九思找出稿纸，给马先生的爱人写了一封信，请她告慰马先生在天之灵，自己终于找到民歌传人了，是前十年少见，后十年难说再有的那种民歌天才。古九思写完信后，正要封好信封，又将信取出来，琢磨了一阵，又将天才改为良才。

古九思深情地吹着笛子，直到何怡喊他去帮忙才住手。

半路上，他拖着板车将写给马先生爱人的信背诵给何怡听。何怡劝他先别太得意，柳柳这样的女孩需要经历的事情太多，现在还只是温室里的花朵。古九思不以为然，他说现在地球已陷入温室效应，满世界都是温室。

晚饭时古九思喝了些酒，然后趁黑蹲在门口同邻居们聊天。他告诉他们，只要柳柳将他的这首《狼》唱出去，三年之内，西河镇就会像汪镇长设想的那样，成为文化名镇。他用手打着拍子，将"后山上有种东西叫作狼，前心窝一条根的恩情是亲娘"两句词哼给他们听。邻居们说这首歌的确与古九思从前写的民歌不一样,更能打动人。不过也有说柳柳唱不合适,除非小园唱才行的。

半夜时,西河镇的夜空里似乎有女孩隐约的哭声。

古九思一下醒了,他将何怡弄醒,问她听见什么没有。何怡说现在是太平盛世,别自己吓唬自己。古九思说,不知是什么原因,他有种不舒服的感觉在心里飘来荡去。何怡告诉他,那样的东西是天上的乌云,总会惹得人大惊小怪,其实它若不变成雨落下来汇成河,根本就不用理睬。

外面的门忽然响了一下,接着又响了一下。

何怡说:"像是狼在学人敲门。"

古九思随口吼了一声。

"是我!我是汪镇长!"门外的人说。

古九思惊讶地起床开门。

汪镇长出现在灯下时,一副心事重重的样子。

汪镇长要了一杯酒,喝下去后才说:"柳柳出事了!"

汪镇长怒火中烧的样子让古九思身上的汗毛全都竖起来。

汪镇长接着说:"晚饭后柳柳到茧站去看了看,回到客室时,发现自己的床不知怎的被弄得透湿,只好睡到小园屋里,小园则回老地方睡。十二点钟时,有个男人悄悄摸进柳柳屋里。当时我正在办公室看省委发下来的一个文件,突然听到柳柳喊救命,就冲过去摸黑将那男人打倒,开灯后见柳柳身上一寸纱也没有，被我打晕的男人——"

汪镇长艰难地说出后半句话："是袁副书记！"

古九思骂了一句，便要赶去看柳柳。

汪镇长拦住他，让他先想好这事怎么处理。汪镇长自己不好出面，古九思若出面，肯定会将袁副书记告倒。

古九思说："对这样的家伙，发不得善心。"

古九思带上何怡直奔镇政府客室，他让何怡领着柳柳回家，自己亲自打电话到派出所，叫来老江，盯着他们将现场勘察了，既录了几个目击者的证词，又录了袁副书记说自己酒喝多了，不记得事情经过的口供。古九思正要回家看望柳柳，汪镇长将他叫到一旁，让他盯着老江写一份袁副书记企图强奸柳柳的案情报告，掌握在自己手里，以防万一。古九思觉得这主意挺好，只是老江他们不愿写这样的证明。说了好久，老江才同意让古九思将已经到手的各种材料复印一份，前提是任何时候都不能说出复印件是如何到他手里的。当即，他们用镇政府办公室传真机上的复印功能，将那份口供复印了。

老江不敢拘留袁副书记，他将袁副书记放了。

袁副书记钻进桑塔纳，自己驾车走了。

老江不愧是警察，耳朵特别管用。他告诉古九思，袁副书记在车子里面一边骂自己是笨蛋，一边骂汪镇长，说汪镇长早就瞄着他的位置，要阴谋设诡计陷害他。

老江要古九思千万慎用这份复印件。

家里的门敲了半天才敲开。何怡说柳柳抱着她一步也不让离开。柳柳躲在卧室里连古九思都不敢见。从何怡嘴里得知，柳柳还没破身，袁副书记太差劲了，早早用体液弄脏了柳柳的衣服。古九思同何怡商量后，决定暂时将民歌放一放，先替柳柳申冤报仇。

天一亮古九思就上了到县城的早班车。他在县城里待了十天，才将袁副书记告倒。回过头来一想，他才发现自己除了民歌以外不懂的东西太多。他先是拿着沾有袁副书记体液的衣服到处找人控诉，大家除了将这件事同克林顿与莱温斯基连在一起议论以外没有太大的效果，甚至还有人诘问他，应该上哪儿去做 DNA 鉴定。如果不是握有那份复印件，事情结果还很难预料。他在无奈之际，将复印件的复印件拿出来，说是要往中纪委寄，此事才算拨开乌云见太阳。

扳倒袁副书记以后，古九思去见关局长。

关局长说汪镇长太精明了，将捉狼的套子布得天衣无缝。袁副书记还没倒，县城里就风传汪镇长要顶替那个肥缺。关局长忍不住流露一句："古九思，你这样做是在提拔那个姓汪的。"古九思马上问关局长是不是也想请他提拔一下，关局长听了，一双手举在空中像投降一样摆个不停。

12

回西河镇的路上,公共汽车压死了一只狗。当时它正在公路上大摇大摆地走着,汽车呼地扑上去,将它辗成了肉饼。车上的人都说是狗。驾驶员坚持说是狼,他还幽默地解释,自己从前是给领导开小车的,后来被领导开除了,所以别说是披着狗皮的狼,就是披着人皮的狼也骗不了他。

古九思进家门时,派出所的老江正在同何怡说话,他以为是为了柳柳的事,听了几句,才知道老江还在查那起家电被盗的案子。

屋里已经没有柳柳的任何东西。

古九思打断老江的询问,问何怡,柳柳去哪儿了。

听说小园陪柳柳回家去了,古九思立即烦躁起来。

老江见状也挺配合地收起笔记本走人。

古九思担心,柳柳这一走,不知想什么办法才能让她再下山。

何怡理直气壮地说:"不让她走等于是要她的命!你不知道,这几天那些办案的人员太不像话了,他们盯着柳柳,三番五次地问袁副书记下身是否做过手术,还问袁副书记的生殖器进到她的身子里没有。柳柳只是哭,一见到他们就全身发抖。田大华说那些人多半是袁副书记的亲信,想故意折磨柳柳。多亏小园从中周旋,将那帮人打发走了。柳柳自己要回去,我不放心,小园主动说,她去柳柳家做陪伴。"

何怡不停地夸小园,不是小园,她一个人应付不了柳柳。古九思往外走时,何怡在身后追着说:"小娜下星期结婚,她要你去参加婚礼。"

在街上,有几个人迎上来问袁副书记的情况,他们异口同声地说,现在养女儿,还是不太漂亮为佳,否则就会祸害不断。古九思站在文化站门口,还没打开门,田大华就骑着自行车过来了。他将一只脚放到地上,告诉古九思,汪镇长给文化站追加了一千元办公费,如果有空,古九思现在就可以到财政所办拨款手续。古九思将已打开的锁重新锁上,跟着田大华去财政所。

路上没人时古九思问田大华,在柳柳被侮辱这件事上,汪镇长有没有可能做袁副书记的手脚。田大华笑着说,羊圈在家里,狼当然无计可施,如果将羊牵到山上去,狼就会高兴。见古九思一脸茫然,田大华接着说,镇长再厉害也还是镇长,与堂堂县委副书记相比,也还是羊与狼的关系。古九思如果有兴趣思考,就要往更高层次上想,譬如排座次与袁副书记紧挨着的那一批人。古九思这时有些明白了,纵观史实,但凡扳倒一方诸侯,没有一股强大势力是断断不行的。扳倒了袁副书记,以汪镇长目前的地位,并不能得到直接好处,受益的只会是那些向前跨半步就可以取袁副书记而代之的人。

田大华的手机突然响了,他先听了一阵,然后又将手机递给古九思。关局长在手机里说,过几天上面有重要人物下来视察,县里决定将民歌调赛的时间提前一些。关局长还提醒古九思这一阵除了民歌,别的事哪怕比天还大也不要再去管了,特别是不要自找麻烦。关局长已经知道财政所给文化站追加了一千元办公费,他要古九思好好珍惜汪镇长对文化工作的关怀。古九思刚走进财政所大门,就碰到那天比赛时在台上自己让自己重唱的女孩。女孩也是来办手续的,她被财政所录用为打字员。

古九思瞅着女孩对田大华说:"汪镇长对文化工作的支持再大一些,会唱歌的女孩便能当副所长了。"

田大华说:"你别以为这么做不行,汪镇长身心一愉悦,就更喜欢文化了。"

古九思拿到钱,回到文化站,才发现笛子里已长出一层绿毛。他用自来水冲了半天才冲干净。离开水龙头时,他朝先前被刷白的美术广告牌看了几眼。古九思放下笛子,找出小园搬来的那些颜料,从中选出一瓶朱红,又找了一支大号毛笔。他将美术广告牌的位置稍作调整,屏住气在上面写出红艳艳的一撇。片刻之间,便写成一个斗大的狼字。古九思擦了擦额头上的汗珠,又将美术广告牌搬到大门外放好,随后再次拿起笛子,锁上文化站大门,告诉街那边的何怡:"我看柳柳去了,有可能在山里教她唱民歌,你照顾好自己,别担心我。"

古九思摸了一下何怡扶在门框上的手背,扭头就走。

那个红得刺眼的狼字像炎炎烈日一样照着尘土飞扬的街道。

何怡在身后大声说:"田大华刚丢下口信说回头有事找你。"

古九思说了句什么何怡没听清。

其实,就连古九思自己也不知道说的是什么。

13

过河不久古九思就被那辆切诺基追上了,司机说是汪镇长专门让他来送一送的。司机一路唱着民歌,古九思问他怎么这样高兴,司机先是不肯说,见古九思不再追问了,又自己找机会说,汪镇长接袁副书记的职务已是铁板钉钉卷脚的事了。古九思本不想泼冷水,又实在忍不住地提醒说,由镇长升迁为镇委书记是有可能的,想搞三级跳,一下子蹦成县委副书记,恐怕是期望值太高。司机哪里听得进古九思的话,当即回敬他,只有一辈子当文化站长的命。

切诺基停在小河边。方四秀最先看见古九思,连忙跑到柳柳家门口叫了一声。柳柳的妈妈跑出来迎接。古九思对她道歉说,自己没有照顾好柳柳。柳柳的妈妈要他别再记着这些,既然报了仇,这事就完了。况且像袁副书记那么大的官,一下子被撤个精光,个人损失也很大。

柳柳不在家,她带着小园上山采野茶去了。

"怎么不采桑叶了。"古九思说。

柳柳的妈妈说:"她们说你爱喝野茶,要亲手炒些野茶给你尝尝。"

古九思问:"柳柳唱民歌没有?"

柳柳的妈妈说:"没唱了,连小园都不唱了。"

方四秀在一旁纠正说:"小园还在唱。昨天中午我亲眼看见她在瀑布那儿吊嗓子。"

古九思告诉柳柳的妈妈,自己要在她家住一阵,让她做些安排。随后就去寻找柳柳和小园。

山坡上有桑树的地方就会有女孩。棵棵桑树都被女孩们伺候得光溜溜的,一如她们躲在山泉里洗澡的样子,只在枝条顶端上留下三两片绿叶。那些开春之后才抽出来的枝条,则更像垸里那些正要发育的小女孩们的肢体。

古九思在一棵满是虬结的老桑树下碰见两个女孩。

二人正用桑葚将对方的嘴唇涂得乌红。

古九思问她们看见柳柳没有。

一个女孩已经抬起了手臂,又被另一个女孩按下。

女孩要听到民歌才能回答。

古九思问她们要听什么内容的。

一个女孩笑着说:"就是那种歌嘛!"

古九思懂了她们的意思,正要开口唱,另一个女孩忽然伸手往山上一指,让古九思快走,她不想听那种让人夜里睡不好觉的歌。

古九思望望她们羞怯的样子，走了几步又回头说："老桑树下容易闹鬼，你们不怕吗？"

女孩们等他走远了，才一齐说："我们是狐狸精，谁都不怕！"

在一阵嬉笑中，女孩自己小声唱起了民歌。

顺着女孩指的方向，古九思翻过山脊，一会儿就听到轰隆隆的水流声。他手脚并用地爬上一道石壁，扑面而来的是一股洁白如雪的瀑布。古九思拂了拂垂在额头上的头发，突然发现，瀑布底下的水潭里，一个女孩全身赤裸地用双手掬水，狠命地擦洗自己的胸脯。古九思一边后退，一边认出沐浴的女孩正是柳柳。他滑下石壁，刚钻进树林，一蓬荆棘后面跳出一个怪物，哇哇叫着向他扑来。古九思慌忙闪到一棵大松树后面，并随手抄起一块石头。怪物还在逼近，但古九思已认出是小园披着一件猎人丢弃的蓑衣在吓唬自己。

他叫了声："小园！"

小园果然从破蓑衣中钻出来站到他面前。

古九思生气地说："你这是干什么？"

小园偏着头说："我在给柳柳当保镖，不让人偷看。"

小园用眼睛直直地看着古九思，古九思不好再说下去了。

"你怎么不下去洗？"他换了个话题问。

小园娇嗔地说："女人每月总有点麻烦事嘛！"

古九思连忙再次转换话题："柳柳怎么样，心情好些吗?"

小园说:"好不好我说不准,但她老是说,等到弟弟大学毕业,再将妈妈送上山,她就到这瀑布里了结自己。"

"你没劝她?"古九思说。

小园马上反问:"我怎么劝她,有时候连我自己都想死,特别是当你都不信任我时。你一直背着我偷偷教柳柳唱你的杰作,还以为我不知道。我真想变成一条狼,将你一口吃下去。我还想将你绑架到哪个山洞里,让你专门为我写民歌。"小园说话时脸上表情变化很快。

古九思说:"摊开了说也好,那天晚上你是不是有意让柳柳去顶缸?"

"我怎么能有这样的神机妙算!柳柳床上的水是谁泼的我不知道,让房给柳柳的主意是汪镇长出的。那天中午袁副书记就借酒装疯,将我这儿弄伤了。"小园指指自己那高高耸起的乳房,"我知道那天晚上袁副书记不会放过我,我还以为他们觉得客室不方便,有意支使我回娱乐厅。你可以去问小冯,我同她说了,她吓得要死,非要用桌子顶着门。柳柳出事后我才明白,一定是汪镇长认为这事发生在我身上,只要答应给点好处,我就会忍受着不说不闹。柳柳就不同了。汪镇长需要有人将袁副书记闹得七窍流血。"

小园的手臂上有几条树枝划出的细细血痕。

古九思用目光抚摸了一下:"我相信你的话。"

小园说:"我脑子里只有女人常用的办法,如果会汪镇长那一套，我也去当干部，不用梦想当歌星。"

古九思的目光再次抚摸了小园手臂上的细细血痕。

"这是采野茶时划破的。"小园察觉了，抬手指指半山上的那座悬崖，"柳柳说那上面的野茶品质最好，我们就爬到那上面去采野茶。"

古九思说："谁让你们这么干的，摔下来怎么办？"

小园说："你不是说过野茶纯洁吗？"

这时，柳柳在石壁那边叫起来，小园连忙跑过去。时间不长，头发湿漉漉的柳柳背着一只装满野茶的竹篓从石壁上走了下来。

古九思有些不敢看她。

柳柳叫了一声古老师便不再说话，闷闷地跟着他们回到家里。古九思也不提民歌的事。吃完晚饭，天南海北地聊了一阵，他便坐到门外的石磙上，慢慢悠悠地吹响笛子。垸里的人全都静静地听着，没人上来打扰他。夜很深的时候，柳柳给他送来一杯热茶，并告诉他，家里睡不下这么多人，妈妈让他到方四秀家去借宿。古九思收起笛子时，从远山上正好传来一阵激烈的狼笛声。

夜里无事，他听见方四秀在隔壁自言自语："自古以来只有唱民歌的，怎么就没有唱官歌的哩？"

古九思忍不住冲着黑暗说："当官的那种样子，谁愿意唱！"

方四秀在墙那边问假如柳柳去不了，他的民歌怎么办。

古九思没想过这个问题，他一直没有问答。方四秀建议，柳柳若不去，他就自己上台唱。他现在的样子比从前更有魅力。古九思闭上眼睛后，满脑子全是山风吹过的呼啸声。方四秀还在说，既然是民歌他又何苦这样认真，她听说了，假如当年他不那么认真，能满足汪子兰的情感需要，汪子兰就不会既丢了爱情，又丢了民歌。古九思不再接话，他听得出，方四秀是在借汪子兰的事暗示自己。

　　第二天早上，古九思正在小河边洗脸，见柳柳和小园又要上山采野茶，他连忙跟上去。柳柳没有拦他，别人见了也没说什么。上山后，他才知道野茶树生长的地方有多险。他跟着柳柳爬第一处悬崖时失败了，在第二处悬崖下他又失败了。不过，柳柳看到他那种狼狈不堪的样子，终于将眼睛眯成一条线地笑了。小园能勉强跟上柳柳，不过非常吃力，有两次不得不让古九思抱着她的腿往上举。

　　太阳升到天顶便开始下降。柳柳又要洗澡了。

　　古九思和小园在远离瀑布的地方守着，让柳柳放心地洗干净自己。

　　小园在草地上躺了一会儿，冷不防说起汪子兰。她问古九思当年为什么不肯接受汪子兰，甚至还说那时已经改革开放了，大家能够接受情人这种现实了。古九思本不想说，不知为什么还是告诉她，世上有些东西让它留作纪念更好。说过后他的目光遇上小园的目光。小园的目光很深，几乎让他的目光完全陷了进去。

背上采来的野茶,他们回到柳柳的家,依然无人提民歌调赛的事。晚上古九思照旧先吹竹笛后听狼笛,最后上方四秀家睡觉。方四秀的丈夫回来了,那男人太累了,回家后倒头睡了三天。那震天动地的鼾声替代了方四秀隔着墙壁的呢喃。

第四天早上,古九思醒来便听见田大华在外面打听自己,便走出去问田大华有什么事。田大华将他拉到车上,让他看一份报纸。报纸上有一幅狼字的书法作品。下面的文字,说明它获得了全省乡镇企业家书法比赛的一等奖,作者却是田大华。

田大华说:"我是专门来负荆请罪的。我不是有意偷梁换柱。事情已发生了,不好再改变了,你就提些补偿要求吧!"

古九思生气地说:"同你这种人没什么好商量的。"

田大华低三下四地说:"你在民歌上造诣那么深,完全可以不在乎书法上的那点业余爱好。我可以资助柳柳一家三年,或者你将写狼字的专利卖给我。"

古九思丢下田大华,走到一边。柳柳的妈妈正好走出来,抱着一盆脏衣服走向小河边,一边咳嗽一边捶着自己的腰。柳柳拿着一杯水在大门旁边忧郁地站着。古九思不再多想了,回头答应田大华,要他用书面保证,未来三年,按时兑现给柳柳家的资助,并抽空将柳柳的妈妈送到县医院里检查一下身体,如有病要负责治疗。田大华连连点头,并且要去柳柳家当面允诺。古九思让他免了,免得人家不知内情还要千恩万谢。

田大华这才通知古九思,参加民歌调赛的歌手明天到县里集中。

柳柳的妈妈将脏衣服泡在小河里。古九思从田大华的车里出来后,径直向她走去。他蹲在河边看着水里的小鱼摇头摆尾地来回游,只要水面有肥皂泡浮起,它们便抢着去啄。

"我打算明天早上带柳柳走。"古九思说。

柳柳的妈妈说:"我也觉得你们该走了。你别担心,柳柳是个懂事的孩子,她会跟你走的。"

一条水蛇顺着流水游过来,古九思要去捡石头,柳柳的妈妈伸手浇了一捧水,水蛇立即钻进河边的石缝里。

这一天过得同前几天差不多,稍有不同的是小园也下瀑布洗了澡。从水里起来穿好衣服后,小园身上起了许多鸡皮疙瘩,大叫冷,并说这时候若有一个爱她的男人搂着她就好了。

离家不远,他们闻到一股檀香味。

柳柳脸上沉重起来。她说:"今天是我爸的忌日。"

柳柳家里已经摆上了香案。稍坐一会儿,柳柳就跟着妈妈去上坟。古九思犹豫一下,还是带着小园跟了上去。穿过后山的一片树林,一座孤坟出现在眼前。柳柳跪下后,她妈妈就叫她给爸爸唱一首新学的民歌。柳柳唱了两句就唱不下去了。古九思走上去鞠了一躬,将柳柳没有唱完的民歌唱完了。

大家都没说话。一阵旋风将刚烧的纸钱卷向山腰。

柳柳的妈妈说:"你爸醒着哩,他听见了,还笑了一声。"

柳柳的妈妈没有对柳柳说更多的话,母女俩的目光在空中紧紧缠绕在一起。

黄昏很忧伤,柳柳也深深地忧伤起来。这样的忧伤正是民歌得以传世的命脉。天黑以后,方四秀过来帮忙炒野茶。柳柳的妈妈用松柴将锅烧热,方四秀将柳柳这几天采的野茶倒进锅里,转眼间便清香满世界。柳柳和小园忍不住学着方四秀将手伸进锅里翻动着慢慢变样的野茶。方四秀叫她们别动,会将手弄黑的。小园连忙缩回手,柳柳好像没听见,一双手在锅里上下翻飞不止。野茶越炒越香,方四秀的丈夫拿着茶杯寻过来,一边瞅着锅里,一边取笑广东人将西河一带给猪消食的粗茶当作宝贝。

小园对这些没兴趣,她问古九思要不要到公路上去散散步,享受一下深山的夜景。古九思的拒绝没有让小园扫兴,她又问起古九思写民歌《狼》的来由。古九思觉得自己对小园太狠了,就告诉她,自己写这首歌,有一部分是为了纪念汪子兰,他知道当初的汪子兰对自己有感情,但他不能接受,汪子兰匆匆嫁人后,他就有了这首《狼》。

一旁的方四秀伤感地说,这辈子别说有人为自己写情歌,就是有人给自己写封情书,她也会死了闭眼睛。

方四秀的丈夫说,女人真是什么都想要,一手要票子,一手又要情书。

方四秀白了他一眼，问他什么时候听说世上还有情书这种东西的。

趁他们夫妻在斗嘴，小园轻轻对古九思说："家里日子过得美滋滋的，心里却牵挂别人家的男人女人，这样的人是不是有点虚伪？"

古九思马上恢复了老脾气："所以你不能唱这首民歌。"

小园轻轻一笑："你会让我唱的。"

古九思想了很久，始终找不出小园如此自信的理由。

野茶炒好了，半座垸子香了起来。

柳柳给每个人沏了一杯，柳柳的妈妈和方四秀没有喝，她们担心夜里会兴奋得睡不着觉。

一杯野茶喝下去以后，做梦都是香的。

古九思竟然梦到十九岁时的何怡。

天亮之前，一辆救护车呜呜响着往更深的山里驶去。

古九思被惊醒后，感到床前有个人影。认出是方四秀后，他眯上眼睛一动不动地装作熟睡。天色慢慢地亮了，看得见方四秀正用双唇吻着笛子上面的那只孔。窗户传来牛在河边喝水的声音。方四秀在床前轻轻坐下，摸了摸古九思伸在被窝外面的手，又轻轻地站起来，轻轻地走出房门。古九思心里有一种别样的感动。起床后，他大声说了几句谢谢，这才拎上自己的东西出门去。

柳柳已经在给蚕儿添桑叶。

柳柳的妈妈已经做好早饭，怔怔地等在厨房里。古九思同她说了一阵卖蚕茧的事，语气听来还算平静。

没人提柳柳走不走的问题。早饭后，柳柳就将自己的行李拎出来，也不看妈妈，就说："我走了。"

柳柳的妈妈说："好好跟古老师学，哪天你要上电视了就捎个信回来，村长家有电视机，大家都会去看的。"

门外响起一阵笛子的声音，方四秀拿着古九思忘在她家的笛子出现在门口。她要柳柳去县里比赛时小心一点，现在的人没有民歌里唱的那样好。她还伤心地说，丈夫在武汉卖茶叶被人骗了，回来时身上只有六角钱。

柳柳慢慢走出家门。

一行人刚走过小桥，一辆救护车顺坡冲下来，停在公路边上。派出所的老江从驾驶室里伸出头来，问古九思是不是回西河镇，车上可以捎几个人。

救护车里躺着一个全身是血的男人，说是上山打猎时被人抢劫了。古九思认出被打劫的人就是上次在这路上碰到过的老头。救护车在一处上坡时突然熄火了。别人都下去推车，剩下两个人时，老头告诉古九思，自己其实没被人抢，是母狼在陷害他。母狼将他布下的炸弹叼到一条小路上重新放好，自己装作受伤的样子，诱使他去追，结果被自己的炸弹炸伤。母狼回过头来要吃他，无奈之中，他只好从陡崖上滚下来，捡回半条性命。老头一辈子打猎，到头来被狼害成这样，他怕传出去丢人，才编了个抢劫的故事，说是自己刚打着一头香獐，就被三个五大三粗的年轻男人抢了去。他没想到瞎编的故事能惊动警察。因此,老头让古九思悄悄同老江说说,将自己送到医院就行,别往下查了。

救护车上到坡顶以后,古九思坐到驾驶室去。

老江听完之后骂骂咧咧地说,难怪这么大的山,几十年打不着一头香獐,原来畜生已经学会了人的狡猾。老江又说,若是让这条母狼的子孙后代不断地进化下去,迟早有一天,世界会由它们来统治,人类反倒成了狩猎对象。

14

文化站门前的美术广告牌上,血红的狼字让小园惊得眉毛都竖了起来。古九思打开门,地上散落着一些红头文件。在文件里田大华当了副镇长,分管文化这条线;汪镇长没有当上县委副书记,却基本如愿地成为专职常委,兼着县里民歌调赛组委会主任;古九思则成了镇里的精神文明建设的先进个人。文件里还夹着一封汪子兰的信,信中只有一句话,小娜的意思并不代表她的意思,她决不欢迎古九思参加小娜的婚礼。另有一行文字被抹去了,看不清写的什么。何怡跑过来,既要盯着远处的服装店,又要打量近处的古九思。田大华学着汪常委将双手抱在胸前,慢吞吞地走进来,说话的语调也成了慢吞吞的,还不时朝着柳柳和小园吊眼线。古九思看看墙上挂着的那副清水无香条幅,又看了看田大华。田大华立即下意识地将双手放下来，示意小园赶紧收拾行李，随后便转身走了。古九思拍了一下何怡的肩膀，二人出门往家里走。何怡告诉古九思，汪子兰的前夫从武汉运来一整套家用电器给小娜陪嫁。镇里的人传得吼，说那些家用电器是小娜的男朋友在镇上偷的，然后送到武汉换成别的品牌。何怡还说，那个早就不唱歌的歌唱家没有去汪子兰家，田大华在镇里请他吃饭，东西是由别人送去的。何怡一路唠叨，亲手为古九思收拾好衣物，又往口袋里塞了两百元钱，最后才拥抱了古九思。回到文化站等汽车时，古九思听了小园的建议，在广告牌上添了一些字，使其变成一副完整的广告：现代民歌——狼，演唱者柳柳，演出地点县政府大礼堂，演出时间六月三十日晚七点三十分。汽车久不开动，围观的人越来越多。田大华代表镇政府给他们送行，有人喊田副镇长时，他还挺不好意思。小园要田大华试试自己的威信，去叫公共汽车司机早点发车走。田大华上去试着说了几句，司机竟真的发动了汽车。汽车一动，何怡就在路边用手捂住自己的鼻子。

公共汽车卷起的尘土，像是电视里塞尔维亚城市被巡航导弹击中，呈现出来的毁灭模样。

一直没有说话的柳柳，问小娜的婚礼是哪一天。

听古九思说赶不上了，柳柳的神情特别失望。

15

从各乡镇来的二十多名歌手,全部住在县政府招待所。

古九思他们来得最晚,刚进房间,关局长就叫各乡镇参赛人员集中到一起开紧急会议。

关局长进了古九思的屋,专门吩咐柳柳和小园:"一会儿汪常委要来,你们哪儿也别去,就在房间里等着。"见大家在古九思屋里集齐了,关局长便宣布,日程又有点小变化,因为明晚要向县里的领导做汇报演出,今晚先内部彩排一次,正式调赛则推迟到后天晚上开始。关局长将有关事项说了一遍,随行的人接着他的话进行强调时,关局长将古九思叫到另外一间屋子,问柳柳的情况如何,并说汪常委特别关心她,几次私下指示要对柳柳给予必要的关照,评奖时不能埋没这样的人才。古九思正色告诉关局长,汪常委完全没必要心虚,也不用假惺惺,以柳柳的才华,只要公正,大奖非她莫属。关局长无可奈何地望着古九思。

汪常委来时关局长不知为何不在场。汪常委只同古九思握手,有几个女孩将手主动伸过来,他也没有碰一下。汪常委还要到地区行署去开会,来去之间不到五分钟。关局长出现时,还以为汪常委根本没有来过。

闹哄哄的人群散去了,剩下三个人,小园问柳柳,对汪常委和袁副书记的印象有什么不同。柳柳一听到袁副书记的名字脸色就变了。古九思马上阻止小园，不让她这么说话。小园温顺一笑后，也要求古九思不要老对她那么粗暴。

古九思决定带柳柳先去大礼堂熟悉一下环境。

吃完饭，趁小园同众多女孩一道抢着在餐厅里唱卡拉OK，古九思朝柳柳使了一个眼色。两人一前一后，悄悄地往大礼堂走去。

天色完全暗了。古九思冲着那个在巨大廊柱下光着膀子自斟自饮的老头叫了声老金。老金跳起来，让古九思连饮了三杯后，这才说他就知道古九思要送好民歌来。古九思将柳柳介绍给他，说是绝对超过当年汪子兰的好角儿。进了礼堂，古九思让老金将大门反锁上，不许任何人进来。老金自己坐到九排正中的位置上，继续喝酒。古九思将柳柳领到台上到处走了一遍。柳柳从没想到自己会在这么大的礼堂里唱歌。古九思鼓励她，将来有机会，还可以到人民大会堂去唱歌。老金在下面接话，说古九思的想法过时了，现在的歌手都时兴到中央电视台去唱歌。古九思站在台上，说了一阵，就让柳柳自己边唱边体会。

练上半个小时，见柳柳差不多都体会到了，古九思就叫她按正式演出的要求来一遍。古九思到台下的最前排坐下，叫了声开始。只见长长的裙摆一飘，柳柳双脚踩着祥云，身姿轻舒曼展，仿佛被目光托着从侧幕走到台前。老金突然叫不行。他跑到后台，将礼堂内观众席上的灯全部关掉，台上也只留下聚光灯、面灯和天幕灯。老金声称自己见过不少初登这舞台的人,面对台下黑乎乎的人影,突然不适应,不是忘了词就是不记得伸胳膊抬腿。现在这样试,习惯了,正式演出时就没问题。老金将大幕关上后又徐徐拉开。

柳柳从侧幕后重新出来略一吸气,便放开嗓子唱道:"后山上四条腿的东西叫作狼,前心窝一条根的恩情是亲娘!"

空旷的礼堂里歌声回旋得非常强烈。

老金站在台角上一动也不动。

柳柳一曲唱完,他竟忘了关大幕。

古九思叫了声重来。老金像是刚醒过来似的大声说:"不用重来!不用重来!这辈子总算不枉为礼堂看大门的。老古,还是你行!柳柳你歇着去吧,只要不是做梦乱唱,别说在县里拿第一,就是到中央电视台去,谁给你第二名谁不是人。"

老金要去开门,有人在外面叫。

小园她们跟着关局长走进来。

老金冲着她们说:"你们都是绿叶,红花已先开了。"

小园看着老金露出些嗔怪来。

老金对着小园笑得很开心。

古九思对别人走台没兴趣,拿上野茶同老金在外面的月光下细细品尝。老金说他喝出了民歌的味道。古九思夸他讲得很对,民歌就是长在悬崖上的野茶,只有美丽善良的女孩不怕艰险爬上去,用泉水洗过三遍的手指一芽一芽地采下嫩叶,顺着香茅草铺成的小路背回家,再用带着松脂味的柴火缓缓地炒了,才有味道。老金嘴唇喷喷地响个不停。

第二天上午,老金来招待所找古九思要晚上演出的票,古九思将发下来的票全给了他。中午老金再次来招待所,古九思见他在楼梯上同小园说话,奇怪他们怎么认识,老金支支吾吾地说自己还是来要票。古九思更奇怪了,问起来才知道县里五大机关都在流传柳柳如何美丽,并附带着袁副书记下台的原因。古九思有些生气,说老金不该跟着这样的人起哄。

下午开碰头会时,关局长异常高兴,他说文化局很少这么火过,方方面面的人都来登门要票。

大家正跟着高兴,小园冷不防问身旁的柳柳:"袁副书记虽然受了处分,看演出的票总不会不给他吧?"

柳柳嘴唇一哆嗦,想说什么没说出来。古九思见了便狠狠地将小园拉到一边,对她说,若是再在柳柳面前提袁副书记,就将她撵回西河镇。小园挺委屈地答应,自己若再在柳柳面前提起袁副书记,甘愿受天打五雷轰。

天黑以后,大礼堂里里外外热闹起来。

按照安排,小园第一个上场,柳柳则在最后压台。小园对这样的安排表现得很矜持,锣鼓一响,她便老练地登场了。她唱的是汪子兰先前唱过的民歌。台下掌声不错。小园唱完第一首民歌后站在麦克风前说,西河镇人民很感谢汪常委,特意要她专门为汪常委献上一首歌。小园唱的第二首民歌叫《亲人》,也是古九思写的。小园唱时,老金说小园搔痒没找准位置,汪常委没有来。

小园回到台后,女孩们都上来同她拍一下巴掌。柳柳也上去拍,小园一把抓住她的手,问她身上为何这样凉,是不是太紧张了,还说自己刚到南方时在歌厅里唱歌,望着下面的男人,就像望见一群狼。古九思拦着不让小园往下说。

柳柳坐在一只道具箱上,默默地看着那些女孩上场又下场。

小园转了一圈后又回来对柳柳捎话说,汪常委让她演出完了,在外面等着,他要单独接她去一个地方玩玩。古九思正在同老金说话,他发现小园的窃窃私语后正要追问,小园主动承认,她只说汪常委没有说袁副书记。

终于轮到柳柳上场了。古九思拿着笛子跟着她走到台中央,大幕拉开后,台下半明半暗的人群忽然寂静无声。古九思一抿嘴唇吹响一串过门。柳柳站在那里没有反应。古九思马上一转笛声将过门重复一遍。柳柳还没反应,古九思以为她忘了词,小声哼了半句。就在这时观众席上的照明灯突然全都亮起来,将台下形形色色的神情映照得清清楚楚。柳柳冷不防尖叫起来,转身便往台后跑。古九思一愣,等他追到后台时,小园已将柳柳紧紧抱住了。

柳柳拼命地往古九思怀里钻,嘴里不停地喊:"姓袁的在那儿,我看见了!我不要他看,我要回家!"

老金在一旁不安地嘟哝:"这不可能,袁副书记到庐山玩去了。"

这时关局长来了,他也说可以用自己的党性担保,袁副书记肯定不在台下。隔着几层人,柳柳冲着他可怜地说:"袁副书记,求求你,我不是小园,你放了我吧!"

有人传来台下县里头头儿的话,让关局长到大幕外对观众解释几句。

大礼堂里很快就空了。古九思没有离开,他同老金坐在舞台中间闷闷地喝着酒,老金反复地劝慰他,什么事太好了就会走向反面。古九思闭上眼睛忧郁地吹起笛子。不知什么时候,老金不见了,小园坐在他身边说,她找了一台车,可以将柳柳送回家。

柳柳听说有车送她回家马上安静下来,问清楚情形后,便一个人去搭车了。

剩下两个人时,古九思说:"我知道是你开的灯,你比狼还可恶。"

"我才不敢碰那些开关哩,是老金干的。"小园说,"柳柳的生活本来就是一首旧民歌,她唱不了新民歌。"

小园站起来将大幕拉上后,说这舞台是一张大床,大幕是床上的帐帘。她最想在这儿将自己一切献给古九思,她略一收肩,长裙便滑落脚边,她没穿内衣,整个人如同一只大蚕。

小园说:"我要当歌星,我愿意付出代价!"

古九思说:"你是一只母狼!"

小园说:"民歌是野歌,不像狼是唱不好的。"

古九思说:"你毁了我的民歌!"

小园说:"我是在救你和你的民歌。"

古九思极端仇恨地紧紧逼视着小园。突然间他一伸手将小园扑倒。小园一点不怕，躺在地上发出一连串夸张的呻吟。古九思感到身上的血沸腾起来，一股强烈的欲望正在将自己剥得像是另一只大蚕。

古九思周身正在升腾。

老金从什么地方跑出来，慌慌张张地说："不行！这样不行！"

老金将小园拉到侧幕里，继续说："不行，不能这样害了老古！"

小园说："他已经害了我。"

老金说："没有，我都看见了。"

小园说："谁看见也没用，我一喊人，连你都是同伙。"

老金说："是你要我帮忙留住老古的，你怎么可以这样？"

小园说："我只想唱柳柳唱的那首歌。你去同他说一下。"

老金说："你是个妖女，我不再听你的了！要什么你自己同他说去。"

小园走向古九思时，老金将一块幕布扔在她的头上。

古九思仰面朝天躺在舞台中央的地毯上，死过一般。

小园趴在他身上说："你不是说我是狼嘛，你就将《狼》的后几句教给我。"

古九思不作声。

小园说："你这是怎么啦，武功被废了？"

古九思还是不作声。

小园说："我是不是只有嫁给你了？"

老金将一只酒瓶递给古九思。

古九思猛地喝了几口，愣了愣后，终于唱起来，先是小声，慢慢地声音越来越大。小园跟着哼唱，她刚刚唱熟，古九思便爬起来就走。

小园叫他他也不理。

老金在门口拦着他说了一声："对不起，只怪小园是我的干女儿！"

古九思一口气跑到街上，租了一辆三轮车，往西河镇开。经过西河镇时他看见美术广告牌上的那个狼字在黑暗中发着红光。何怡不知为什么还在服装店里独自忙碌。古九思看了她一眼，赶紧将目光移开。

三轮车出了西河镇，穿过西河，在山路上驶了半个小时，停在一个喜气洋洋的垸子里。古九思一下车，小娜便大声叫："古伯伯你怎么才来？"稻场上正在喝酒的百多号人，参差不齐地叫着，让古九思先来一首民歌。小娜将古九思领到派出所的老江身旁坐下。老江胸前挂着证婚人的红花。旁边坐着田大华和娱乐厅的小冯。他们没问县里民歌调赛的情况，便一致说，柳柳竞争不过小园。古九思感到一阵不舒服，他只想见见汪子兰。小娜忙得差不多了，才陪着古九思走到垸边的树林里。树林里有一座小木屋，小娜说妈妈正在陪一个让古九思意想不到的人在小木屋里说话。小娜走后古九思才去敲门，他敲了三遍，小木屋里什么动静也没有。古九思沉默下来，过了一阵，他对着小木屋的门缝将小园的事从头到尾叙说一遍。

小娜的新婚丈夫在那边同老江和田大华大声地闹着酒。

树林本身没有任何音响。

古九思说:"子兰,我现在非常需要你,你得出来帮我唱《狼》。"

小木屋里传出女人的歌声:"有朵花儿不会香——"

古九思惊诧汪子兰唱的民歌怎么比从前还要动听,他说:"子兰,你还可以赛赢她们!"

一只小狗从草丛里钻出来,在古九思的脚边来回蹭着。古九思用脚尖不时将它勾起来又放下去。小狗一张嘴,猛地响起一声苍凉的狼笛。古九思发现,小狗不是狗,是只小狼,甚至觉得就是自己在文化站放走的那只小狼。

小木屋门一响,一个女人的身影出现在门口。

女人站在那儿纵情地唱了起来:

后山上四条腿的东西叫作狼,
前心窝一条根的恩情是亲娘,
黑夜里狼叫月亮满头白,
天麻开花娘是清水总无香。

古九思觉得树林外有许多狼的眼睛。

狼笛还在响,突如其来的歌声让那些眼睛显出一种从未有过的深情。在曲谱中没有的很长并且震颤得很强烈的拖腔里，古九思吃惊地发现，柳柳站在月光下。

古九思说："你怎么来了？"

柳柳反问："我为什么不能来？"

古九思还没有从这不同往常的语气中回过神来，柳柳又恢复先前的语气告诉他，自己在半路上碰到老江，是老江带她来这儿见见汪子兰的。

古九思说："我有些听不懂你的唱法。你还想去参加比赛吗？"

柳柳理直气壮地说："当然！我现在哪儿都敢去、哪儿都敢唱。天一亮我就回县里去。"

古九思觉得自己的喉咙干得像一根老了但还没有朽的木棍子。

远处，田大华在高声说，老古通了狼性，写狼字、唱狼歌。他又说，柳柳唱民歌同汪常委做报告一样好听。大约是那只小狼又被人发现了，好多人都叫老江用手枪打，老江不肯，耐心地在那儿讲那个打猎的老头被狼算计的故事。大家都不相信，老江便大声地招呼古九思，要借他的口再说一遍。古九思非常兴奋，第一次用命根子一样的民歌取笑，顺着老江的话说，那些虚情假意的民歌都能迷死人，说起真人真事来，当然更不得了。

一九九九年九月十五日定稿于汉口花桥

我们香港见

1

闭上眼睛,下游的长江二桥就像两朵毛茸茸的蒲公英伞,撑在江面上。春水正在匀速上涨。每天,那些在枯水期被北方来的干风吹瘦的江滩,都能够有分寸地回归江流中。这个季节,磨山的桃树梨树杏树肯定又在让一群群从汉口、汉阳和武昌等地涌过去的女孩子惊叹。在她们之中大概会有一个名叫白珊的女孩。现在她不用可人地站在磨山脚下,望着夕阳下波光粼粼的东湖,说自己若是水里的鱼儿就好了。她不想挤那人叠人的公共汽车,更不想走路回汉口扬子街。她想坐出租车。白珊曾经只想出门能坐出租车就行,出乎意料地,她现在有一辆白色的富康轿车,自己开着想去哪儿就去哪儿。没车的那些三月四月,白珊总要将磨山的花瓣掬上一包,然后在中华路码头上轮渡,船到江心时,再将花瓣往水中一撒,同时挺抒情地叫道：桃花汛来了！白珊的这个动作上过电视。她自己没有看过那条电视新闻，她的朋友亲戚还有那些在党政部门找到工作的同学都看见了。后来几年，她在龙王庙前的江面上一边撒花瓣，一边注意附近是否有抓拍新闻的摄像机，虽然一直没有发现，可她还是坚持守在家里的电视机前，等待那个一去不返的美丽镜头。白珊是女孩中还记得桃花汛的少数派，在这个城市里，比她大一茬两茬的女人也不说桃花汛，她们只会站在武汉关前的江堤上说，又是一江春水向东流了。白珊的女伴们见到春花春水春色时都一齐叫：哇——！她们见到一切出色的特别的，都叫：哇——！偶尔有谁不小心弄得春光外泄，她们也一齐叫：哇——！白珊也会这么哇哇地叫。由于她多一种表达心情的词语，所以她在亚洲大酒店的大堂里一出现时，就让那个秃顶的男人觉得她与众不同。那副秃顶上有一块白癜风，虽然不大，还是很像江面上飘过的一只快餐饭盒……

在江边的草地上躺了三天，我对牛总的憎恨已不似开头那么恶毒了。

江滩上人不多，大家都在上班。如果我不辞职，也不会有这样的闲情逸致。风筝同江鸥一道将我的目光牵来牵去。我注意到，一个早早穿上牛仔短裙的女孩，假装无意，其实是有意地不时打量着我。我将目光迎上去，心里觉得有一把利刃在刺向白珊。女孩的脸立即扭到一边。江水浩荡，那是男人的心事，女孩承受不了这个。在我闭上眼睛回想从前同白珊一起创造的那些故事时,两行柔软的脚步声,由远而近,停留在我身边。在磨山脚下的草地里,白珊正是这样走着。我不能不睁开眼睛。牛仔裙下面的两条修长大腿,竖在我的眼前。

女孩开口就告诉我她叫孔雀。

孔雀说:"你肯定从没碰见过比我更主动的女孩。"

她的右腿轻轻挪了一些距离,像在稍息。我看出她心里有些紧张。

"你别在我面前作秀。"我说,"你这样子比当小姐的差远了。你还在浪费时间,她们早就开始数钱了。"

我本想掏出钱包来,模仿付钱给她的样子,可钱包里只剩下一张面值五十元的人民币,外加几张零碎票子,实在无法拿出手。

孔雀戴着墨镜。在墨镜四周,洋溢着她的微笑。她回答说:"难怪你会被别人甩掉,你这么恶毒,从这里跳进长江,从二桥到天心洲一带的鱼儿都会翻白。"

孔雀抬起左腿。我下意识地翻身躲到一边。她的左脚正好踢在我的屁股上。接着,孔雀跨过我的身子,头也不回地往前走。

我愣了一会儿,爬起来大声说:"喂,孔雀,我叫杨仁。"

走到离开我约二十米时,孔雀终于停下来,然后转身回到我身边。我请她坐在我躺过的那张报纸上。孔雀坐下后,牛仔裙下的双腿更有魅力。她先是盘腿而坐,随后又改为半侧身让两腿叠在一起，紧接着又将两腿弯曲起来。

孔雀双手抱腿，下巴搁在膝盖上。"你是男人，不该来这儿感伤！"她说，"若是发生一念之差的事，会很危险。"

我望着她的墨镜说："若想跳江，就不会等到今天。"

"我学过心理学。"孔雀说，"人一旦陷入情感危机，第三天到第十天是最难度过的。"

一只突然降低高度的风筝从头顶上一掠而过，尾穗扫着了我的头发。孔雀扭头看了一下，将目光定在我的头上。

"你有白发了！"孔雀突然说。

我怀疑地盯着她的墨镜。孔雀将墨镜取下来，伸手去拔我的头发。头皮刺痛了几下。孔雀将三根白发和一根黑发摊在掌心里给我看。

"还好，一天只愁出一根白发来。"孔雀一努嘴将黑发白发一齐吹掉。

我拿起放在草地上的墨镜看了几眼。"这墨镜是在佳丽广场买的。"我肯定地说完，又补上一句，"去年夏天，对吗？"

孔雀说："没错，是从日本进的货，每个样式只有一件。你的前女友喜欢它吗？"

孔雀的话如同女人的小手在一把把地揪着我的心。

"是不是他们请你来的？"我追问孔雀。我说的他们是指白珊和她傍上的牛总。

孔雀拿出一个证件给我看，证件说她是国际旅行社的导游。她说自己没事时，喜欢到江边逛逛。江边有不少因各种原因失意的男女，她喜欢劝这类人暂时离开容易让人伤感的熟悉环境，到外面去走一走。她已经成功地说动了七个男人，那些男人到新马泰走一趟，回来后就不再来江边顾影自怜了。

我问："去一趟要花多少钱？"

孔雀说："五千元人民币足够。"

她没有问我想不想去，只是从斜挎在肩上的坤包里取出一张名片，轻盈地递给我。

我嗅了嗅名片上的气味，平平淡淡的。

孔雀再次打开坤包，取出一只CD香水瓶，喷了些雾在名片上，还说："希望你能快乐一些。"

我点点头，将名片塞进牛仔裤后面的荷包里。

"错了！"孔雀用手指了指自己左边那挺拔的胸脯。

我会意地缩回手，将名片放进T恤衫口袋里。

"我们走吧！"孔雀说话时拍了一下我的手背。

手背上的感觉迅速传遍全身。我惊讶地问："你说什么？"

孔雀再次说了句"我们走吧"，让我突然明白，一个男人孤单地待在这种地方确实不太好。三天里我一直没发现的情形，现在有些昭然若揭。那个戴着太阳帽假装看风筝的男人，无疑是便衣警察，一对鼻翼轻易地就将内心深处对人的轻蔑暴露无遗。不远处像在散步的两个女人，十有八九是正在揽客的职业小姐。对她们的判断来自白珊的提醒：当小姐的女人，除了商店里的模特或者她们的同行，其他女人，她们是不会多看一眼的。这种女人只顾看男人,她们将一切男人都当成可能的买主。哪怕有女孩正挽着男人的手,她们的目光也不会跳过。

从草地上爬起来,孔雀告诉我,我的牛仔裤后面被清明时节的嫩草染青了。离开白珊后,又有一个女孩注意上我的屁股,我心里真的好受了许多。顺着江堤往回走,我心里反复体会着孔雀所言"我们"的意味。在我有一句没一句的闲聊下,孔雀大致说清了所做的导游工作,之一是陪旅游团到境外旅游,之二是为旅游团队的组成寻找客源。孔雀估计,我也是她可能的客源。她对我表达这一层意思时,除了坦率坦白以外,还有不少的娇媚,甚至是狐媚。我无法告诉她,自己在没有辞职之前所挣的钱,几乎全用在白珊身上了。

从江边到解放公园正门,步行需要二十分钟左右。孔雀按下我准备召唤出租车的手臂,她说:"天气不错,走走路,有好处。"又走了一百几十米,她的肩头在我的肩头上碰了四次。在一处路口,一辆出租车突然蹿出来,我顺势搂着她的腰往街边挪了几大步。放开时,她回头笑了一下。

过了一会儿,她又回头笑了笑。

在心里,我并没有想入非非,只是觉得两个女人的腰稍有不同。白珊的腰已经很柔软了,孔雀的腰却更加柔软。

这时,孔雀小声说:"有人在后面盯梢。"

我回头一看,正是在江边看风筝的那个便衣。

"不是盯梢,是闻臊。"我说。

我们决定让那个便衣的腿吃点苦。

在一家有些暧昧的私人旅社门前，我们有意犹豫一阵，又继续往我们要分手的地方走。

孔雀说："凡是心情不好时，出门看山看水看树林的人，都是爱旅游的，细胞里都有旅游基因。"

我说："你的判断很有道理，但我只想去非洲，去澳大利亚。"

孔雀说："我们社有到澳大利亚的线呀，不过，我不跑那条线，我只管香港、澳门和东南亚。真的，你不妨先到这条线上走一走。"她认真地告诉我，她可以一路陪我说说话什么的。

我说："光说话有什么意思！"

我们一齐笑起来。

孔雀在我的手臂上揪了一把。我回头看看，那个便衣似乎不见了。孔雀的叩机响了，她要我等一会儿，自己跑向一部公用电话。她回话的时间在三分钟以内，我看见她掏出几个硬币，放在守电话的婆婆手里。孔雀回到我身边时，那个便衣警察又出现了。他也去了公用电话那儿。我认定，叩孔雀的这个人，至少在本月以内会一直留在警察的黑名单上。孔雀没有说叩她的是谁，只说对方用的是分机，查找起来有些辛苦。我们故意走快些。在过横跨解放大道的天桥时，那个便衣才满头大汗地跟上来。

过了天桥我就同孔雀分手。孔雀要在解放公园门口搭公共汽车去逛武汉广场。我要回永清街。我的爸爸妈妈在那儿继承了爷爷奶奶遗下的一处不动产。

那个便衣犹豫了一会儿，扔下我跟上了孔雀。我心里有点凉，尽管有人认为，在灯红酒绿中隐藏着的所谓性产业，拉动 GDP，多增长了十几个百分点，可我并不希望眼前的孔雀，被别人当作这类行当中的从业人员。我只希望白珊被便衣盯上。我又知道那是不可能的。如果警察奉命去盯一个开着白色富康轿车的女孩，那就一定会是重大案件，说不定市公安局仅有的那架直升机也会在天上盘旋。

我扭头走出十几步，忽听见孔雀在身后惊恐地尖叫起来。在我转身过程中，那位便衣警察飞身扑上去，只见白光一闪，一个男人的手就被手铐铐住。便衣警察掏出证件，征用了停在马路边的一辆出租车。他拉开车门，一脚将那个被捉的男人踢进车里。

这时孔雀才回过神来对围观的人说："这家伙想抢我的包。"说时她将自己的坤包抱得紧紧的。

孔雀要随着便衣警察去录证词。他们一走，马路旁围观的人就激烈地议论起来。有人大声嚷道，现在的强盗小偷比我们了解国情，他们早就知道女人比男人会挣钱。又有人跟着说，回头让人大代表弄个提案上去，让警察别管抢女人的案件，这也是自然界的生态平衡。人群中发出一阵哄笑。

突然间，我想到白珊。我已经恨到无法再恨了，只能祝愿哪天她也被人抢了。

一辆白色小轿车从黄浦路立交桥上驶下来,一拐弯停在解放公园门口。我闭上眼睛,狠狠地朝天唾了一口痰。我没有听见那泡痰落地的声音,倒是有人说:"对不起,罚款五元。"

我知道这是沙子。

沙子在这一带当"牛打鬼",向那些摆摊的人收保护费。空气中传来一声长长的"吱"。这是那辆白色小汽车在用遥控器锁车门。我对沙子说:"将那白车的眼睛弄瞎了!"沙子问:"她们在哪里惹你了?"我回头一看,从车里出来的是几个素不相识的女孩,而且那车不是富康,是宝马。

沙子要请我到凯威啤酒屋去喝啤酒,我拒绝了:"我不会花你的黑钱。"

沙子气愤地说:"哪天我去卖血,换的钱请你,你该去吧?"

"没问题!"我说,"谁叫我们穿开裆裤时就是朋友。"

2

白珊像一阵风一样从我的生活中消失得无影无踪,让我深深懂得什么叫水性杨花。

在公开背叛我之前,白珊用了整整一个星期,偷偷地从我家里拿走了她的一切。

那天她打电话来，说不再同我来往了。放下电话，我在屋里找了很久，才在台灯背后发现半支口红。我用半支口红给她写了一句话：给你一个月自由。上班后我将它压在白珊的电脑键盘上。后来，这句话变成一堆纸屑，回到我的写字台上。这时候，我才知道白珊同公司的牛总好上了。

这条消息是沙子告诉我的，他在武汉广场的金银首饰柜旁见到白珊同一个秃顶的男人一起挑选戒指。沙子特意说，二人还互相搂着腰。我回复了沙子的叩机就往武汉广场赶。半路上，沙子又在我的叩机上留言，让我直接去三楼的咖啡座。我穿过一排排时装，经过男女各一处洗手间，隔着咖啡座旁的玻璃屏风，正好看见牛总隔着桌子在吻白珊的手背。我得承认，牛总的这个动作很优雅很绅士，因而在人多广众的商场里也不显得过分和多余。关键是这个动作我一直没机会做，白珊不让，她说除非我让她的手指上添一枚钻戒。这是好莱坞电影教的，在那类蒙太奇中，总有一颗钻戒在闪闪发光。

当我坐到牛总和白珊中间时，牛总镇静地像接待合伙人一样同我打招呼。白珊的脸白了一阵后，又变得通红。牛总对她说："你不是要上洗手间吗？"白珊一走，牛总就拿起手机，当着我的面吩咐公司办公室主任，让他马上通知财务部和人事部，第一将杨仁升任人事部副主管，第二将杨仁的月薪升至一千六百元。放下手机，牛总又给我要了一杯咖啡，是现煮的那一种。牛总望着我的眼神隐藏着一种优越与得意。

我心里说，像他这副尊容，就是到了更年期的女人，跟了他，都是他的幸福。我无法骂牛总，他老婆确实瘫痪在床，他的女儿确实嫁了一个花花太岁。最终我只能开口说："你这样做，还算是个共产党员吗？"牛总说："对不起，小杨，你也知道，感情这东西不是意识形态所能左右的。"我想了想又说："你怎么说也是个厅级干部。"牛总说："你放心，我会带着白珊去履行正式登记手续。"我提醒他，作为老板，将下属的女朋友抢了去，这会影响他的形象。牛总笑起来，让我别操这份心。牛总这时看了一下手机，随后就起身告辞。

等了半个小时还不见白珊回来，当我也决定离开时，服务员拦着请我买单。我一看那张纸竟是三个人的消费，我一时气上心头，坚决只肯付一杯咖啡钱。服务员很礼貌，只是不让我走，也不收我递过去的一杯咖啡钱。僵持了十几分钟，另一个服务员过来放我走开，一分钱也没要。

一出咖啡座，我就碰见沙子。

出了武汉广场，我在风中忽然明白这钱是沙子替我们付的。果然，第二天，沙子就到了我们公司。他说是来看看我，但他到牛总办公室去了一趟。沙子后来对我说，牛总这人挺爽，看来是个在红黑两条道上都吃得开的人。

白珊同牛总的关系在公司里公开后，公司里的十几个女孩一下子兴奋起来，像是找到了身边的宝藏。在她们中间流传着一句话：没想到牛总也食人间烟火。我将这话告诉沙子。沙子说："白珊的位置恐怕坐不稳。"

我咬着牙在公司里坚守着。像我这样的电大毕业生，放弃这份工作，等于自杀半条命。牛总的公司实际上是官办的，它在亚洲大酒店里包了几间房子，只要是赚钱的生意，公司都敢做。就我知道的，它倒卖过的走私汽车不下五十辆，海关和公安局都来查过。这时候，牛总就会去一趟省委和省政府所在地水果湖，随后那些人就不再上门了。在离开公司前我想过举报他们，沙子劝我不如敲诈一笔，这么做比举报好。沙子说，干了他这一行，才知道谁比谁黑。

在我内心里，最想做的却是将白珊按在公司的沙发上强暴一次。因为牛总确实在做迎娶白珊的准备。

虽然坚守，但公司里没有一个人同情我。

不过，这种事在今天也没什么好同情的。

让我放弃的原因是那天牛总让我去帮他买避孕套，还强调说："就买你习惯用的那种。"

一听到这话，我身上的血全部变成红色蒸汽，人一下子成了大气球。我断断续续地告诉牛总，让他去问白珊。牛总笑眯眯地说："白珊不知道品牌。"牛总扔给我一百元钱就走了。人事部的人都在用眼角看我。我再也受不了这种羞辱，提笔给牛总写了几句话，然后拿上属于自己的一些东西，一摔门扬长而去。

我留给牛总的话是：老牛，你留下好好干吧。白珊有点嗲，小心别用坏了。公司的一切都是你的了，你放心，我仍然觉得武汉很美。

在江边徘徊的头一天,扔在家里的叩机上反复出现这样的留言:老牛如果当上副省长你会自杀吗?

我已经一个月没见过白珊了。牛总让她到驾校学习半个月,回来后就开上了一辆崭新的白色富康轿车。辞职前我在办公室给她打电话,问她将车停在扬子街什么地方。我是想笑话她家五口人挤在一处只有十六平方米的小屋里。我刚说完,坐我对面的人事部主任先笑起来。白珊一听见我的声音就将电话挂了。人事部主任好心地告诉我,牛总在天鹅湖畔,给白珊买了一套房子。人事部主任没说多大面积,他怕说出来后,我会急火攻心。

家里没人,爸爸妈妈在菜场门口卖米酒,捎带卖手工包的饺子,有地菜时还包春卷卖,早上出门,天黑时才能回家。上班时,我倒没觉得有什么不便,如今没事在家,总感到少个做饭的人。我从冰箱里找出他们昨天卖剩的饺子,正要下锅,沙子来了。

沙子一来,电话也来了。我让他到厨房煮饺子,自己去接电话。屋里响起女孩软软的声音:"你好,请问是杨仁先生的家吗?"

"你是谁?别给我放电。"

我以为是哪个朋友捣鬼。说完这话我就感到对方是孔雀。

果然,孔雀说:"我是国际旅行社的小孔。"

沙子在厨房里大声笑起来,还敲了两下锅。

我放弃继续使用电话机的免提功能,拿起话筒。

我说:"对不起,我没情绪去旅游。"

孔雀说:"我不说这个,只想问你,别人打劫我,你为什么不上来救?"

"莫不是你心里总盼着遇上英雄救美的好事?你不是美人,我也不是英雄。"我不客气地损了一句。

"我喜欢听男人说我不漂亮。"孔雀轻轻一笑。

隔着不知远近的一条电线,我心里怦地跳了一下。

"凡是说我不美的男人,其实——"孔雀在那边又笑了笑。

我赶紧说:"你没事吧?"

孔雀说:"没事,上公安局写了份证词,按个手印,就出来了。我正在武汉广场喝咖啡,有人请客。"

"谁呀?"我问。

孔雀说:"一个挺不错的男人。你放心,还有他的女朋友。她比我会来事,能够勾住男人的魂。你怎么样,还好吗?别去江边,真的,那不是你去的地方。你应该去香港的维多利亚海湾,去泰国的芭堤雅海滩。我保证,一去那儿你就会变得雄心万丈。你要记住,现在的女孩,最瞧不起殉情的男人。你又不是在黄陂、孝感长大的。武汉有七百万人,七百万人中有三百五十万是女的。按老中青少来划分,女孩子最少也有八九十万。一个女孩跑了有什么了不起,还有那么多,你数都数不过来!实在不行,将我嫁给你算了。"

一个女孩刚见面就这么同我说话,让我脸上绷了一个月的肌肉松弛下来。

"你会生孩子吗?"我熟练地说。

白珊说爱我时,我就曾这么问过她。

孔雀说:"你想要几个?"

我竟然不知如何回答。

孔雀不跟我说了,她用的是别人的手机。

我冲着嘟嘟响的电话愣了一阵。

沙子将一大盆饺子端出来后,要我快去照照镜子。我用白珊用过的镜子照了照,什么也没发现。

沙子提醒说:"你又会笑了。"

我吃了一惊。

沙子又说:"你整整一个月没有笑。别说你爸妈,连我都替你着急。怎么样,还是那次在武汉广场门口说的对吧,不出三十天就能找到新的爱情。这就是我们的城市生活。"

沙子伸出两个指头,将一只饺子拈起来放进嘴里。

沙子吃饺子像蛇吞老鼠。我知道自己是在微笑着看他。

沙子一口气吃了五个饺子,才示意让我吃。他说:"你要是为白珊殉情我才高兴,那样,我就来你家当儿子,天天吃你爸妈做的饺子。"

我将一只饺子夹起来又放下。

"我要出去旅游,到香港,到泰国。"我说。

我坚决地说出的话,让我自己都不大相信。

沙子又吃了五个饺子,抬头正要说话,窗外一个女孩在急促地喊他,沙子坐在那里不动,冲着窗口大声说:"叫什么,美国佬的巡航导弹又没来。"

窗外的女孩说:"那几个'牛打鬼'又来了。"

沙子嗯了一声,让我给他留二十个饺子。

我撵到门口,要他别打架,伤了人不好办。沙子跳上一辆出租车,一个人先走了。

我问那女孩,是不是有人来砸码头。

女孩应了一声:"是的。"

沙子到底还是同那些人打了一架。沙子吃了些亏,不过他也打得对方许诺再也不来这一带了。从这一点来看,对方那帮人显然吃了大亏,从心里服了。这一架只打了半个小时,他回来时,饺子还是热的。沙子吃完剩下的饺子,才问我怎么没按说的数留给他。我要他扒了衣服,摸着肚皮数一数。沙子真脱了衣服,却是在卫生间。

沙子在卫生间洗了一地血水,随后又找我要了一套衣服穿着出门去,还要我在家里等着。

我不明白沙子去办什么事。我将沙子的衣服扔进洗衣机,倒入差不多半包洗衣粉,又拧开水龙头。若让爸爸妈妈看到这血迹斑斑的衣服,一定以为我将白珊杀了。

白珊的母亲托人来家里哀求过,要我千万放白珊一马。

那中间人说,白珊的母亲让我将白珊当成从前花楼街的卖春女子。

洗衣机正在工作,白珊出乎意料地打来电话。

白珊说:"你要去东南亚玩?"

我说:"你又想操我的心了?是不是还想我……?"

白珊笑起来:"你别这样想不通,杨伯杨妈只养了你一个,我不值什么,你总得为大人们想想。"

我说:"你别将自己想象成圣女,你恐怕连人妖都比不上,我干吗要寻短见?"

白珊说:"我还不了解你,若是觉得我欠了你什么,你来找我,想要肉也可以剜一块走。"

白珊一说完将电话挂断。

我在屋里转了几圈后,突然想到沙子也许是去牛总那里,因为只有他知道我的出游决定。

我开始不停地叩沙子。

沙子一直没有回电话。

黄昏时,一个自称是公安局的人突然来到家里,给了我八千元人民币。说是沙子托他转交给我的。至于沙子本人,他说情况还不错,在拘留所里住着单间。沙子进拘留所是常有的事,他没有节假日,这样的时候就算是放大假了。我在心里暗暗叫苦,沙子走时,穿的是我的那件新加坡鳄鱼夹克衫。随了他在拘留所泡三天,还不糟蹋得面目全非?

八千元人民币放在桌上,每张纸币上都有熟悉的香水味道。白珊只使用一种品牌的香水,但她从不告诉我是什么牌子。这是她的可爱之处。她这样做有着充分的理由。男人的鼻子比猪还笨,失去品牌的提示,哪怕一百个女人在用同一种香水，男人也会说有一百样香味。

我后来发现，送钱的人真是公安局的。因为我抽了五百元出来给他，他坚决不收。送走他后，我不由得佩服起沙子来。随后，我便去菜场门口接爸爸妈妈。我还准备帮他们做点事。可惜我去晚了点，他们已卖完饺子和米酒，正在收摊子。

就这样，已让他们笑得像是回到了恋爱成功的当初。

晚上，一家人都喝了啤酒。

爸爸说："你现在这样才像杨家的男人。从当年的杨家将起，一直到我，就没在任何人面前低过头。当年我也死活爱着一个姑娘，临结婚时她变了心，老子一句软话没说，三个月后就碰上你妈。别看现在我和你妈都下了岗，但我们相依为命，比谁都幸福。"

我说："我比你强，才一个月就挺过来了。"

妈妈马上同意。"是没错，你爸那时端着铁饭碗，起码工作不愁。你的压力大，又赶上了残酷的公司化。"妈妈说着，声音有些打战。

爸爸大声说："坏事可以变成好事，那个破公司对年轻人的剥削太厉害了，老板可以为所欲为。离开了可以多点人权。"

当我说出自己的打算后，他们一下子沉默了。

过了一会儿，妈妈想岔开这个话题，就告诉我，爸爸的初恋情人跟别人结婚后，不到五年就患了风湿病，又过了五年,便瘫在床上。

爸爸将客厅里的电视机调到资讯台,正好有相关的旅游信息在屏幕上滚动。爸爸戴上妈妈递过来的老花眼镜看了一阵,好像松了口气。他说:"还好,不算太贵。"

我赶紧说:"我有钱,不要你们操心。"

妈妈立即对我露出笑脸。

接下来该将这些告诉孔雀了。孔雀说过,最少得用二十天来办理各种手续。我守在电视机前看完一场英超球赛,才打孔雀的叩机。这时已是凌晨一点了,寻呼台的小姐说话都有些含糊不清。她对我说声再见后,不到十秒钟电话铃就响了。拿起话筒,听到的却是沙子的声音。

沙子在用别人的手机,他还在拘留所里,刚被提审完,有人请他在办公室的里屋喝啤酒。沙子告诉我,他替我去找了牛总,白珊也在。牛总二话没说就给了他一万元人民币。沙子说到这儿,我以为剩下的两千元肯定是被送钱的那人揩了油。沙子说:"白珊情绪不好,老作呕,像是怀孕了。"从沙子嘴里我知道白珊真的担心我是不是一去不回头。她很害怕,分手之后,我从未找过她一点麻烦。辞职前,在公司里有事没事,我总冲着人笑。她把这些全部视为密谋实施见血封喉的绝杀手段的过渡。我为这意外的效果而窃喜。沙子要我放心,他在里面过得比外面还好,不出三天就能出来。我要他做事人道点,别将公安队伍里的人全部腐蚀了。沙子大笑起来。笑过之后,他说,待他出来后,我得请他上凯威啤酒屋狠狠喝一顿黑啤酒。他下了指标，一定不少于十扎。沙子收起手机前告诉我，那一万元他留下两千，捐给医院。我问他是不是将别人打得太狠了点，他嘿嘿一笑后，便在夜空里消失了。

同沙子通完话，剩下的时间我一心一意等孔雀复机。

凌晨三点时，我到后门外站了一会儿，忽然嗅到一股咸咸的潮气。正在辨认，这味道又不见了。旁边窗户里传来爸爸妈妈枕边的说话声。

孔雀一直没理我。

天亮了，上班时间到了。一个女孩突然打电话到家里，开口就说自己是亚洲大酒店的，说了好久，我才弄明白，孔雀的叩机昨晚丢在咖啡厅里，服务员们是按我的留言来查找失主。

我往孔雀上班的地方打电话，孔雀不在，说是今天在外面跑业务。等到中午，孔雀还没出现。我又往她上班的地方打电话。这次接电话的女孩像是意识到什么，问我是不是联系旅游，如果是，找她也一样。我在牛总的公司上班时，也碰到过这样的情形，我们叫它抢份额。我问她，难道不怕孔雀知道了会生气。女孩说她同孔雀是姐妹。我说，如果是这样请她马上通知孔雀，有人要跳江。

这话肯定是有效果的。

不一会儿，孔雀就打电话来了。

孔雀去亚洲大酒店拿回叩机，这时已到了永清街街口。

我赶过去后,买了两张门票,同孔雀一道进了解放公园,在苏军烈士纪念塔旁的石凳上坐下来。坐在绿叶红花中的孔雀愈发楚楚动人。她一动不动地望着我时,我心里有种只有自己明白的不安。我一下子就将自己的决定告诉了孔雀。我发觉自己承受不了以此作为筹码,勾住孔雀的做法。这是沙子昨晚在电话中教给我的,他说以我现在的心情,不能马上投入感情,那样会被自己的假象所蒙蔽,重复先前的错误。他要我就当玩一把,不谈爱情,也不想婚姻,只要上了床就行。

我告诉孔雀,自己真想去散散心。

孔雀望着我放在石桌上的人民币,反而劝我再想一想,因为一旦开出收据,按旅行社的规定,哪怕不去了,也不退款。

我说:"我不会那样朝三暮四、朝令夕改,哪怕你带我去科索沃打仗,也绝对不会回头。"

孔雀甜蜜地打开坤包,掏出那些早已准备好的表格让我填。她上午去了一趟航空路,那里有家酒店要安排七个人出国旅游。临办手续时,他们又改为六个人,所以刚好剩下一份表格。在我埋头填表时,孔雀告诉我,那家酒店公关部的周小姐也要去。

孔雀说:"周小姐比你先前的女朋友更有气质。"

我扔下笔说:"还是你最好。不用说汉口和武昌,全汉阳也没人比得过你。"

孔雀接过我推过去的表格看了一眼后,让我补了一个签名。她说:"你真聪明,只将我与汉阳那边的人比较。抛弃你的女孩,一定是汉口这儿最傻的。"

孔雀大方地赠我一句恭维话。

孔雀正要数钱,又停下来。她嫣然一笑,拿起那叠钱,朝我示意一下,大方地装进包里。我心里说声糟了。其实也不太糟,我只有意多放了两百元人民币在里面。孔雀包里鼓鼓囊囊的,一定收了不少钱。她整理皮包时,有张纸极像是我曾经用惯了的公司稿纸。它闪了一下,便被掩埋在皮包深处。

我想看个究竟,就朝孔雀借纸。

"有纸吗?"我问。

孔雀随手掏出一些卫生纸给我。

"不是这个意思,要写几句话。"我说。

"春天来了,谁都可以当诗人。"孔雀将手伸进皮包里,"不过,你现在别写,会吓坏我的,我还从没见过活生生的诗人。"孔雀笑吟吟地说。

孔雀给我的纸并不是公司的。

她轻轻握了一下我的手说:"我们香港见。"

因为这一握,孔雀开始真实地流动在我的情绪里。

3

在出发之前的十几天里,我有意多给的那两百元钱,一直没有在孔雀的话语中出现。

这中间我们又见了一面,她让我到旅行社去拿护照。

旅行社有二十几个女孩。我去时,她们正在羡慕孔雀这次又达到了可以亲自领队的标准。孔雀将我介绍给她们,说我是最后的关键,少了我这一位,她就去不成了。那些女孩围上来,要我将我的朋友介绍给她们。她们说,待我从泰国回来一宣传,我的那些哥们肯定会动心的。我心里一动,就将牛总的公司告诉了她们,让她们去公关。女孩们拿笔记录地址和电话时,孔雀不高兴地尖叫,要她们讲点行规,随后就将我推出门。

我在门外没等多久她就来了,然后一起到位于黄石路的中国银行换外汇。按规定我可以换两千美元,我只要了五百,剩下一千五全给了孔雀。到了银行后才知道,两千美元指标中只支付两百美元现钞,其余的只给旅行支票。这些支票若在中国银行取现,必须付千分之七点几的手续费。我不怀好意地问柜台后的那个年轻男子,何不干脆卡下一些钱,省得给许多人增添工作量。年轻男子竟然还敢笑,说只要有这样的文件,他肯定会这么做。正在一旁同一个女人小声说话的孔雀连忙走过来。她用温柔的目光封住了我的嘴,还用左手搭在我放在柜台上的右手上。一时间，换汇的手续费仿佛不存在了，只有一只温情的虫子在我心里痒痒地爬着。

柜台后的年轻男子突然眼睛一亮。我以为他在我身上发现什么了。

孔雀扭头往后看了一眼，接着响亮地叫了声，小周！

看见小周，我吃了一惊，这女孩太像白珊！

这边柜台要办的手续已经办完，我得去另一个柜台交人民币。孔雀留下陪小周。我刚到另一个柜台，那个曾同孔雀窃窃私语的女人便凑过来，问我能不能将美元换给她。她说准保我赚上好几百元，还说到香港、泰国带人民币就行。我说自己不做违法的事。那女人还不甘休。我大声说："想换汇先去那边排队！"营业厅里的人都朝这边看。女人一点不慌，笑一笑又踱到别人跟前去了。

孔雀领着小周来到我面前，将我们互相做了介绍。

我压抑着心头的情绪，淡淡地同小周握了握手。

办完换汇手续，我只留下两百美元现钞，支票全给了孔雀。

我念念不忘地说："现在不管什么，只要同美国搭上边，似乎就要高一等。"

刚认识的小周在一旁说："银行就是这样，哪怕是一分钱进来，它也要咬下一个口子。"

我扫了小周一眼。小周的嘴角跳了一下。

我知道她要笑了，连忙对孔雀说："我先走了。"

我径直走到银行门口后,再往回看,正好在半途中碰上小周的目光。

因为小周,我不得不又在心里想着白珊。

赚钱的事都是昧良心的,唯一的窍门是设计个道理来美化它。我引荐白珊来公司找牛总求职时,牛总对我俩说的这话让白珊觉得牛总是个深刻而坦荡的男人。记忆中,唯一的蛛丝马迹是白珊曾经貌似不经意地在我面前表示,她第一次见到牛总时,目光一对,心里有点碰撞的感觉。

我急于见到沙子,想从他那里了解白珊是否真的怀孕了,我觉得那是不大可能的,因为每一次同她做爱,她都要亲自给我戴上避孕套,取出时,也一样由她亲自动手。如果她真的怀孕了,那么一定是在她还在说爱我的时候,就同牛总上床了。如果是这样,那可是对我的侮辱!

我在家里等着沙子。昨天傍晚,我专门到球场街的淮扬菜馆,买了十只狮子头送到拘留所。沙子吃到一半时对我说,他明天就能出去了。看到他一口一个狮子头地吞咽,我忍不住劝他以后别再用刀子拳头说话,三天两头被抓,这日子怎么过。沙子吃完狮子头后,警察就带他回去了。他让我今天在家等着。

天黑了,远处的霓虹灯都能照进屋里。沙子还没有来。我出门坐了几站公共汽车,又来到拘留所,一打听,沙子还在里面,但不能见他。说了半天好话后,才有人悄悄告诉我,今天早上,沙子在里面将一个人打成半死,这次恐怕得负刑事责任了。

我心里不爽,给家里打电话,让妈妈将准备给沙子接风的菜都放进冰箱里。自己跑到胜利街一带,钻进一家酒吧,要了两瓶啤酒,一个人慢慢喝起来。刚开始酒吧里只有我一个人,慢慢地人变多了。某个时刻里,从门口进来两男两女,一下子就坐到我的旁边。他们一开口全要的是威士忌。我心里一直在恍惚。不管是孔雀还是白珊,偶尔还有刚见识的小周,都不能稳定在我的情绪里。不管怎么控制,隔上一阵,我就忍不住去看那些在各色短裙下暗自飘香的肌肤。我终于看见,旁边的那两个男人,在吧台下面用手抚摸着两个女孩的大腿。

两个男人还在不停地说话。

"是的,护照已经拿到了。"

"这一趟跑下来,你的隐性收入又要增加几千元。"

"××,老子权还是小了点,要不就可以去欧洲澳洲。"

"行了,这也不错,能到芭堤雅找个人妖玩玩,这样的美事可是别处没有的。"

"也只能这样想了。"

"还是你们好,一动手就可以卡住别人的脖子,谁敢不服服帖帖的。"

被羡慕的那个男人叫徐科长,我听出他是要去泰国。芭堤雅在孔雀的讲述中已出现过许多次。沙子也知道芭堤雅,他说那儿才是男人的天堂。他还说,要找个肥佬敲一把,去那里潇洒走一回。

我记起来，牛总也去过芭堤雅。牛总从芭堤雅带回几张同人妖合拍的照片，将公司的女孩们看得一惊一乍，整个上午什么事也没干成。牛总答应要讲关于人妖的故事给我们听。他还没有讲出来，那天下午，我就带着白珊来面试。从此，人妖的故事就成了公司的一个梦想。白珊被录用是我意料之中的事，我还预料牛总要对我说，你有艳福！事实上，牛总从没亲口对我这么说过。这些细微的预兆，一方面印证后来事物的发展，另一方面更是证明了自己思维之笨拙。

这时，旁边的两个女孩开口要那叫徐科长的男人在泰国带些宝石回来。她们说，泰国的绿宝石、红宝石很多，也很便宜。徐科长嬉笑着说："你们又不是我老婆，干吗要给你们买。"一个女孩说："你的十个老婆加起来，也没有我对你好。"另一个女孩说："这好办，我们可以去同你老婆谈判，请她退位就是。"徐科长连忙说："你们可别来真的，我才当个科长，经不起风流，等我弄个副省级了再说。"另外一个男人不知暗地里捣弄了些什么，四个人全笑起来。

我将最后一点啤酒倒进嘴里，出门叫了一辆出租车，先到扬子街，在白珊家门前停了一会儿。白珊家黑漆漆的门洞里传出阵阵二胡声。这是白珊的爸爸在独自抒情。街坊们也都知道，只要二胡一响，准保是白珊的爸爸一个人在家。

回到家，已是半夜了。

刚洗完澡，白珊突然打来电话。

白珊说:"你去我家干什么?"

我说:"听你爸的二胡独奏。他的《赛马》比以前拉得好多了。"

白珊说:"你是不是还有别的意思。求求你,别再让沙子来找我的麻烦。有事你直接对我说好了。"

我说:"你将叩机改了,我怎么找你?"

白珊说:"你打电话找我妈,她会转告我的。"

我说:"哟,姓牛的真不错,给你配上秘书了。放心,我不会找你,除非有特别重要的事。"我憋不住,忽然问道,"你身体怎样?"

白珊一愣说:"你别担心。告诉你,牛总他昨天被人整了。我开始以为是你,后来,他逃回来了,才知道不是你。"

我明白后反问:"老牛被人绑架了?你付了多少赎金?"

白珊说:"跟你说了,他是自己跳楼逃脱的,差一点摔成了肉饼。这样你该满意了吧!"

"满意个鬼!除非你解释清楚,用了什么办法来怀上小牛的!"我叫了一声。

好一阵,电话里只有空荡荡的回声。"我们洗澡吧!"一个男人在那边嗡嗡地说,随后电话挂断了。

我毫不犹豫地将电话打到白珊家里,接电话的是白珊的妈妈,我要她马上通知女儿,与我联系。在我对着电话恶狠狠地说话时,妈妈悄悄地将一杯茶水放到桌面上。我走到窗边后,妈妈又将茶杯塞到我手里。

她再次提醒我,天下好女人多得很,强拧下来的瓜儿不甜。

我说:"我早就知道你是最好的女人,可你已经嫁给了爸爸。"

妈妈笑着回到自己的卧室去了。

我等了整夜也不见有电话进来。

天刚亮,枕边的叩机就响了。

沙子的留言说,你家电话怎么啦,老没人接。

我下床一检查,才知道昨晚妈妈将电话掐断了。

沙子很轻松地告诉我,他一切都好,就是不能马上出来。他不肯说到底发生了什么,只是抱怨自己犯事大家都知道,立功了,连鬼都不知道。他要我不用再去探视,这会给他带来不方便。

放下电话前,我骂了他一句。

4

出发的日子由孔雀通知下来了。

在出发前的日子里,我约过孔雀,一共有三次,孔雀一次也没赴约。没想到的是,小周来电话请我打保龄球。一想到她那长错了的面孔,我就毫不客气地回绝了。我的理由是感冒发烧。她提出要上家里看望。我说,我可不愿让女人见到我最虚弱时的样子。我的虚伪竟然感动了小周,她真诚地对我说,她还从没有碰见过像我这样的男人,现在的男人就连肚子疼,也希望自己想要的女人千里万里跑回到身边,好让自己的头能埋在女人的胸脯里。小周的话让我立即想起白珊丰腴的乳沟,那些深深地埋着脸颊的时刻,常常令我喘不过气来。我有种感觉,对于我这样的男人,孔雀的胸脯才是最好的。白珊太性感了,容易红杏出墙。

关于小周,除了相貌像白珊外,我没有别的感觉。

孔雀提前一天飞到香港去了。她乘坐的飞机从天河机场起飞时,乌云密布的天空中响起一串雷声。我急忙打开电视机和收音机,还不时探头往窗外看。我担心的空难大概根本就没发生,最不起眼的报纸夹缝里和电台电视中的口播新闻,都没有这方面的消息。

下午,我收拾好行李,准备搭车去武昌火车站,一辆警车响了两声警笛后,停在我家门口。正在劝我多带些萝卜干和牛肉干的妈妈,望着从车内跳出来的两名警察,脸色一白,额头上的汗珠滚出来,砸在地上叭叭响。

妈妈颤抖着说:"我家杨仁没犯事吧?"

穿着警察制服并戴墨镜的男人挤进屋里说:"他想叛党叛国。"

一听声音,我马上伸手将那墨镜摘下来。

沙子咧着大嘴朝我们笑。他说:"对不起,化了一下装,怎么说你也是去香港和泰国,得送送行。"

妈妈说:"这样子可将我吓坏了,还以为杨仁是学了你哩!"

留在门口的警察,拦住那些想窥探的街坊。

"你们见过警察这样保护犯罪分子吗?"沙子指着门口得意地说。

我急着要去火车站,沙子要我别慌,坐上他的警车,一个小时的路程,半个小时就能到达。心里轻松一点后,我就发现沙子穿警服的样子很像穿着警服演小偷的陈佩斯。我们说了几句这方面的话,大家都笑起来。沙子正要拉我到里屋去,门口的警察及时回头要我们上车。沙子悻悻地耸了耸肩,弯腰帮着拎起旅行箱。出门时还好好的,他突然一下子摔倒。我连忙上去扶他。

在我弯腰凑近沙子时,他小声说:"牛总要身败名裂了。"

我还没反应过来,他又大声说:"怎么还没结婚骨头就老了?"

我一扭头,见那警察正警惕地望着我们。

上车后,我们很快就过了长江二桥。沙子同我坐在后排。一路上他大声地用泰国人妖来说笑。沙子瓮声瓮气地说个不停,还说人妖说话的声音就是如此,男不男,女不女的。警车经过中南商场门前时,司机让车上的警笛响了几声。

我趁机问:"牛总怎么了?"

沙子看了一眼车内的后视镜,小声说:"白珊真的怀孕了。"

警察回过头严厉地说:"沙子,你在道上走,应当知道规矩。"

沙子忙说:"我只是说,被他炒了鱿鱼的前女友怀孕了。"还反复将"怀孕了"三个字的口形做给警察看。

这时,警车已开到付家坡,我厉声说:"停车,让我下去。"

车停后,大家都问我怎么回事。

我说:"你们没权利这么随时随地怀疑人、监视人。"

我坚决要下车,沙子扯住我不松手,要我给他面子。

后来,警察忍不住说:"沙子现在有特殊任务在身,我们不得不另眼看他。"

沙子冲我点点头。我停止了挣扎。

直到分手时,我们也没再说话,倒是那位警察来了句俏皮话:"吉尼斯纪录漏了一项,它没记载世界上吨位最重的按摩小姐。"不待我们问,他就补充说,"就是泰国母象。"我们都没笑。"等你在泰国看了大象表演之后,准保你三天合不拢嘴。"警察最后说,他去过泰国。我们还是没有笑。

一进候车室,我就忙着找磁卡电话。

拨通公司电话,刚好接电话的女孩是我当人事部副主管时招进来的,她告诉我,公司现在就她一个人值班,别人都被牛总安排到蒲圻春游去了。关于牛总本人,她说这两天只见白珊不时传达牛总对公司业务的指示。说到这里,她声音低了许多,解释说自己好多次想同我联系,问问我的情况如何，甚至还想将属于公司的一笔生意偷偷地让给我做，挣点小钱零花。我问她听说过牛总被绑架的消息没有。她吓了一跳，认为这不可能，牛总只是因为闹出点风花雪月的韵事而让老婆用开水浇了，躲在白珊的新房里休息。

放下电话后，我发现四周的气氛有些不对。

很快我就明白过来，一定是我在说着关于绑架的事，让附近人们听去了，大家都在提防。

正好轮到去广州的旅客开始进站。

我在十四号车厢里找到自己的铺位。刚将行李放下，小周就来了。她朝我笑了笑，我只好将她的大旅行箱举起来放到行李架上。

小周挨着我坐下，随手递来一只口香糖。

小周身上有一股淡淡的清香。她刚告诉我这个档里上中下六个铺全是一个旅游团的，车厢里有个女人的叫声传来："小周，小周，我们的位置在哪里？"小周连忙站起来应道："叶老师，在这里！"一会儿，一个高高大大的中年女人气呼呼地挤过来。

小周忙向我介绍："这是我们何总的夫人！"

我领会小周的意思，正打算帮这个叫叶老师的女人安置行李，她已经自己将行李举到空中，走道上穿行的人一低头，那行李就稳稳地躺在行李架上。

小周又朝我笑了一下。

叶老师在对面下铺上坐定了，她大咧咧地问我是干什么的。我说我是失业者。叶老师马上说,如果我想到酒店工作,明天见到她丈夫,当面说一声就成。小周高兴地在我手背上拍了一下。我礼节性地问叶老师的情况,听说她在中学教体育,我几乎笑起来。

叶老师的丈夫何总同另外三位客人搭明天早上头一班飞机,直飞广州。有关叶老师和小周为什么不同他们一道坐飞机的问题,叶老师说,不管什么时候,能省的就一定要省。别的人要坐飞机,也就没办法。叶老师接下来像是迫不及待地问我谈恋爱或是结婚没有。她那样子似乎有点紧张,唯恐我说出一个"是的"来。我告诉她,不要这么公开打听别人的隐私。她大笑着说:"你以为你是大明星呀!"

又说了几句闲话,走道上出现一对年轻夫妻。

他们不忙于放行李。"我叫王海。"做丈夫的指指自己,又指指妻子,"她叫王凤,我们是自费的。"

后面这句话让我听了很舒适。

叶老师马上说:"你还得补一句,不然还以为你们是兄妹哩。你们长得很有点像!"叶老师对自己的发现很得意,她不停地望着我们。

小周接着说:"长得像才是夫妻相。"

叶老师定下眼神:"小周,你和小杨长得也挺像的!"她顿了一会儿又说,"别人说我同老何站在一起时,也像兄妹。"

突然之间,小周的脸红透了。

我心里一暖,在这座城市里,我已经忘记了还有会脸红的女孩。

"你们是出门度蜜月吧?"叶老师又问。

王凤说:"不,我们的儿子都三岁了。"

就在大家埋头看王海从钱包里取出的那个三岁幼儿的照片时,一个老头无声无息地停在我们身后。老头只背了一只极普通的包,他将手中的车票同卧铺号对照一下后,独自坐在车窗旁的凳子上。

我问他是不是到香港、泰国旅游。他点点头,隔了一阵才说:"看来我这老朽要给大家添麻烦了。"

火车突然弹了一下,大家一齐抬起头来望着车外,站台上的房子动了起来,一开始很慢,渐渐地就快了,等看见许许多多的菜地后,大家才又说起话来。六个人一对铺位,才知道老头是上铺。我知道小周是下铺,正要劝他俩换一下,小周已主动提出来。这样小周就到了上铺。不知为什么,小周执意不肯睡我的中铺。

经过一番礼让,素不相识的几个人一下子亲热起来。

老头主动说:"我姓钟,你们就叫我老钟。"

王凤说:"这不行,该叫你钟老。"她这话说得那对老眼晶亮起来。

"就依武汉的规矩,叫你钟爹爹或钟师傅。"叶老师像是要一句话定江山。

王海笑闹着用武汉方言对王凤说:"王婆婆,你喝水吗?"

王凤揪了一下王海的耳朵说:"王爹爹,我要喝天上的甘露你有吗?"

钟老带头笑起来。我觉得王凤的主意好。"行啊,小夫妻之间都叫爹爹婆婆,钟老就该活两百岁。"我说。

钟老的叫法马上流传开了。钟老自己不好意思,说只有大教授与大领导才配得上这样的称谓。钟老也是自费旅行,他老伴死了十几年,两个儿子已另立门户,他一个人住在南京路。我们以为是儿子们凑份子让他出来走走,钟老不予回答,反而也跟着说,我和小周长得挺像。

我不想让他们老提这个话题,就告诉他们,小周除了身子稍矮以外,相貌发型还有说话的声音,都与我从前的女朋友一模一样。但是,我那女朋友又爱上了我和她共同的老板。

我说:"凡是与白珊有关的东西,都令我恶心。"

我的表情大家看懂了,他们谁也不说话。

"在男人眼里,仙女与妖精是不是一张纸的两面?"小周突然问。

见我不回答,她又说:"你别老怪人家,你们本来就不是一路人。"

我粗暴地说:"我同哪个女人都不是一路的。"

钟老咳了一声:"说话别不留余地,我们一起旅游,怎么不是一路。"

王海说:"钟老别担心,现在的男人坏一点才有女孩喜欢。"

叶老师带头笑起来。小周起身顺着走道走开,像是找厕所。王海也跟着走过去。钟老看了我好几眼。我只好起身。经过列车员休息室时,正赶上王海在同列车员交涉什么。列车员不耐烦地说:"没有下铺,有下铺我也无法换给你。"王海说:"我爱人情况确实特殊。"列车员说:"你们爱得很深是不是,那也用不着向全世界表白呀,克林顿不是很爱希拉里吗,怎么又冒出个莱温斯基?"王海扭头时,同我碰了面。他朝我苦笑一下,示意小周在车厢连接处。

我站到小周背后说:"别生气了。"

小周郁郁地站在那里,过了一会儿才说:"杨仁,你得帮帮我。"

"男不帮女,天不落雨。"我说。

"那好,你记住,往后我若是有麻烦,你无论如何得到我身边来。"小周说话的语气很有力,但表情让人生疑。

我还是点头答应了。

我问小周,能不能让叶老师同王凤换换铺位。小周摇头说不可能。她也觉得王凤身上有点不对劲,一坐下来就要寻个什么东西靠靠背,像是没有骨头。但是叶老师年龄大,而且——小周没有再往下说。我便乱猜,叶老师一定在怀疑丈夫何总同属下小周有"情蜜关系",小周是想请我替她掩掩他人耳目。我见过好几个这样的女孩,她们只想同老板玩一阵,将经济地位提高,她们会毫不在乎地同老板娘火热地搅在一起,哄得那些半老徐娘以为自己真的捡了个干女儿。

小周还要顺着车厢往前走。干什么去,她不对我说。

我回到铺位上,王海正在招呼王凤吃一种丸药。

王凤吃得眉头耸成肉疙瘩,嚼了半天,牙缝全是黑的。王海细声细气地哄着她。一颗药丸吃了一半后,王凤坚决不吃。王海说浪费了可惜,便将半只药丸往自己嘴里放。王凤急了,伸手抢回药丸,生气地吞下去。由于太急,一下子噎住了。王海连忙给她喂水。

王凤缓过劲来说:"我这个老公,简直是个守财奴,又不是没有赚到钱。光上个月就赚了五万,可他什么也舍不得花,只舍得花钱给我买药。其实我也没大毛病,就是有些肾虚。这毛病哪个女人没有。"

叶老师说:"这么好的老公,一定是打着灯笼找的。"

钟老将头扭到一边,用手背揩去脸上两颗闪亮的东西。

吃完药,王凤就爬到中铺睡觉。

王海替王凤掖被子的样子全部落入钟老的眼中。

火车过了蒲圻,快到岳阳时,小周才回到车厢。这中间她竟然将发型改了,那如瀑的长发被悉数剪去,短短的宛如男孩。叶老师惊叫了一声,将王凤弄醒了。王凤马上说:"青丝寸断,只为情郎。"钟老轻轻地叹了一声。小周不看我。我心里清楚,这要怪我说她的发型都像白珊那话,她能下这么大的决心,确实让我吃惊。王凤从中铺上探出头来,很方便地用手摸了摸小周的短发。

王凤说:"从这些头发上就能看出铁路起伏不平。到了香港，你第一件事就该去将这儿平整一下。"

"用不着，这样子反而痛快。"小周昂着头，像社会主义思想教育基地里的烈士雕塑。

"别怕，老何会给你发钱的。"叶老师说，"他不给，我这里还有私房钱。香港楼价都跌了，做头发的更不会开价吓死人。"

钟老咳了一声："周小姐别谦让，依我的看法，到香港后，先给林青霞打个电话，问问她的头发是在哪儿做的，然后让杨仁带你去。"钟老说完又咳了一下。

大家都说这个主意好。钟老说他有林青霞的电话号码，我们将信将疑。

坐在火车上时间过得特别快，天黑没一会儿，就到了十点，列车员过来吩咐该熄灯睡觉了。她特意看了一眼睡在中铺上的王凤。

钟老和王海在车窗旁的两只小凳上对坐着，他们在说着生意场上的一些事，王海的话中多次提到茯苓。我戴着随身听，听到的却是他们的谈话。钟老很明确地说自己是做粮食生意的。

大约十二点，王海悄悄地拿上手机往车厢外走。

钟老已经睡下了。

我头脑里空空的，如同车窗外没有灯光的黑夜。上铺的小周动了一下。一会儿，一只光洁的手臂垂下来，在车厢的夜灯下，闪着精细瓷器一样的柔光。我望了好久，身体内那股纯粹本能在冲动，吸了口气后，缓缓地吹在小周的掌心上。伴着车身的摇晃，那只手臂像钟摆一样来回摇动了几下，待它停下来后，我将中指对准这掌心，轻轻挠了起来。这是我在以往清晨醒来时，唤醒睡在身边的白珊的头一个动作。这个动作曾让白珊做了许多神奇美梦。小周的小指跳动了两下，那枚红宝石戒指发出一道细细的亮光。

对面中铺的王凤突然抽搐一下，接着又尖叫一声，然后两只脚拼命地乱蹬起来。垂在眼前的手臂一下子缩了回去，同时，小周也发出一声不太响亮的惊叫。

小周是叫我。

"杨仁，她在做噩梦！"小周说。

叶老师和钟老也醒了。

我将手伸到对面摇醒王凤。

相邻的几档乘客醒了多半。他们以为有人在抢劫，放开嗓子吆喝了几声。

王凤醒后瞪着眼睛发呆。王海显然听到了动静，他跑回来，一把将王凤搂在怀里，连声说别怕别怕。王凤后来说，她确实做了个噩梦，有几个男人打扮得像女人，拼命地将她往一只棺材里面拖，那只棺材还是金黄色的。王海说她这是因为老想着泰国人妖，然后在梦里做出反应。王凤叹着气告诉我们，近半年来，她总是做噩梦，而且还像电视连续剧一样，一夜夜地接着做。我们都说，梦见棺材是大喜，表明她要发大财，而且是金货。

车厢内又恢复了平静。

小周的手臂垂得更深了,如果车身晃得再厉害一点,她的半个胸脯肯定会垂下来。

朦胧中,有个人影站在面前。睁开眼睛一看,那个列车员正在将小周的手臂放回上铺。

我想起孔雀。

孔雀的手臂没有小周的手臂美。

孔雀的腰肢没有白珊的腰肢性感。

但是,孔雀总会适时地钻进我心里。

5

在从顺德开往香港的快艇上,何总带来的那个胡虎,一往情深地看着前排小周的后脑勺说:"有种女人,什么地方都长得一般,凑到一起偏偏能勾人心肝。"胡虎是这样看小周的,我可以用他这话来看孔雀。

在广州火车站下车后,还没出站,就有两个男人同时扑上来抢小周和王凤的首饰。我们几个还没反应过来,叶老师就已将那两个干瘦的男人放倒了。其中一个用了鲤鱼打挺的招式跳起来,亮出了匕首。只见叶老师一闪,手一扬,那只匕首掉在地上。等我们想起来要抓人时,那两个家伙已钻到火车底下去了。

掉在地上的那把匕首是正宗瑞士军刀，在武汉广场，这种样式每把要卖四百几十元。小周捡起瑞士军刀，二话没说就塞给我。

我说："有了这刀，龙潭虎穴也敢闯。"

后来我才知道，小周就是要我闯虎穴。

大家对叶老师的身手功夫惊叹不已。叶老师刚说自己曾是武汉市少年武术比赛的女子亚军，又马上补充说："女人学这些不好，到头来没有男人心疼。男人喜欢病恹恹的林黛玉，喜欢王凤和小周这样的女孩。"

在出站口外，有人举着牌子接我们。刚站定，又过来六个人。谈起来，他们也是坐的这趟车，只不过是软卧。接站的人将我们带到车站对面的流花宾馆。按照协议，从这时起，一切开销全由旅行社方面负责。此时才早上五点二十分，广州街头像乡下一样寂静。大家望着接站的那人在宾馆大堂里蹿来蹿去，以为他要开个房间让我们休息，他回来时，却叫我们在门外散散步，松松身上的筋骨。我们在门外站了足足两个小时，王凤已经撑不住了，软软地趴在王海的肩头。钟老打了一套太极拳后，摇头说这一带有瘴气。后来的那六个人围在旅行箱旁，用扑克牌玩"斗地主"。

我无聊地拿着瑞士军刀玩。小周不远不近地站在我身旁。我喜欢瑞士军刀，现在的女孩也喜欢用瑞士军刀作为定情礼物送给自己的男朋友，白珊总说要送把瑞士军刀给我，想不到真正拥有它的日子，却是在她离去之后的今天。

我正要对小周说声谢谢,忽然发现周围情形不对,四个男人在偷偷地打量着我们。小周也发现了。那四个人将接站的人叫过去说了一阵,接站的人回来要我将瑞士军刀还给他们。我不肯,习惯上还以为仍在永清街一带,惹出祸来有沙子出面摆平。待我意识到此时是在广州街头,南方的黑帮更厉害时,已不好意思在小周面前收回先前的话了。况且,小周、王凤都不让我还。我让接站的人捎话过去,就说我们是去泰国参加泰拳比赛的代表团。接站的人过去不一会儿,那四个人就走了。

何总他们四个是坐出租车来的。那辆车猛地停在我们面前,活像是本地黑帮的援兵来了。叶老师迎上去帮何总拿东西,小周只是同另外三个人打招呼。从她嘴里我听出这三个人是林处长、徐科长和胡虎。林处长是女的,小周上去同她亲热地碰了碰肩头。

我能断定,徐科长就是我在酒吧里碰到的那一位。

胡虎瞄准小周的目光,连钟老都能判断出企图。

上了开往顺德的中巴,胡虎要小周坐在他身边。

小周将钟老按下来坐好,自己跑到后排坐下。

何总大声说了第一句话:"小周,胡虎多次建议你留短发,你终于金石为开了。"

何总的声音很洪亮。胡虎也大声说:"刚才在飞机上看见云里有黑乎乎的东西在飞,还以为是美国佬派去轰炸南斯拉夫的B2飞机,没想到是只老鹰。"他说话时有意作一副酷相。

钟老碰碰我,小声地说:"小公鸡开始打鸣了。"

王凤在最前排回头说:"你们有所不知,是因为杨仁不喜欢小周的长发,小周才慌不择路、饥不择食地在火车上的理发室改了发型。"

坐软卧的那六个人笑得最响亮。

王凤还要说,王海将她拦住。何总在他们后面,小声对叶老师说了些什么。

见大家不再继续这个话题,钟老开口了:"小周还送了一把瑞士军刀给杨仁,我老了,跟不上形势发展。这是什么意义?"钟老说话很诚恳。

开车的女司机冷不防说了句:"当贴身保镖,做守护神嘛!"

这时,王海说了实话:"别让小周不好意思,这小刀是叶老师的战利品。"

在我的眼角里,胡虎绷紧的脸松弛了一些。但在另一只眼角里,小周的脸又绷起来。

"谁说我不好意思,到了香港,我非要买一把瑞士军刀送给杨仁。"小周像是一下子放开了胆量。

还是那六个人带头大笑。

我忙说:"有这把刀就行了。"

这六个人全是一家电力公司的,单位太富了,不知道往哪儿花钱,便安排人一拨拨地出来公费旅游,所以,他们的笑声最多。六个人中,领头的姓万,另外五个人都叫他万组长。万组长心里还有一丝不满,公司里稍有点权力的人现在都去欧洲逍遥,他们是最底层的,只能到东南亚旅游。在旅游和逍遥的词义把握上,这些人比语文老师的体会还深。

车上的人都明白这点,大家并没有对他们的快乐进行抗议。他们好像清楚电力部门的暴富是占了我们这种数以百万计的人的便宜,所以上车往后面坐,上船往前面坐,转运行李时,他们总是抢着组成一条人链。

到了顺德港,等着过海关时,大家纷纷往武汉打电话。好几个人对着手机说着同样的话:一会儿上船就到香港了,电话费也是"一国两制",要翻几倍,没有要紧的事就不打电话了。小周拿着一只手机,默默地递给我。我接过来,愣了一会儿,才试着拨了家里的电话。

只响了一声铃,妈妈就在那边冲着话筒喂起来。我问妈妈怎么没去卖米酒。妈妈说这一盆糯米没酿好,有些酸,她不能这么蒙人,所以就在家歇一天。她还告诉我,白珊昨晚到家里来坐了一个多小时,很伤心地哭了一场。走的时候,留下了一包钱。但爸爸不让动。爸爸要等我回去后再作处理。白珊对妈妈说自己要出一次远门。这话让我费了些猜疑。我想到她会不会到美国去生孩子,因为牛总从前总这么开玩笑,说自己若再娶老婆,一定要生个美国公民。牛总的金钱是可以买通这条路的。

我将手机还回去时,小周说:"昨夜我怎么也睡不着。"

"大概是挑床吧?"我刚开口就意识到她其实是有所指。

小周说:"帮帮我,你不会吃亏,我知道自己有多好。"

小周走开了。何总和胡虎他们在叫唤。

我用一种奇怪的眼神看着她的背影。

顺德港的海关大楼建得很美。王海搂着王凤的腰,在大厅里转了一圈,又去楼上,然后到了大门外。正好钟老也转到门外,他们让钟老帮忙照一张合影。王凤推了几下王海,不让他太亲密,太亲密的照片不好意思拿出来给别人看。钟老手中的照相机刚好在他们亲密时闪亮一下。

王凤很容易疲劳,回到休息厅坐下不一会儿,就倚在王海的肩头睡着了。王海怕惊醒王凤,小声请我帮忙打开行李箱,拿出一件衣服披在王凤身上。我看见行李箱的小口袋里放着几瓶速效救心丸。王海知道我的目光所至,他分明轻叹了一声,眉宇间顿时挂上许多沉重的忧郁。

钟老坐到我身边。

"你怎么不给家里打个电话?"我问。

"我总在打电话。"钟老说,"并且免费。"

坐在对面有些闷闷不乐的小周眼睛忽然一亮。

不知从哪儿跑出一只京巴,小狗长得比猫还小,冷不防冲着正在打瞌睡的王凤狂吠起来。朦胧中的王凤尖叫着直往王海怀里钻。王海吆喝了几声,京巴依然不肯退去。王海撩起一脚将京巴踢出老远。京巴在地上打了几个滚,爬起来时腿都瘸了。一个穿制服的女人闻声出现了。她抱起京巴就要王海、王凤陪她去宠物医院。我忍不住上前去替王海他们分

— 303 —

辩。见那女人不听，而且，更多穿制服的人像是要过来助威，王海便一个人跟着她走了。隔着大厅的玻璃门，王海在刚才照相的地方站着同那女人说了些什么。女人背对着我们，看不清表情。时间不长，那女人一挥手，竟让王海回来了。

包括何总和万组长他们十几个人都围上来问怎么了。

王海说："无非多说几句软话，出门在外，低低头没什么。"

王凤也说："我这老公，外面什么事他都能摆平。"

胡虎在人群里不轻不重地说："真不错，受到老婆如此信任。"

有人在背后拉了我一把，回头一看是钟老。

我跟着钟老走到大门外后，一眼看见那个穿制服的女人正在草地上遛狗。

京巴的后腿还有点瘸，不过看样子肯定没事了。钟老走过去同那女人聊了几句，女人就将什么都说了。王海告诉那女人，王凤患了肾癌，而且还是晚期，她自己不知道，总想着要出国看看，他这才带她出来看看。那女人说她的哈哈一向很乖，从不惹人，她也奇怪哈哈怎么反常了。王海一说，她才明白。从小就风闻，狗通人性，谁开始走魂了，狗都知道，如果狗专门盯着某个人咬，这个人就快没命了。不然，她是不会原谅王海的，她养的这条京巴，是当年八国联军撤离北京时，带回英国的纯种，国内已经失传，她花了二十万港币才买到手。

我一惊，再看钟老，钟老的剑眉上挂着一丝嘲讽。

我们回去时，缓过劲来的王凤正在同王海玩着拍巴掌的游戏。她还开心地对大家说，这是在家同儿子学的。我和钟老无语地拿起行李。接站的那人在远处招呼我们进关。

上船后，钟老买了一份《星岛日报》，我以为他会在娱乐版上寻找林青霞，哪知他一下子就翻到财经版上。整个航程，钟老都在看报纸中度过。坐在他旁边的胡虎很烦报纸挡住了前排小周的背影。他几次要钟老将报纸叠起来看，钟老说："看报就是看报，一叠起来不就成了看书看杂志！"林处长见胡虎语气越来越不对，就开口要胡虎谦让点。胡虎不能再说什么，他起身往外挤，然后坐到最后面的空位上。何总去上厕所，发现胡虎独坐着凝望水天，过早长出来的大块肥肉像塌方一样堆在脸上，就叫小周去问问他哪里不爽。

小周过去挨着胡虎坐了十几分钟。

钟老小声对我说："这是弄巧成拙。"

小周回来后淡淡地说了两个字："没事。"接着又轻声专门告诉我，"他在发心烧。"

船在香港维多利亚港靠岸时，有个女孩在岸上向我们招手。

"孔雀！"我欣喜地叫道。

万组长他们马上追问，又不是动物园怎么会有孔雀。除了他们还有别的人，大家都想知道孔雀在哪儿。小周告诉他们，孔雀是个女孩，是我们的领队。接下来她又告诉我，孔雀不可能出现在码头上，她无法进关来接我们。我再看时，那个女孩果然变成了另外一个人。

香港的海关如同虚设，我们大包小包地走了过去，那些穿制服的男女，完全是学政府机关的人，在岗位上聊天聊得眉飞色舞。我们正在议论哪儿的中国人都一样，那个穿制服的男人猛地停止嬉笑，冲着好好走路的林处长突然说："你，带了违禁品吗？"林处长一惊，下意识地用手捂了一下皮包："没有。"另外几个穿制服的马上板起脸，要她将皮包打开看看。何总正要过去，有人吆喝起来，不让停留。我们只好远远地看着。林处长包里没有多少东西，除了大约两千人民币，其余的都是些化妆品。那些人仿佛就是看林处长不顺眼，检查完了以后，还要审视一番。

这时，从本港居民通道过来一位男人。

叶老师迎上去打听，海关人员好好的为何突然就变了脸色。

男人用那种天生的优越感冲着免不了焦急的叶老师说："那位太太是你们的领导吧？没事的，我们就是不喜内地干部的派头，人人都像是接收大员。"

徐科长插嘴说："怎么这样想，我们总是将你们当成同胞。"

男人说："这个我们懂，谁都想攀个富人做亲戚。"

说完这话，男人便扬长而去，一点也不在意徐科长和胡虎脸上的青色。

林处长总算过来了,她说:"真是莫名其妙。"

小周赶紧上去帮她拖旅行箱。

来到外面的大厅,我又开始寻找孔雀。

一个瘦瘦的年轻男人毫不犹豫地上来问:"哪位是何总?"

何总应了一声。

年轻男人又问:"十六位都到齐了吗?"

这次是叶老师回应说:"到齐了。"

我们就这样毫无道理地跟上人家,上了外面的一辆中巴,根本没见着孔雀。那位年轻男人也不怕我们没跟上,只顾自己在头里走,钟老和王凤有些跟不上。

6

孔雀曾说,我们香港见。

我没见到那位香港的我,只见到许多香港的门。

吃完了午饭的九菜一汤后,林处长明确无误地表示不喜欢香港,她没想到香港人是这种德性。徐科长则适时地提起前年香港回归那天,林处长在单位的庆祝会上热泪盈眶的旧事。望着林处长惆怅的样子,我不明白既然她那样不喜欢现实中的香港,为什么又要千里迢迢往香港现实这池浑水中跳。

餐厅里有二十多张圆桌,清一色都是六菜一汤。听听那纷杂的四川话、东北话和上海话等等，就知道彼此全是内地来的。让林处长心烦的是，那些香港本地的服务员上菜时，从不将碗碟放到合适的位置，非要自己动手挪一下，有时还得挪过半张桌子。还有荤菜素菜等也不注意错开来放，几乎每人都得站起来十几次，将手伸到别人面前去夹菜，这让人觉得很难堪。更有邻桌那些先吃完的人，还没完全撤离，就有服务员冲上来，秋风扫落叶一样，拿起用过的餐具，哗哗啦啦地扔进一只大竹篮，然后将一次性桌布往上一裹，露出下面干净的桌布。依然是那些服务员，又从另一只竹篮里拿出十套干净的餐具，扔一样摆放在餐桌上。何总掐着手表计算过，他们每翻一张台面，决不超过两分钟。

　　林处长对这一点尤为不满。中国菜在哪儿都是一种美食，她去欧洲时，曾在瑞士苏黎世一家叫筷子的中餐馆门口，受到当地人目光的礼遇，尽管她在那里只吃了一碗十九美元的面条。但在林处长足迹所到的香港，所谓中餐，简直就是喂鸡喂狗喂猪。何总附和，香港就是这样，除了时间和金钱，还剩一点就是庸俗。林处长接着指出，哪怕在武汉的亚酒、长酒、天安假日和正在试营业的香格里拉，都能做到进餐时只闻音乐声，没想到香港这儿，竟然像使用石器的原始社会。

　　林处长毫不客气地将香港的文明打了最彻底的折扣。

　　万组长在表示赞同的同时，还添了一句，说假如我们的国有企业都学着这么干，不用三年，一年就扭亏为盈了。万组长那一拨人都认为，照目前的这些搞法，用不了多久，电力部门也要亏损。

我们在香港新机场"集合处",议论这半天里对香港的印象。乍一看,这里的一切杂乱无章,身居其中后,才知道它是一只设计奇妙的魔方。香港的街道窄得像武汉江汉路一带的老街,可就是看不见被车堵死的路口,连警察也看不见。我们一致认为,这主要是香港没有特权车,视交通规则为垃圾。但我们都承认自己有过坐这类车的经历,这样的经历使人体会到特权是比自由更舒适、更个人化的东西。

这一天,我们只是路过香港。

午饭后,有一个小时的逛街时间。在码头接我们的年轻人叫英伦,他吩咐如果万一有谁走失了,就请自己乘出租车到新机场集合处等。结果十六个人只沿着湾仔的一条街走了几百米,见到的全是酒吧。后来我们才知道,集合处是香港人的画龙点睛之笔。新机场太大了,在同一秒钟里,可以给两百人办理登机手续,但集合处只有一个。是不是真的能够同时给两百人办事,我们当然是姑妄听之,就当是中国人要爱国,香港人要爱港。但集合处那块牌子分明是临时游客们心目中的特区首脑,说不错,也走不错。

香港的一切都要用银行的电脑来计算。

何总告诉林处长、徐科长和胡虎,今天要先飞到台北,再从台北飞曼谷。这三个家伙顿时眉开眼笑,说没想到自己成了解放台湾的侦察员。叶老师、小周和王凤在一起议论了好久,想不通香港人怎么这样傻,这么从台北一经过,绕行了近两千公里，不等于将港币往太平洋里撒吗？

这个话题，大家一直说到曼谷，猜测这会不会是台湾的李登辉施展诡计阴谋，想让我们见识台湾的日子如何舒适，动摇我们走社会主义道路的决心。在台北桃园机场落地后，一片夜色中，灯光并不比武汉的迷人。机场里的免税商场也是清一色的小姐，她们中没有一个比得上小周。小周走到哪里，哪里的小姐就用醋醋的目光轰炸她。小周同我贴得很近。好不容易碰见一个台湾男人，他对我说："你太太真漂亮！"他这么做，目的只是借机多看小周几眼。但我还是回应了一句："谢谢你慧眼识珠！"再看小周，那表情十分平静，仿佛心海是那没有半点涟漪的死海。

从桃园机场起飞的航班终点是阿姆斯特丹，夜里十点五十分才让我们登机。一位小姐在广播里告诉这一点时，王凤说："这声音很像一九四九年国民党战败前后中央社的女播音员在说话。"闭目养神的林处长突然开怀大笑起来。徐科长向她使了个眼色。林处长说："怕什么，我还希望这儿有窃听器，让李登辉听见了才好。"我听到钟老在一旁嘀咕，现在国民党已经不是从前的国民党……胡虎也听见这话了，他没瞪眼，只是平常地反问钟老怎么啦，钟老还未作答，小周便救场一样抢先说："当然不一样。"

胡虎看着小周的眼光，总是那样多情。

我们的飞机于凌晨三点抵达曼谷机场。

待到进入太阳酒店的房间后，已是凌晨四点了。我让钟老先洗澡、睡觉，钟老脱光衣服洗到一半时，突然从卫生间里冲出来，他想明白一个道理。香港不仅占去了我们的时间，还赚走了我们的钱。我们的晚饭是在飞机上吃的，我们的夜晚是在机场和飞机上度过的，而这些钱本该是要付给酒店的……他没说完，我已明白，是我们替旅行社省了钱。反过来旅行社只用一张不合情理的机票，就换得一张利润丰厚的现金支票。

窥见了他人的秘密总是令人兴奋。钟老腰上像枪眼一样的伤疤，一颤一颤的，如同女人脸上的酒窝。饱受颠沛流离疲劳不堪的我们一点也不觉得吃亏，甚至还为难得有踏上宝岛台湾的机会而兴奋。

我拿起电话，打到隔壁房间。

小周接了电话后，我将发现告诉了她。

小周说："你是不是还要找孔雀说话？"我还在迟疑，她便接着说，"孔雀不在我这里，每座酒店都有专门接待导游的房间。"

也不等我再说些什么，小周便挂断电话。

而我本来还想对小周说点什么。

小周在生气，的确是因为孔雀突然出现了。十六个人都像找到组织的地下工作者一样高兴。小周唯独对我的笑，怀着深刻的不满。可惜她的这种态度，没有用来对待林处长他们。对于急于取得改革成果的社会，这是一种莫大的资源浪费。

7

　　小周对我的不高兴正是从孔雀突然出现在曼谷机场开始的。

　　从台北到曼谷，飞机飞了三个多小时，加上一个小时时差，实际上是四个多小时。空姐给我们的《联合报》和《中国时报》上几乎全是无聊的政治文章，远没有前排的王海、王凤夫妻耳鬓厮磨的动作让我注意。他们喝饮料时，还恩爱地做了个喝交杯酒的姿势。一旁正在给别人添咖啡的空姐瞄见后，眼圈当即红了。随后她拿来一小瓶黑水晶一样的葡萄酒，塞到王海手里，并说："好好待你太太。"王海推辞了几下，见空姐要伤心了，只好收下。插在飞机座椅后面口袋里的《华夏精品》杂志第二十页上有这种酒的介绍。它的英文名称为 Colio Icewine，中文叫可丽儿冰酒，是让葡萄在零下二十至三十度冻成浆果了，再行酿造。完整的包装是四瓶一盒，卖价为六千七百四十元新台币，分开了每瓶值一千六百八十五元新台币。王海在这样贵重的礼物面前表现得很镇静，他问了另两位空姐后，决定收下它。那位空姐的丈夫是台北有名的棒球投手，每次妻子飞行归来，必定要在家中点上红蜡烛，开一瓶冰酒喝交杯，但是一个月前，这位棒球投手在一起车祸中死在台北街头。

　　在这样的背景下，小周、胡虎和我心情都很激动。胡虎写了张字条托叶老师和何总传给小周，听叶老师的口气，还是一首诗。小周看了一眼后，将它放在小桌板上，等着让它自动滑落下去。我想起白珊，当然也想孔雀。小周就在眼前，但我不清楚自己是否想念她。

钟老端起饮料杯同我碰了一下，他长长地叹口气。

在曼谷机场下飞机时，那个空姐专门对王凤说了句："你真幸福！"王凤就将夹在钱包里的儿子照片，送给她做纪念。

这一次，我和钟老同时叹了一声。

王凤对这位不幸的空姐说："若有机会到武汉，欢迎你来家里做客。"

王海则说："我太太能做一手地道的湖北菜。"

经历计划之外的告别后，我们随即在机场出口见到孔雀。

孔雀一副泰国女孩打扮，远远地冲着我们用泰国话说："龙龙水晶晶！屁屁老妈妈！"

小周对我说："我也会说这两句，意思是小姐真漂亮，小伙子真帅！"

我仍要单独问孔雀，她的翻译结果同小周一个样。

我又问："不是说好香港见吗？"

"你怎么成了我的老板？"孔雀反问。

孔雀冷了一会儿，又热情起来。她站在一辆大巴门前，给我们每个人献上一串佛珠一样的花朵，并说这是泰国旅游的第一个项目，美女献花。孔雀还会双手胸前合十。

大巴开往太阳酒店的路上，孔雀介绍说刚才那串花是泰国人的一种祝福,她请我们为这种祝福每人付上十元人民币的小费。孔雀还让我给收一下。我正在迟疑,何总就让小周付了他们六个人的,万组长接着将他们六个人的六十元一齐付了。我只好向钟老和王海伸手,最后又添上自己的十元。坐在最前排的那个皮肤黝黑的男人笑眯眯地从我手里接过一百六十元人民币。

这个男人姓蔡,他自己让我们叫他屁屁蔡。屁屁蔡的中文是父亲教的。他父亲一九四九年之前在国民政府军中当兵,后被从北方一路横扫过来的解放军撵到泰国。屁屁蔡不无自豪,因为他父亲娶了三个泰国女人做老婆。

钟老不失时机地说:"少不了也种鸦片。"

屁屁蔡大方地回答:"我们这儿有两大传统是丢不掉的,一是毒品,二是精神污染。"

精神污染这个词的应用显然让屁屁蔡兴奋起来,他声明这是去年北京一个旅游团的人教给他的,来泰国的人就是想让精神污染一下。车上的人都懂他的意思,大家一齐笑。

屁屁蔡说:"来我们这儿要想让身心都得到放松,最好的办法就是去污染,染得再黄也不会有人管。只要你们将随身带着的人民币、港币和美元都留在这儿就行,泰国经济现在糟得像一堆狗屎。"

屁屁蔡在大巴上一句正经话也没说。他说的第一句正经话,是在房间分好后,告诉我们,已预订了上午八点钟的电话叫醒服务。

电话叫醒服务还没开始我就醒来，钟老的鼾声让我勉强睡了两个小时。我撩开窗帘，一点也不相信自己正身处异乡。曼谷的朝阳也是千篇一律。钟老鼾声的间隙里，还夹杂着王凤在隔壁房间惊恐的梦呓声。我穿好衣服，一个人下楼走到酒店外面，胡乱转了一通，除了汽车，到处都是身着袈裟的僧人。这让我怀疑，佛教如此盛行的地方，毒品与色情真的那么多吗？后来，我碰见两只黑狗，它们狠狠地盯着我，我假装不慌不忙地转身往回走，那两只黑狗竟然一直跟到酒店门外。

我在大堂里与孔雀碰了面，孔雀刚交完电话费，见到我时嫣然一笑。她问我怎么不睡觉。我问她这家酒店是不是真有三星级以上标准，怎么就像武昌火车站附近的私人旅社，里里外外的动静全能听见。孔雀以为我在说王海和王凤，她要我理解，人家夫妻见到异国情调，自然会亢奋。

我将同钟老一道听来的话告诉她。

我说："肾癌晚期的人，连欲念都没有了。"

孔雀不以为然："男人就是好哄，王海骗别人将你们也捎带上了。"

"你是不是也在哄我？"我马上说。

"到了芭堤雅，你会快乐的。"孔雀说。

我们找了一个地方坐下来。孔雀要了一杯咖啡，也替我要了一杯。她笑眯眯地要我买单。

"还在失恋吗？"孔雀呷了一口咖啡，"曼谷的咖啡，也能品出女人的体香来。"

我说:"从认识你以后,就过去了。"

孔雀一撩头发:"我当然明白,我还没有碰见过不喜欢我的男人。"

说出这句话后,孔雀早起的倦容从脸上消失了。

"这是不是你提前来曼谷的原因?"我盯着她的眼睛问。

"别吃我的醋好不好。"孔雀眼睛一眯,笑成一道缝,"我在清迈联系了一个业务。老实说,我得赚点钱。不是为了让你听着舒服,白珊跟上牛总不会有好结果。"

我问她怎么知道,她闪过去不回答,反而说:"我已经看出来,小周对你有意思了。"

"那又怎么样,我现在只喜欢你。"我一咬牙说。

"请不要这么想,否则,到了芭堤雅你也会感到痛苦。"孔雀说。

我说:"无非再像白珊那样来一次。"

"我不会让你走到那一步。算上这一次,我已经带了十一个团来泰国。"孔雀一转话题,"每次都一样,自费的少,公费和老板请客的多,一路上尽闹矛盾。不知这一次怎么样。"

孔雀忧虑了一下。我愿意她继续说下去。

"公费和自费的都好说话,不好说的是老板请客的那帮人。到了芭堤雅你就知道,那里很多自费项目,公费的人基本都去看,自费的人基本都不去看,然后大家就一齐看老板请客的那些人怎么虚伪。"

离约好的电话叫醒服务还差半个小时，孔雀突然说："你能陪我去一趟清迈吗？现在就走。"

"不是贩毒吧？"我站起来说，"行，别人敢贩毒我为什么不敢。"

"神经病才贩毒。"孔雀压低嗓门说，"充其量不过是走私。"

孔雀答应晚上回来陪我夜游湄南河。这个项目是日程上没有的。至于白天参观鳄鱼养殖场、郑王庙、大皇宫和玉佛寺等，我本来就了无兴趣。我一边答应孔雀，一边在想，男人如果无法自己创造机会，最少也要自己去发掘。唾手可得的东西，男人往往不屑一顾。我大概就是这样的男人，本来只要对小周说一句就能得到的情爱，偏偏弃如敝屣，还要自认为浪漫地跟着不知明日为谁的孔雀自讨苦吃。

孔雀给屁屁蔡打了个电话，然后就带我上路了。

她租了一辆出租车。一出曼谷我就睡了，醒来时已经在清迈。我按孔雀的吩咐戴上墨镜，腰里别着那把瑞士军刀，像保镖一样跟着她走进路边的一户人家。两个讲中文的泰国男女冲着孔雀熟识地打过招呼，那男人就领着孔雀往楼上走。孔雀一副胸有成竹的样子，沉稳地走上楼梯。留下来陪我的女人，第一句话就问我泰国小姐怎么样。我装模作样地说，个个都像受过专门训练。那女人知道中国男人中流传"会玩的玩嫂子，不会玩的玩婊子"的说法，她说十五岁的泰国小姐就能比得上三十岁的中国嫂子。我表扬她发现了国际关系中新的真理。她马上问我现在要不要小姐,可以随叫随到。我一本正经地说,做生意时不能干这个。她惋惜地告诉我泰国小姐同泰国宝石一样多,最好的却不多,错过了就找不回来。

我在楼下同泰国女人泡了半个小时,孔雀才下楼。

先前背在孔雀身上的红皮包不见了,一只只有巴掌大小的黑色珍珠鱼皮包歪歪斜斜地挂在她的身前。她一脸笑意地告诉我回曼谷去。我将她全身上下看了个遍,唯一能装东西的,只有那只珍珠鱼皮小包。我只能想到,孔雀红皮包里假如装的是钱,作为等值,这小包里必然是毒品。

那个泰国男人开上自己的车,陪着我们走出二十多公里,才掉头回去。

孔雀看出我的情绪。她说:"你为什么生气?"

我指了指珍珠鱼皮包说:"这里面装的什么?"

"你怎么可以怀疑我?"她说,"让你猜一猜,什么东西可以象征爱情?"

想了半天也没想出是什么,别的问题反而被想出来。孔雀这样做是不是在利用我的感情,我在心里问。

回到曼谷已经是晚九点五十分。孔雀执意到一家麦当劳店里买了些吃食拎回酒店。她问我还游不游湄南河,我望着她疲惫的样子,残酷地说:"游!"

孔雀只好说:"这么晚了,不怕上贼船?"

我说:"贼窝都去了,还怕上贼船?"

虽然孔雀说待会儿见,我还是感到她会变卦的。

经过小周和叶老师的房间时,敞开的屋子里忽然传出王海的声音:"说曹操,曹操到。"

我探进头去问:"你们说我什么了?"

王凤牵着王海的手说:"不是我们,是小周在说你。"

见钟老、何总,还有胡虎、徐科长、林处长都在,我便进去。小周捂着肚子躺在床上。钟老告诉我,小周正说回去后要投诉孔雀,身为领队,竟然私自带着个别团员偏离旅游路线,不知干什么勾当。

钟老不管胡虎有多么不高兴,只顾说自己想说的话:"小周今天比害相思病还痛苦,三餐饭都替屁屁蔡省了。"

我问她想不想吃方便面。小周反问:"有吗?我喜欢吃统一100。"

"我包里正好有这个。"

我回房间拿来方便面。

叶老师打电话让服务员送来一瓶开水。

胡虎赶忙掏出两元人民币给那服务员做小费。

看到小周开始吃东西,叶老师便往外撵我们。

钟老告诉我,他醒来不见我,就知道是被孔雀引诱出去了。别人倒没什么,可怜小周就像死了爹娘一样。钟老坚定地认为小周是个好姑娘,同别的公关小姐不一样。他要我别花心。

电话铃响起来。真如钟老所料,是小周打来的,她让我过去一下。

8

曾经有过许多男孩赴约的故事,只要对方女孩独自在房间,必定是用睡衣作晚礼服。小周没有,她穿着牛仔裤,坐在床边,将唯一的椅子让给我。这样两人之间有近两米的距离,若是发生情况,一下子扑不过去。老实说,在这种时刻,我喜欢女孩穿上睡衣。如果白珊没有为我穿上睡衣,她也许同武汉街头千万个女孩无异。白珊在扬子街的家里只有一只全家人轮着用的洗澡盆,自从认识我以后,她就常来我家洗澡,洗完澡便穿上睡衣,在离席梦思只有咫尺之遥的卧室里搂着我跳舞。同白珊比起来,小周这样的装束,无异于古人的铠甲。

"我知道你会来。"小周用手抚了一下自己的大腿。

"你是有事吧!"我说。

小周呆呆地看着我,几分钟之后才说:"我讨厌胡虎。"

我说:"他好像不太坏。"

"他是一只壁虎!"小周激动地说。

"你做墙壁不就行了。"我说。

"没有用的,我不能冷冰冰地对他,他卡着我们的脖子。"

小周重复了几天前说过的话,"我知道,我可以离开这家酒店,到别处去干,但别处的老板会不会像何总那样对我好。你别误会。我想你一直在误会,以为我像别的女孩一样,老板找她要什么都给。"

"当然,你与她们不一样。"我边想边说,"譬如,这么晚了别的女孩是不会仍然穿着牛仔裤的。不过,我最近看过两篇文章,都说有的女孩不让男孩摸她,但她愿意将衣服解开让男孩看看。"

"女孩觉得自己太美了,有时会这样做。"她抬头望着我,然后轻轻地解开衬衣最上面的两颗扣子。

我有点希望她继续下去。她却停下来说:"我心里很烦躁。"

"上一次例假是什么时候来的?"我突然说。

小周脸一红:"你这样说话好像是我的男朋友。你说得有道理。快半年了,周期总不对,是心理压力太大,得有个男人来救我。"小周将头埋得很低,以致领口开得很大很深。

"你觉得胡虎哪儿不妥?"我说。

"不只是心理,在生理上我都反感。"小周说,"他们自丑不觉,到处吃喝拿要,还以为是潇洒。白天里你不在,屁屁蔡领我们到一家皮具店去,胡虎非要买一只鳄鱼皮包送给我,还价后仍要一万多铢,相当于人民币五六千元。他一个月工资才五六百元,凭什么这么大方?我又不好拒绝,只能说不喜欢鳄鱼那阴森的样子。我现在担心明天参观珠宝店,他要是再送我宝石什么的,我能说不喜欢吗?他本来就是冲着我来的。早先他要何总安排去一趟美国,听说我要来,他才改主意让何总临时添上的。你不知道他有多厉害,我住处的门锁换了七次,他总能找窍门打开。有一次半夜里,他站在我床前,吓得我一连几天,只要上床睡觉,就开始发烧到三十八度五。后来,我只好在酒店里住,而且每天换一个房间。不过他有一宗好处,哪怕我睡得人事不知,也决不动手动脚。我本来心快软了,却又碰上了白珊。是胡虎透露的,说有个女孩同我长得很像,我就去找她。不知白珊同你说过没有,她十六岁时,就吃了胡虎的亏。她说胡虎这人看上哪个女孩,三个月以内是绅士,三个月以后是饿狼,再过三个月则成了流氓。你说怎么办?我认识他正好三个月了。白珊同牛总的事我比你清楚。三月底,你到机场送的白珊其实是我,因为怕露馅,我才早早进到里面。隔着玻璃望着你匆匆赶来,心里真是难受。我没有告诉你是因为我觉得你们的关系早一点结束为好。说实话,我很高兴你能离开白珊。这个世界上,现在只有一个女孩能配得上你,那就是我。"

"你不要再提白珊了。"说完我就沉默起来。

我想了许久才从椅子上站起来,走到小周面前,将手伸到她的领口上,一个指头按住了她的肌肤。我替她扣好两个扣子。

我说:"叶老师有意让房,是为了使胡虎有机可乘。你得自己救自己,衣服裹紧点,塔利班的教规也有它的道理。"

小周一把捉住我的手说:"你知道我为什么不舒服吗,是假装的,何总安排我今晚陪胡虎出去看曼谷夜景,我不能去!去了我就完了。"

最后这句话对我刺激很大,从来没有哪个女孩这么痛彻地表达出心底滋味。

我对小周说:"让我想想。"

我确实这么对小周说了。究竟怎么想,我心里没谱。有一点可以证明,我几乎忘了孔雀答应陪我夜游湄南河。回房间后,钟老告诉我,孔雀来过电话,她身体不适,不方便去湄南河了。钟老说,女人最方便的借口是来例假了。而我这时也不想去湄南河了,就不去管她的借口合不合理。

"孔雀不是一般的女孩,你们都玩不过她。"钟老背对着我说,"这个团里只有两个人能对付她,一是何总,但何总有老婆管着,剩下就看我的了。说真心话,你粘上她,一点便宜也得不到。我可以断言,虽然不知道你们今天干什么去了,只要事情办成功,明天她就不理你。"

有人在敲隔壁的门。

"是胡虎。"钟老说。

钟老像是老妖精,算准了是胡虎,就不会错成胡猫。我开门出去,对站在小周门前固执敲门的胡虎说,小周吃了几片安定,喊不醒的。胡虎瞪了我一眼,悻悻地钻进电梯间。

随后,钟老笑着对我说:"行,成功一半了。"

我说:"我只是看不惯胡虎。"

夜里,钟老让我先睡,免得他鼾声一起,我又通宵无眠。

躺在床上,我总在回味去清迈的车上,孔雀用两片嘴唇贴在我耳根上的感觉。她是在小声同我说话时,不知不觉地、断断续续地将嘴唇往我耳根上碰。去的时候有过一次,回来的时候又有一次。

去的时候,孔雀说:"其实女人比男人更需要钱。"

回来的时候,孔雀说:"其实女人比男人胆大,没有奥尔布赖特,克林顿不一定敢轰炸南斯拉夫。"

我还不算太愚蠢,最终得出结论,没有耳根上的感觉,我很难平静地走完这意外的旅程。

快到十二点时,钟老终于质问我,到底想不想睡。

我说:"我问你一个问题,林青霞到底同你有没有关系?"

钟老说:"当然有。行了,快睡吧!"

我接着又问:"你喜欢胡虎吗?"

钟老说:"你只看得见胡虎,告诉你了可别怕,他还不是我们当中最坏的。"

我还是吓得翻身坐起来。

刚好门铃响了。

钟老断言是小周。果然就是小周。

小周夹着一床被子要在我们房间里睡地铺。

小周终于穿上了睡衣。她执意睡在我的床前,夜灯下她那浑圆的乳房占据了全部有形无形的空间。

小周睡得很深，我却几乎没睡着。

钟老一夜没动静，连鼾声都没有。

我以为胡虎会到处找她，后来才发现，除了我和钟老，谁也不知道小周整夜都不在自己的房间。

9

早饭后我们出发去芭堤雅。十六个人正好乘一辆大巴。

王海和王凤，何总和叶老师，这四人是自然要坐在一起的，胡虎挤到小周身边也可以理解，费解的是钟老非要同孔雀挤在一起。因为这个，屁屁蔡上车就说，到芭堤雅去男女比例失调不要紧，芭堤雅欢迎男人，从来不怕男人多。屁屁蔡没有马上向我们讲关于人妖的情况，他扬起左手，亮一亮无名指上戴着的一枚戒指，开始讲起泰国如何盛产宝石。

徐科长笑着说："屁屁蔡又想抢我们的钱包了。"

屁屁蔡说："谁要是带着钱来泰国旅游，又将钱带回去，他肯定不是个真男人。当然，假如花光了我可以借给你们，因为这样的人是好汉！"

屁屁蔡边说边笑，一副色情相。

徐科长马上说："我先在你这儿挂号预约。"

屁屁蔡从口袋里掏出一只珍珠鱼皮钱夹说："没问题，我带着五万泰铢。若是不够，请各位多给点小费就成。"

大巴很快就将我们拉到一家珠宝店门口。

在武汉，我时常有中国人太多了的念头，到了泰国还能见到这么多的中国人，真让我心生恐惧。一二三层的营业大厅里被挤得满满的，语音是熟悉的，气味是熟悉的，习惯也是熟悉的。万组长认为这样子太像晚上十点后的吉庆街。万组长他们转了一圈就出来，同根本没进门的孔雀站在一起，买了一只臭臭的榴梿，快乐地吃着。

钟老拉上我跟在小周和胡虎的背后。胡虎不时挑出一些红蓝绿等各色宝石首饰让小周试戴，多数时候，小周只试了半截就递回去，偶尔戴上去对着镜子端详时，胡虎就开始掏钱包，但最终小周还是一撇嘴角嫌不好。不用钟老提醒我也能发现，小周每一次试戴，都要会意地朝何总看上一眼。

在二楼，我们碰见王海他们，王凤脖子上已添了一条红宝石铂金项链。我和钟老都说这条项链太美了，太适合王凤了。王凤像奖励我们一样，轻吻了王海一下。后来，小周同何总、叶老师终于正式走到一起。叶老师正在挑戒指。她将一枚大得像鹌鹑蛋黄的金戒指戴在中指上，再将一枚镶着绿宝石的黄金戒指套在无名指上。叶老师问大家哪个好看一些。大家都不说话。何总在叶老师背后将自己的无名指伸了伸。小周就指着叶老师的无名指说它好看些。叶老师高兴地说，她自己也是这样认为的。

何总转身去交钱时，将一副无奈的笑容毫不掩饰地展示给我们。

叶老师戴上那枚镶着绿宝石的戒指，让人觉得她手握一种武林高手才有的暗器。

付完款，何总忽然关切地四处寻找林处长，最后在大门外那些对珠宝毫无兴趣的人堆里发现她。

小周同胡虎用了比旁人多一倍的时间才逛完珠宝店。

何总关切地问小周选到中意的首饰没有。

小周伸出一双光洁的小手："如果听胡虎的话，这九个手指都有戴的。"

说着，她轻轻揩了一下中指上的那枚红宝石戒指。小周早就说过，这是外婆传给她的。

"你也别太挑剔了。"叶老师似乎一语双关，说完后还看了看何总。

何总装作没听见，凑到我和钟老附近。看着叶老师同孔雀，加上刚出门的王凤，围在一起研究各自的首饰，何总对我们说："女人嘛，只要让她们开心就行。"见我们没有表示反对，他又说："男人千万不要对老婆的爱好说三道四，那会惹动她的疑心。"那边，叶老师将自己的手指同孔雀的手指并在一起比较。何总大声说："叶老师，别让孔小姐觉得寒碜。"何总这话有几分幽默，连屁屁蔡都笑起来。叶老师含情脉脉地瞪了何总一眼。她听不见万组长的话。万组长小声同他的人议论，孔雀的手指哪怕涂上一层牛粪也比叶老师的手指漂亮。

胡虎还在劝小周再回去看看。小周让他自己去给家里的妈妈姐姐挑点什么。

胡虎说了几遍，小周忍不住说："你是不是也想将我打扮得像叶老师？除了何总发给你的一万，你自己带了多少钱？等回到香港，你陪我到谢瑞麟总店去，我若是看中什么，你可不许躲到一边。"

胡虎笑嘻嘻地说："小姐，你别吓我。"

钟老后来对我说，小周提到谢瑞麟总店时，林处长的目光警觉地亮了一下。

临上车时，徐科长站在我面前，我问："你没买点什么？"

"珠宝哪儿没有，跑这么远来第一要尝的是异国情调。"徐科长很有见地地说。

上车后，屁屁蔡便给我们讲故事。他说在香港和东京这样的故事是要收费的，他免费给我们讲，是想让我们知道，男人到他们这儿来想那个——是天经地义的事。屁屁蔡说，去年清迈有个小姐来曼谷找发财的机会，来了一个月钱都花光了，她将最后几十个泰铢全买了彩票，然后在街边的一尊四面佛前许愿，若是保佑她中彩，她就跳脱衣舞给四面佛看。第二天那个清迈小姐真的中了头奖，赢了一千万泰铢。清迈小姐一高兴就将还愿的事忘了。回到清迈她就大病一场，怎么也治不好。还是寺庙的高僧提醒她，她连忙又到曼谷还愿。可大街上人太多，她只说跳脱衣舞给四面佛看，让别人看了，四面佛肯定不高兴。清迈小姐便买了许多布，将自己和四面佛围在中间。脱衣舞一跳，清迈小姐的病就好了。

屁屁蔡说:"四面佛是泰国最灵验的佛,它都要看脱衣舞,我们俗人还有什么不可以做?"

虽然屁屁蔡说,有个美国佬在旁边的酒店窗口用摄像机将这个场景摄录下来,然后拿回去在电视台播放了,但我还是认为这是他们对这儿的特色旅游的一种炒作。不过,它也展示了导游先生将怎样愉悦我们的前景。

"难道我们比四面佛还清净吗?"徐科长欢乐地叫道。

任何色情的东西都会使男人思维速度加快。我猛地想起清迈那间屋子的女人和她说过的话。就像射灯照在宝石上一样,我脑子里一闪,孔雀在清迈换来的珍珠鱼皮包里一定装着许多宝石。我站起来,看见孔雀将那只珍珠鱼皮包紧紧地抱在怀里。

小周也跟着我站起来,大家都能看见胡虎的手仍在紧捏着小周的手。小周一使劲,从靠边的座位挤出来,紧走几步后,一屁股坐在我身边。

"太不自重了!"她冲着我低声骂着胡虎。

"你要用它吗?"我亮了亮那把瑞士军刀。

小周用手指拭了几下刀刃,突然大声说:"屁屁蔡,到了芭堤雅,一下车你就给胡虎同志找个人妖!"

屁屁蔡马上回答:"人妖可是很贵的,摸一下就得给一百泰铢。这样,我先给你们讲个人妖的故事——"

胡虎打断他的话:"算了吧,你别毒害我们这些金童玉女。"

我们这个旅游团下榻的金沙滩酒店离芭堤雅海湾只有一百多米。何总对这家酒店评价不高,先批评自动门不应当是单层,只有双层才能保温隔热。随后批评餐厅和大堂之间太透明了。进了房间收拾一番再来到大堂,他又批评房间里有不少黑蚂蚁。他质问孔雀,这里到底是几星级。孔雀还没说话,林处长先上来说:"出门在外,能将就便将就。"何总马上改口说:"林处长能将就,我就无话可说了。"孔雀隔了好久才嘟哝着表示,何总想堵林处长的嘴,何苦找她做靶子,真有钱就应该参加豪华旅游团。

我们在芭堤雅的第一个晚上,被屁屁蔡弄成了成人秀之夜。

听说是自费项目,每人要再掏五百泰铢,万组长他们六人便不肯去。万组长代表他们的人说,旅行社的报价单上没有的项目,一律不能去,这一点组织上交代得很清楚,谁要是弄出问题,不管是政治责任还是道德责任,都得自负。屁屁蔡说来芭堤雅不看成人秀,不是遗憾一辈子,三辈子都不止。这边徐科长恨不得一个人先走,他劝万组长,制度是死的,人是活的,就算芭堤雅这儿有间谍,他们也顾不上这么多的虾兵蟹将。这时,林处长不耐烦地说:"要去就都去,说这么多废话干什么。"说不清楚是官大一级,还是大家平时服从惯了,此话一出,人人都将钱交到屁屁蔡手里。

大巴停在一个简陋的巷子外面。

虽然有导游证不用付钱,孔雀也不下车,她已经看过几次了。

进门时，王凤被一只气球迸裂的声音吓了一跳。我正要看看台上的裸体女子在捣弄什么，小周拉了我一把，让我在她身边的空位上坐下来。我还是没有看清台上裸体女子的动作。小周一下子抓住了我的手。叭的一声响，台上又有一只气球被那女子身体里冒出来的神秘气流吹破了。小周紧张地问我，这是干什么？我也不知道，因为有沙子做朋友，一些荒唐事就算没做过，也还听说过泰国女人的神功。台上又来了一个将自己脱得光光的女子，她扭了几下，依然用自己身上最隐秘之处作秀给大家看。先前放到台上的金鱼，被她一只只玩来玩去，然后又一只只放回鱼缸里，让其继续游来游去。

小周忽然说："我得走！"

话音刚落，林处长抢先站起来往门口跑去。

小周不仅自己不肯再看，并且拉着我往外走。

人多场子小，进来不容易，出去同样不容易。我们正往外挤，舞台上的一对男女竟然公开行那房中之事。一口气跑到外面的巷子里，小周冷不防转身扑在我的怀里，抽泣着说："怎么可以将女人这样糟蹋，这里面一定有坏人！"

我说不出话来。我也有几分惊慌失措。

我只好牵着小周的手顺着巷子往停车场走。

半路上碰见林处长一个人蹲在路边哇哇地作呕。

小周上去替林处长擂了一阵背。林处长好不容易站起来，咬牙切齿地说:"我若是泰国总理,非要下令将这儿的老板一刀刀地割死!"

三个人在一片小树林里来回走着。芭堤雅翠绿的树叶将一种又一种的霓虹灯光拂在小周脸上,她像一只受到恶狗追赶侥幸脱逃的小兔子,惴惴不安地向四周打量着。她一直不肯放开我的手。海就在不远的地方,可以感受到浪涛摔碎后的湿润。

林处长叹口气说:"我终于明白了,为什么男人一拨一拨地疯狂往泰国跑。"

小周说:"在这里做女人太惨了。"

孔雀不知从哪儿钻出来:"她们自己还当这是艺术哩。"

小周说:"你会这样干吗?"

孔雀没有回答,她要我们回到车上去,防止发生意外。我想抽回自己的手,小周用劲紧紧握着,还在底下用脚踢我一下。孔雀对这一切看得清清楚楚,她迟疑一下,想说什么,又缩了回去。

上车后,小周同我坐在一起,依然没有松手。

孔雀突然说:"现在的女人必须自己有经济实力,否则就会比过去更没地位。"

我问她:"这一次来泰国,是不是能大赚一笔?"

孔雀说:"不狠心赚一笔,一辈子也不会有爱情。"

我问小周是不是这样,小周说:"钱是最没良心的东西。"

"是吗?听说胡虎对你特别好,为了你,他放弃原则,使你们酒店得到意想不到的好处,有这回事吧,林处长?"孔雀冷不防地说。

林处长正色说:"孔小姐,你是领队,是代表合同的甲方对我们乙方负责的。这时候不能感情用事。说句真话,早先杨仁追你,你不理人家,那你就不应该吃小周的醋,你不要自己不理杨仁,又不准杨仁对小周有所表示。"

到底是经验丰富的领导干部,几句话就将孔雀说服了。

孔雀马上改口说自己不该听信谣传。

这时,屁屁蔡带着其余的人出现在巷口。大家正走着,灯光里蹿出一条黑狗,冲着人群最后的王海王凤夫妇狂叫不止。叶老师疾走几步,飞起一脚,将那黑狗踢出老远。上车后,还能觉察叶老师的亢奋。叶老师打量着车窗外的样子似乎是希望那黑狗再回来,自己也好继续施之以拳脚。

包括胡虎和钟老,所有的人都用一种好奇的目光看着我和小周,还有两只握在一起的手。

我还是不太相信这样一握手,就会有奇迹出现。

如果别人传说我们是看了成人秀之后才催化出爱情,那可是太糟糕了。

屁屁蔡又在煽情,反复提及帝王浴,当然又是自费项目。

万组长他们感叹地说,他们相信世界上不会有比演成人秀更离奇的女人了,即使有他们也决不再开戒,否则心野了,电力部门的待遇再好也不够在外面潇洒。屁屁蔡胸中有数地将自己的房间号告诉大家,他带过几十个旅游团,韩国人和日本人无论男女,有什么自费项目,只要叫一声哇,便邀齐了一起去。中国人不同,要古典许多,还是唐朝时期的犹抱琵琶半遮面,习惯于半公开的方式。

万组长坚持说,他们能不花自己的钱到国外旅游,比起许多人还在为每天的油盐钱满街想办法,已经够奢侈了,不能多玩了,多玩就对不起别人。

车窗外一群摩托车轰鸣而过。

王凤嫌车内冷气太足,将车窗打开。

沿街数不清的亮着红灯的酒吧就在露天里营业,似乎天下粗野的男人和放荡的女人都集中在这儿。

10

我和钟老正在百无聊赖地看着 CNN 关于科索沃战局的报道。我们都不懂英语,只能凭画面来判断。正看着,钟老轻轻笑起来。我也听见左边隔壁房间王海、王凤混合着发出的喘息与呻吟。接下来又听见了右边隔壁里卧榻的摇晃声,那是叶老师与何总的房间。

钟老叹息说,今晚男男女女都疯了。

我预料小周会有事。稍晚一点,小周真的从大堂里打来电话,胡虎约她到海边散步,她要我跟在后面,以防万一。

我也给孔雀打电话,约她到外面走走。

我同胡虎在电梯里碰上了。他毫不客气地警告我,别坏了道上的规矩。我问他认不认识一个叫沙子的男人。胡虎想必听说过沙子,他冲着我愣了好久。我差一点就要问他当初如何虐待白珊。

电梯一停,进来一个身穿迷彩服的美国大兵,在他怀里,一个妖娆的泰国女人正吃吃地笑个不停。

美国大兵和泰国女人后面是胡虎和小周,再往后是我和孔雀,我们都去了海滩。然而,我们只走了约十分钟就逃离此地。美国大兵和那泰国女人竟然要在海滩上野合。回到马路边,孔雀依然不反对我们跟在胡虎和小周后面行走。

孔雀说:"那次欠你的湄南河夜游,抵消了。"

我告诉孔雀,我已经知道她到清迈去是在走私宝石。孔雀没有否认,她说从一见到我,就觉得我是一个可以充分信赖的人。她也明白我对她有好感,可这不实际,因为我不可能容忍像她这样的女人。我问她哪来的资金做这种生意。孔雀要我别问,她不会说的。她拿我作譬喻,说我同样不会对她说出是谁出钱让我来旅游的。

孔雀说:"看见小周对你那么好,我心里也很难过。除此以外,我什么都不会做。干我这一行的,见得太多了。在二十五岁以前,我得挣回一百万,否则,幸福就只能是花瓶一样的摆设。"

"一百万"让我吓了一跳。

胡虎突然转身向我走来:"你为什么老跟着我们?"

我说:"我正要问你为什么老挡我们的路哩!"

那边,小周小跑着进了酒店门前的那条小街。

胡虎拦住我,让孔雀跟上去。

胡虎毫不含糊地向我坦言,他同小周除了没领结婚证以外,什么都干过,如果想生孩子的话,现在儿子已经会笑了。他还说,小周的肚脐眼下面有两颗黑痣。我没有揪住胡虎的领口,只是轻蔑地说了两个字:恶心。

就在这时,一辆敞篷吉普车从身边疾驶而过。徐科长和屁屁蔡坐在车上,转眼间就消失在夜色中。

我对胡虎说:"你们这种人,只配洗帝王浴!"

我扬长而去,没走多远,就听见有女人用不太纯正的中国话说,先生别这么寂寞清高好不好。我扭头往回看,只见胡虎被一个女人缠住。

胡虎后来的情形如何,我并不知道。

我在房间门口碰见钟老。钟老冲着我笑而不语。

进门后才发现小周坐在我的床上。我将钟老唤进来,又到万组长他们那里借来扑克牌,三个人也玩起了"斗地主"。

隔壁仍有那种让人耳热心跳的声音传来。

钟老在出错一张牌后,忍不住说,叶老师像头母牛,可王凤病成这样,怎么吃得消。

小周问王凤的情况,钟老脱口告诉她,王凤患了肾癌。

小周扔下手中的扑克牌,一个人怔了一阵,又将扑克牌捡起来。

凌晨两点,楼下传来一阵凄厉的狗叫。我们扔下扑克牌到阳台上观望。那个穿着制服的酒店侍应生怎么也撵不开那只黑狗。黑狗退后几步,又冲上来,冲着王海、王凤的窗口吠叫。好不容易狗叫声没有了,又传来王凤梦中惊恐的尖叫。

小周毫不犹豫地偎到我的怀里。

我没有抱紧她,相反,还下意识地向后缩了缩身子。

回到屋里,小周将扑克牌一拂:"不玩了,没意思。"

我以为她会谈起王凤,女人一向无法不理睬红颜薄命的话题,哪怕像叶老师这样貌似巾帼英雄的人,也经受不了命运的错位。

小周却说:"刚才胡虎对你说什么了?"

我说:"虎嘛,肯定比人凶。"

"你怎么不将虎当成畜生?他不会说我好话的!"小周说,"他生气了,向我下最后通牒,要我在回香港时答应他。"

小周补充一句后,紧紧盯住我。

"这人是不是变态?"我说。

"别以为就你自己正经!"小周朝我发泄了一句。

我明白,她这样说只是对我的回应没有达到她预想与希望的那样而生气,并不是替胡虎辩解。

钟老在一旁说:"小周的手指这么好看,是该戴婚戒了。不戴婚戒,再好的女人也不完美。杨仁你要记住我的话。小周你也别怕,胡虎最多只是纸老虎。"

小周说:"不,他可以一口吃掉我们酒店。"

我说:"酒店是何总的,你怕什么?"
"何总对我有救命之恩。"小周说完,脸上掠过一丝忧郁。
小周又要睡在我们这里,我只好将自己的床让给她。
小周睡着后,左右隔壁的房间里又传出一些动静。
"若在二十年前,这样的声音叫作淫荡。"
钟老喃喃地说了这一句后,终于响起了鼾声。我从地铺上坐起来,用几个指头撑开盖在小周身上的被子。我没找准位置,刚看见小周几近透明的内裤,还没见到肚脐下的那两颗黑痣,小周的腿便轻轻动了一下。我连忙一松手,顺势躺倒在地铺上。在我闭上眼睛回想刚刚见到的情形时,那淡红色内裤底部一块潮湿的水印强烈地占据着我的大脑。我忍不住睁开眼睛朝小周看去,正好碰见小周半梦半醒的柔情目光。我虽然能够及时闭上眼睛,但小周却一下子撞破闸门闯入我的心里。

七点半,预订的叫醒服务电话一响,小周就在被子里捣弄。等到撩开被子时,身上的衣裙已基本整齐了。

钟老说:"你真有本事,我还以为可以饱饱眼福。"

小周说:"我可不是人妖。"

小周心情之好让人有些吃惊。

她似乎完全洞察到我心底的感觉了。

早晨的那一套都忙完后,我们开始上车。我刚坐下,小周就挨上了我。一向坐在最前面的胡虎一个人走到最后排,他刚坐下,徐科长就叫让给他。徐科长脸上有种说不出的舒坦。随后上车的是那两对夫妻。叶老师上来就大声说:"这地方真有意思。"王凤只是笑,暗地里却在捏王海的手。王海的腿有些软,林处长的脚只是稍稍绊了他一下,他便扑到旁边的椅背上。何总最后一个上车,他嘴里含着几片西洋参,坐下时,叶老师扶了一把他的腰。

今天要过海。

孔雀说她晕船不去了。

钟老因年龄大也不去。

刚上珊瑚岛,海上就刮起大风,计划中的海底观光也看不成了。我们在沙滩上一直待到天快黑了,还没有快艇敢返航。从上岛开始,那两对夫妻和徐科长就倒在沙滩上呼呼大睡。万组长他们想打牌,又奈何不了大风像扫枯叶一样,将他们的牌吹上半空。胡虎和我先后邀小周下海游泳,小周都没应允。后来林处长想玩水了,小周才去租了两件泳衣。胡虎不怀好意地说,小周是不会穿那种露出肚皮的泳衣的。结果小周真的是穿着上下连在一起的泳衣,出现在更衣室门口。

天黑前,终于来了一艘大船,将我们接回芭堤雅。

回到酒店后,我觉得正在呼呼大睡的钟老有点不对劲。

晚上大家都去看人妖歌舞表演,这是日程里安排好的,不另收费。这一次林处长没有提前退场,她事后感叹说,能将这些人概括为人妖的人,一定有过大彻大悟,这些人确实不能称为人而是妖精。连万组长他们都有些心动,反复缠着屁屁蔡问人妖结不结婚,是上男厕所还是上女厕所等问题。

夜里睡觉不如先前。

芭堤雅的景色同我去过的几处海滨相比较，只能算是较差的。在芭堤雅住了三个夜晚后，我弄明白一个道理，所谓旅游，实际上是猎奇加猎艳。第三天上午，我们去东芭乐园，见到泰国人居然能将那些敦厚的大象训练得像色鬼一样，去寻男人女人的私处下鼻子下腿。我不能不佩服泰国人在这方面的盖世功夫。还有屁屁蔡，他说如果能有一个星期的时间，什么样的男人他都有办法让其在芭堤雅播下情种，可惜只有三天时间。

徐科长也跟着惋惜。据说，第三天晚上，屁屁蔡给他找了个人妖。这一点也从小周那里得到证实。因为何总开始担心徐科长一人在芭堤雅花钱太多，恐怕到香港后会有麻烦。我们离开芭堤雅时，徐科长嘴唇都白了，他无力地感慨说，从此天下女人在他眼里如同草芥。他说这话时，林处长正闭目养神。

徐科长将最后一点力气用来笑话胡虎，对女人的感觉仍处在初级阶段。

芭堤雅的最后一个晚上，与头两个夜晚没有太多的区别。稍稍不同的是，在十一点到零点之间，钟老留给了我和小周两小时独处的机会。但我们什么也没做。有几次，我想将胡虎说过的话问一下小周。为此我设计了一个文雅的开头，首先从人身上的痣说开，然后我会说假若女人小腹上有两颗痣，一定会生双胞胎。不管怎样，最终我没说出这些。相反，我却无聊地问别人为何不知道她这两天一直睡在505房间。

小周说过没人知道不久,胡虎就知道了。

胡虎敲门时,我们还以为是钟老。

胡虎进屋时装出很平静的样子,只说是借那瑞士军刀用一下。

小周使眼色让我别给。我没有理睬她。

胡虎接过瑞士军刀后,冷不防冒出一句:"听说香港没有死刑,杀人不用偿命。"

我马上说:"想杀人又怕死算什么男人。"

胡虎不同我说了,他转问小周:"你这样做,可别成了家常便饭。"

胡虎对小周说的话,是在暗示我。

小周扮了一下酷,她说:"你别这么在意,不然就进不了二十一世纪。"

胡虎说:"那你是不是认为我现在可以去找个人妖?"

小周还没回答,胡虎就转了身。他一挥手,瑞士军刀咚的一声扎在门上。胡虎开门走后,我取下瑞士军刀,并告诉小周,胡虎是练过飞镖之类武功的。

小周不以为然地说:"你的功夫是在心里。"

我不由自主地深情望过去。如此,小周才告诉我,叶老师以为腾出房间后,给了她和胡虎方便。叶老师一心为着丈夫的酒店,巴不得小周和胡虎早点做成那些事。

突然间,我的嘴巴失去了管制:"你们在事实上已经成了吧?"

此话一出口,我自己先吓了一跳。

小周冷笑一声,她不慌不忙地说:"我要洗澡了。"

我转身走上阳台,小周随即将阳台门插上。四月的风在武汉是相当宜人的,在芭堤雅却是蒸笼般的水汽。我想起白珊,她曾多次发誓,无论做人还是做鬼,我是她唯一的男人。沙子一直劝我别将这话当真,现在的女孩一个比一个胆大,一个比一个爱寻刺激,她们也知道女人一辈子如果只有一个男人,是无法体会性爱的奇妙的。一阵热风刮过后,我听见王凤的声音:"大夫说我肾功能不大好,要少做爱,我们老这样行吗?"王海说:"大夫的话也别全当真,顺其自然嘛!让你来这儿,就是想你开开眼界。"王凤说:"结婚这么久,这两天才体会到你的滋味有多舒服,我现在只想死在你怀里。"王海说:"好吧,我再让你死一回。"接下来王凤那些惊心动魄的呻吟极像白珊。这一过程同小周洗澡的时间大致相当。当王海和王凤陷入一派死寂后,小周将阳台上的门打开了。

"我早就知道你会问这个问题,所以,前天晚上你才偷偷看我。"

隔了这么久,小周才回答。

我臊得恨不能躺进卫生间。

"你是第一个看见我穿内裤样子的男人。"小周说。

"是不是还有男人根本就不屑看你的内裤?"我故意恶毒地说。

小周马上说:"这样的男人有一个就会死一个。"

有人在外面敲门。我上去拧了一下门锁,钟老笑眯眯地走进来。他望了一眼一点皱褶也没有的床铺,莫名其妙地说:"人到六十,才知道时光的可贵。"说完他就去洗澡。

小周用鼻子在钟老走过的地方使劲嗅了一阵,一个人若有所思地笑起来。笑过之后,她主动说:"钟老刚才一定是同孔雀在一起,他将孔雀身上的香水味带回来了。"

房间里似乎真有一股淡淡的香气。

"你知道叶老师跟着来的原因吗?"小周又说,"别人可能以为她来是为了防着我——本来嘛,这类故事都让人耳朵听出茧子来了——但实际上她是冲着孔雀来的。叶老师对我说过,有一次她碰巧接到孔雀打给何总的电话,一听那声音她心里就特别反感,所以才请假跟了来。"

刚才还挺紧张的气氛就这样化解了。

我轻松地说:"说不定叶老师也是这么对孔雀说。"

小周说:"叶老师像大姐大,不会搞阴谋诡计。"

小周要上床,她让我看了自己脱下上衣的样子。小周很坦然,我心里只能产生喜欢她的肌肤的感觉。

钟老从卫生间出来后,便轮到我。

关上卫生间的门,在一片哗哗水声中,我听到外面有动静。等我洗完澡后才发现,小周已不在房间了。

钟老说:"叶老师和何总将她叫走了。"

小周走时,还带走了那把瑞士军刀。

"小周怕你同胡虎决斗。"钟老说。

我说:"真不明白,她为什么一开始就黏着我。论条件她并不比白珊和孔雀差,而我则是个无业游民。"

钟老长叹一声:"我这辈子已看透了官场和商场,就剩下这情场,怎么用力也看不明白。"

说着他又叹了一声。

这时,电话铃响了。

小周在她的房间里大声对我说:"杨仁,我还是处女,你要是愿意,我现在就给你!"

我说:"小周你怎么啦?"

我还没说完,那边的电话就被谁挂断了。

我刚打开阳台上的门,叶老师与何总的声音便传过来。叶老师在说胡虎的好处,好像胡虎有个更厉害的亲戚。叶老师还说毕竟他一家对小周有救命之恩。钟老让我别偷听。我关上阳台门,上了床,随即闻到小周留下来的动人气息。

11

离开芭堤雅的时间正值早上,见不到有人伤情。

上车时王凤抬不起腿,万组长在背后推一把,并说,好日子要悠着点过。王凤的笑意里有股凄艳。屁屁蔡在一旁说,只有达到这种标准,那才是不枉费人民币来一趟泰国。胡虎的笑声最响。徐科长说胡虎还没结婚不能这么笑。胡虎张扬地质问,你怎么知道我没有结婚!徐科长似乎不愿惹他,转而说自己曾经遇见过一名刚刚遭到强暴的女人,女人求他用手机报警时的模样,就像现在的王凤。徐科长觉得不够刺激,又补充说,后来他才知道那女人是被六个男子轮奸了。

何总抢先坐到我身边,一点也不客套,直截了当地希望我不要再同小周来往。这样下去,不仅会毁掉小周,还会将他的酒店赔进去。何总还希望我像个真正的男人,在此关键时刻,挺身而出,帮他一把。何总的酒店能维持下来,就靠胡虎他们三位处处高抬贵手。现在胡虎中了魔,一心爱着小周。本来事情都快有眉目了,不料我一出现,情况便急转直下。我问他们关系曾经达到哪一层。何总说他不知道,但他估计应该与现在男孩女孩谈恋爱的节奏一样。我当然清楚这一点,我和白珊从认识到上床,刚好六十天。这个问题让我犹豫了一阵。何总趁机说,他知道我正陷入情感困惑期,也知道我是家里的独子,所以他真诚地劝我,将小周当作一般朋友即可。如果双方自愿,偶尔秘密地出格一回也不要紧,就是不要真的动情,动婚娶念头。他进一步告诉我,小周的身体有先天不足。在我不间断的沉默中,何总终于使出了撒手锏,他说小周做过妇科大手术,已经失去了生育能力。这句话反而让我从犹豫中跳出来,忍不住回应何总,他这样说,事实上是在侮辱我。我现在除了感情以外,已经一无所有,所以感情对我是最珍贵的,这时候我绝对不会去想哪个女孩能否生孩子的问题，只要她值得我爱，我会不顾一切。

我本来还要说，自己并没有最后决定去爱小周，他们无须这么惊慌失措。哪知何总坐不住了，他不等我说出这些便起身回到叶老师的身边。

坐在侧边的小周，隔着走道向我笑了笑。在她身边的是林处长。

相比之下，作为女人，叶老师比何总略为可爱一些。在曼谷机场候机时，她借着劝我给家里的人带点泰国特产的机会，送我一包榴梿糖。她说我妈妈的爱好绝对同她一样，爱吃臭干子就肯定爱吃榴梿。她手指上的那枚大戒指，确实让我想起了妈妈。妈妈戴的戒指可能要小两号。叶老师首先说，她巴不得何总身边的女孩一个个早点结婚成家，省得她老是吃醋、老是猜忌。她让我看了她头上的白发。她能清楚数出哪一根白发是由于哪一个女孩而生长的。叶老师同何总的看法不尽相同。在要我体谅丈夫酒店的难处时，又感叹小周其实还是选择我比较稳当。她不喜欢胡虎这么年轻，还没当上正经的科长，就如此专横。我问小周到底做了什么手术，叶老师正要说，又闭口不语，借口要去免税商场的另一边看看，快步走开了。

我们的话被站在货架另一边的孔雀听去。她在飞机上问我，这几天为什么不理她了。我说自己发觉还是小周可爱一些。孔雀于是告诉我，她听见我同叶老师的谈话了。叶老师不愿说小周做手术是为了什么，根本原因是怕没有男人娶小周做老婆。小周刚到酒店工作就发现患了卵巢癌,是何总出钱让她上医院做的手术。手术做得很彻底,不会复发。孔雀补充一句,像是给人以希望。

我不说话。

旁边的王凤在问王海,这架飞机像是先前坐过的。她在找送她冰酒的那个空姐。王海抓着王凤的手,心里明显在想着别的什么。

突然间一个念头蹦出来,我问孔雀,你是不是像当初拉我入伙旅游一样,又想让我替你带些宝石过海关?

孔雀恨不得用手捂住我的嘴。

12

一路下来,只有我没买任何东西。

刚到香港,王海就来找我借钱。他在泰国的最后一天里,被屁屁蔡拉到一家养蛇场,花了五千多元人民币,买了十盒能治各种癌症的蛇药。现在他没钱了。我将两张百元美钞给了他一张。

想不到小周随后也来找我借钱。

在机场接我们的依然是英伦。一见面他就问是不是在泰国将钱都花光了。他指的是男人。英伦说花光了也不要紧,过两天我们去澳门时,将他存在葡京大酒店的钱取出来就是。

他说他每个星期天都去澳门存钱。只有叶老师没听出来英伦是在说去澳门赌博,她认真地问怎么他存的钱别人可以取,惹得大家都笑起来。

林处长这一次好像不大计较香港人的不客气了,在海洋公园看海豚表演,她笑得像个小女孩,同在泰国时的刻板判若两人。在太平山和浅水湾,她先后两次主动说,今年国庆时女儿结婚,到时一定让他们小两口也来香港度蜜月。

林处长的样子最让何总高兴。

孔雀一到香港就开始发烧,躺在酒店里病恹恹的,听任别人怎么拭她的额头。叶老师说她不像是感冒,可能是受了惊吓。孔雀不肯去看医生,只吃了旅行盒里的退烧药。

钟老也没有随团旅游观光,他要去找林青霞。

英伦听说后,拜托他要一个林青霞的签名。英伦显然是在挖苦人。

英伦上过旅游学校,他不讲屁屁蔡那样的色情故事,有空便给我们讲授钻石知识,说得小周等一帮女人一愣一愣的。接下来,旅游车就将我们拖到几家珠宝店门前。英伦开始盯着王凤,不断地同珠宝店的女孩一起向王凤做推销。王凤差不多对每一件首饰都感兴趣。英伦很快就发现王海的局促不安,便开始靠拢林处长。

小周同我站在一旁喝着店里免费提供的凉开水。

胡虎没来纠缠小周,他同万组长他们一道,坐在车上根本就没挪窝。

何总极其模范地陪着叶老师,我们两次听见叶老师对何总说,还是她手上戴的戒指好看。何总只顾点头。

我问小周:"何总在老婆面前的样子你是不是觉得很陌生?"

小周反问我:"男人是不是全都一个样?"

英伦一直跟着林处长。

林处长慢悠悠地走着,看不出有购物的欲望。

几家珠宝店耗去了半天时间,只有徐科长买了一条铂金项链,说是拿回去哄老婆。英伦的样子很不开心,大家都明白是因为回扣拿少了。

正要回到车里,林处长突然问:"谢瑞麟总店离这儿远吗?"林处长只问这一次,接下来何总又问。英伦佯作没听见,直到何总问到第三遍时,他才回应。英伦劝林处长别迷信谢瑞麟的货,其实都一样。另外谢瑞麟总店不是他们旅行社的联系点,所以他无法帮忙要折扣。

林处长突然露出领导本色,不容反驳地说:"去看看。"

实际上,从我们站着的地方出发,走上几十米,拐过一个街角,再走几十米,就到了谢瑞麟总店。小周最先进去,没走几步被展品柜中的一枚胸针吸引住了。我同白珊逛遍了武汉所有的珠宝店,去年出差到上海时,又将上海主要的珠宝店欣赏了百分之九十几,但我从未见如此迷人的钻石首饰:一对男女相拥着起舞,形态简洁,神韵万千。

小周哇哇地连叫了几声。

林处长在小周身后停留一阵,也轻叹一声。

我们还在这枚胸针前细细欣赏,林处长已看完展厅往外走。

小周问我:"如果你爱一个女孩,你会送这么贵重的礼物给她吗?"

"不会的!"我毫不犹豫地说,"我不做超过自身能力的事,不然会毁了一切。"

"是,有的东西,可以喜欢,但千万不要不择手段地得到它。"小周边说边回头。

何总心事重重地站在门后发呆。

我们住在湾仔路上的一家酒店。下午三点,我们回酒店休息,准备晚上去浅水湾看夜景。看过孔雀后,刚进自己的房间,小周就来了。

钟老没回。我和她对视了一阵后,说:"胡虎在找你?"

小周摇头说:"何总遇到难处了,你能借点钱给我吗?"

我将钱包里的一百美元递给她。她不相信地望着我。

"如果嫌少,这里还有五百人民币。"我说。

小周说:"出门怎么只带这点钱?"

我说:"还不是担心有人打劫。"

小周长叹一声。听她说急需十万人民币,我便追问这是干什么。小周一开始不想说,后来还是说了。

"林处长看中了谢瑞麟总店的那枚胸针。何总想买下送给她,钱又不够。"小周说,"没料到林处长将口张得那么大。"

我将一百美元收回来:"我不能帮你们搞腐败。"

小周失望地走了。

不久,钟老回来了。

我说:"找到林青霞了?"

钟老点点头后对我说:"你能陪我去一趟九龙吗?现在就走!"

我说:"不用带上瑞士军刀吧?"

钟老说:"香港这儿是不屑用刀的。"

出了酒店,钟老拦了一辆出租车直奔九龙而去。一路上钟老没说什么,大约走了三十分钟,钟老突然叫停车。

下车后,钟老对着马路边的一家美容店怔了一会儿,才招呼我跟着进门。

一个女孩笑容可掬地迎上来。

钟老问:"林青霞在吗?"

女孩笑得更妩媚了,她说:"林老板带着女儿到夏威夷度假去了。"

钟老问:"什么时候回来?"

女孩说:"还有一个星期左右。"

钟老道过谢后,又带着我离开这家美容店。我们站在门外看着头顶上"林青霞"三个字组成的霓虹灯在大白天闪闪发亮。

钟老的眼睛里也有些水汪汪的东西在闪烁。

我心里有种念头，这个林青霞不是大家通常所说的林青霞。

我们没有直接回酒店。钟老要我一起到酒店旁边的酒吧坐坐。

刚坐定，钟老就对我说，林青霞是他的情人。他说，从前他也是个副厅级干部，现在由牛总管事的公司就是他创建的。牛总只是他的第三任继承者。钟老认识林青霞不久，就让她怀了孕。钟老于是花了五十万，将她弄到香港定居。接着又花了四百多万让她们母女在香港安身立命。这些刚办妥，他就被关进监狱，并判了八年刑期。

钟老没说他出来后怎么样，我也能猜出个八九不离十，否则，他也不会如此艰难才找到林青霞的踪迹。

钟老说："我不同你们一道去澳门了，我在这边等等她们娘儿俩，十年了，也不知她们现在成了什么模样。你别担心，我不会拖累团队的。我在南京路有个店面，回去后你马上过去帮我照看一下。"

我刚答应这件事，他又警告我别再盘算怎么同孔雀好了，以他的经验，赶紧将小周抓住。孔雀是个既能干又有心计的女人，但不是个好女人。他残酷地告诉我，只要有一千美元，谁都可以上孔雀的床。我记起小周说过的话，就问钟老身上怎么会有孔雀的香水味。钟老干脆地回答，他在芭堤雅所花的两千美元，全都付给了孔雀。这是他从监狱出来后唯一碰过的女人。之所以这样，完全是为了我和小周。由他来证明孔雀的操守,是替我解决心理负担的唯一捷径。

我实在憋不住,一个人冲出酒吧。

经过地铁站入口时,我突然看见叶老师坐在台阶上流眼泪,何总和小周在一旁不停地劝着。猛地望见我,他们都愣了一下。我上去问发生了什么事。何总推说没事,小周也不作声。叶老师边哭边说:"你们当然没事,这么好的一枚戒指就这样没了,我心疼。"

我一向不会劝人,但也劝了几句。

叶老师忽然叫何总和小周先回酒店,让我陪着她。

何总和小周走后,叶老师对我说:"太欺负人了!别怕,小杨,你今晚就同小周谈恋爱,气死那些家伙。有什么了不起,别以为真的怕他们。人心横了,什么事都做得出来。说实在话,你和小周是天生一对。小周的病也没有太大后遗症,她切除了一个卵巢,还有一个,照样能生儿育女。先前同你说的那些不算数,别人说什么你更不要相信。小周还是处女,她做手术时,医生做了检查。要不我怎么对她那么放心。出来的前一天。她还去医院复查过一次,身子还是完整的。"

叶老师骂了一串武汉街头随随便便就能听到的脏话:"林处长贪财,徐科长好色,胡虎这么小竟然又贪财又好色,仗着手里的权力,竟敢敲诈老娘。真的惹烦了老娘,老娘一定会使出看家本领。"

对于叶老师的话,我听得很舒服。

可惜她骂了一通后,不肯往下细说,她只是要我今晚一定去找小周,她会为我们留下一段单独相处的时间。

叶老师手指上没了那枚戒指反而好看一些。

这是我,还有王海、王凤私下里的共识。

离开酒店时,正好碰见钟老独自归来。

胡虎故意大声问,找着林青霞了没有?

钟老没有作声。我要胡虎别说了,胡虎偏要重问一次。我不得不请林处长出面制止。林处长叫胡虎别闹,胡虎不听,又问了第三遍。钟老不得不摇摇头。我狠狠地盯着胡虎。

后来,在浅水湾旁的栏杆边,小周问我怎么对胡虎那么凶。

我将钟老的故事说给她听。

小周没有作声。突然间,她扭头吻了我一下。

我有些猝不及防。她大约也有些紧张,不合时宜地对我说起下午的事。何总将谢瑞麟总店里那枚被我们评价极高的胸针买了下来。他们实在无处借钱,便将叶老师的戒指,还有何总和小周的戒指与项链一起拿到典当行里卖了。他们没有别的选择,林处长从未开口找何总要什么,为了酒店的命运,只能这么做。小周说话时,我一直在盯着她的左手中指。那里曾经戴过一枚红宝石戒指,此刻只剩下一道隐隐的洁白皮肤。我想对小周说,自己这就去找钟老借钱,将外婆传给小周的戒指赎回来。

在我们身后,就是那座举行香港回归庆典的会展中心,连同身前灯光点点、波光粼粼的海湾,我们像身居一只巨大的琥珀之中。这个意象是小周发现的,看不出她对外婆传下来的红宝石戒指的失去有多心疼。

"连林处长都这样,让人想不到。"

过了很久,我才说,同时牵起小周的手。

"何总想到了,他一直留着十万元做储备,想不到的是林处长竟藏着血盆大口,不过酒店的问题也就算解决了。"

小周的脸又凑近了我。

我不能再拒绝。

我们深深地吻在一起时,叶老师用她那巨大的身影挡着别人的视线。

小周的嘴唇将是一条回家的路,我走上去就不肯回头。若不是王凤突然惊叫,这浅水湾之吻,谁也不知道会持续到哪个时刻。

我们狂奔过去时,王凤已经不省人事地躺在王海怀里。林处长吓得直哆嗦,不停地要英伦叫救护车来,送王凤去医院。大家手忙脚乱时,叶老师上来,不由分说地将王凤平放在花圃旁的人行道上,然后用大拇指猛掐王凤的人中。一会儿,王凤舒了一口气,眼睁睁地活过来了。她无力地对我们说,她没事,只是有些虚。

英伦见情形不妙,就劝大家别玩了,早点回去休息,明天还要赶路去澳门。

小周上去帮王海搀扶着王凤。

回酒店的路上,何总邀胡虎到酒吧去坐坐,胡虎冷冰冰地说他想睡觉。

我将房间门打开时,孔雀如同受到惊吓的兔子,猛地从钟老怀里跳起来。

我愣了一下才说:"孔小姐,烧退了?"

孔雀低着头说:"退了,你也知道关心我!"

"假心假意谁不会。有办法带着你的那些宝石过海关了?"见孔雀不作声,我又说,"对不起,我和小周恋爱了。"

孔雀抬头望了望我:"你本来就该选择她。"她边说边往门口走。临出门时她回过头来对钟老说:"钟先生,你多保重,林青霞一定会回心转意的。"

孔雀一走,钟老便说:"没想到她还会善解人意。"

我说:"人在情感上总是犯些低级错误。你又给了她多少美元?"

钟老说:"没有,是她见我心情不好,主动来陪我聊天的。还送来几颗药。"

说话间,钟老将几颗药放进嘴里,他说一会儿就会起作用。

正在这时,电话铃响了,小周要我快去救她。

扔下电话,我冲出门去。小周的房门紧锁,但能听见胡虎在里面吼叫着。我一边撞门一边高声警告胡虎。何总和林处长他们闻声赶过来。他们也帮着叫,但没起作用。叶老师用钥匙试了试,也打不开门。还是徐科长贴着门说的一句话起了作用。他说:"这是在香港,你舅舅那点权管不到这儿,闹出事来,你全得自己兜着!"胡虎将门打开后,我们拥进去。我刚伸手揪住胡虎的领口,就发现他的胸脯上有处伤口正在流血。

胡虎指着紧闭的卫生间歇斯底里地大叫:"她想杀我!"

小周从卫生间里出来时,手上还紧握着那把瑞士军刀,她上身裹着一条宽大的浴巾,被撕破的衬衣垂在腰间。

小周说:"你这流氓,我就是要杀你。"

胡虎被徐科长和何总带走时,小周说:"何总,我不连累你们,我辞职,不跟你干了!"

何总用一块面巾纸按在胡虎的伤口上,什么话也没说。

林处长只是叹气,说自己其实根本管不了胡虎。

"我知道这不是你一个人的责任。"我有意将这句话说得很重很重。

这事还没了结,钟老和王凤又出事了。

钟老和王凤都是头晕得厉害。

不过钟老悄悄对我说,他没事,是故意用药物将血压升高了。

孔雀决定,这一次,不管香港看病多么贵,大家都得上医院去,包括胡虎。孔雀给英伦打电话选了一家医院。英伦赶到时,胡虎已经包扎好,没事了。钟老那边也很快安定下来,他血压太高必须住院观察。英伦只好给他办理滞留香港的手续。难办的是王凤,她已到了肾癌晚期,挨到黎明时,才决定马上转回武汉去治疗。香港医生不知道内情,冲着我们很难听地说，只有内地人，才会将癌症拖成这种样子。香港医生还顺口说，内地的腐败也是这么拖成的。惹得万组长突然发火，大声质问，香港什么都合理，怎么连一个张子强都对付不了！

王凤和王海要从香港直接回去。

分手时王凤说："下一回还是我们这些人，一起去俄罗斯旅游。我一直在读俄罗斯的诗歌小说，我很想在伏尔加河上乘船旅行。"

我们都说行，转过脸去便都伤心，照香港医生的说法，王凤最多还能活一个月。

我们答应王凤，回去后，上她家去将那瓶冰酒喝了。

钟老在我们同他告别时，只顾看着孔雀。

孔雀身上短裙的领口开得很低。

钟老同我说过，他没有去看浅水湾夜景，也能想象一定同孔雀那半掩半遮的胸脯一样迷人。

13

中巴车钻进过海隧道。英伦介绍说这是中线隧道，内地的中信集团用了十倍的投资又建了个西线隧道，但车流量只有中线的十分之一。英伦的话酸溜溜的。我们没有搭话。车上少了钟老和王海、王凤后，仿佛少了不少人气。

孔雀在发怔。万组长他们在车后玩"斗地主"。

徐科长不知在同胡虎小声说什么。

小周与叶老师分别将头靠在我和何总的肩上。

中巴车出了过海隧道,英伦搬出一只方形皮箱,开始向我们兜售那种在女人街遍地都是的腰间挂表。挂表要价一百港币。英伦说:"这是司机大哥的,他跟你们跑了几天,你随便买几只,让他赚点小钱补补家用。"林处长与英伦的距离最近,英伦第一个找上她。林处长不情愿地拿起一只挂表看了看后,忽然问起参观珠宝行的事,她说:"你们是不是也吃回扣?"英伦正色说:"我知道你是内地的官员,只有从内地来的人才问这个问题,我们香港没人敢吃回扣,廉政公署太厉害,当公差的人收到超过五百块港币的礼品都得上交,每个月接受别人的请吃也不能超过五百块港币。五百块在香港能做什么呀?买几件裤衩、吃两顿快餐都不够。可没人敢违反。因为一旦查出来,便什么都没了。不比有些地方,什么都是公款报销,自己还可以拿红包,见到好东西,一个暗示就有人送上门来。我每年都要带很多你们这样的团,凡是要去谢瑞麟总店的人,自己口袋里从不会装钱。"

何总站起来打断英伦的话:"英先生,我买六只。"小周从我的肩上抬头说:"何总我辞职了,你买五只就行。"何总还是买了六只。英伦看了我一眼后,径直走向万组长他们。万组长挖苦地说:"我们买了你的表回去送人,岂不是腐败?"英伦说:"我听说过,好多干部吃进几十万元,也没什么事儿,这种表没人会查的。"万组长认真起来:"那是别人,我们是我们。"英伦说:"别这么小气。"本不关我的事,也是生气了,觉得自己家的丑事轮不到外人来管,便忍不住盯着英伦说:"你错了,我们是小心,不想上当受骗!"

英伦卖完挂表后,车里又静下来。

坐在前排的林处长脖子上的青筋一下下跳得老高。

14

进入澳门后,有手机的人一齐将手机拿出来。珠海的手机网络居然被他们找着了,大家一时兴奋起来,就连徐科长在同妻子通话时,也情意绵绵的。最开心的人是林处长,她显然是在同女儿说话,万分爱意全部倾泻在手机上。她说:"妈妈在香港为你买了一件非常好的礼物,保证全武汉没有第二份。"林处长小声说话时,完全没有了在去维多利亚港的路上被英伦戏弄得狼狈不堪的模样。

胡虎自己说完后,拿着手机犹豫一下,才将它递给小周。胡虎扭头时还看了我一眼。小周接过手机,同妈妈说了好一阵。她说自己一切都好,大家都很关照她。胡虎脸上的愁云一下子去了多半。小周说完后又将手机递给我。她小声说:"尽管打,胡虎想收买我别将事情捅大。"

我先拨了家里的电话,没人接,这是意料之中的。他们不在家反而说明一切正常。往下我叩了一下沙子。一会儿手机里就响起沙子的声音。沙子听见我的声音也很高兴。我和他也真是有缘分,他刚从拘留所出来,用来同我说话的公用电话离拘留所大门只有五十米。说着话,沙子的声音压得很低,我不得不让他重复几次,最后才弄清楚他在说,白珊这回可要倒大霉了,牛总经济上的问题露了马脚,数额比他的两个前任加起来还要多,公安局很快就要下他的手。他最后告诉我,他已经是半个公安局的人了。

我说:"你是线人?"

他说:"你才待几天,怎么就一嘴的港味?不过,是那个意思。"

沙子问我要不要重新将白珊搞定。

我坚决地回绝了,并将手机还给胡虎。

胡虎有点蔫,在大炮台前观光时,几次想同我搭腔。在赛马场外,他终于开口,说包括先前那些话都是他瞎编的,还要我一定原谅他,他真的不想伤害小周,只是因为感情上有些受不了,才有后来的偏激行为。

我没有原谅他。

我的理由是,如果原谅了他,他以后还会无端骚扰别的女孩。

叶老师也找过我,让我劝小周别辞职。她在我面前越来越坦率,我与小周关系的确定最高兴的是她。这时候她当然不想让小周走,否则再来一个顶替小周的女孩,她又得担心着急，黑头发愁成白头发。

总的说来，除了孔雀，大家都比较轻松。孔雀总在同澳门这边的导游田小姐小声说着话。依我的判断，孔雀是让田小姐想办法将她的泰国宝石走私入关。田小姐说过，她天天都让家里保姆到珠海那边买菜，过海关就像上家里的卫生间一样。

孔雀大概同田小姐谈妥了。两个女人的眼光碰到一起时，一切都如白纸黑字的合同那样写得清清楚楚。

天快黑的时候，我们来到葡京大酒店外面。刚好天空飘来一层乌云，使得这座著名的赌城更添了一层神秘。进门后，小周一刻不停地紧握着我的手。她几次问我那些香港的警匪片是不是在这儿拍摄的。问多了，我也觉得熙熙攘攘的人群中随时会有枪手冲出来。一楼大厅里挤满了人，各种赌法的牌桌让人眼花缭乱。我们都不懂那些人是如何输如何赢，何总显然懂，但他什么也不说。万组长不知怎么发现一楼旁边有许多老虎机，便拉我们去试试。田小姐劝了一句说，不赌即为赢。万组长不听，马上掏钱买了十个两元的港币硬币，他一口气将十个硬币全投进老虎机后，只听见一阵哗啦声，从老虎机里吐出一大堆硬币。万组长一下子赢了两百港币。他收起这些硬币，却不再玩了。小周连忙让我也去买些硬币来试。结果如同英伦所说，全部存进去了。除了林处长，别人都试了试手气，却没有一个人赢回一枚硬币。

这时，何总说：" 我们到四楼去看看吧！"

叶老师问四楼有什么好看的,何总笑而不答。

何总轻车熟路在前面走,我们只管跟着他。我问孔雀四楼是怎么回事,孔雀说她也不知道,以前虽然也带队来过这里,但从未上过四楼。往楼上爬时,四周很寂静,只有筹码在牌桌上来来去去的声音在响,听起来阴森森的。空调器吹出的风刮得人身上一层接一层地起鸡皮疙瘩。

小周小声说:"你看过电影《赌王》吗?"

"哪一部?《赌王》多得很。"我还没说完,小周在台阶上一脚踏空了。

小周摔倒时,大叫了一声"哎呀!"我还没反应过来,不知从哪儿闪出两个彪形大汉。他们对着我和小周看了几眼,低头对着自己的领口小声说了句什么。小周坐在台阶上,脱下鞋让我替她扭扭脚。

跟在后面的胡虎对我说:"小心将脚气传染到手上。"

小周马上说:"你才有脚气,你舌头长了脚气。"

孔雀替胡虎解嘲,她说:"只要钱包不长脚气就行。"

他们跟着田小姐继续走,孔雀留下来陪着我和小周。

十分钟后小周又能走了。

刚到四楼楼梯口,就碰上叶老师拉着何总慌慌张张走过来。我们以为出了意外,问过后才知道,叶老师从未见过豪赌的人,光看看就吓坏了。我们连忙赶到那边。万组长用嘴努努背对我们的那个男人,轻轻地说,两盘就输了两百万。说话时那人又将面前的一百万筹码推出去。我们还没弄清楚是怎么回事,第三个一百万又输了。当他将剩下的两百万推出去时,我和小周都紧张得有些发抖。可一点用没有,那堆筹码在牌桌上当当响过一阵后,便到了对手那边。

输光了的那人一回头,我和孔雀大吃一惊。

"牛总!"孔雀情不自禁地说。

牛总像是没看见我,他对着孔雀灿烂地笑起来,然后将她拉到一旁。两人说了一阵后,孔雀走过来低声对我说:"你去同牛总讲一下,这些宝石有你的一半。"

我愣了愣。

"帮我一把,求你了。"孔雀又说。

孔雀转身向牛总走去。

小周拉了我一把,但我还是跟了上去。

牛总主动迎上来:"没想到你有这么多投资,也能做宝石生意。对不起,我急着要花的。"

我说:"没问题,但我的一半得留下。"

牛总非常高兴,连忙答应。他从孔雀那儿拿走一半宝石,匆匆写了收条交给孔雀,又连忙回到赌桌旁。牛总捧出那些宝石时,屋子里顿时绚丽起来。

这一盘牛总赢了。下一盘他又赢了。

两个穿黑西装的大汉马上从远处走近我们。

田小姐连忙催我们离开。

出了葡京大酒店后,孔雀主动告诉我,她从牛总那里借了五十万元人民币,然后全部在清迈买了宝石,没想到在这儿碰上输急了眼的牛总。她说:"牛总也有糊涂的时候,这二十五万元的货,我不想办法留下来,他也会输掉的。"

孔雀让我挑两颗宝石,作为给我的回报。

"我可不会装什么清高!"说完,我毫不客气地从她的珍珠鱼皮包里挑了两颗最大的红宝石。

我对孔雀说:"我也是输急了眼才决定同你一起出游的。"

孔雀说:"南方看来是你的福地,你赢得了最宝贵的东西。"

孔雀还坦白,的确是牛总让她来找我亲近的,好使我忘掉白珊。这是牛总借钱给她的条件。

夜里,我同小周坐在海边。

她对我说,女人不管曾经怎么做过,心里的最终目的还是要从男人那里获得爱情。

剩下的时间我们只知道亲吻。

小周的嘴唇不仅烫,而且清甜。

这一点沙子反复同我说过,女人对男人怎么样,只要吻一下就清楚。

事实上也是这样,白珊在名义上还是我的恋人的那几天,嘴唇又干又涩,像是八十岁老太婆,甚至还有隐隐约约的口臭。

第二天一早,田小姐来送我们过海关时,说了一条新闻:昨夜有个从内地来的老板,在葡京大酒店里输得太多,跑到澳门跨海大桥跳海自杀了。我马上联想这人是不是牛总。孔雀将珍珠鱼皮包交给了田小姐。我们全都顺利地过关到了珠海地界，唯独田小姐被海关人员卡住，非要她将那只只有巴掌大的珍珠鱼皮包打开，接受检查。

孔雀远远地看着那些宝石被没收，眼泪差一点出来了。田小姐懊恼地走过来说，我不能再干导游了，老板回头就会炒我的鱿鱼。她环顾我们说，你们当中一定有人向警察投诉了。林处长马上正色说："检举走私犯罪，这是正义的。"徐科长和胡虎跟着附和。田小姐不卑不亢地说："行，就当是为你们的社会主义建设做出奉献吧。不送了，我得回澳门去吃治反胃的药。"

出了海关，我和小周还有万组长他们依然上了那辆澳门至广州的直通大巴。孔雀留在珠海，她想找路子将珠宝弄出来。何总和叶老师还要陪林处长等人到深圳去玩几天。何总只对小周说了一句挽留的话，其余的话都是叶老师说的。叶老师说话的中心内容是，酒店大门始终为小周敞开着。胡虎没说什么，只是递给小周一本书。我们分手后，再看那书时才发现，是本中英文对照的古希伯来经典。它是香港某公会放置在我们所下榻的酒店房间里的。我正要说胡虎他们真是什么都敢要敢拿，忽然发现封底上有一行字：please carry me along with you！（请把我带走！）

小周说："老虎居然也念佛了。"

车开后，万组长他们又开始"斗地主"。

小周告诉我，检举孔雀走私宝石的人是叶老师，夜里她听见叶老师拿着手机在卫生间里悄悄地给110打电话。我只是嗯了一声，心里却在担心白珊。若是牛总完了，她怎么办。

从广州到武汉的机票是小周买的。

我口袋里的钱只能像万组长他们那样买两张火车硬座。

我们到家时，正碰上爸爸妈妈推着卖米酒的小车回来。

妈妈第一眼认错了，以为小周是白珊，等到弄清楚后，她才高兴起来。小周象征性地帮她拿了一只装米酒的盆子。小周一走，妈妈便迫不及待地称赞起来，还向我重申她的观点，好女人多得很。

坐定后，我先往白珊家打电话。白珊的妈妈在电话那边比从前还紧张，说她实在不知道白珊去了哪儿，连警察都找不着白珊了。接着我又往公司打电话，接电话的人声音很粗鲁，只顾追问我找白珊干什么。我感到发生了什么，就说找她到公安局去拜访一个朋友。

挂上电话我又叩沙子，等了好久，才有一个女孩复机说，沙子正忙，他要到明后天才能有空过来看我。我一生气，就要女孩告诉沙子，别一天到晚穿着我的夹克衫在外面摆阔。女孩哧哧地笑了几声。

叶老师给的榴梿糖，妈妈果然十分爱吃。爸爸却不喜欢那股臭不臭、酸不酸的气味，他要妈妈别多吃，米酒里若是惹上这怪味，就卖不出去了。

爸爸将白珊送来的一包钱交给我。

我大睡一觉,第二天早起,先去银行将这钱用白珊的名字存了,然后冒着雨去南京路。从公共汽车上下来,我向一个站在街上卖白兰花的女人打听,然后顺着所指的方向走过去。

我很惊讶,钟老所说的小店面,竟是一家颇具规模的公司。我曾同白珊一道在这一带替牛总打听过,钟老的公司所占房屋面积,每月租金不会少于六万元。按照钟老的吩咐,进门后我问哪位是苏小姐。结果迎上来的是位半老徐娘。

我一边自我介绍,一边改口叫她苏大姐。

苏大姐笑容可掬地将我领到一张大班台旁边,出乎意料地对我说:"杨总,你以后就在这儿办公,假如这大班台你不中意,我马上安排人去花桥那边的富豪家具城重新挑一张。"

我转不过弯来:"谁让我当老总的?"

苏大姐将钟老从香港发回的传真给我看,还附有一封给我的信。

钟老还让小周做我的副手。他自己现在只想享受天伦之乐,将公司拜托给我和小周了。

我还在发愣,苏大姐就开始汇报紧急要处理的事。

昨天,公司里来了一群"牛打鬼",开口就要一万元的保护费,说好上午九点钟来取钱。

我看了看帖子,就将大班椅转一圈,背对着门口。墙上挂钟一响,外面就骚动起来。片刻后,苏大姐领来两个人。

我头也不回地说:"滚回去,叫你们老大亲自来。"

那两个人一溜烟走后,小周出现在门口。

我将传真与信件给她看过,小周顿时满脸涨得通红。

小周说:"钟老这是害我们!我们对付不了胡虎那样的家伙!"

我说:"就这样干吧,钟老又没有神经病,说不定我们真有自己还没发现的才华,再说胡虎在我们面前不是没脾气了吗!"

"还有张虎、李虎、王虎在替补席上急着想出场当主力哩!"小周还是胆怯怯的。

苏大姐在门口使了个眼色,我让小周闪到一旁,然后将一双满是泥水的脚跷到大班台上。一个戴着墨镜的男人带着先前来过的那两个人闯进来,他对我张开嘴却说不出话来。

我动了动双脚,恶狠狠地说:"愣个卵子,还不快给我擦皮鞋!"

那戴墨镜的男人真的走近来,撩起夹克衫便要擦我脚上的皮鞋。

我赶忙缩回双脚,并大叫:"沙子,你怎么可以这样对待我的衣服?"

沙子将叼在嘴角的烟吐到地上,大笑起来:"他们说杨总杨总,怎么一下子就成了你?"

我说:"你怎么跑到这儿来打码头?"

沙子说:"有人愿意我来这儿。"

我看了小周一眼,才说:"白珊怎么样了?"

沙子也看了小周一眼，但他没说话。

我指了指心窝说："没事，小周是我的这个——"

沙子又笑起来。他说："你出去这一趟，可是什么好运都来了。昨天夜里牛总在珠海被捕了，一起被抓的还有个女孩，但不是白珊。是我提供的情报。那天送你去火车站时就想对你说，有人安排我趁牛总被绑架之际救了他，然后又借故被关进拘留所，所以牛总特别信任我，要我替他在黑道上打点人情。"

我说："我问的你还没说。"

沙子说："她可能到了香港。是公司的前任老总偷偷安排的。"

我立即想到，这人也许就是钟老。

沙子环顾四周后说："你出息了，这夹克衫我就不还了。"

沙子开心地领着他的人风一样走了，几页传真也被刮落地上。

我冲着沙子的后背说："晚上到家里去吃饺子。"

我捡起地上的传真纸，又将钟老的信看了一遍，这才体会出他说"我会帮你除掉老也割不断尾巴的习惯"的含义。在钟老的传真中，还记着我们在太平山脚下，听导游英伦所讲香港大老板李嘉诚的故事。英伦说，李嘉诚有一次从公司楼里出来，顺手掏出手帕擤鼻涕，带出一张五元港币。一旁的清洁工连忙从地上拾起来，还给李嘉诚。李嘉诚左手接过五元港币放回口袋，右手掏出五百港币赏给那位清洁工。钟老没有复述英伦讲过的李嘉诚的故事，只是要我像这个故事一样对待爱情。

我对小周说："干吧！"

小周点点头。

我打开大班台的抽屉，取出一叠文件。

小周上来按住我的手："你得改天回去吃饺子，王海让我俩晚上去他家喝冰酒，王凤想见我们。"

小周揉了一下红起来的眼圈接着说："王凤不行了，可能就在这两天走。"

我沉默一阵，然后问在台北飞曼谷的飞机上见到的广告是不是说最美丽的女人喝最香醇的可丽儿冰酒？

小周一边点头一边拉开窗帘。

武汉老城在五月初的雨水洗浸中极富质感。

一九九九年六月二十日于汉口花桥

城市眼影

1

"武汉人胆子大,敢在北京人面前讲普通话。"这是我第一次面对武汉进行采访时,一位开奥迪车的老师傅说的。

从湖北大学毕业,分配到这家杂志社做编辑,已经四个年头了。就像克林顿盼着萨达姆被谁搞下台一样,五年当中,除了那些一大早就被人从被窝里拎起来的日子,我总是每天一睁开眼睛就在想,今天上班后会不会有什么好消息,或者干脆就是什么好事来骚扰一下自己?很多时候,我总在情不自禁地用整个杂志社公认智商最高的头脑复述着一个最简单的问题:天上一只鸟飞过武汉时,为什么要野蛮地拉下一泡鸟粪,并且刚好落在门卫老赵的独生女小赵的脖子里。不仅在起床前我这么想,在杂志社的女孩和女人,一边议论着手头的稿件,一边切磋使用化妆品的要领时,我也不时提起这个话题作为老生常谈。我的校友师思在正式场合中给我做过统计,她认为我对这个问题的关心,已经是两点一三倍于小赵的父亲老赵了。每一次,我总是满怀歉意地对她发誓,再也不在如此美丽的女孩面前,谈论这类粗鄙的问题。真的,在她们充满神往地齐心协力赞颂某个品牌的口红时,将鸟粪与其相提并论,实在是太不文明,也是对这个时代流行美学的不学无术。好在师思她们十分大度,一致认为,因为我是男人,因为伊拉克对美国的巡航导弹、隐形飞机毫无办法,所以应该原谅我。对于女孩们这类穷开心的嬉闹,我是不用去为之感动的。不过,我会偶尔装模作样地对她们说一声:"主啊,感谢您的仁慈和宽恕!"

每当说了这话,我就会与师思对视一下。

我喜欢看她那眸子里闪烁着那些被感动出来的近乎泪光的东西。

师思对我的理解,是在有一次办公室里只剩下两个人时。

我对她说:"这上班的日子过得缺油少盐,清汤寡水,有点味道的东西,都被别人享受了。"女孩在办公室里单独同一个不是很差的男人相处时,总会有片刻温柔。所以师思对我说:"这两年我也替你抱不平,怎么凡是好事都与你不沾边,提干没你、评职称没你、到新马泰采访没有你,只让你去一下海南岛,甚至连看二审稿的权力也没弄到手。别说你是一个男人,就连做女的,我也觉得自己干了三年,该有好处轮到我了。"

师思说到新马泰和海南岛时,我情不自禁地笑了一下。

去年,有关单位组织人员去新马泰,说是采访,其实不过是报纸电视里经常点名批评禁止的那回事。杂志社的主编老莫自己已经去过。他们对我说的话让我无法分辩,不让我去的原因是爱护我。去的人我们都叫她王婶。王婶走了一遭,并给男同事们带回一些生猛补药。当然是备有发票打算报销。哪知主编老莫不肯收她的礼品,还不无愠怒地说:"你怎么知道我不行?"

这话在杂志社里一直流传到昨天。

昨天,师思在办公室里不知接了谁的电话,其间她冲着对方说了句这话,惹得整个办公室的人全都趴在写字台上笑,师思放下电话后也笑。在杂志社里,这句话太受欢迎了,所以谁都有过不小心将这话说漏嘴的时候。这话的暧昧意味,像暗号一样深深地镂刻在大家心里。王婶没有参与这故事后面的故事,她被调到主管局做了宣传处的副处长。虽然无人说过对她表示感谢的话,大家心里还是有那种对王婶给自己带来充满性暗示的快乐感到满意的意思。在武汉的高楼大厦、长街短巷里,大家一向格外支持这类义务劳动。

那一次,我同师思在办公室里说了许多有关杂志社内部人士的坏话。说得彼此都很痛快,后来我像电视新闻中的各国领导人那样,将手伸向师思,说谢谢她为我发出呐喊。师思将小手递给了我。我接住时,简直不敢用力握,那手太美、太诱惑人了。我感觉到自己身上有种八九月间钻出公共汽车,在车站旁的小摊上买一支雪糕,捏在手上的滋味。不只是骨髓,就是那些已脱离了头皮,但还没来得及掉到地上的头发丝,也都感觉到从未有过的舒适。天越热这种感觉就越深刻,同时留住这感觉的时间也就越短。

师思在我仍处于恍惚时将手拿了回去,然后问我是不是有什么发现。我坦率地说她的手如果不是玉琢出的,那一定是从狐狸精那里借来的。师思冷冷地说,凡是有心想碰她手的男人都有过这种遭遇,而我只不过是在形容词上更夸张一些,用了在越来越现代的武汉城区里,被人弃而不用的"狐狸精"三个字。所幸师思随后就笑了,还说我们之间假如就这样维持着这样的友谊,她还会给我许多这样的幸福时刻。

我被她一连三个这样说得只有点头的份儿。

我对她说:"你放心,王婶送给我的那些药,我还没吃。"

我一直觉得这话是绝对的办公室幽默。

师思却板起脸来说:"我讨厌男人总在这么炫耀。"她翻了一下桌上的杂志,又说:"美国佬第一次向伊拉克炫耀武力时,许多人佩服,当他们接二连三无休止地这么做时,就没人喜欢了。"

我壮着胆生生地挤出一句话:"这同你们一天到晚描眉画眼涂口红有什么差别?"

师思将一叠纸扔到我怀抱里,大声说:"你这人怎么非要同女孩较个输赢,罚你帮我将这期的校样清了。"

结果有些出奇,那一期杂志上没有一处差错,在期刊协会举办的当年质量评比中,获得了特等奖,我的师妹校友据此拿了杂志社年终最高的奖金。而我从师思那里得到的唯一回报是,她用奖金的一部分到武汉广场买了一枚铂金钻戒戴在右手中指上时,让我替她看看与自己的气质和谐与否。

我酸酸地说:"女孩自己给自己买戒指有什么味道!"

她马上说:"主观上我将它当作你买给我的呀!"

我心里更酸了。特别是她那话最后的"呀"字,让我的牙吃了大亏。我恶毒地说:"永远只有主观没有客观!"

这么好的事,是我来杂志社后唯一的机会。它却没有成为我的好消息。

杂志社在从前的英租界里给我安排了一张床位。早上,我从唯一可以藏得住个人隐私的被窝里探出头来,望了望对面墙角上的那张床。韩丁正戴着一副耳机在听境外的电台广播。韩丁手上有四万元的股票,那是他大学毕业后用比我多三年的时间,靠着给一些想出风头的企业家写报告文学赚的。他一直想买一套房子,但是这点钱,即便是在没人想去的东西湖一带,也无法拿到开门的钥匙。夏天的时候,他终于下定决心,将手上的积蓄完全投到股市上去,他渴望有最高的回报,以使自己在三十岁到来时,真正拥有自己的隐私。而不像现在,只要有女孩来这屋里找他,他就得先向我通报。韩丁从头上取下耳机时,我正要出门。

我问:"有好消息吗?"

韩丁两腿一抖,掀开被子说:"屁!光靠达赖,哪怕是真沙莎头一偏，长发在我眼前甩了几甩。

我读懂了她在抒情的含义，那是叫我同她并肩走着上班去。这对我来说实在算不了什么。在武汉大面积停电的夏天里，我曾多次一手扯着一个女孩，从联欢大楼的一楼一直爬到杂志社所在的十一楼。沙莎几次扭头像是有重要的话要对我说，每一次实际说出来的都经过全面篡改。她说过这么样一句话："这一期杂志我看过了，你当责编的文章占了四分之一吧？"我真想揭穿她，重申一下杂志社里当编辑的也就三个人，如果我只编了四分之一版面的稿子，还叫什么多！我也将心里想好的话篡改一通后，再告诉她，我若是不干，杂志就得开天窗。

沙莎马上说："不会的。有人会将局长的讲话稿补上去。"

我看了一眼沙莎，忍不住笑起来。

门卫老赵正在自己的小窗户里埋头吃着一只保温饭盒里的东西，旁边坐着一个笑眯眯的女人。我和沙莎都在猜测，那女人一定是老赵的老婆。所以沙莎才说，夫妻做到这个份儿上才叫幸福。所以我才说，找老婆目光得放远点，要看到六十岁以后。

在等电梯的时候，师思来了。她一定注意到我同沙莎站在一起时，肩头只有五至六寸的距离，这才故意站在大厅中央，将长长的米白色风衣撩开半边，露出一条极性感的大腿。她的这个企图得逞了。我无法不去欣赏那件让人充满想象的优秀作品。电梯来了后，大家像挤公共汽车一样往里挤。

轮到沙莎和我钻进去,警铃响了。

有人说:"你们下去叫警察。"

我们退了一步后,我又将沙莎一个人推进去。

我说:"让你去找警察简直是自投罗网。我一个人就行。"

这一次警铃没响。

电梯门关上后,师思的风衣也像门一样关上了。

趁着电梯门口只有两个人,我赶紧说:"怎么将大幕关上了,是不是嫌观众太少?"

师思不屑地对我说:"我本来就只想让一个人欣赏。"

大楼门口,局长同他的秘书走了过来。

我飞快地说:"孔雀吃醋时才会扬起尾巴开屏。"

师思背对大门,她只管说:"你的醋一分钱一斤也没人要。"

局长正好来到我们中间,他问我们为什么醋无人要。我只好瞎编说刚才过早时,因为醋不好,所以热干面都变了味。局长看了我一眼后,便邀请师思爬楼梯,顺带朝我示意一下。

局长的办公室在六楼。只要是早上来上班,他从不乘电梯。他说这是最经济有效的锻炼方式。为此,局里曾经在每年的九月初九举办爬楼梯比赛。后来因为一名处长在获得冠军后,突发心脏病,差点死过去,这项活动就不声不响地取消了。我们同局长一道向六楼攀登时,局长让师思给主编老莫捎个信,要组织一批高质量的反映下岗女职工生活的稿件。随后,局长谈起上期杂志封面,他觉得女人之美,以体型最为重要。局长没有赞扬师思的体型,只是建议师思在思想上更开放一些,争取参加下一届武汉小姐的比赛。

在三楼楼梯的拐弯处,我们碰见正在把楼梯栏杆擦干净的王婶。局长问她一早就做义务劳动,累不累。王婶回答说还行时,我和师思忍不住笑起来。好在局长没有追问,只是说自己希望看到全局上下人人都这么快乐。将局长送到六楼后,我们如释重负地钻进电梯。

满满一笼子人,我只好紧挨着师思,并且还装作无意地用自己的大腿在她的大腿上摩擦了几次。师思今天的脾气特别好,她不但笑,还小声提醒我,沙莎像是为我动情了。我装作高兴的样子,说如果这样,今年年底自己一定可以长一级工资。说时,我用手握住她的手。师思一丝挣扎的意思也没有。

可惜电梯升到了十一楼。

一站到楼道上,就看见沙莎在旁边站着。

沙莎冲着我口无遮拦地说:"怎么才上来,电梯都过了几趟。晚上请我到酒吧坐坐,我有好消息告诉你!"

沙莎的办公室不在十一楼而在九楼,这也是杂志社像小脚女人一样发展缓慢的并发症。望着她走向楼梯间的身影,我突然想冲上去搂住她,让她告诉我,到底是什么样的好消息。

沙莎走进楼梯间时,回头给了我一个意味深长的笑。

我还没有回过神来,就听见师思在杂志社门口,酸溜溜地大声说:"我有好消息告诉你——们!"

我走过去,才发现杂志社的办公室里只有师思一个人。

我不得不认真地问她今天是怎么啦。

师思极不认真地告诉我,早上吃热干面时,吃出了一副假牙。

2

我从未被人这么折磨过。

只要电话铃一响,师思就说:"蓝方,沙莎找你。"

她说话时连头都不抬,两只眼睛一刻也不离开桌面上摊开的那本与我们编的杂志属于同一类型,但比我们强大而且总想吃掉我们市场份额的杂志。在杂志社内部,这个张着血盆大口的对手被称作"猫头鹰"。

由于师思的炒作,全杂志社都知道我终于遇上好消息了。

我确实太需要有好消息了。为此,我一反常态,不停地看手表,并希望沙莎真的打电话给我。中午下班时,杂志社的女孩总是要提前去卫生间,将自己脸上的五官重新修整一下。趁办公室里无人,我赶紧给沙莎办公室打电话。拨了三次都没有人接听。后来我才明白自己又钻进了牛角尖。这个时候哪个女孩还能容忍办公室里的刻板继续留在自己的脸上,就是男人也会屙泡尿照照自己。

从卫生间回来的女孩，一个个光彩照人。

我拿上那本"猫头鹰"，翻出封二的广告美人，声称她们定是这广告美人的盗版。

这话立即招来强烈的抗议。她们说自己哪怕是去学那些卡通人，也不会对"猫头鹰"上炒作的任何东西产生兴趣。我马上指出，一个月前，她们中的三个，当着我的面，做"判断男人是否真爱自己的十个方法"的测试题。这个把戏就是由"猫头鹰"刊登出来的。我曾经很郑重地告诉主编老莫，我们的杂志之所以在与"猫头鹰"的较量中，总是表现得像只田鼠，根本原因就是内部潜伏有汉奸。相同的测试题在我分配到杂志社的那一年，我们的杂志上就登载过。校样还是我看的。其中一条与"猫头鹰"津津乐道的一模一样，都是说如果在做爱时，男人还不时撩开女人的头发，看着女人的眼睛，就能断定男人对女人是爱，否则就只是性。在我进一步指出这一点时，女孩全都转过身去，背对着我和主编老莫，自己笑自己的。

主编老莫将我桌上的那本"猫头鹰"抓起来，扔到师思的脚下。他说："我知道你们都看了。我也看了，但我用的是批判的眼光。告诉你们，我有信心让他们明年乖乖地交出五万个份额给我们！"

女孩们全都哇地叫起来。

师思说："头儿，你这么有把握，今天中午就别让我们吃工作餐！"

主编老莫的心情确实很好，一点也没有受外面肃杀的秋风影响，虽然说不上是春风得意，但离那境界也差不了多少。他爽快地答应下来，还将签单权交给了我，并声明这种权利只是一次性的，同时又限定只能在圣诞和丹朱两家酒店消费。

主编老莫有事，只能陪我们喝三杯酒。我们赶紧下楼，电梯像公共汽车一样，一站一站地停靠。从十楼到二楼一层也没落下过。在九楼时，我看见沙莎站在电梯门口。在六楼时，电梯门外站着的是局长。可惜没人上得来。

主编老莫对局长连说了三声对不起。

局长挺高兴地说，这么多漂亮女孩站在电梯里，看一眼不为少，看两眼不为多。

师思嚷着要去圣诞酒店，她在头里走，大家都紧紧跟着。我在心里暗暗叫苦，圣诞酒店只是空有一个洋名，我们这些人哪怕撑死了吃，四百元钱也能搞定。好不容易让主编老莫放一回血，真放出来的却是一泡水。

进了圣诞酒店，路过一处小包间时，师思回头看了我一眼。

我突然想起，一年前我曾请师思在这个小包间里，吃过一顿晚饭。当时，有个卖花的小女孩进来，几乎是耍着赖要我送一支玫瑰给师思。我只好花十元钱买了一支。师思接过去时，笑一笑便放在一边，临走时我们都忘了还有一支玫瑰孤单地躺在沙发上。师思回头看我的这一眼，让我感到她是在说一年前就该说出的谢谢。

坐下后，主编老莫看看手表，将陪我们喝三杯酒的指标减到两杯半。

师思又看了我一眼，这才转向主编老莫说："局长给我们下任务了，让去采访下岗职工。"

主编老莫说："这圣诞酒店就是下岗职工开的。"

我说："局长的意思恐怕是指那些下岗后遇到困难的职工。"

主编老莫有点不高兴了，他说："昨天局里开会，还说各部门的工作都要以积极向上的格调作为主旋律。"

师思说："描写困难和艰难，也可以是积极向上的！"

主编老莫的神情有点心不在焉，别人的叩机响，他也要将自己腰上的那东西掏出来看一眼才放心。他告诉我们，"猫头鹰"之所以在同类刊物中老压我们一头，那就是他们决不往国家大事上靠。国家大事有各级的党报党刊去关心，我们这类刊物只需关注那些熄灯上床后，还有百分之五十五的人想念的问题。

这样的问题本来就不是吃饭之前讨论的。它可能导致两种后果。一种是弄得大家全无胃口，一种是大家像末日来临一样每个人都拼命地吃，然后急忙打包。好比前不久台北路上的一家公司倒闭，它的员工一个个全都斯文扫地，连用了三年的痰盂，都披着裹着往家里拿。这事是沙莎给我讲的。她姐姐就在那家公司做文秘，平素见了客户，那语音比唱汉戏的名角陈伯华在台上说的话还好听。公司倒闭时，她因矜持晚动手了十几分钟,到头来只抢得五又三分之一瓶墨水,其代价是一只红色的卡丹奴皮包,连同皮包内的口红、话梅等,都被碳素墨水精制了一回。

一想到这些,我便忍不住笑了起来。

主编老莫立即正色地问我,是不是对杂志社的工作有了高见。我当然必须说明自己的笑与眼前一切无关。听了我的解释,除了师思不笑,大家都开心了十几秒。主编老莫由此感叹起来,认为天下女人都一样,像他老婆,可以在菜场为了五分钱的菜价,同菜贩子争得面红耳赤。转眼间就会上武汉广场,眼睛眨也不眨,甩出一千几百元钱,欢天喜地地抱回一件衣服。

师思立即反驳说:"只有领导干部家里的女人才是这样。同菜贩子砍价,越是血肉横飞,越能显出清正廉洁、艰苦朴素。武广的东西那么贵,不敢砍价是怕太招人显眼,被反贪局的便衣逮住了线索。"

武汉人习惯将一些有名气的商家的称呼缩减。武汉商场、武汉广场、亚洲大酒店,在人们的嘴里一溜变成了武商、武广和亚酒。就连位于花桥的汉口商业大楼,也被精简为汉大。在此之前还有个汉阳商场被顺口叫作汉商。我总是从"汉大"的称谓上,听出武汉三镇的随意性。这种随意性构成了这座城市生活中的方便。包括可以在车辆最多的解放大道上随意横穿。也包括可以在汉口绿化得最好的解放公园路栅栏旁随意小便,当然从市委大门左右各延伸两百米的地段除外。

主编老莫叫着师思的名字说:"你是六渡桥的人,不应该有这种仇富心理。怎么去武广买东西的人,一下子都成了贪官污吏的裙带!"

师思反唇相讥地说:"我又不是通过妹夫的关系从乡下来的,干吗要仇富。告诉你们,我正在想要不要下决心到汉正街找个千万老板,做他的二奶哩!"

主编老莫说:"太好了,我们杂志可以免费帮你登广告。"

师思说:"'猫头鹰'的发行量比我们杂志多几倍,我还不知道谁比谁的效果好!"

在杂志社内部,师思是唯一可以肆无忌惮地在主编老莫面前说话的人。那种通过妹夫关系进城的话,我们连与这意思沾边都不敢。否则,哪怕是最有市场的稿件,主编老莫也会将它退回或者永远留中,让你三个月没有一个字见刊。按规定,不仅本季度没有奖金,到年底时,全年的奖金也没资格参与分配。师思为什么敢这么放肆,这是杂志社内部为数不多的秘密之一。

这时候,酒菜已上齐了。主编老莫端着半杯酒同我们碰了一下。碰到师思的酒杯时,师思顺势将自己杯里的啤酒倒进主编老莫的杯里。

主编老莫正要一饮而尽,师思说:"听说蓝方要红运当头了?"

主编老莫一愣说:"这话怎讲?"

师思说:"人事处的人在放风,有关于他的好消息!"

主编老莫马上将酒杯伸向我,一声碰响后,他先饮干了,然后才说:"我希望咱们这儿的人才越多越好。"

两杯半酒的指标完成了,主编老莫却没有要离去的意思,坐下来自己又往酒杯里添了些啤酒。他倒酒时的样子挺耐心,绝对是按"卑鄙下流"的要领,让啤酒慢慢地顺着杯壁淌下去。他举着快溢出来的酒杯说:"说真的,市里各类杂志有近百家,唯有我们这儿同事之间不是泡沫感情。"

师思又顶上来了:"你这个当领导的怎么一点不懂社情!我们这儿除了泡,连沫都没有!"

主编老莫的眼神里终于有了丁点儿不快。

我感觉到师思身上哪根神经不对劲了,就说:"各位该怎么样就怎么样,我同师思到外面说几句话。"

我将两块扣肉夹起来放进嘴里后,嘟嘟哝哝地说:"这样才有力气同六渡桥的女人吵架!"

武汉有数不清的餐馆酒店,各处的大厨手艺不同,有些菜是不能轻易相信的。唯有两样是可以放心大胆第一口就结结实实地吞下去。第一样是豆瓣喜头鱼,第二样便是梅菜扣肉。武汉的梅菜扣肉,就是九十八岁的太婆,不镶假牙也能尝出味道来。我站在包房外的走廊上,身体内有股清液滋润的感觉,舌底不断有津甜的滋味凉丝丝地渗出来,从脊柱上升至后脑,再过百会之顶绕到前额的睛明,一路尽是旱了百日的江汉平原有好雨落下的声音。昨天,我编了一篇替第三者鸣不平的文章,有段文字我很喜欢。它写了两个偷情者怎么样用舌尖顺着对方的脊柱,连吻带舔,沿着那条一经提示人人都能画出的抛物线,从腰眼一直到下巴。看二审的师思毫不客气地将这段可以惊艳的美文,用红墨水画去了。我问原因时,她回答说,这种知识知道的人越少越好。美味佳肴给人的感官刺激同情爱确实有相通的地方。体会此刻的经验,想着师思的反应及那段被红线牢牢捆在脑子里的文字,我更加陶醉于武汉的梅菜扣肉。

包房门响了一下,走出来的是主编老莫。他拿着手机,脸上的笑容谁见了都会觉得可疑。他没忘记抽空告诉我,师思让我别等了,想喝啤酒就回去坐下。

一会儿,走廊上除了两位身份可以发出同样疑问的招待小姐外,就只剩下我了。我正在犹豫,走廊进口处的包房里走出沙莎来,那样子是去洗手间。也就在这时,师思出现在我身后。师思将沙莎看了五秒钟后,只对我做了个请的手势。

我坚决地看着师思,她脸上的神情充分映照着身后沙莎向这边张望的样子。

吃完饭,女孩们开始唱歌。我是杂志社里在不计算头头儿的情况下唯一的男性。在这样的场合,她们唱着每一首歌时,只能将眼光投向我。女人的千姿百态也只有在这时,才能让一个男人无所顾忌地享受。

只有师思例外,她唱的是流行在她父母刚领结婚证的年代的样板戏。

我大胆地将师思这样子设想成吃醋。如果沙莎在今天傍晚不能送给我真正的好消息,师思眼下这种表现,也能够抚慰我坑坑洼洼的心中盛满的清冷孤寂。

整个下午,办公室的电话铃响个不停。

这是我们这儿的特点,每天一到北京时间十六点整以后,女孩们脸上的容光便像雷雨盛行的武汉之夏,阴晴无常。凡是阴沉时,接电话的女孩一概说晚上有采访任务。在她们笑得十分灿烂时,我听见那些不同形状的嘴唇,像琴键一样弹出一个个酒吧的名字。我留意地听着,最终也没出现神曲酒吧。那是我约沙莎的地方。

黄昏时,楼外下起了小雨。

我突然想起自己曾经爱过的三个女孩,这样的天气陪她们散步感觉最舒适。天气比较凉,身体会在无意中自动贴到一起。一顶小伞半遮半掩,可以在大街上做自己激动后想做的简单行动。风中的湿润均匀地洒在皮肤上,触摸起来更加性感。她们离我而去时,一个个异常坚决。三个女孩一个在汉口,一个在武昌,另一个在汉阳。到现在我们之间还偶尔有联系。她们对我说过一句相同的话,她们都喜欢我,她们都不能接受我住的房子。

师思擦过我的肩头,毫不犹豫地将自己投入到雨中。

我冲着她的后腰喊:"要爱护革命的本钱!"

一辆中巴开过来,师思跳上车去。杂志社的女孩都有个规律,凡是赴约会,一律打的。但凡回家,便全部规规矩矩地挤公共汽车。

看着中巴车往六渡桥方向驶去，我惆怅地问自己，什么时候才会在武汉彻底扎下根来，有自己的老婆、自己的孩子和自己的两室一厅外带厨房卫生间的房子。我顺着中山大道往长江上游走，目光不时与站在一家家商店门前的动人女子碰在一起。在这座城市里，我最清楚的一点便是，别去招惹那些漂亮的女子，免得到头来自己生自己的气。男人必须有漂亮的资本，才可以征服漂亮的女子。这条真理是武汉关的钟声，每天二十四小时，不管人是苏醒还是睡着了，都会按时在心头敲打。

3

　　神曲酒吧在车站路靠江边那一端，是由一座小教堂改造的。在替天下人受难的耶稣眼皮底下，男男女女尽情享受城市生活时，有一种特别的感伤。我告诉沙莎在这儿碰头时，沙莎怔了一小会儿。我在电话这端已感到她在犹豫。我没有迁就她，又补上一句不见不散。沙莎这才回了一句好吧。

　　小教堂改成了酒吧后外观依然是小教堂。在一片旧式两层楼群中，细雨黄昏愈发能烘托其锐利的房顶。进了门才会发现，做祷告的长木椅被一只只小酒桌替代了。那些供奉在耶稣和圣母玛利亚像前的红色大蜡烛，换成各种暧昧的灯光。我的脚步声惊动了酒吧的全体小姐。一般酒吧说是从下午四点钟开始营业,实际上在晚上九点钟以前几乎无人光顾。我知道自己来早了。这个时间是沙莎定的,我没办法。如果是师思,她会选择半夜十二点。同样是女孩,在不同部门工作时间一长,身上就无可避免地打上环境的烙印。

  酒吧里没有第二个顾客,到处都是空位,这让我一时选不准坐在哪儿。最终我在一个角落里坐下来。我同走近来的酒吧小姐聊了几句,顺便夸了一下她的口红颜色。酒吧小姐朝我露出超过职业习惯的喜悦。她说假如无人注意到,自己正准备换一种品牌的唇膏。唇膏是女孩对口红的时尚叫法。只有男人和老太太还在说口红。

  这时,沙莎进来了。她走到稍稍靠边的一张酒桌旁,对我说:"又不是搞阴谋诡计,别坐得那么偏僻。"

  见她坐下来,我只好起身迁就。

  弄清了由我请客后,沙莎要吃西餐。

  挑来挑去,我们都挑了一份意大利空心粉。

  我将啤酒杯举了举说:"为了等你的好消息,我将酒吧全包了。"

  沙莎环顾四周说:"我不喜欢这地方。它让我总想着宗教的虚伪。"

  我说:"你也别只相信档案柜里的那些文件。"

  沙莎说:"你是没有接触档案,真让你将一个个人的档案翻开了看,你就知道什么叫真实。"

  我说:"我的档案你也看了?"

沙莎说："这是我的工作。请你理解。就像你刚才同这儿的小姐调笑一样，这也是你的工作习惯。"

我连忙低下头，一鼓作气地将面前能吃的东西全吃下去。然后扔下刀叉，开始注视着沙莎。女孩在外面最怕男人老盯着看她吃饭的样子。任何人，不管她多么美丽，多么有修养，有两样是掩盖不了的丑。其一是上厕所拉撒的样子，其二便是吃饭的样子。在这两点上，人和兽是没有任何区别的。沙莎知道我在看她。她装作没发现，匆匆往嘴里扒了一阵后，才抬头喘喘气。这时，她已顾不上同我说话了。朦胧灯光下，几分拘谨的沙莎有种妩媚之态，一点不像平时给人加工资、给人调换工作时那样刻板。沙莎好不容易将空心粉吃完了，抬起头来，几乎是迫不及待地说："给我要一盒冰激凌！"我朝酒吧小姐弹了一下手指。冰激凌上来后，沙莎用那小勺子舀了些乳白色的东西放到嘴里，翘翘的小指，红润的嘴唇，还有不时飘起来的媚眼，同刚才的吃相大不一样。连她自己都对自己满意起来。女孩心中一得意，脸上各个位置的器官，便都像小小翅膀一样，轻轻地飞扬着想真的飞起来。

沙莎出乎意料地同我谈起天气来。她说早上出门时，爷爷就提醒她带上伞，说下午肯定有雨落下来。她居然知道我对武汉四分之三的气候非常蔑视，真正让我尊敬的只有秋天。

武汉的春天雨多得简直可以让街上的电线杆长出绿毛来。到了夏天，鞋底稍薄些就不敢出门，不然那感觉就像故事所说的，让熊在烧红的铁板上隔一阵走一遭，熊的脚掌才长得厚，成为著名的熊掌。那年冬天，哈尔滨的一位同行来武汉，待了三天，手脚就生出冻疮来。他向我亮出那几处发黑的地方，说回去后无论如何也向老婆交代不清。果然他一到家就给我来电话，他老婆咬定他是去了齐齐哈尔而不是武汉。那女人认为江南武汉的冬天绝对冻不坏关东汉子。我在电话里请她汲取丈夫的深刻教训，充分尊重武汉的冬天，否则就要犯兵家大忌。那女人小声告诉我，丈夫在齐齐哈尔有点小情况，她不能不提高警惕。最后，他们两口子都邀请我去他们那儿看雾凇。

沙莎劝我不要同武汉的天气过不去，夏天该说热的时候，就要同大家一起说热；冬天该说冷的时候，就要同大家一起说冷。春天大家身上肯定都是黏糊糊的，我就别做出爽的样子。

沙莎由浅及深地说："知道为什么师思后来，反而先用她吗？因为有领导在会上说，你不喜欢这个城市。"

我确实听见了一声雷的炸响。我喊着冤说："这是个人性格呀！"

沙莎说："一个人心胸不开阔，连生活着的地方都不喜欢，又怎么能全心全意地投入工作哩！"

我生气地说："如果谁能给我一套两室一厅的房子，并配上空调，我若不喜欢武汉，那就不是父母养的。"

沙莎及时地逮住了我的目光。我想逃也逃不脱，她的眼睛像一只陷阱，我的视力只有零点四的左眼像条中了暗箭的狼,只有零点六的右眼像被武松按在地上打了三十大拳的老虎,这时候再怎么挣扎,也无济于事。

沙莎似乎是相信我了才开口说:"有个好消息,局里要分房子了!"

突然间,我就紧张起来:"政策出来没有?"

沙莎说:"草案已送到局长手上。估计不会有太多的修改。按草案上写的几种标准,你我能够达标的只有一条。"

我说:"能够达标就不错。别像前两次,我们只有在黄鹤楼上看帆船的份儿。"

沙莎轻轻一笑说:"你是不是没听懂我的话?"

我问:"什么话?"

沙莎继续轻轻笑着说:"你不是号称有一颗全杂志社智商最高的大脑吗?"

我愣了一阵后,只好借故去一趟厕所。神曲酒吧的厕所是在院子里。我在细雨中站了一阵,还是想不出沙莎的话中有什么玄机。有关房子的话,武汉城区七百万人口,每人每天至少要随口说三次。

回到座位上,我只好说:"对不起,只能不耻下问了。"

沙莎不满地叹口气说:"难怪有人说你编的文章只会哄那些还没见过世面的在校生。告诉你吧,我是说我们的条件加在一起,才够资格参加分房。"

我明白让我落入陷阱的诱饵是什么了。去年,师思就编了一篇为了分房,一对男女突击结婚,房子到手后,又上法庭离婚的稿子。当时我还在杂志社的女孩中问有没有谁愿意为了房子同我结婚,她们异口同声地问我的别墅在哪儿。

我沉默一阵后才说:"这只能算半个好消息!"

沙莎不说这个了。她提议每人来点威士忌。威士忌上来后,沙莎没加苏打水,便先喝了一大口。我盯着酒杯看了一阵,突然间一闭眼睛,将满满一杯酒一口喝尽了。慢慢地,我身上开始发烧,血液冲击着指尖,使其一阵阵地如同街上的修车匠给刚补过的自行车轮胎打气般肿胀起来。

我伤感地说:"怎么说,也是一个知识分子,都工作这么多年了,还是无产者。"

沙莎盯着教堂苍穹般房顶上的彩绘,冷静地说:"我是想了三天三夜才下决心约你的。在局里,未婚男女能凑成一对,达到在本局工龄十年的人只有四个人。除了我以外,别的都是男人。老实说,你们三个中,你是最好的,所以我才同你坐在这儿。"

我望着沙莎不知道如何回应。

沙莎说:"实际上,我曾经偷偷喜欢过你一阵。后来发现你旁边漂亮女孩太多了,我怕事到半途又出问题,便按将下来。有了这个念头后,我反复思考过,任何爱情最终都要走入婚姻,而婚姻是同一点一滴的生活实践捆绑在一起的。这是男女生活在一起的实质。与其先玩一把浪漫的乌托邦再说,还不如一开始就实打实地想着过日子,这样反倒比那些只会谈情说爱的人更知根知底一些。我也谈过恋爱,你也谈过恋爱，只是我俩没有直接谈过。不过，只要我们合得来，就不用担心。而且，你从乡下来城里，要站住脚，首先得有根呀！"

此类话有好多人在我面前说过，看似同情，实为蔑视。

沙莎也不是地道的武汉人。她的叔叔、姑姑至今还在黄陂。有一回亲戚来办公室找她，手里就提着一只老母鸡。她将老母鸡收下后藏在废纸篓里，被捆住脚和翅膀的老母鸡在一大堆柔软的废纸中下了一只蛋。为这事，我曾当着师思的面捧腹大笑。师思认为我的表情是抄袭了母鸡下蛋时的模样。想起这些，我的心情顿时轻松了许多。

我说："怎么说我也是本科毕业。就是浮萍，也只会在武汉这个水坑里漂着。"

沙莎说："未必你就没有别的想法。"

我犹豫一下后，还是说了真话："我连最坏的想法都有过，就是没有想过我们！"

沙莎说："这我清楚。在你们的眼里，人身上那些虚的东西，比实在的东西重要三点一四一五九倍。"

我又一次笑起来。

沙莎用涂了指甲油的手指甲在桌布上画出一个圆。她说："圆周的确比直径好看。这个问题我琢磨了三年，从那次在花桥你救了我开始。"

沙莎的话也许不假，留在桌布上的图形和用圆规画出来的差不多，很显然是有事没事地练习了多时。

我说："这是没办法的事！男人喜欢圆的，女人喜欢直的，所以他们才相互爱恋。"

沙莎张了张嘴后终于说："我喜欢你这么形容。不过，我想我现在应该学会适应你。"

沙莎的话让我吃惊不小。我不得不说："这样恐怕不行。我不是这种性格。"

沙莎说："这也不是我的性格。但在不能改变的现实面前，我会选择改变自己。"

酒吧门口终于又来了一对青年男女，他们的手臂像是被万能胶粘上了。酒吧小姐上前招呼时，他们也没有分开。我竭力不去看他们，哪怕他们在身旁的呢喃像小虫一样挠着自己的心情，坚持只让目光停留在沙莎的脖子上。女人让男人崇拜的地方，最突出的是她那对环境的适应能力。就如此刻，旁边的男女毫不含糊地发出咂咂的亲吻声，沙莎面对着他们却泰然处之。

话说回来，沙莎此刻的表现让我颇为感动。如此深入社会现实的话，出自一个女孩的嘴中也太不容易了。女孩中，没有几个不任性。沙莎如此认真，对男人的刺激性反而更大。

我答应沙莎，会考虑她的提议。

沙莎说："只有三天时间了。我们不能落在分房方案公布之后！"

我说："如果我们能白头到老，倒也挺有趣！"

沙莎说："我很高兴，你终于开始有想法了！"

离开神曲酒吧，沙莎上了一辆801专线车，她需要在花桥转一次车,才能回唐家墩家里。我冒雨一路往回走,既然这次约会注定一辈子也无法消磨,那就加上许多秋风秋雨,把它更深刻地留在脑子里。

上辈人普遍是先结婚后恋爱,我们也可以这样。

还可以领了结婚证后,过一两年再举行婚礼,也就等于给爱情一段悠闲时光。

沙莎的这些建议并不是完全不可行。

4

从前的租界中,数英租界最大。当年大英帝国的军舰强大到几乎可以将别国的领土,运回英伦三岛。如果这些由绅士变异的海盗预先明白自身也有衰落的日子,他们就不会在武汉盖起这么多坚固而漂亮的房子。在细雨之中,这些快一个世纪的房子用历史面孔铁板一块地斜视着我。每当我感伤的时候,我就怀疑自己是不是真的住在这儿。如果不是与人合住,如果局里不是将这儿当成集体宿舍,而是直接分配给我,我会更喜欢这房子。因为我总以为这房子里有贵族气。建筑是一种艺术,它是可以影响人生。我还喜欢黑夜最深时,从外面采访回来,有意提前一站下车,沿着幽深的老街独自行走。此时,那些过于随意的商业霓虹全部熄灭了,只有当年英国人的手笔还在勾勒武汉往日的轮廓。

它还让我想起老家黄州。站在屋外，天下的黑夜全都一个样。心情好时它迷惑人，心情不好时它压抑人。

我在楼道里借着灯光掏钥匙，楼下的女邻居闻声打开门看了一眼后，刚要关门，又忍不住说："韩丁太不像话！"

我以为她还在生早上的气。爬上二楼，将钥匙塞进锁眼，却拧不动。连拧了几把后，我叫了起来。

韩丁将门打开一条缝，露出一张尴尬的笑脸。

他这副模样我不是第一次见到，我明白是怎么回事，扭头便走。

韩丁在背后说："我给你打过电话，是一个女孩接的。她说你今晚有约会，不会回来。"

我咚咚地走到街上。从我和韩丁共有的那扇窗户里飞出一团卫生纸，正好落在一辆在街上巡游还没载到客的出租车车顶上。司机探头骂了一句，虽然用的是武汉话，那口音却是外地的。

一会儿工夫，雨就下大了。我退回到门口时，身后有扇门响了一下。女邻居走到我身旁伸手试了试天上的雨，像是一只手没感觉，她又伸出另一只手。

双手伸在空中的女邻居对我说："盼下雨，又怕下雨。雨天生意好，但容易出事。"

女邻居夫妻双双下岗，两人轮换在街上开"电麻木"载客。

我说："能挣钱是好事，冒冒险也值得。"

女邻居说:"现在麻木都快有自行车那么多了,想将别人口袋的钱掏过来,比做小偷都难。上个月你送我的一本杂志我全看了,怎么就不见有写下岗工人的文章?"

我说:"过几期就会有。"

女邻居说:"你愿不愿意写我同老马谈恋爱的故事?可比杂志上登的那些精彩。我可以将素材卖给你们。"

我说:"你们自己也可以写嘛!"

这件事,他们两口子已同我说过多次。一想到夏天时,两个胖胖的中年人,穿着不能再少的衣物,坐在门口的街边上,各自拿着一瓶啤酒往嘴里灌的样子,我便不相信他们的故事还值得让别人看。

我抽身走开。

女邻居小声嘟哝:"别以为只有上过大学的人才会谈恋爱。"

我往胜利街方向走,同以往一样,我要找家酒吧泡一泡,然后拿了发票回去,让韩丁报销。拐过一处街口,一股熟悉的香气从身后飘过来,我向右边扭头往回望,左边响起一个女孩的声音。

女孩说话的嘴唇几乎挨着我的耳垂:"先生,这么寂寞,要人陪吗?"

一阵温软的感觉爬上我的腰间。我将头复位后再扭向左边。

一怔之后,我停下脚步大笑起来:"师思,你这样子太专业了!"

我不由分说地将师思拖进最近的一家酒吧。师思一开始不大挣扎,进门之后她开始使劲了。我拦了几把,见有保安走过来,我只好放手。

回到街上,师思才说:"这儿不是我们待的地方,他们偷偷地往饮料中掺白粉。"

我说:"这是'猫头鹰'说的,他们老是哗众取宠!"

师思一跺脚说:"蓝方,怎么说我也是在六渡桥长大的,武汉的事,我做梦也比你看得清。"

一辆警车呜呜地从我们身旁驶过后并没有在酒吧门前停下来。

师思见我不说话,便又说:"告诉你一句真话,我不愿见到你在武汉搭错车。"

这话一入耳,我心中就升起一股暖流。我们走进一家名叫"往事温柔"的酒吧。坐下后,我声明自己保留买单权。师思知道我会拿着发票回去找韩丁报销,所以她马上说在这儿消费至少要比去饭店开房间便宜一半,而且安全。我同师思聊过韩丁的事。师思曾经问过,我们之间是否在相互给予方便。

碰上师思的原因不必去问。

这是我同她之间慢慢地形成的一种默契。

起因还是那次触摸了她的手。

我在想象中认为,如果下一步她问我同沙莎约会的事,那么韩丁的电话一定是她接的,然后特意来住处附近等我。

师思迟迟不问这个,她老同我谈杂志社的事,主要议题还是主编老莫。她越来越不喜欢主编老莫这人。她觉得在同"猫头鹰"大战中屡屡失利,其关键是主编老莫这人不行。他一天到晚总想着同上面的头头脑脑交往,硬要将局里的半年工作总结发在这期杂志上,还配着局长们的照片。我马上建议师思,干脆将局长的照片同获得"武汉小姐"的照片一起印在封面上。

师思为我这恶毒的主意笑起来。

在我进一步设想局长的照片应该放在"武汉小姐"身体的什么位置时,师思发现门卫老赵的妻子领着老赵正从门口走进来。

我们正要同老赵打招呼,在离老赵更近的地方,王婶同她丈夫出乎意料地站出来,将他们截住。我问师思过不过去。师思质问我,都什么年代了,怎么还有"文革"心理。我说自己是没做贼,更心虚。

穿过半个酒吧,师思身上的香气,让几个正陪女伴说话的男人情不自禁地扭头看过来。

王婶和老赵看见我们后,连忙将自己的配偶介绍出来。王婶的丈夫在一家酒店里当副总经理。他比王婶多了三点水,姓汪。老赵的妻子从洗衣机厂提前内退后,同几个人合伙在江大路附近办起一家婚姻介绍所,成了钱主任。

钱主任说:"这地方本不是我们这种年纪的人能来的,但经不住汪总和小王的诱惑,就同老赵来开个洋荤。"

汪总说:"我喜欢这酒吧的名字。"

王婶温柔地瞪了丈夫一眼说:"别在他们面前说这个,惹得他们肉麻。"

师思忙说:"王婶你是说我们没有往事吧,可我们有温柔呀!"

在我们笑的时候,钱主任追问:"小王这么年轻,怎么就当婶子了?"

我说:"这是同事们对她的尊称。"

他们这两家住在花桥小区同一栋楼,同一个单元,而且还是同一层楼。同他们一起的还有局财务处的牛会计。那三套房子是五年前局里买下来,分给他们的。我刚分配到杂志社时,正赶上王婶结婚,有机会去过她那新房。当时心里羡慕死了,想着自己如果能在这么好的房子里结婚,那一定比到了天堂还快活。

老赵在钱主任的影子里默默地看着我和师思。

钱主任像是极明白似的,带着一脸祝福的样子,让我们回去玩自己的,别误了美好时光。

我同师思回到座位上坐下后,有一阵一个字也没说。酒吧里越来越浓的酒香,掩盖了师思身上的气息。我们都明白对方现在想的是什么。有两次,两人的目光都在酒桌上空碰撞出声音来。

我终于打定主意告诉她,同沙莎约会的内容。开场白是说局里又要分房。师思听了立即换了一样神情。见她有几分惊喜,我又告诉她这是千真万确的。

本想将她的喜悦锁定了,哪知这添足的话一出来,师思反而冷笑一声说:"不错,又提供了一次纯洁群众队伍的机会。"

"我准备腐败一次,再不腐败就没有机会了!"顿了顿后,我又说,"当然,我搞的是阳谋。"

师思马上说:"是不是沙莎告诉你的?"

我点头说:"你的第六感觉很到位。"

师思说:"如果我和沙莎不经常向你透露点什么,你比老赵都迟钝。"

我不能否认这一点,局里也好、杂志社也好,多数消息都是她俩告诉我的。有些事绝对不会在文件上出现,但从各方面来看,它们比文件内容要重要许多。

当我欲说又止的样子出现一次后,师思马上沉默下来,过了一会儿她说:"你还没有告诉我,有什么好消息哩!"

我望着旁边的老赵说:"分房规定中有一条,只要我同沙莎搭伙,就可以达到。"

师思说:"一定是沙莎出的主意,做人事工作的,就会算计!"

我说:"别怪她!这样的算术,幼儿园小朋友也会做。"

师思突然大声说:"谁怪她了?你心疼了?"

王婶她们立即投了目光过来。

"我们这样子像是真的有那么回事。"我伸手拍了一下师思说,"你算一算,我俩的工龄加在一起是多少?"

师思将手举向空中,酒吧小姐马上碎步走来。

师思说:"给我来杯白开水!"

酒吧小姐去了又回。

看着师思面前那杯冒气的白开水,我说:"还以为要伏特加哩!"

师思说:"才不会。我要到你和沙莎的婚礼上去喝茅台。"

我说:"连我都快懵了,你怎么就当真!"

师思说:"想不想同我打赌?你会答应人家的。"

我说:"如果输了,你就嫁给我!"

师思说:"人可以输给你,但我不会嫁给你!"

我说:"真想不通,不就是住六渡桥吗,怎么你就有那么多的优越感。"

师思一本正经地说:"听着这样的话,愈发觉得你不懂武汉,不懂城市了!看来你同沙莎确实该做一对。你是初中生,沙莎是初中老师,正好教你。我是大学老师,水平高,但教不了你!我只能教沙莎。"

我说:"这正是你为自己挖下的一条防坦克壕沟。"

师思说:"错了!这是城市生活的基本规则。不像黄州,只有田园风光。"

我反驳说:"你也错了,黄州是文化古城!"

师思说:"二十年前,沙莎的父母还是菜农,所以你同她的感情更容易交流。"

我生气了，冲着她说："小市民心态。"

说完，我起身去了卫生间。

秋天雨小，武汉的排水系统似乎特别通畅。我在卫生间除了吐过一口痰以外，什么液体都没排泄。我一直不习惯公共场所的水龙头把手，哪怕是天安、亚酒这样卫生得够可以的地方，也会怀疑那上面会沾着要命的病菌病毒。每一次见到这样的水龙头，心里总要认真犹豫一阵，才能决定是否使用它。

在我发愣时，老赵进来了。他毫不客气地冲着我大声咳了几下，直到将自己的脸憋得通红。

我说："赵爹爹，你咳的声音不对劲！"

老赵说："很好很好！"老赵的前列腺一定有问题，但他挺能沉住气，抽空还对我说："好好活。要是我能退回去，哪怕只有五年，我也不会是这个样子。"说着，他又咳起来。

我上去给他捶了捶背，他要我别在钱主任面前多嘴，提他咳嗽的事。我不喜欢婆婆嘴脾气的，我当然理解同样作为男人的老赵。我只是建议他去医院检查一下肺部。

还没回到桌旁，我就发现师思人不见了。通过对酒吧小姐的询问和王婶的主动通报，得知师思到外面打长途电话去了。我明白，她已经一去不回。

付完账单，要过一张发票后，我同汪总握了一下手。

钱主任不失时机地劝我，对女孩子要谦让点，不要动不动就来一通大爷脾气。

我真想问问她,在武汉有几个没有房子却成了大爷的人,也给我介绍一下。

外面的雨很大,我招手叫了一辆出租车,正要钻进去,忽然看见师思在街边站着。没待我叫,她自己跑过来,抢在我的前面钻进车里。

司机问我去哪儿,我问师思。

师思说:"去你那儿!"

我给韩丁的呼机上留言,让他五分钟后将门打开。

五分钟后,韩丁真的将门亲自打开了。

师思望着韩丁枕头上若隐若现的一蓬金色头发,对我说:"今晚我只能住在你这儿!"

我将师思领到床上坐下,回过头来再同韩丁商量。韩丁挺潇洒地说不用回避,这样睡,彼此都像看顶级碟片一样。我骂了韩丁几句,情知他也没地方去,只好转身问师思愿不愿同那女孩睡一起,这样可以空出一张床来,让我和韩丁睡。师思想也没想就将我的意见否决了。她还小声告诉我,那女孩可能是性工作者。韩丁想出一个办法,干脆大家都不睡,四个人正好可以打麻将。他的建议也被那女孩否决了。那女孩理直气壮地说,都是一个师傅教的,半夜三更进了男人的屋,就别装淑女。四个人全成了联合国安理会的常任理事,谁都可以否决其他三人的建议。

最后,我和韩丁放弃睡觉的念头,翻出一副围棋,趴在桌上下起来。我将酒吧的发票掏出来。韩丁不肯认账,他说今晚大家的待遇是平等的。争执一阵后,我们达成一致,下棋时谁输了,谁就掏钱买下那发票。其实,我是看出韩丁放纵之后露出了倦意,才有意诱他上钩的。他棋艺比我略好。我准备让他赢第一盘,自己赢第二和第三盘。韩丁打着哈欠顺利地拿下第一盘。接下来我便顺利地围住了韩丁的一条大龙。当我正要施杀手时,师思在被窝里突然抽泣起来。

我连问三声不见师思回答。

韩丁便说:"女人伤心时最需要男人的抚摸!"

我走到床边,伸手轻轻地抚了一下她的头发。师思从被窝里伸出手将我的手捉住,用力咬了一口。我疼得大叫起来。韩丁的女孩吓得从床上坐起来,露出半截光溜溜的身子。韩丁连忙过去抚慰她。

师思像乡下人家养的狗,将陌生人咬了一口,便立刻躲到一边去,她的心疼变成我的肉疼之后,她也安静下来。然后小声告诉我,这时候如果我有一套房子,不要四室两厅,不要三室一厅,只要两室一厅,她就马上嫁给我。她实在受不了哥哥的女朋友,每星期至少要从汉阳过来住两晚上,而且一点不避忌讳,不待关灯就明明白白地上哥哥的床。并且还要叫春,家里本来就挤得很不成体统,所以她只好逃。她心里明白,哥哥的女朋友这样做多半是想撵她出家门,到外面另找住所。师思对这一招数毫无办法。这是她第一次对别人说家里的事。我想,等过了今晚,我一定要问问师思,六渡桥到底好在哪儿。因为这不是我此时的主要想法。此时此刻，我想得最迫切的是，能否将自己身体也塞进被窝里，哪怕是一部分，譬如已被师思握住紧挨着她肩头的那只手。

在我将要动手之际，师思突然推我一把说："下棋去吧！"

带着一脑子师思在被窝里的温柔状态，我回到棋桌上，糊里糊涂地以为棋盘上那空白之处是分给我的一大套房子，下意识将一颗子投上去。韩丁马上狞笑着将那条已煮到九成熟的垂死大龙救活了。我方寸大乱，脑子里又出现沙莎说的那套分房方案。在我胡乱应招时，韩丁将胜利果断地抓到手里。岂料他一得意随手打翻了茶杯，慌乱中，棋盘上的黑白子被搅乱了。韩丁要复盘，我坚决不同意。他要我承认他赢了这盘棋，我更不能同意。两人僵持了一阵后，竟然不约而同地各自抓了一只茶杯，使劲砸到地板上。

我说："这日子我活够了！"

韩丁说："我也活够了！"

师思在床上一动不动地说："那你们还不出门到马路上，找辆凯迪拉克撞上去！"

我们怔了一会儿，忽然担心起楼下人家的反应。

听了几分钟，居然没有一点动静。

我们蹲在地板上收拾残局时，韩丁的女朋友将一条白花花的大腿伸出来，蹭了蹭韩丁的脸。韩丁在那大腿上吻了两下，忽然感慨地板上的玻璃碴为什么不是钻石。

我也有这样的希望。

下半夜时,两个女人在我们的床上,先后往里翻了一下身,露出两个半张床来。我和韩丁眼里都流露着上床的欲望。我故意对韩丁说,他那女朋友恐怕又靠不住,我们摔茶杯,她连屁都不放一个。韩丁说选她本来就是做短线,若是长线,他会选一个不会轻易同他上床的女孩。

外面忽然有人敲门。韩丁将门打开后,进来两个联防队员。我们当然明白他们是来干什么的。好在我们都是见过世面的,反倒朝他们要起搜查证来。联防队员恼了,他们上前二话不说就撩女孩们的被子。韩丁的女朋友对待身上的被子就像演员对待台前大幕一样,她精心地给了一个姿势。师思不一样,她死死抱着被子,等到终于被拉下后,她大叫了一声。联防队员望着她一身整齐的穿戴,不解地问她有什么好叫的。

联防队员说:"跟我们走!"

我和韩丁说:"走就走。只要有单间住,进监狱也行!"

说了好一阵,也不见他们动脚。后来,他们不耐烦地明说,让我们给点辛苦费,这事就私了了。

我不肯给。韩丁也不愿意,他还要我将记者证掏出来亮一亮。后来师思拿了二十元钱递给他们。我以为他们不会要,嫌少。哪知他们接过去后便扭头走了。临出门时,还不忘告诉我们,是邻居打电话投诉,他们才找上门来的。

关上门,我对师思说:"这么点钱,你也敢给!"

"现在是原始积累时期。"师思看了看那个女孩,又说,"你还不太了解这个城市的这条街!"

那个女孩冷不防地开了口:"我觉得蓝方老师已经了解武汉了。"

女孩的这个称呼让我胆战心惊。

5

后来,我常常想到一个问题:那天早上假如师思起床后,梳洗化妆完毕,同我一起过早,一道上班,许多事情便不会发生。遗憾的是,那天早上,师思像是预感到当天会发生什么,起床后粗粗地化过妆,连谢谢都没说,就冷冷地走了。为此,韩丁同女朋友发生争执。韩丁认为我同师思的关系完了,女孩则认为这仅仅是好戏的开始。

那天,女邻居和她的丈夫在门外的那辆"麻木"旁,冲着我们尴尬地笑着。

我在联欢大楼前停下自行车,沙莎已买好两份热干面在等着我。

我锁好自行车,端上热干面跟着沙莎进了电梯,再走进沙莎的办公室。在无人的十分钟里,我们上演了整整一曲由爱情到婚姻的大戏。我告诉沙莎,自己太需要有一处房子来隐蔽自己。沙莎当即从抽屉里拿出一份写好的结婚申请,让我在上面签字。我只是看清留给我签名的地方已经写好了"沙莎"二字，便提笔写下"蓝方"二字。那劲头颇似既然女人都敢动手，我一个大男人有什么好犹豫的。

沙莎在我签过字后，用手拍了拍我的手，她的手有点凉，惹得我的神经一跳一跳的。往后的事都是沙莎去办的，她要我什么也别说。当天下午，她就将一份鲜红的结婚证书交到我手上。我不相信这是真的，办结婚证有许多手续，其中一点是双方必须都到现场。沙莎告诉我，她让弟弟即时顶替了一阵。像中共地下党员接受秘密文件一样，在我接过结婚证书时，窗口有一对麻雀正在交嘴。这两个灰不溜秋的小东西，给我的意外婚姻带来难得的一点诗意。

我说："这就是我们的营业执照？"

沙莎说："又多了一个夫妻店。不过目前还不能营业。"

沙莎告诫我，一定要等到分房方案公布之后，我们的关系才能公开。我很佩服沙莎。因为太佩服了，所以我一直没有吻她的念头。

那天师思要到北京组稿，我送她到汉口火车站。

坐在出租车里，我突然扳过她的脸，用力地吻了她一下。她除了紧闭嘴唇，别的什么动作也没做。我将她一直送上三十八次列车的硬卧车厢，直到她从嘴里挤出一句"恭喜你有大房子住了"才离开。

师思是用直觉来判断的。

在直觉这一点上，我崇拜天下的所有女人。主编老莫只让师思在北京待一个星期。师思却待了半个月。她回来后，我和沙莎就将住房的钥匙拿到手。

分房方案刚刚张榜公布，我和沙莎就去买了十斤糖果，放在门卫老赵那里，让他代我们分发给每一个人。老赵比我们幽默，他在分房方案旁贴了一张告示，再将糖果置于告示下面，让局里的人自己随意取。好多人一边吃糖，一边看着分房方案，一边说我和沙莎登记结婚真是时候，早一天没意义，晚一天就迟了。

我同沙莎登记结婚，在局里的反应远远大于在我内心的反应。我同沙莎还像以前一样，各人上各人的班，各人下各人的班，甚至连什么时候举行结婚典礼也没在一起商量。每天早上，我们照例在办公楼前小吃摊上吃热干面过早，然后一道进电梯上楼。赶上电梯里没有别人，我们会走到一块，相互捏捏对方的手。这仅有的身体接触，一点也不能激起我对沙莎的欲望，那感觉就像在武汉商场门口，碰见熟人握握手一样。回到老租界里的那间屋子，面对因为我要搬走而格外高兴的韩丁，我有时会有一种念头，想强暴非要有两室一厅以上房子才肯嫁给我的师思。

对于沙莎，我一直没有兴趣。

我们之间直到结婚时，也没说过我爱你一类的话。

在师思从北京回来的前几天，主编老莫将我叫进他的办公室。我以为他要同我谈杂志的事，一开口才知道是代表局里，就分房问题同我谈话。他劝我不要掺和分房的事，大家都知道我同沙莎结婚，目的就是为了房子，这样太功利，会影响自己的政治前途。我没有马上回答他，而是当面打了一个电话给沙莎，将主编老莫的话说给她听。沙莎要我告诉主编老莫，就说自己若是想娶局长的女儿，准保什么事情也没有。我没有挂断电话，拿着话筒，照本宣科地对主编老莫转述一遍。这副样子让主编老莫不得不将准备说给我的许多话全噎了回去。他让我放下电话，关上办公室的门，换一副面孔，推心置腹地说起来。

我听了一下午，终于弄明白这套分房方案其实是为局长的女儿一个人制定的。办公室的人绞尽脑汁设计出一个复杂的计算公式后，刚好将局长的女儿算计成符合分房条件的最后一个。那时，他们没料到我和沙莎会从中插一杠子。我们一进到这个体系后，局长的女儿就成了"中央候补委员"。

弄明白后，我对主编老莫说，这个腐败我反定了。

说到后来，主编老莫开始追问师思的行踪。他虽然加了一句"这家伙太不像话"来表达作为领导人的大公无私意图，我还是觉察到他对师思的特殊关切。我其实并不清楚师思在外的任何情形，我故意说师思上午还从北京给我打了个电话，然后细细感受这话对主编老莫的伤害情况。

我特别希望给我们的房子能在师思回来之前分下来，我怕自己在面对师思时，会改变主意。自从与沙莎登记结婚以来，我在内心深处反倒郁积出一个对师思的情结。我特别清楚，那张婚姻的营业执照不在法律的保护之下。除了感情，连它的操作方式都是不合法的。只要我一否认,它就得完蛋。

然而,我必须在繁华的大武汉拥有自己的住宅、自己的家庭。我的名片上不能长久地只能印着呼机和办公室的电话号码。我不太羡慕别人名片上的职称和职务,让我心动的总是那些电话号码后面括弧中的字母H。

好像沙莎也明白这一点,她比我更急。当着面她总叫我放心,汉江的水跑不脱是要流进长江的。这句话只有沙莎才说,连师思都不说。汉江水是清的,长江水是浑的。天下只有浑水往清水里掺的事,哪有那么苕的人,将自己的清水掺进浑水里。离开我,沙莎独自同行政科的人急了两次。人事处长也出面给行政科的人打了一次电话。这些行动还未见效果,师思便从北京回来了。

师思回来的消息,大家是从主编老莫脸上读出来的。师思从机场直奔杂志社,她一进办公室便冲着我们大笑,然后伸过手要同我握一握,说是恭喜我双喜临门。她在老赵的门卫室旁的墙上,看到了分房人员名单。这时,我也顾不了什么,扭头便往楼下跑。

师思在身后酸酸地说:"别笑歪了嘴。"

出了电梯,果然见到一楼大厅的墙上贴着两大张湿漉漉的白纸。我和沙莎的名字在白纸上被连在一起,沙莎的名字在前,在那之后的括弧里写着我的名字,使我成了自由市场上买排骨必须搭上的烂骨头。以同一个从没表示过爱的女人结婚为代价,换来的房子,坐落在花桥小区里。它在老赵和王婶的家隔壁，目前的房主还是财务处的牛会计。

我有些懵，直到老赵将一支烟塞到我嘴里，我才醒过来。老赵说："我们要成邻居了！"

我望望白纸说："为什么我们不能住新房子？"

老赵替我点上烟后才说："我就愿意住旧房子，新房搞不好就会让人伤心伤感。"

老赵忽然剧烈地咳嗽起来。我扶了他一把，让他回到门卫室后，终于忍不住说："你咳嗽的声音不对，是不是肺上有毛病？"

老赵说："你放心！我看过医书，这种年纪患了肺结核，也不会传染。"

沙莎随着一阵高跟鞋的响声出现在老赵的窗口。她对着那张白纸看了足足十分钟，直到将所有人的房子都记住才走过来。

沙莎说："我不太满意。你呢？"

不知为什么，我像报复谁似的。我说："阴谋得逞了，还不满意？"

沙莎说："能这样想当然好。我同牛会计说一下，明天抽空过去看看。"

沙莎走后，老赵对我说："你找了个了不起的女人。她有点像我家的老钱。"

我搞不懂他这话是褒还是贬，便说："搞人事工作的，个个貌似深沉。"

这天下午下班时,主编老莫让杂志社的人都别走。大家先去圣诞酒店吃晚饭,然后又让师思选了往事温柔酒吧泡吧。大家乱纷纷地坐了半夜,只有主编老莫一个人高兴。到买单分手时,师思没有同主编老莫一起乘出租车走,弄得主编老莫也不高兴。他真真假假地说我们都是狼心狗肺的家伙。还说等杂志社自己有钱了,像"猫头鹰"那样自己盖楼买楼,看谁还敢不买他的面子。

师思自己叫了一辆电麻木往六渡桥方向走。我依然是徒步回住处。半路上,沙莎在我的叩机留了一条言:玩得开心吗?还没到住处门口,老远就看见窗户里灯火通明。等到我开门进去时,发现师思已和衣躺在床上。韩丁见我回来长吁一口气,说自己正不知怎么办好。我上前拍了拍师思的后脑勺,师思没有睬我。我只好挤到韩丁的床上。

师思照例天一亮就走了。

除了留在被窝里的体香,我连一句话也没捞着。

我出门时,韩丁递给我一只红包,说是祝贺我结婚了。

我收过红包后再告诉他,我无权将这房子百分之五十的使用权送给他。

见到沙莎时,她出乎意料地说:"你有些忧伤!"

我一愣后才回答:"已经到了围城门口,当然有反应。"

沙莎难得一见地笑起来:"这几天你可以好好享受世纪末的感觉!"

我突然发现沙莎脖子上没有戴丝巾,浑圆与白嫩的肌肤让我有史以来对她心动了一下。

走进办公室后,我只来得及朝师思看上三眼,主编老莫就出现了。他一说话,满屋的人都能闻见从那张嘴里冒出来的热干面气味。

主编老莫说,提前开个编前会。

大家赶紧起身纷纷往自己茶杯里倒开水,然后,女孩们又拿出抽屉里的小镜子,将自己的眉毛与嘴唇重新伪装一遍。在这个过程中,女孩们马上发现师思的化妆品又换了品牌。主编老莫和我作为男人,对女孩在办公室里的这些特权,总是极有耐心地欣赏着。女孩有的拿过化妆品,有的将师思扯到窗口,捧着她的脸蛋,像是校对清样上的错别字,半是认真半是挑剔地端详着。她们一闹,半小时就过去了。主编老莫终于咳嗽一声,声明自己不得不做职业杀手,谋杀女孩们的业余爱好。一个女孩用香水瓶朝着主编老莫喷了一下,师思马上叫起来,说只这一下,少说也去了两元钱。我忍不住说了句,回头让主编老莫赔你一瓶。见师思眼角的光泽不对,我又补上一句,让师思将买香水的发票交给主编老莫签字报销。师思冷冷地说,她从来不用香水,这香水是配售的。

编前会终于进入正题。

除了老一套以外,新鲜事有两件,一是"猫头鹰"在向我们施撒手锏,他们以月薪万元为诱饵,将长期为我们杂志主持心理咨询专栏的董博士挖走了。主编老莫念了董博士的辞职信。虽然书读多了的人不免呆里呆气,但他倒也坦率,不像别人遮遮盖盖。谈到钱对他的重要性时，还有几分让人心酸。心理咨询专栏是我们杂志唯一超过"猫头鹰"的地方，"猫头鹰"抢走董博士，实际上是在动手掐我们的脖子。第二件事是局长正式发话了，从这一期开始，杂志上必须期期有反映下岗职工再就业的文章，而且还必须是重头的，不能蜻蜓点水。

主编老莫刚说将这个任务交给我，师思就发表不同意见，说人家正忙着结婚，杂志社的事再重要也不能耽误人家百年大计质量第一的好事。师思自己将这事揽走了。这是师思在我搬进花桥小区那套二手房子之前，唯一一次正面提起我的婚事。

对于第一件事，我们都束手无策。我提议可以用更高的薪水将董博士请回来。师思一针见血地指出，我们的经济实力还不到"猫头鹰"的十分之一，作为对手，他们这么做是明目张胆地同我们较量，打钱仗，我们必输无疑。其他人更不同意，个个都说自己只要一万元的一半，准保能将这个专栏办得超过董博士。最后，主编老莫拍板，心理咨询专栏由杂志社几位编辑轮流主持，每主持一期，额外多发一千元编辑费。主编老莫这话，将大家脸上的危机状态扫个精光，人人都露出美滋滋的模样。

这时，老赵从门卫室打来电话，杂志新一期的样刊到了，让我们下去拿。主编老莫让我带人下楼，他自己留下同师思具体谈谈有关下岗职工再就业典型文章如何写。

我们下楼后，见老赵正捧着我们的杂志在看。

见到我，老赵一扔杂志说："你们登的文章越来越不好看，这么下去谁还肯掏钱买回家去看呀！"

我翻了翻油墨尚未完全干的杂志说："你应该喜欢才对，这上面有表扬你们模范家庭的事。"

老赵将我递到他眼前的杂志推开。

我们叽叽喳喳地扛着杂志回到办公室时，师思一个人坐在椅子上发愣。桌上的墨水瓶被碰翻了。我上前去将墨水瓶扶起来。

师思突然站起来，抓起桌上的皮包，对我说："我采访去了，这一阵不来坐班。"

剩下的话是：有事呼我。这是用眼睛说出来的。

师思走时，步态不像平素那样款款地有情有致，身姿神韵有些零乱。

一个女孩送杂志到主编老莫的办公室里，回来时，她大惊失色地告诉我们，主编老莫那条标价八百八十八元的领带，歪着挂在脖子上。

在我所相处的男人中，只有名利能让他们惊诧。女孩则还是一如既往，让她们惊喜的总是时尚的物品，而让她们惊慌失措的东西总是与情感有关。

师思一走，正好让我静下来考虑一下自己的婚姻与房子的关系问题，越想越觉得自己的城市生活全部内容都已成了一所房子。我想找个人说一说，找来找去，最后选定的还是韩丁。

韩丁正在一处股票交易所里,对着牛气冲天的股市行情乐得合不拢嘴。他在回话时,第一句话就说,照这样的行情,今年他完全可以到常青花园买一套房子。一听这话我就知道自己找错了倾诉对象。韩丁将房子当成一个人在城市里安身立命的基础,比"一个中心、两个基本点"还重要。我失望地将电话挂了。

突然间,我想到了董博士。

一拨电话,董博士正好在家,因为是熟人,我便将心里的想法和盘托出,并告诉他,这种本来目的非常明确的婚姻,不知为什么反而让我越来越糊涂。董博士在电话那头沉默了一阵,才问我是不是指桑骂槐,责怪他为什么要跳槽。其实他的想法同我现在的想法完全一样。自己本来就是冲着高薪来帮"猫头鹰"的,过来之后才发现自己似乎也要找人咨询一下这种心理到底是怎么回事。那些下岗工人,每月连一百四十元生活保障金都不能及时到手,自己怎么可以轻轻松松地就额外拿一万元。而且,他一直提心吊胆,不知那一万元是真给还是假给。第一笔报酬还没到手,心里就老觉得欠着他们什么。

我也欠了许多,但不知是欠谁的。

说到后来,反成了我劝董博士。

我告诉他,这年头只要是送上门来的钱,哪怕是上面有海洛因五号的味道,也只管花,汉口的五条干道,哪一条不是用钱铺起来的？说到这儿，我心里突然一亮，送上门来的老婆和房子，哪有不要之理。

我挂断电话，又拨通另一个电话。

对着话筒，我理直气壮地说："老婆！我是你老公！"

沙莎在电话那一端害羞地笑起来。

午间休息时，我在街上拦了一辆出租车，带上沙莎和牛会计去花桥小区看房子。仍由牛会计住着的房子按四星级宾馆标准装修过。我很想说，这样子挺好的，我们只需抱着铺盖进来住就行。沙莎却一口气挑出二十几处毛病，最后的结论是只有防盗门可以将就着用，但门锁必须换。这一点是牛会计主动提出来的。

牛会计问我们准备花多少万进行再装修。

沙莎笑而不答。

在我们察看时，老赵的妻子钱主任和王婶家的两口子都进来凑热闹。

王婶公开说，她原以为我同师思是一对，没想到鸳鸯谱上写着的是我和沙莎。

钱主任则说，从职业眼光来看，我同沙莎的结合更加牢不可破。

他们邀请我和沙莎到各自家里坐坐。我被他们家里的温馨气氛深深地打动。特别是钱主任家里，老两口的床头柜上插着一支鲜艳的红玫瑰。钱主任说这是老赵上个星期天给她买的。她说老赵隔一阵就会送一支红玫瑰给她。说时，钱主

423

任脸上自动迸出一排笑纹。

王婶家里则是实实在在的恩爱，她同汪总的各种亲昵姿势，用照片展示在家庭的每一个角落里，使得不被人注意的地方，也能放出光芒来。

回到马路上，沙莎出乎意料地抽出五分钟时间来挽住我的手。

我想起牛会计不肯说出价格的那个极其豪华的席梦思，心里终于有了准备在沙莎身上实施的欲望。

6

花桥小区中间的那条黄孝河路，是我同沙莎开始相交的地方。

一九九四年夏天，武汉出奇地热，才五月初气温就到了三十九度。我来杂志社报到的那天，是连续第六个三十九度的日子。按照武汉人的经验，只要气象台连续报三十九度，那一定是四十度以上了。多少年来，大家都在传说，国务院有文件规定，凡是气温超过四十度，就得全城放假休息。因为不能这么放假，所以难得在天气预报中见到四十度，更别说四十一度了。一九九四年夏天的那个热，用师思家人的话来说：若没有四十一度，老子就是婊子养的！我是在沙莎那里报到的，她将我领到杂志社，并对大家说，这是新分来的大学生。我站在沙莎背后,不时望着那条深陷进肉里去的乳罩背带,并闻着她身上因为出汗太多而散发出来的轻微狐臭。当时主编老莫不在,还没调离杂志社的王婶出乎意料地冒出一句:现在的媒体真不像话,明明气温到了四十度,却硬说只有三十九,长此下去,什么话都没人听了。然后又对我说,这时候去乡下最好,乡下凉快。当时我手上还拎着充满学生宿舍气味的行李。沙莎问我的住处安排在哪里。王婶说这季节不要房子,睡马路也比屋里舒服。王婶也不知道将如何安置我。那一年大学本科生还勉强可以称为"人才"。主编老莫来后,才明白地说这个问题先得自己克服一下。沙莎当即为我抱不平。现在想来,也许从那时开始她就在寻找时机,将我变成她的老公。沙莎看我的眼光一直与众不同,这是杂志社内部公认的。沙莎看了我一眼,什么也没说就出去了。她回来时又看了我一眼,说她帮我找了个住处。这个住处就是现在我与韩丁同住的那间房子。这房子本是两个局之间的历史遗留问题。在我以前,我们局安排了一个单身女性去住。对方局却安排了韩丁。本以为男人会让着女人,从而在事实上占领这房子的另一半,哪知韩丁用了师思未来嫂子对付她的办法,来对付我们局的那个女的。韩丁小试锋芒便大获全胜。不是我们局做了让步,而是那女的一气之下,去了珠海。沙莎在对我讲述这段往事时,说那个女的现在是珠海一所别墅的女主人。沙莎说完这些后,还特别嘱咐我,要像坚守阵地一样替我们局守住半间屋子。自从有了安身之所,我同沙莎就没再相交。再次见面已是一个月以后。那天我去汉口火车站附近，采访那里的安居工程，中午返回时，实在受不了公共汽车上的酷热，便在花桥站下车。站在树荫下撩起衣襟拼命扇风时，我看见沙莎戴着一顶蝉翼一样的钢丝折叠帽，手臂上搭着防止紫外线的纱巾，骑着自行车，顺着黄孝河路，赶着去上班。我正在想要不要同她打招呼，突然传来一声巨大的炸响，脚下坚固的混凝土托着我跳了起来。与此同时，马路上三个下水道的窨盖，拖着几道火光冲天而起。其中一只从空中落下后直奔沙莎而去。见势不妙，我奔过去，将还在自行车上不知所措的沙莎，连人带车用力拽到一边。那磨盘一样的铁家伙砸在离我们只有两米远的地方，狰狞地裂为两半。远处的两个窨盖在马路上滚了一段后，躺倒下来，冒起一阵青烟。裸露出来的三个下水道洞口里，蹿出一丈多高的黑色烟柱。《武汉晚报》和《长江日报》隔天都对此事做了报道。它们提到黄孝河曾是武汉最著名的污水沟，并引用专家的意见，说是这条被管束的污水沟里的大量沼气在少见的高温下，自燃爆炸。望着那股黑烟，我搂着惊魂未定的沙莎，站在马路边。纵然是第一次这么亲近一个年轻女人，无论当时还是过后，除了汗水的滑腻与滚烫，我再也没有其他感觉。

　　如果这事发生在武汉之外的城市里，它一定是浪漫故事的美妙序曲。在武汉，这事就这样过去了，只有极少数人还记得报纸上说的，一只铸铁窨盖冲天而起，险些砸着一个骑车路过的年轻姑娘。

现在，我同沙莎在法律上已是夫妻，就要住进黄孝河路上的花桥小区。不是沙莎，我连想都不敢想。

感情问题和爱情问题一直没有被提上我和沙莎的议事日程，被优先考虑的是我们各自的存款。沙莎那头脑里不知装着什么先进仪器，她眨也不眨一下眼，就说出我的存款数额。这个数字同我真实的存款余额相差只有四百元。我像是被反贪局的人盯上一样，索性和盘托出，连那四百元也不要了。

有天夜里，韩丁同最近的那个女孩斩断关系后对我说，外地人找武汉女人做老婆是福气，做情人则是灾难。韩丁准备买房的钱又蚀了一截。他没说是炒股赔了，还是为那女孩破费了。不过多半是由于后者，因为近期股市仍在涨。

我一直在平静地观察沙莎。她确实是过日子的行家里手。自从我的存款交到她手上，她再也没有麻烦过我。我知道她在一趟接一趟地往顺道街和青年路跑，上那儿选装修房子的材料，选房子装修好了以后要用的家具。我几次提出陪她一起去，她都不同意，理由有两个：一是两人去要多花一倍的交通费；二是我不会说武汉话，跟人讨价还价时是个累赘。沙莎请的装修工人恰好是黄州人，他们同沙莎讲黄州话时，我还是不能插嘴。从牛会计搬走，到我们的家具进门，总共只用了三十天时间。

结婚的头一天，一切准备好后，局里的同事来看热闹。

几个同我一样，从外地来武汉的人咬定我们至少为这房子花费了六万元。武汉本地的同事没有如此高估,尤其是成了邻居的王婶,她认定的花费在三万元上下。这个数额正是我和沙莎的实际经济状态。

黄昏时,沙莎约我去一家酒楼。我们在酒楼里订了五桌酒席,酒楼的老板很高兴,免费给我和沙莎提供一顿晚餐。黄孝河路的中心地带,天一黑便摆满各种各样的小吃摊。我更多的时候是在看着窗外那些忙乱地招呼过路人的摊主们。

沙莎端起一杯啤酒说:"我们俩碰一下吧。明天起就真的成夫妻了,希望你今天将那些未了的事,说的说完,做的做完。"

我将自己的酒杯贴上去说:"你放心,这个年代没有藕断丝连的故事了,大家都是刀切豆腐两面光。"

一个穿黑衣的老太太拿着一束花走过来,客气地问我要不要给沙莎买支玫瑰。我告诉老太太我们是兄妹关系。老太太根本不看我们,只顾看着自己的花,数落我这么说可不好,她自己年轻时,因为说错话结果将一段好姻缘错过了。

我赶紧掏钱,买了一支玫瑰。

沙莎接过玫瑰高兴地说:"往后可不许这么乱花钱。"

我提出上她家去看看时,沙莎没有明确表态,只说时机一到会让我去献殷勤的。

我们断断续续地聊着,八点钟一到就分手各自回去。

沙莎不让我送,但吩咐我今晚别玩得太久。

我不清楚自己会去哪儿玩。

沙莎明白地告诉我,师思会找我的。她有预感。

回到住处,果然发现门上钉着师思的留言条。我有意在屋里多待了一会儿,直到九点半才去往事温柔酒吧。我去时,师思桌上的酒水单上已画了三个勾勾。

师思说:"你比我预计的时间提前了一个半小时。"

她要我买单,理由是明天的喜酒她不去喝。

我摸了摸快被沙莎掏空的钱包,壮着胆,点了头。

在我要的啤酒上来之前,我说:"是不是后悔我娶了别人?其实,有可能是我后悔为什么要娶别人。"

师思说:"这有什么好后悔的,大不了将来离婚,还能白得半套房子。"

我突然问:"你今晚又是无家可归?"

师思说:"不,他们旅行结婚去了。我心情不好,杂志社让人越来越压抑。"

我说:"压抑的是我,盼了多少年的好消息,结果弄得这么酸不溜的。"

师思将一杯酒喝下大半杯,她说:"蓝方,你确实是个笨蛋。你怎么就看不出那家伙对我不怀好意?"

奇怪的是,在我明白师思的意思后,一点也没有生主编老莫的气,我说:"以你的智慧,对付这种男人,用几根头发丝就行。"

师思沉默了一阵说:"你又错了,也许我根本就不用去对付他。说出来你会妒忌,今天上午他又批给我一千元采访费。"

我用武汉最流行的话骂了一句。去年我去北京采访也才限额一千二百元。师思在市内跑，却给一千。我一提到女人年轻就是资源和财富时，师思的眼泪就下来了。我慌忙递上一块纸巾。这一弄不要紧，她几乎将眼珠哭了出来。我不再说什么，也不做什么。对女孩最好的安慰是让她自己哭个够。酒吧的灯光很伤感，师思哭了二十分钟，我不得不找女招待要了两次纸巾。

周围的人仿佛都在欣赏师思伤情的样子。

的确，一个独自流泪的女孩，反而会让酒吧气氛像火一样燃烧。

我慢慢地呷着啤酒，心里一片空白。

师思终于将不要的眼泪全部洒在酒吧的地板与纸巾上，她抬头挤出些笑意说："好了。对你实说，我就是想要你陪着，让我大哭一场，好久没有这么哭过了。"

我说："再哭几下，龙王庙就有险情了！"

师思说："你得提防杂志社的险情。记住我的话。谁要是欺侮我，我就让他吃不了兜着走。"

我说："这话你嫂子若听去了，还不吓个半死。"

师思又举起酒杯。往下我们只聊杂志的事。师思采写的第一篇关于下岗职工的文章，将她自己都感动了。我建议她不妨写写我住处的那对开"电麻木"的下岗夫妇。旁边有人在问时间，回答说是十二点一刻。师思装作知趣的样子，提议我们回家。买单后,她送给我一只纸盒,说是结婚礼物。师思递纸盒给我时,两只手有些颤抖。

我说:"你怎么啦?"

师思说:"我一见到熟识的男人都有家室心里就慌。"

我说:"武汉有三百五十万男人,怕什么。"

拎着纸盒同师思并肩走在马路上时,我向她提了三个要求。

第一个要求是轻轻地吻她。

第二个要求是深深地吻她。

第三个要求是疯狂地吻她。

她对这三个要求一概给予了拒绝。

她拒绝的方法是:除了皮鞋可以吻,其余地方都不行。

我问是不是市价,两元钱一双。

她回答说可以贵一些,毕竟嘴唇比鞋刷高贵。

师思依然上了"电麻木"奔六渡桥方向而去。

回屋后,我打开纸盒一看,是整整三十盒避孕套。

我惊愕地叫了一声:"天哪!"我猜不透师思送这东西的心理。熬到天亮,我终于将韩丁唤醒,请他帮忙分析。韩丁将眼屎抠下来弹向空中,毫不犹豫地说,这是对方希望你不要匆忙要孩子,免得有了羁绊后,你们想再有机会重组家庭也不大可能了。初时我没将这话当话,但随后我发现这话太正确了。

我们的婚礼很平常,就像十二月十二日这个日子一样,除了要做新郎新娘的我们，没有谁注意它。让沙莎提心吊胆的是，局长答应参加又没参加，婚礼为此白白推迟了半个小时，穿着红衣服的沙莎也掩不去脸上的苍白。她一改往日的沉静，忍不住小声对我说，局长是生气我们抢了他女儿的房子。我请她放心，局长是老武汉，懂得城市生活中的游戏规则。我的劝说，对缓和沙莎的心情没有起作用，起作用的是那些乘着酒兴来闹新房的男女，不停地冲着沙莎说的那些半荤半素的话，以及手脚上的那些小动作。等到他们闹够了散去后，沙莎兴奋得像只发情的小母狗。当她在朦胧的灯光下脱掉衣服后，我不知道自己是人还是动物，反正是亢奋起来。沙莎以前，我体验过几个女人。说心里话，只有沙莎为做爱所做的准备工作让我最冲动。后来我才明白，这是因为沙莎是这些人中唯一的处女的缘故。

　　局长的电话是在沙莎正为一半幸福一半疼痛而呻吟时打来的，他向我们祝贺新婚，又替自己解释没能亲自来的原因是局下属的一家企业里工人闹事，他去现场解决问题了。沙莎这时已不愿同局长讲话了。我拿着话筒时，她不停地在我身子下面扭动着。好在再也没有电话打扰。

　　我们在充满油漆味的新房里待了三天。初识此中滋味的沙莎同在办公室里的模样完全不同，她不停地要，得手一次就升华一次。有几次，她的急促让我都没机会使用师思送给我的结婚礼物。就这样，三天中我们也消费了两盒。弄得床上怎么清扫也还有薄薄一层滑石粉。三天后我们不得不出门，因为沙莎患上了急性盆腔炎。大夫说我们是正派人,因为这岁月只有正派人才会在蜜月时患盆腔炎。沙莎特别高兴听到这话。

新婚的第三天必须回门。沙莎却不乐意。从医院出来,我硬是强迫出租车司机往唐家墩方向开。因为黄州那儿就是这么个规矩。沙莎这次没将我当乡下人,她让出租车停在一处巷口。然后,我们下车顺着巷子走到头,最后停在一所破旧的矮房子门前。我立即意识到沙莎为什么要结婚、要房子。我们进去简单地坐了一会儿,一家人除了给我们端上一大碗吃食以外,谁也不肯暗示,结婚之前的沙莎下班后是如何在这所破房子里安身立命的。

这天是十二月十五日,患了盆腔炎的沙莎因不能做爱而同我做了一场严肃认真的谈话。她说,在城市里要活下来很容易,要活出质量来则不容易。在城市里,质量要靠物质来打基础。空有精神,只会是一个流浪文人的自慰行为。这些天的做爱,让沙莎身上总处在充血状态,她一认真起来,声音沙哑得就像走了磁的录音机中的响声。她第一次用这种声音对我说,虽然我们结婚的动机是为了得到一所房子,但她已经铁了心要爱我一辈子。

沙莎是站在黄孝河路紧挨着我们住所的那几棵树下对我说这番话的。那个卖花的老太太正在不远处盯着过往的人。她显然还记得我们已买过她的花,当我叫她时,她将玫瑰的价钱从每支八元下调到六元。我将玫瑰递到沙莎的手上。沙莎说她希望我有一天也能这么对她说我爱她。卖花的老太太刚收了钱就匆匆走开。一会儿,老赵就同钱主任手挽手地出现了。

我对他们说:"这年纪了,还能这样,真让人羡慕。"

钱主任说:"老赵昨晚还说羡慕你们年轻哩。"

老赵灰白的头发在晚风中翻飞了一下,他冲着我们笑一笑,像一个听话的孩子被钱主任牵走了。

老赵一直没有回头,只是在过马路时乘机看了一眼那卖花的老太太。

卖花的老太太随后走向公共汽车站,上了那辆524专线车。

我认真地说:"爱情是年轻时美丽,婚姻是老来美丽。"

沙莎也认真地说:"我们会有这么一天。"

沙莎想听到的三个字在心里没组成串,我无法一溜地对沙莎说出来。但上床后,脱光了互相搂抱着依然睡得很香。沙莎的成长环境使她只能像这个城市的许多女人一样,务实不务虚,更相信面前看得见摸得着的东西。而我也变得同她差不多了。

早上醒来时,我发现沙莎嘴角上像小女孩一样牵着一根口水涎,心里顿时生出一丝爱怜。除了身体器质反应外,这是我第一次为她心动。

在我伸手摸她的眉毛时,她醒过来了。

沙莎睁开眼睛就说:"肚子饿了,我想吃热干面。"

她特别提到解放公园路口，紧挨着市文联办公楼的那一家。

从前的书籍上总有病号饭一说。我穿好衣服，出门去给沙莎买病号热干面。下楼梯时，迎面碰上汪总领着一个美丽的女孩往上走。我同汪总寒暄时，那个女孩冲着我妩媚一笑。我突然认出她就是前些时躺在韩丁床上不肯走的那一位。汪总大方地向我介绍说，女孩是他们酒店公关部的副经理，叫小黄。走到街上，我才明白这时已是上午十点钟了。

找到沙莎所说的地方，正好走了一站路。我在人最多的那家摊点上买好两碗热干面，自己吃一碗，剩下的装进饭盒带回家。上楼梯时，正好碰上汪总同小黄往下走。汪总见我的样子就说我快成为一个地道的武汉男人了。我让过他们时，发现小黄的口红颜色同先前不大一样。

我掏出崭新的钥匙打开门，本以为沙莎还在睡觉，进屋后却听见她正用电话在同谁说话。听了几句，像是有谁要来。沙莎的声音有点怪，冷冷的像是在办公室里接待前来求职的大中专应届毕业生。

沙莎拿起热干面，只吃了一口眉头就皱起来。好不容易将第二口咽下去，她就忍不住数落开来，说我一定是偷懒，就在门外随便买了一碗拿回来哄她。我说了她推崇的那家摊点的模样，还掏出返回时乘524专线车买的车票作证。沙莎不但不信我的解释，还一并责怪我连一站路也不愿走，完全不像是从乡下来的人。我没说什么，将她手上的饭盒拿过来，一口气吃光了里面的热干面,然后又端着它出了门。这一次我叫了一辆"电麻木",转眼就到了解放公园路路口。我在三个同样卖热干面的摊点上各买了一份,拿回家摆在餐桌上,让沙莎自己挑选。沙莎只用鼻子一闻,就选出了她所要的。她还指着另一碗说,这是我刚买过的。我不能不佩服沙莎对热干面的敏感。尽管我刚发现她家就是卖热干面的,我还是认定这是她超过师思的地方。

这个故事半个小时后,就在武汉流传开了。

沙莎的几个中学同学上门来贺喜,沙莎不无得意地将我买热干面的经过说给她们听。一个女同学说,找个从乡下来的男人做丈夫,最大的好处是说话算话,令行禁止。她说自己的姐夫就是从乡下来的,虽然读了研究生,三年前没条件用洗衣机时,做姐夫的还得用手给她搓洗内裤。

我说这应该是姐夫对小姨子的性骚扰。

她们大笑起来,异口同声地说我,到底是从乡下来的,真的以为是占了小便宜。

这样的气氛让我觉得无聊。我躲进房里,给韩丁发了个寻呼,想问他过得怎么样。在等电话响的时候,我找出没有用完的名片,在上面添上新居的电话号码,并在号码后面写上(H)。我将名片都写完了,韩丁才将电话打过来。他过得很好,又有了新的女朋友,只是股票老也涨不到他心中的那个期望值。我劝他像换女朋友一样,赶紧将手中的股票脱手,免得出现意外被套牢了。韩丁不同意,他说玩女人是玩感情，玩股票则是玩理智。韩丁说他有希望在春节前弄一串新房子的钥匙玩。

接下来我又给师思打电话，从接电话的女孩口气中我听出师思在办公室，但她不愿接我的电话。女孩同我打趣，要我别吃着碗里的肉，又瞅着锅里的鱼。我否认这一点，反说自己有种被她们开除的感觉。女孩对我叹气，满腹牢骚地说，杂志社的情况越来越让人心寒，主编老莫宣布了新的改革方案，将全社人员的工资同杂志的发行量捆在一起浮动。我一听，心里也不舒服，杂志发行的数量逐月下降，我们的工资就会变得没有出头之日。

在我纳闷时，客人们全走了。沙莎走进房中，根本不在乎我的情绪，武断地吩咐，十二点时有个姓王的经理要来，届时她躲在房里不出面，而我则要说她有急事出去了。待王经理坐下，她会打我的叩机，我趁机到房里回电话，并要故意将声音提高，让王经理能听见我也有急事必须马上出门。

一会儿，一个胖乎乎的男人果然敲门进来。

我不知底细，只好照沙莎说的去做。

我拿着响个不停的叩机进到房里，沙莎将一张纸放在电话机旁，让我依照上面所写的意思瞎说一通。待我回到客厅，王经理马上起身告辞。我将王经理送到门外，转身关上门，沙莎就迫不及待地冲进客厅，在王经理坐过的地方找寻起来。转眼间，就从茶几上的一本书里找到一只饱满的大信封。沙莎用两个手指一抠，竟然现出一大沓百元人民币的可爱真身。

7

沙莎不肯对我说王经理的来历。

我也不肯接受沙莎关于家里的电话由她来接的规定。

沙莎的理由很充足：这部电话是从牛会计那里接转过来的，它可能牵涉到一些不同的秘密，她比我更了解局里的情况，由她先行甄别是必要的。沙莎有她的办法，当天下午她出门打针，回来时给我买了一双花花公子皮鞋。一开始，我还以为是在哪个路边店里买的水货，打开纸盒，上面有张专卖店的发票。我逛过那专卖店，像这样的鞋最低也要六百几十元钱。虽然我心情好了些，但是心里更怀疑那只装钱的信封的来历。

天黑时，老赵给我捎来一大堆信。

让我吃惊的是，"猫头鹰"的头头儿给我寄来一封信，祝贺我新婚大喜。信中说，无论哪一天，只要我肯去他们杂志社坐一坐，他们就会送给我一百美元做贺礼。沙莎立即劝我趁着婚假未满，到武昌找"猫头鹰"将那张绿钞票取回来，让她见识一下。

我同老赵说了一会儿话，钱主任便拿了一碗汤过来，让老赵趁热喝下去。

老赵机械地将头埋进碗里。

钱主任抽空给我们讲了她的婚姻介绍所里发生的一宗趣

事：有一对男女，用他们提供的代号联系上后，相互写了五十多封情书，彼此爱得死去活来，到见面时，才知道对方是五年前闹离婚打得头破血流的冤家。

钱主任还没将结局说完整，隔壁王婶突然呐喊起来。

最先做出反应的是钱主任，她第一个跑到门口。

我们赶到时，王婶屋里传出尖利的玻璃粉碎声。

王婶的声音被门缝切割得又尖又细："你这人面兽心的流氓，老娘今天非同你离婚不可！"这种尖细的声音特别能刺激别人的心灵。门外的四个人，按照法律约定的配对关系，相互看了一眼。王婶又叫："老娘辛辛苦苦弄了一套房子成个家，你竟敢将小婊子往我床上领。觉得酒店的床不过瘾，想同人家做夫妻是不是？"汪总终于吼了一句："你不要像个泼妇，好好讲道理不行吗？"王婶声音更大："我就是泼妇，永远也不会像小婊子那样发嗲！"屋里什么重物被推倒了。

这时，楼上楼下的人全都钻出来，站在楼梯上听动静。

钱主任说："这样要出事的。"她拉上沙莎去敲王婶的门。

老赵趁人不注意，将剩下的半碗汤倒进卫生间的便坑里。老赵朝我笑的样子，很像小孩偷偷干了坏事被人发现，不但没有胆怯，反而有些快活。

钱主任将王婶的门敲了足足二十分钟，其间一点停歇也没有，直到王婶终于将门打开。我们进去时，发现地上全是咖啡壶的碎片，茶几四脚朝天地躺在地上。没容我们开口，王婶便气呼呼地告诉我们,汪总今天将什么女人领进家里了,不仅用了她的床她的枕头,还用了她的唇膏等化妆品。她说以前就觉得家里的唇膏被人用过,所以就特别留心,每次用过后,自己在唇膏上用头发勒一道细纹。她将唇膏给我们看,指出本来细纹应在什么地方,现在只剩下底部上的一点痕迹了。

汪总在旁边说:"你今天爬起来就慌忙赶去上班,说是有要紧的会议。那样子,哪有心思去设陷阱!"

王婶说:"告诉你姓汪的,我宁可自己不抹口红,也不会忘记往唇膏上做记号!"

钱主任示意我和老赵将汪总领到我家去避一避。

汪总进了我家门后,一屁股坐下来,随手拿起结婚仪式用剩下的香烟,朝我们各扔一支。我和老赵在家从不吸香烟,这时情不自禁地同他对了火。

吸了几口香烟后,汪总说:"小蓝,我带小黄来和去你都看见了,这么短时间能做什么?"

我想了想说:"真想做,时间还是够的。"

汪总笑了一下说:"玩情人这样可不行。"

老赵说:"我相信你,至少今天什么事也没有。"

汪总高兴地说:"到底只有男人才能相互理解。"

此后我们不再提起这个话题,聊了一阵酒店的事后,汪总忽然告诉我,"猫头鹰"的头头儿今天中午在他们那儿包了五桌酒席,标准都是八千元,可出席的宾客都是不三不四

440

的模样。我告诉他,这些人可能都是二渠道的书商,也就是报上经常批判的非法出版商。汪总马上改口说自己小瞧了他们,这些人现在是枭雄,将来是英雄。他劝我趁早结交一些所谓黑道上的人,因为迟早有这些人的用武之地。我们谈得热火朝天,要不是老赵说句话,似乎不存在刚才汪总和王婶吵架的事。

老赵说:"她要同你离婚,你就答应下来。"

汪总说:"我们的老板是日本人,他不喜欢手下人闹离婚。"

老赵说:"别犹豫,不然就够你受的。"

总的说来,三个男人的谈话气氛是轻松随意的。不比隔壁,王婶的哭泣不时可闻。

因为这件事,三家六口人都上老赵家去吃晚饭。

老赵的女儿到深圳工作去了。老赵的屋里却还像年轻人喜好的那样,鲜花、干花和假花混杂着摆了许多。钱主任特地让我和汪总参观她和老赵的卧室,重点是床头柜上的那支红玫瑰。她要我们向老赵学习,经常向妻子表示一下爱心。

夜里,我同沙莎睡在一起时,沙莎说她觉得汪总有对王婶的不忠行为是真的。我不能告诉她,我看见汪总领着小黄进屋。这是天下男人的秉性,外面的事尽量不同妻子说。女人天性好怀疑,说不定就会由他人联想到自己头上来。我只能对沙莎说,我相信是王婶多疑了。

沙莎说:"你们男人总是偏袒男人。"

我说:"女人还不是这样。"

沙莎又说:"你们一定觉得王婶这样做太过分了。有句话我要先告诉你,你若是像汪总这样对待我,我就杀了你!"

沙莎的语气很平静。

我摸了摸她的脉搏,速率很均匀。

半夜里,沙莎将我弄醒。我知道她要干什么,就提醒她别忘了医嘱。沙莎要我进去后别动。她心里慌,想这样,不这样就不踏实。我本想就这样依她。但后来我们还是完成了整个程序。

沙莎说了句很有意味的话:谁叫我们正年轻哩!事实上,沙莎的蜜月病并没有恶化。包括大夫的吩咐,世上很多前人的经验之谈,其实是危言耸听。

第二天早上,我们听见王婶在自家门外说了句类似的话:"趁我们还没有老,赶紧从头再来!"

王婶将门摔得山响,整栋楼都颤抖起来。

王婶下楼的脚步声就像有一次送煤气的工人,不小心将煤气罐掉在楼梯上,轰隆隆地滚落的动静。

连续吵了几天几夜后,王婶和汪总终于协议离婚了。

他们办完离婚手续,我们的蜜月也度完了。

上班的第一天,师思就同我吵了一架。本不是什么大不了的事。校样上我将一处"唯妙唯肖"圈出来,改成"惟妙惟肖"。师思将它复原后,我又改过来了。旁边的女孩帮忙查字典,证明是我对。师思硬说这是约定俗成。后来我想惟妙惟肖这词在特定心情下是很敏感的。我并没有多说什么，师思就同我红了脸，还将几本杂志朝我摔过来。好在这时我已意味到这中间还有别的因素，我弯腰拾起掉在地上的东西时，自语了一句："谁叫我是男人哩！"

我们刚吵完，沙莎突然出现在门口。

她是专门来告诉我，王婶和汪总离婚了。

沙莎的神情中有一股莫名其妙的烦愁。问起来，她又没有东西可说。

杂志社的男女都说我变憔悴了。他们隐去另外一句话：我纵欲过度了。对于我的记忆，新婚这一段，除了纵欲实在没有别的可说。

我抽空往"猫头鹰"那边打了个电话，感谢他们对我的祝福，然后约了去拿美元的时间。这天中午，主编老莫在圣诞酒店宴请从北京开完文代会的几个人。主编老莫被几两酒灌得红光满面，整个下午都在师思对面架着二郎腿，吹嘘刚刚听来的北京方面的故事。他说朱副总理在人民大会堂给文艺界的人做了形势报告，要大家将手头的钱管紧点，包括银行在内，许多人其实是在挥霍老百姓的存款。我忍不住插嘴说，他今天中午请客也是在挥霍全杂志社人的存款。

师思出其不意地说："不同他们联络感情，谁给我们写文章！"

我被师思冷峻的神色震住了。

主编老莫得以继续侃下去。

我看得出师思是在装模作样地倾听。

师思不仅在编辑们的大办公室里倾听，还不时跑到主编老莫的小办公室去倾听。据同事们私下议论，这种情形从我请假度蜜月时就开始了。有人听见他们似乎是在谈一家房地产公司在杂志上做广告的事。

没几天，一九九七年第一期杂志的样刊出来了，除了封底全部印着黄鹤山庄的房产广告以外，在八十一页和八十二页的征婚广告前面的七十九与八十页上，还登着这家房地产公司的报告文学，作者的名字是莫思。这个笔名很容易让人想到是主编老莫与师思合作写的。杂志社的人在议论，这个广告将占据杂志一九九七年所有的封底。

大家心里像是有话，但说不出来。

按照约定时间，我从武汉关坐轮渡过江直奔"猫头鹰"而去。"猫头鹰"办公地点在胭脂路一带，我们总是讥笑他们选了个风水宝地。在这个"娼盛"的阶段，杂志上任何一点有关色情的暗示，都是潜在的卖点。只有我们杂志还这么笨，连老赵那五好家庭的事迹都敢刊载。接待我的是他们的副总编。我一直瞧不起这人，从前他是一个县里的兽医，业余时间写了大量的新闻稿，后被人揭发其中大部分是假新闻。没想到被聘任到"猫头鹰"后，反倒如鱼得水，成了"猫头鹰"这几年大发展的头等功臣。他坦言告诉我，按照规定，这样的贺礼是给自己的员工或者是编外的秘密通讯员。他将一张百元美钞放在一份空白协议书上，希望我签约，成为他们秘密网络中的一员。他还告诉我,只要我签约,今后无论我有没有为他们做事,每月都可以领到一百美元津贴。我突然觉得这像是美国中央情报局在招募雇员。

我没想到会是这样,一时半刻不知如何是好。

过了好久我才表示,这种事需要认真考虑一下。

我空手走到门口,忽然看见韩丁正往台阶上爬。一时间两个人都愣住了。好像都在回避什么,我们点一下头,就各自走开。三天前,我还在街上碰见过韩丁,那时他的神情很正常,此刻却瘦得厉害,见人连眨眼的精气神都没有了。

回到轮渡上,我听到几个人在议论,今天早上股市一开盘,便狂泻不止,深圳那边已有人跳楼自杀了。由此,我判断韩丁是去找董博士做心理咨询。否则,以他看重手中那笔钱的程度,很难熬过此关。

沙莎对我没有将美元拿回来大为不满,她是那么渴望能见识一下美元。她认为我的感情还有问题,不然,我就会将那张美钞像玫瑰花一样献给她。

她生气时,我只好下厨房。几样菜端上来,沙莎就开始挑剔说:"肉淡了!"一会儿又说:"鱼咸了!"我很平常地说:"这就对了,淡肉咸鱼,还合口味!"沙莎说:"你心里在厚此薄彼。"我说:"看来你只有吃热干面的命。"沙莎放下筷子,头也不回地出门去。等她再回来时,浑身上下全是热干面的味道。她进门之际,电话铃响了。

我刚将话筒拿起来就被她劈手夺过去。

她很有派头地对着话筒嗯了一阵,最后似乎是不情愿地说:"你来吧!"挂断电话,沙莎将曾经吩咐过的话又吩咐了一遍。

在她躲进卧室后,一个叫方老板的人敲门进来。我刚给他点上烟,沙莎就在卧室里呼我。随后一切如故。送走方老板后,沙莎在她特意放在茶几上的文件夹里,找到一只比王经理留下的信封更厚的一只信封。

我还是要求沙莎说明这是怎么回事。

沙莎用女人特有的专横劲儿,要我别问。

8

杂志封底的房地产广告已发了六次。

师思还是不理我。

除了工作上的事必须说话以外,平常我们的目光从未碰到一起。杂志社内部已开始有传闻,说是黄鹤山庄送了一套房子给杂志社做广告费。我们一算账,觉得这是可能的,因为十二期的广告费,完全可以买一套房子。

还有一件事让大家心惊肉跳,下半年的杂志征订数整整降了一半,只剩下三万份,如果再降下去就得亏本了。对外,我们仍然号称发行二十万。但是,在同广告客户谈起这个数字时,除了主编老莫,其余的人都露出了心虚的迹象。如果宴请上面来的领导，主编老莫几乎不再去圣诞酒店签单，要去也只是带上师思。

天气又热起来。我想起搁在老租界那间房子里的箱子中，还有一件真维斯T恤可以穿。沙莎知道后，便催我过去看看，凡是有用的东西，全部拿回来。趁午休时间，我和沙莎一齐去了。刚走到门口，就听见里面有女人说话。这么热的天，气象预报已连续三天报了三十九度，韩丁还可以关在没有空调的房子里干好事，也算是让我见识了。关键还在于对方女人也是厉害角色。这种功夫非在巷子里长大的女孩莫属。我正犹豫时，沙莎毫不客气地上去用脚尖踢了两下门。

门一响，竟自动开了。

出乎意料的是，同韩丁面对面坐着的是楼下的女邻居。

韩丁看了我们一眼，迅速收起桌上的纸笔和小录音机。

女邻居不想掩饰，她不无得意地对我说："我请小韩帮忙写回忆录哩！"

沙莎抢先说："这太好了。现在最赚钱的就是写回忆录。你是不是同哪个明星浪漫过？"

女邻居说："没有。不过，这书一发表，我不就成了再就业明星？"

我同韩丁自那次在"猫头鹰"那里碰上后，再也没有见过面。有一次在办公室里给他打电话，接电话的人说他请了长假。我以为他有生命危险。哪知当股市上全是垃圾的时候，他却长得又白又胖。

我说:"你的股票怎么样?"

韩丁说:"还好,比卫生纸值钱。不然早揩了屁股。"

我说:"你是不是也改了行吃文字饭?真能在发行量大的杂志谋个差事,三年内弄套房子没问题。"

韩丁说:"我都快死心了。现在的房价,最少也要十万。除非上医院去卖肾才行。"

见女邻居离得比较远,我连忙小声问:"你怎么同她搞到一起了?"

韩丁说:"你当我是新贵?像我这样的大学生现在连当年的右派都不如。"

韩丁有些躲闪。我的东西还放在原地没动,满是灰尘的枕头上甚至还留着师思的几根头发。我拎上那只皮箱就走,沙莎看了看床上的铺盖,说了句什么,也跟着出了门。

虽然是正午,可马路上比那屋里舒适些。

在路上我提议给家里装上空调,沙莎同意后,又说还差点钱。

夜里的电扇一直开着三挡,但那风又硬又热,将汗吹到一起,干成一个个的灰球。听着别人家的空调机嗡嗡作响,我抱怨说都是那些人将武汉蒸熟了。沙莎要我别再像个专好杀富济贫的无产阶级,在心理上要向中产阶级靠拢,起码要像个标准的市民。我没再吱声,一说话身上就会冒汗。

沙莎突然说:"现在连狗都敢写回忆录。"

我说:"这是对的。人对狗的兴趣大于对同类的兴趣。有兴趣就有市场。"

沙莎说:"你们杂志的市场是厕所。"

我说:"你错了。主要卖点是在小吃摊上给人包油条油饼!"

沙莎说:"我看你得早点找个退路。你们半年没向局里交利润,局长都烦了。"

我说:"是不是也想我去写回忆录。"

沙莎咯咯地笑起来。我还没见她如此笑过,情绪里一下子有了欲望。我们先去卫生间里冲了个凉。当我建议就在水龙头下面玩时,沙莎惊讶地说:"这行吗?"不过她还是接受了。在一片水哗哗的声音中,她用力地告诉我,必须尽快弄到一台空调。

当她开始亢奋时,突然叫了声:"为什么不打电话来?"

沙莎这话的意思是指前些时那两个莫名其妙的电话。

水龙头下面的强作欢乐一结束,外面就刮起凉风。

天气终于变了些。气温从三十九度降到三十八度时,我们赶紧松了一口气。

气温下降的这天傍晚,王婶家传来一个男人的叫门声。

沙莎一下子就听出是汪总。汪总叫了半天,王婶就是不理睬。后来汪总大声说,他买了一台空调就在门外,请王婶自己开门出来拿。我打开门,汪总朝我使了个眼色。

我心领神会地上去替他叫门,并说:"王婶,你开门吧,我帮你将空调扛进去。"

王婶终于将门打开。汪总扛着副机挡着脸钻进屋里，我将主机拎起来，刚进屋就听见王婶叫汪总滚出去，这是她的家，不是街上的发廊。汪总几乎是哀求地说，这半年他像丧家之犬一样，没过一天人日子，他要王婶让他住在家里，这样王婶也好看他的表现如何。王婶不为所动，反说一定是外面天热，洗桑拿的地方关了门，汪总找不到去处，才又想起这儿的。汪总将一只存折放到王婶面前，他用半年时间存了九千元钱。我赶忙帮一句，说如果真是花天酒地，这点钱连一个月都不够花。王婶总算叹起气来，她知道汪总不是国家干部，没人替他买单，她也看得出汪总为攒这点钱，人都饿瘦了。但是她不能原谅那个小黄在这屋里放肆。

　　说了半天，王婶将东西都收下，汪总还是得走。

　　不过汪总走时已不像是丧家之犬了。

　　汪总刚走，沙莎就喊我回家。

　　她高兴地说马上有人送空调来，她要我还像从前那样去做，自己依然躲进卧室，还将电扇搬了进去。

　　半个小时后，来了一个叫李厂长的人。

　　李厂长空手进来，见我一个人在客厅，就反客为主地说："我家也是这样，天热时女人穿得少，有客来就躲进里屋。我不坐了，你随我到楼下将空调搬上来。这东西自己搬才不扎眼。"李厂长还冲着里屋大声说，"刘会计，你别出来，让你先生搭个手就行。"

　　听着这话我心里一愣一愣的。但我还是跟随李厂长走到楼下的马路边,从一辆桑塔纳轿车的后备厢和后排座里取出两只纸箱。纸箱上的"美的"字样同汪总送给王婶的一模一样。

李厂长走后,我正想拎起这两只纸箱,沙莎突然出现了。她二话没说就招手叫了一辆出租车,让我将空调搬上车。出租车往唐家墩方向开,我还以为沙莎是准备将空调送给娘家。出租车停在新华下路一家家电商店门口,沙莎让我将空调搬下来。我扛着主机,拎着副机,汗水都快将自己淹没了。进了商店,一抬头不见沙莎人影。等了一会儿,她才同一个男人走过来。男人同柜台的售货员说了几句,然后又让我扛上另一种型号的空调,上了另一辆出租车。

这么一折腾后,我也有些烦。扛着空调,一进家门,我就逼问沙莎,这到底是怎么回事,为什么李厂长喊她会计。

沙莎比我还狠,她说:"人家的舌头长在人家嘴里,想怎么喊,谁管得了。我又不是母豹子,能扑上去咬断他的喉咙?"

我说:"你这样做迟早要出事的。别拉上我。"

沙莎说:"那好,我们立个协议,这屋里的一切都归我,责任也由我来承担。"

我瞪了她一眼说:"你以为法律相信这个!"

这时,汪总又在外面叫王婶的门。

汪总这一次是带着安装工回来。

王婶仍然磨蹭着不肯开门。

451

我们趁机叫汪总让他的安装工将我家的空调也安上。钱主任和老赵也听到动静，他俩看了我们的空调后，说还是分体机好，他家的空调是窗机，开起来像是跑久了的公共汽车。钱主任后来又后悔，说窗机有窗机的好处，不比分体，说多了不吉利。年轻人爱用分体机，所以分手的也多。

王婶将门打开后，只让安装工进去。汪总坐在我家里，刚说了两句话，怀里的手机就响了。听他同对方说话的口气，就知道是个女孩。不过依照平常经验来判断，他们的关系还不算暧昧。汪总收了手机，无奈地说，干他这一行，免不了受女孩的骚扰。我说，所以，能做他老婆的人，一定要免疫力特别强。

沙莎和钱主任都去王婶家里看热闹。老赵放着家里的空调不享受，倒陪着我们闷闷地坐着，要出声时一定是咳嗽。

汪总说："当初别人劝我找武汉女人做老婆要慎重，武汉女人的性子，天天在一起会让人受不了，到想离开时，又舍不得丢。一个人过了半年，真的越来越觉得这话有道理。"

老赵冷不防说了句："到死的时候就可以离开了。"

我一走神，不由得想起了沙莎。过上半年的日子后，真的对她有些依恋了。

汪总要我们给他拿主意。我们真的有了主意。等到安装工上我家后，我们就将王婶叫出来，然后让汪总进屋后躺在床上。计划很快就做成了。沙莎指挥着将空调安装好，试机成功后，就不再关机。屋里只剩下我和沙莎时，我差一点对她说出"我爱你"三个字。

有此凉爽的空间,而且是在这个城市里,我怎能不激动。十几分钟后,沙莎就开始喊凉。她想将温度调到二十六。我不同意,说二十二到二十四,是神龙公司的那些法国专家在合同中规定的室温,既然是空调就得按空调的品位来享受。

沙莎第一次听了我的。

当然我有本事让她在空调环境下全身发烧。

沙莎的身子在空调环境下渗出一层细密的汗珠。

电话铃忽然响了。她破例让我接。拿起话筒,听到的却是汪总的声音。让汪总在床上赖下去的计划,本来已让王婶心软了,偏偏不知哪个女孩打手机找他,王婶听见女孩的声音后,立即板着脸让他滚蛋。我也禁不住叹了一口气,告诉他爱情可以追寻,婚姻则完全是命运安排的。汪总叹了一口气后,挂断了电话。沙莎脸上毫无表情,隔了一阵才问我想不想继续。我说不想,她便光着身子跑到客厅里,将电视机抱进房里一个人看起来。后来她还伸长腿让我给她修修脚指甲。

第二天上班后,老赵将电话打到办公室,让我去他那里一趟。

我去了门卫室,老赵问,昨晚是不是有个姓李的厂长上家里来过。

见我点头承认了,老赵就提醒我小心点。这人从前同他做过邻居,是个心狠手辣的家伙,一旦得了他的好处,就得给他几倍的收益,否则他就会翻脸。

从老赵那里出来时,我看见那个在黄孝河路卖花的老太太正在联欢大楼门前张望。她刚要往里走,又突然匆匆离去。一会儿钱主任出现了。看见钱主任,正要咳嗽的老赵连忙将嘴巴捂住。钱主任专门给老赵送热干面来。热干面是她亲手做的,她说老赵一辈子只喜欢吃她亲手做的热干面。

我径直到九楼找沙莎。一出电梯就听见她用软软的武汉话在向谁发嗲,进门后才发现对方是局长。局长的模样像是已不计较我们抢了他女儿的房子。沙莎后来告诉我,局长亲手弄一个名单,安排名单上的人轮流去鸡公山和九宫山疗养避暑。局长走之前问了我杂志社的事。我知道他是礼节性的,也就礼节性地做了回答。

趁着没人,我将老赵的话对沙莎说了。

沙莎像六渡桥一带摆地摊的女人,见到巡警来也只是不慌不忙地一卷货物,走到旁边避一避。她眨一下眼,让我放心,一切行动都是光明正大的。

她盯着我说了句:"我们现在是相依为命,对不对?"

我说:"我怕你腐败了。"

她说:"腐败要有资格,我还不够格。"

离开沙莎,我在电梯里碰见师思,她眼圈有些红肿。

电梯到十一楼后,见她不动,我也没动。电梯门关上后,我伸手按了顶层的按键。到了顶楼,我将电梯门用脚顶住,不让它运行。然后才问师思怎么啦。师思抱着一摞校样,靠在角落里不肯说话,也不见流泪。

我说:"你一定有事。发生什么了?"

好半天后,师思才说:"我要坐牢了。"

说完,她走出电梯,顺着安全梯往回走。

9

我还没从师思的话中清醒过来,就得到父母亲双双到来的消息。我来不及通知沙莎,便赶到新华路长途车站接他们。父亲站在车站门口,一只手紧紧牵着他那从未来过武汉的妻子。看到我时,他惊喜一下,马上就沉下脸。只有我的母亲仍看着我,像当年我从她体内脱落时一样,笑得合不拢嘴。在出租车里,父亲迫不及待地训斥我,连结婚这么大的事都不同家里说,弄得他们很被动。对此,我无话可说。幸亏他们对我和沙莎的房子比较满意。特别是母亲,她望着正在制冷的空调怔了一会儿后,告诉我,能在武汉安这样一个家不容易,要知足。她还摸着沙莎的照片说这是一个靠得住的姑娘,过好日子是没问题的。

沙莎得到消息,只用半个小时就赶回来了。她对我的父母比对自己的父母客气许多,都能与我们交欢时的温柔相比。沙莎回来的路上,已顺便买了一些菜。武汉女孩就有这个本事,越忙越能显出她的思路清晰,想让她犯糊涂,除非有本事让她一年到头无所事事。

我母亲也是个好婆婆,见到沙莎就夸个不停,甚至不惜说她讲的武汉话比黄州话好听。对于沙莎做的菜,母亲更不惜溢美之词,说自己从未吃过这么好的酸辣豆芽和豆瓣喜头鱼,就连一碗普通的番茄蛋汤也称赞了两次。母亲当然不会忘记顺带说了我从小就喜欢吃的几样菜。沙莎极有耐心地听着我母亲的唠叨。不过,她还是不留情面地拒绝了母亲想去看看亲家母的要求,尽管当时母亲将我们家仅有的一枚金戒指送给了她。

母亲和父亲住在我和沙莎的家时,钱主任带着老赵进来坐过两次。

邻居家串门,这在城市里已经是不多见了。

钱主任这样做确实有些反常。

钱主任第二次来串门时,还带上自己煨的一罐藕汤。临回黄州前,母亲特地嘱咐我,要关心一下邻居老赵,他和钱主任一起过得并不幸福。母亲一向不轻易说别人家的事,初次见面,她就如此说老赵,不得不让我心生惊讶。

沙莎待我父母应该说不错。她力主将装了空调的房间让给我父母睡。我们睡另一间房。刚享受过空调的舒适,回头再用电扇,号称不怕热的沙莎也受不了。父亲和母亲只在我们这里住了两天两夜。第三天中午,沙莎回来吃饭时,发现自己的唇膏被人用过。本来好好的,一下子就变了脸,毫不客气地说:"妈,你要用唇膏我可以另买一支给你,别用我顾得还差，眼窝肿肿的，还有泪痕。

房子收拾整齐后，我站在床前，犹豫着思忖该不该将那双脏鞋脱下来。

就在我下决心将那脏鞋脱下来时，师思的叩机突然响了。我伸出去的手狠狠哆嗦了一阵。回到客厅，我从那只红色拎包里取出叩机，将按键按了一下，显示屏上出现一行字：师小姐，有位女士骚扰你，按规定我们没有呼你，谢谢你对本台的信任。十分钟后，叩机又响了，这次是给语言信箱留言，那呼叫的电话号码是主编老莫家里的。师思的叩机每隔十分钟就响一次。每次都是那个号码。我试着打过去问主编老莫在不在家，一个女人凶恶地说他得艾滋病被隔离了。我明白那边东窗事发了。

我找出一只夹子夹住自己的鼻翼，再往舌头下面放了一枚硬币，然后又拨通主编老莫家的电话。

我说："是不是你在骚扰师思？告诉你，我是她的男朋友。你丈夫不是个好东西，老子要将他阉了。还有，听说你女儿很漂亮，都十六了吧，小心我将她弄到南边去当小姐——真是搞邪了！"说完我就将电话重重地挂上了。

最后这句话，是我学武汉方言以来说得最像模像样的。

坐在沙发上，从卧室门口吹来的冷气也压不下我身上的燥热，我明白自己这是真的生气了。

外面又有人来，开门后，进来的是钱主任和王婶。

她们没有事，就是想来串门坐坐。我以为她们知道我屋里有别的女人,仔细观察,根本找不到她们有疑心的样子。钱主任先聊起师思。她是从沙莎那儿听说的。钱主任手头上掌握着一个条件蛮高的男性征婚者,学位是博士。她问我可不可以帮忙从中搭个线。我一口拒绝了,并劝她别浪费精力,师思心气很高,不会去她那里应征。钱主任反复劝我,声称不少男女开始都瞧不起征婚,后来试过了才明白,任何事都是一种缘分。

王婶见钱主任说完,支吾几声后,终于忍不住直截了当地问我那天是不是碰见汪总和小黄在家里进出。我在心里骂了一声汪总,不该这么出卖我,嘴里承认有此事。

我说:"就只买碗热干面的工夫,不会出事。你别再怀疑了!"

王婶说:"我知道。沙莎只吃解放公园路那儿卖的热干面,这一来一去得半个小时。"

我说:"那是哄沙莎,哪儿的热干面不一样。我是在门外的摊上买的。"

钱主任说:"男人现在怎么都这么滑头。"

王婶说:"那也得十分钟。他那习惯,够了。"

听见我笑起来,王婶一红脸,连忙跑回自己屋里。

钱主任也要走,她刚站起来,又捂着胃部蹲在地上。没待我问,她就说是老胃病发作了,平时只顾拼命照顾老赵,老赵一出门,这病就来了。我叹息他们夫妻有病,宁肯自己扛着也不让对方知道,真是太恩爱了。钱主任听我说老赵老早就在咳嗽时,一脸诧异地说,自己从前怎么就一点也没发觉。钱主任的话让我也诧异起来。

剩下一个人在客厅里,我将师思喝过的可乐倒了一些在嘴里,然后出门去买西瓜。

天热西瓜价钱涨了一半,从两角变为三角。卖瓜的人见我没说武汉话,就将瓜价抬到三角五分。我扔下西瓜要走,卖瓜人将长长的砍瓜刀拍得叭叭响。幸好附近的人认识我,他们一吆喝,卖瓜人就软了,说自己下岗后挣点钱不容易,请我原谅。我重又拿起西瓜,将钱扔给他,并说:"还有人活得更不容易哩!"

我将西瓜放进冰箱里,转身再看师思,她还像上床时一样趴在床上死睡。师思腋下的拉链像是自动松开了一截,露出一团白嫩的软肉。我心神不定地回到客厅,开始抱着电话到处找人聊天。后来居然在一个同学家里找到韩丁。韩丁说他现在不去想那些股票了,他准备十年后再到交易所看看行情。韩丁要跳槽,对方将他的住房都准备好了。我当然只能祝贺他。

正在说话,师思的叩机又响了。

我拿起来一看,是主编老莫的老婆的留言:原谅我的失态,我明白了,你我都是受害者。

卧室里有动静。师思走出来,拿过叩机看了一眼:"又想将我当苕盘。"

师思进了卫生间。一会儿她叫起来:"我要冲个凉。把你的衣服借我穿一下。"

我找了一件衬衣和一条裤衩从门缝里塞进去。

我说:"别用别人的化妆品!"

师思说:"我知道,女人的东西自己心里都有数。"

卫生间里的水像是流在我身上。我觉得哪儿都是湿淋淋的。水声停下后,我身上还不见干。师思穿着我的衣服开门出来,我的心绪顿时全被她胸前两个朦胧的黑点拴住了。师思将自己的衣服放进洗衣机里,她要我回头帮忙取出来晾干。我以为师思要离开,谁知她重新回到床上,只用了不到半分钟便又睡着了。

我搬出西瓜用刀杀了,留下一半,就着花生米和几块酱板鸭,一个人穿着裤衩,慢慢地耗去一个小时,才将它们吃下去。然后就着困意在铺了竹席的沙发上打起盹儿来。

迷糊中,听见有人叫我的名字。

我被自己的回应声惊醒,屋里没有别人。

我走进卧室,猛地看见师思像一只蚕儿那样盘在床上。我下意识退了一步。师思伸出一只手,从空中将我的魂抓过去。恍惚中,我听见师思说,到目前为止,她只欠两个人的,一个是我,一个是她自己。现在,她要偿还这笔债。在我完全拥起她的身体时,我感到自己正在拥有一份上帝的恩赐,一份自己的神往,还有一份是自己真实的感情。清凉的空调机中喷出的全是润滑剂,一切都是那么轻松,那么舒适,身体内的一切成了流动的渠水那般欢畅。我听到了那种从灵魂里发出的呼唤声。这种声音只在男人女人完全交融时才会产生。疼痛让师思眼角里盈满泪水。我知道在我和师思之间发生了什么。

我们什么也不顾忌，宽大的床单上一片片的鲜花开得又红又艳。

师思说："我只想让你明白是怎么回事。我需要你了解我。"

"师思，我爱你！"憋了很久的话就这样从我心里迸出来。

师思说："我也爱你！"

随后的一切，让我们之间开始了一场真正的蜜月。

我告诉师思，这是自己真正的新婚之夜。

师思告诉我，此后的一切与爱情无关。

师思说要走却一直没走。每一次说走之际，就是我们狂欢的开始。师思也没地方可去，自从半个月前她搬进黄鹤山庄的那套房子以后，家里已彻底取消了她的睡觉资格，而她也不愿再回那温度高到差不多可以烧开水泡茶的笼子里去。这样的夏季，谁家里也不愿多添一个人。昨天晚上她一个人在江边呆坐着，一心盼望局里的车早点出发。师思拿走我在老租界那儿半间房子的钥匙，她准备在那里住一阵。至于韩丁，她一点不怕。她说韩丁财力不够，像她这样的白领若是陪男人睡觉，开价当然在千元以上。师思觉得自己没有对不起主编老莫的，她已经陪主编老莫玩过武汉所有好玩的地方。

我和师思在家里待了两天。

星期天傍晚，门锁响了起来。

我的头一下子胀得老大。

沙莎在我们最不希望她回来的时候赶回来，所幸的是夏天的衣服穿起来太方便了。让我想不到的是沙莎还能对我们笑。她手头上拎了不少菜。一进门就说她听说家里有客，有意买了猪蹄等可以美容的食品。沙莎客客气气地请师思到厨房帮忙，转眼就做好了一桌菜。她带头喝酒，带头吃肉，饭后还请师思留下来，看上海电视台重播的"相约星期六"栏目。

师思临走时对我们说："我现在不欠任何人的了！"

沙莎收起床单，别的都没动。她对我说，她相信师思是讲职业道德的，不会动别的属于她的东西。我不明白沙莎哪来这么大的毅力，她竟然连固有的火辣味都改了，不仅是我与师思的事，就是别的以往会发火的事发生了，她也沉静得可以。唯有两只眼睛充满血丝。

沙莎说："你了了一桩心愿，现在可要死心塌地同我过日子。"

我无法回答。我仍然睡在沙莎的枕边。

睡不着时，空调成了废物。

10

那个李厂长又来家里。

由于没打招呼,他将沙莎堵在屋里。

见到沙莎,李厂长有些目瞪口呆。

沙莎给我使眼色,我只好同她一道否认自己见过这个人。

李厂长走后,我终于明白,沙莎姓刘,牛会计姓牛。武汉人讲话从来不分刘与牛,刘也是牛,牛也是刘。那些送钱送空调的人,将姓刘的沙莎,当成了姓牛的会计。

李厂长留下一句话:"你们搞邪了,想吃我的黑!"

沙莎叫我别慌,向她学习点经验。

我一直猜,在王婶和钱主任两个人中,谁更可能是告密者。

我和沙莎做爱的次数比以前还频繁,而且总是她主动要。可我清楚,没有哪次她是真动情了。她那牛皮一样的嘴唇和干涩的身子,根本就是逆来顺受。有天夜里,我们正例行公事时,她突然痉挛起来,捂着胸口,直叫喘不过气来。

我顾不上斯文,连忙敲开钱主任的门,找她要速效救心丸。

钱主任拿上药后,让我待在她家。她替我料理沙莎。

老赵从鸡公山疗养回来,脸色更加不好。他当着我的面将钱主任熬给他喝的银耳汤倒进便池里。他告诉我,我同师思的事是钱主任打电话到鸡公山去报信的。他还告诉我,沙莎能这样忍着也是钱主任教的。他还设想钱主任这时一定正在同沙莎说,这是最关键的时刻,一定要咬牙挺住。夫妻间该做的事一点也不能少,等真的挺过来后,男人就会死心塌地一辈子在家好好过日子。

我问老赵身体怎样,他说他在等一个日子。

钱主任说沙莎没事了,沙莎就真的没事了。

沙莎还妩媚地对我说:"咱们继续吧!"

然而,突然之间我发现自己不行了。

沙莎惊慌几天后,很快买回一台VCD机,另外还从前进四路买回十几盘"顶级"的影碟。她陪着我看,当我又行了时,她流下了眼泪。然后,她真动情了。虽然想法不一样,我们都是由衷高兴。

就在我们高兴的第二天上午,局纪检组的人将我和沙莎叫到他们的办公室。办公室里还有两个反贪局的人。初见面时大家都很客气。反贪局的人还问沙莎,怎么才两个月没见面就瘦成这样,是不是妊娠反应。

对武汉女人我真有种说不出的佩服。每当大事临头时,很难见到她们出现那种丈二和尚摸不着头脑的样子,总能很快在纷乱中理出一二三四的条理来,并抓住其中最主要的。这种天赋应该是武汉这个城市的特殊性构成的。由于长江、汉江的分割,外地人总也闹不清汉口、武昌和汉阳,到底在哪条江的哪个位置。在武汉问路,得到的回答总是往上怎么走或者往下怎么走。由于有两条江交汇,这上下也变得混乱,况且又不比山里,这种上下是看不见的。只有武汉人自己能看见。这是地理。还有天文。武汉这儿夏天比广州热,冬天屋里比哈尔滨冷。这种冷热交替的磨炼,使武汉人个个都是性情中人。而热不怕热、冷不畏冷的女人又更强几分。此外,说是有山有水,但东湖枉比杭州西湖大许多倍,也枉清亮许多倍,谁也不买账。龟山蛇山名气大,去的人也多,不过大家也就是去了而已,在心里什么也留不下。这些不利因素让武汉人个个历练得心理素质极为强悍。

沙莎就是一个常见的例子。

她一看架势,就毫不犹豫地说自己与什么李厂长没有任何瓜葛,他是找错了门。

沙莎说:"一定是将我当作了牛会计。我说我姓刘,他没有听清楚。"

听见沙莎竭力地说刘和牛时,我就忍不住笑。

反贪局的人也笑。他们像沙莎一样,虽然说话时分不清刘和牛,心里都很清楚。

接着他们问我,有没有接受一台别人送的空调。

我说:"现在买空调,哪家不是送货上门?"

还是沙莎主动建议,现在的家电都有货号,拿出发票来一对就清楚了。反贪局的人上我家将空调机的货号抄走了,还有发票号。然后就没有动静了。

虽然我心里慌,并后悔,但我心里没有责怪沙莎的底气,相反，有时候还在暗暗佩服，那次在第一时间将李厂长送来的美的空调换成别的型号，这样的策略也只有沙莎才想得到。让我感到安慰的还有师思每天在办公室里奉献的无数微笑。

师思的微笑在杂志社里像春天的风在吹拂。

只有主编老莫觉得不舒服。

师思越笑，主编老莫越是不舒服。

我抽空问师思："同韩丁相处得好吗？"

师思说："他？还不是银样镴枪头。"

我说："怎么啦？"

师思说："他吓得不敢进门了。"

师思突然放声大笑起来。

这一笑足有两分钟，闹得隔壁办公室的人都来打听是怎么回事。巧的是韩丁这时突然出现在门口，这让她笑得更起劲了。还是王婶在门外说了一句话："等嫁了个男人，你就笑不起来了。"师思一听这话就收拢脸上跑位的五官。

我将韩丁拉到椅子上坐下说："你来干什么？"

韩丁说："我写了篇稿子，给你们看看。"

我将韩丁的稿子铺开，师思一伸手抢过去，她看了一眼说："写下岗工人的，交给我编好了。"师思一口气看完后，连声说可读性极强，完全能够盖过"猫头鹰"今年发出来的那些稿子。我接过来看过几行就知道这是写老租界那儿的女邻居。越往下看越像，特别是踩"麻木"的经历，活脱就是那一家子。不过最让人感动的是女邻居母亲的那场爱情经历。

我建议师思去同主编老莫商量，将别的稿子抽下，在本期隆重推出。

师思去了五分钟就回来。主编老莫已签了字，同意我们的意见。主编老莫还跟过来，同韩丁握手，夸他初次写稿就达到这个水平实在不容易。主编老莫欢迎韩丁以后多给我们杂志写稿子。

主编老莫授权我们中午请韩丁吃一顿饭。

我们去圣诞酒店。酒店老板一脸不高兴，要我们付现金，他说杂志已经欠下近两万元的用餐费。师思更不高兴，她威胁说，要换头头儿了，当心新官不理旧账。老板收敛一些，还是接受了我们。

吃饭时，韩丁和师思的目光有多次会心的交流。

韩丁多次望着师思说，能在这座城市里拥有自己的住房，幸福才会开始到来。

师思举起啤酒杯同韩丁重重碰了一下，说："快了快了，好日子就要来了！"

天气转凉了。夏天之后的凉爽也是武汉的好日子。

十期杂志出来后，接着又马上加印了三万。大家都冲着韩丁的那篇稿子而来。就连反贪局的人也开口要我送他们十本。事实再次印证沙莎的高明，被抓住把柄的是牛会计，她被反贪局的人带走时，初步查实的黑钱就达九十一万三千元。牛会计被抓后，那几天，我和沙莎身上一直在冒冷汗。家里也头一次备上了舒乐安定药片。

沙莎说:"以后再也不干这种事了。"

我吸着凉气说:"错了。干脆一不做二不休,等哪天换到局长住过的房子,用上局长留下的电话,我们还要大捞一回。"

"你这是做梦。"沙莎拿着油墨未干的杂志对我说,"我怎么觉得这上面写的那个处长很像老赵。"

沙莎说的处长是韩丁文章中母亲的情人。

沙莎将杂志拿给钱主任看。

钱主任看过后,轻描淡写地说:"这种文章到处都有人写。来我这儿征婚的人,经历比这传奇多了。"

钱主任说"多了"二字时,声音有些颤抖。或许是为了掩饰,她马上对我们说,师思同她见面了。师思愿意与那位博士试着谈一阵。

我的反应很平静。

沙莎说:"你要难受就找个方式发泄一下。"

我说:"我不难受。"

奇怪,我真的不难受。

电话铃响起来,现在我能自由地接电话了。

我说:"你好!请问找谁?"

董博士的声音突然传过来:"蓝方,有件事我想同你通个气。你们发的韩丁那篇文章,可能有大麻烦。这是被人控制操作出来的。目的是想釜底抽薪,将你们杂志彻底打入泥潭。哪怕整不垮,也要让你们爬不起来。我是知识分子,我有责任提醒你们。当然我不能详细告诉你整个计划，那叫出卖，我是不会干的。以你的智慧，你应该知道这是怎么回事。"

有学问的人讲话总是慢条斯理，好不容易等他告一段落，我才抢着说："'猫头鹰'太狡猾了，对吗？"

董博士说："市场份额只有这么多，竞争手段当然越来越不近人情。"

董博士对我们仍将心理咨询专栏办下来表示钦佩，内容却被他贬得一塌糊涂，特别是我编的那一期，更是只有幼儿园的水平。我本想嘲笑一下他，说当年日本鬼子侵略中国时，那些当汉奸的都是有水平的人。话到嘴边后，心一软又缩回去了。

上班后，老赵坐在门卫室里，拿着一本"猫头鹰"在看。我习惯地向老赵打招呼，老赵太专注了，竟然没反应。

这时，门口进来两个扛摄像机的人，二话不说，就将镜头对准老赵。老赵回过神来，顿时火冒三丈，顺手将那本杂志摔到摄影机上，并且大吼："我同你们说清楚了，别人想拍你们去拍别人。想拍我，得等我进了太平间才行。"扛摄像机的人亮出记者证，说自己是电视台的。老赵毫不留情地说，是电死台的就去火葬场，自己还是活人，还没有死。记者们很尴尬，宣传处的人赶紧上前打圆场。

上到十一楼，坐在自己的椅子上，我找出老赵看过的那期"猫头鹰"。在董博士主持的栏目里，有这样一段话：日前，一位姓钱的女士打电话告诉我，说他们夫妻恩爱多年，最近老伴被查出患了肺癌。之后情形大变，一到没有外人时，两人关系就非常紧张。钱女士不肯往下多说，我只好如实告诉她，丈夫可能根本就没爱过她。往下是董博士的心理分析，我越看越觉得像是老赵和钱主任。

我将这些内容指给师思看。师思瞟了一眼说："我要是患了精神分裂症，哪怕去长江二桥上跳江，也不同心理医生打交道。"

办公室里正好没有别人，我抓住她的手说："你去了钱主任的婚姻介绍所？"

师思的手动了动后说："我觉得那是最讲实际的地方。我找到了一个博士和一处三室一厅。"我说："人怎样？"

师思说："不知道。钱主任的规定是，没有好感前不能见面，也不能通电话。"

我说："你怎么会找她哩！"

师思说："不能再搞大海捞针，我得有的放矢。"

外面有人在小声哼唱。我放开她的手，待门口的人消失后才说："你送我的礼物快没用了。我们有可能在一起。"

师思说："你打算让我同别人合住在一起？我的小心脏很脆弱，不可能再承受这些。"

这样的谈话没办法进行下去。

我只好改变话题，告诉她董博士打电话告诉我的内容。

师思眼睛一亮说："别管它。由它自然发展。"

我说："那样杂志会砸牌子的。"

师思说:"砸了才好。到那时,我俩搭班子参加竞选,不就成了机遇。"

师思想分散我对此事关注的心情,她从抽屉里拿出一封信给我看。信的行文逻辑性很强,像是读博士的人的手笔。我对他们以职务和学位来称呼对方,感到极不舒服。开头是"亲爱的编辑",结尾是"你的博士",这样的规定只有钱主任才能想出来,也只有着急要结婚的人才会接受这种规定。在修行老到的钱主任安排下,从哪个角度看去,我都觉得这更像是在做交易。

师思说:"市场经济的方式就是自由交易。其实你对真理的实践还早我一步。"

电脑打印出的情书末尾,手书签名的"博士"二字让我觉得挺眼熟。

11

我给韩丁打了十几遍呼机,也不见他复机。

主编老莫比我更急,他不敢催师思,只好找我。

我只得回从前的住处看看。下楼时,正好碰上沙莎,她叫我今晚随便找个地方躲一下,别回家。她家里的人要找我算账。我知道这一天总会来临的,让我想不到的是他们来得这么迟。

韩丁正在收拾东西，女邻居同一个嘴唇很薄的体面男人，围着他说话。见我进屋，他们都怔了怔。随后韩丁将那男人介绍给我，说他是女邻居请的张律师。

我说："我们真要吃官司了。想打官司就打吧，大家都能提高知名度。"

张律师深沉地嗯了一声，示意女邻居同他走。

韩丁告诉我他有了一套两室一厅住房时，脸上并没有曾经盼望的兴奋出现。在我的追问下，他说房子是"猫头鹰"给的，自己已辞去先前的工作被他们聘为编辑。尽管自己每天都在面对大量的"黑箱"操作，我还是对此事表示吃惊。

韩丁说："这一切都是设计好了的。"

韩丁又说："包括文章中的女主人翁，她就盼着你们杂志早点将文章登出来，好同你们打官司，拿赔偿费。"

韩丁从床缝里翻出一条粉红色内裤，想也不想就扔进垃圾桶。

我说："韩丁，你真是个混蛋。怎么不早点从股票交易所的大楼上跳下来！"

韩丁说："可惜只有大户们才能上去，我没有这个资格。像我这样的人太多了，一不小心就成了蚂蚁，怎么好意思去跳楼。"

韩丁拒绝了主编老莫的邀请，不肯去杂志社，他急着要搬家，过过两室一厅的瘾。他坦白地告诉我，这场官司的赢家只会是女邻居，因为到时候他会道歉，申明自己确实没有经过女邻居的同意，而写了她和她家的隐私。他还告诉我，其实师思一开始就察觉到这个问题，为什么不深究，只有她自己清楚。

我像《智取威虎山》中的那个抓鸡的大个儿匪兵一样，在马路上踩出沉重的脚印，领着女邻居和张律师往杂志社走。进电梯之前，女邻居的目光在病入膏肓的老赵身上停了好久。

老赵要女邻居和张律师在他的窗口前填出入登记表。

女邻居将表格填好，还回去时，老赵看着她的名字，眼睛忽闪了一下。

他们走进主编老莫的办公室不久，紧闭的门里就传出主编老莫发怒的声音。

我们这边一共有六个人，大家全都竖着耳朵在听。

只有师思仍在埋头看校样。

我忍不住将她叫到楼梯间里，告诉她从韩丁那里听来的全部情况。

师思说："我根本不会考虑这个问题。我只是在想，谁上去当主编更合适。"我表示自己不会袖手旁观时，师思说："你别自作多情，人家要不要你帮忙，还很难说。"我嘴里仍然没软。师思开导我，还没弄懂武汉这城市里做事的规矩。她说："这是烂屁股的事，没人愿意让自己现丑。"

女邻居和张律师走后，主编老莫将我叫过去。

我将从韩丁那儿听来的话，除去关于师思的那些，全都告诉了他。主编老莫说他要好好考虑一下。我建议他想办法将韩丁拉过来,让他做证人。

下班时,钱主任来接老赵。刚巧我、沙莎和王婶都在门口等车,他们四人合伙叫了一辆出租车往花桥方向走。这段路,同乘公共汽车相比,每人只多花一元钱。我对沙莎说自己去找韩丁,看看他的新房子。

事实上我去了韩丁和我的旧房子。

最多比我早到十分钟的师思正唱着歌打扫房间。我劝她就将这房子占住,这样就不用急着同连姓名都不知道的博士搞拉郎配。师思说这房子都建了七八十年,上面说拆就要拆,那时又不知该怎么办了。

我告诉师思,自己今晚得在这儿避难。

师思正在犹豫,叩机响了起来。她一看后,脸都变色了。

师思说:"你陪我回家去一下。"

出门时,我们叫上了女邻居。

女邻居开着"电麻木"送我们去六渡桥时,向我们打听主编老莫这人好不好说话,有没有赔偿的意思。我吓唬她,伙同别人做笼子,性质相当于诈骗。女邻居不但不怕,还笑起来,如果做笼子是诈骗要坐牢,除非将武汉的饭店都改成监狱,才够关人。师思也笑。做笼子的事,议论起来,武汉人都会会心一笑。做笼子的机灵、敏捷与狡猾,在这笑声中,变成了一种类似耍猴的东西。

"电麻木"开进六渡桥大街背后的一条巷子,远远看见一个年轻女子在巷子中间对着一个中年妇女在叫。师思说这就是她妈妈和嫂子。下了"电麻木",师思上去问怎么回事。她嫂子抢着说,因为妈妈不懂得心疼儿子,所以她来补课。师思的妈妈气得话都说不连贯,说儿媳妇是想将公婆扫地出门。师思的嫂子马上说,这屋子小得舞不开扫帚,不用扫地就能出门。还说自己若是只有这么大的房子,根本就不好意思让儿子娶媳妇。

师思还没说话,女邻居就丢下"电麻木"冲上去,说师思的嫂子在当新媳妇时欠了一顿男人的打,所以才敢往婆婆头上爬。女邻居说,六渡桥的苕都能娶上漂亮媳妇,就因为这儿是风水宝地,摆只板凳在门口也能发大财。她当初想嫁六渡桥的男人都没资格,只好做六渡桥的街坊。女邻居说,别看她现在乳房不像乳房,屁股不像屁股,腰也不像腰,当初可比师思的嫂子漂亮多了。师思的嫂子这是占了大便宜,要好好孝顺公婆丈夫才对。

说着话时,师思的哥哥赶了回来,问是怎么回事。

女邻居说,弄得长辈在一旁哭还能有什么好事,你应该二话不说,先给老婆一耳光,这才叫武汉男人。

师思的哥哥真的上去给了老婆一巴掌。

师思赶紧上去阻拦。女邻居则将打蒙了的女人扯到一旁细细数落开来。我跟着师思他们进屋后,小小屋子站了四个人就难以转身。十二平方米的屋子被隔成上下两层。无论怎么打量,我也找不到什么地方可以安置下师思。

师思的爸爸羞愧得躲在邻居家不出来。

我劝师思将妈妈爸爸带到老租界那儿去住几天，师思不同意，这个时候是关键，无论发生什么都得顶住。师思的妈妈同样认定哪儿也不想去，她说自己在六渡桥住惯了，换一条街都睡不着。

这时，沙莎打叩机唤我回去。

到家里的那一瞬间，我觉得师思家住的那种地方简直比火车站里的公共厕所还不如，然后就想喊两室一厅万岁。沙莎在努力收拾被家里人踩烂的房子。她对我说没事了。我暗暗松了一口气。哥哥为了自己的妹妹，将妹夫揍一顿的事，哪儿都会发生。所以才有天上雷公，地下母舅的说法。沙莎让我跪在地板上用抹布揩污垢。我擦了半间屋子后，她又不忍心地将我拉起来，自己接着干。我蹲在一旁，她边做事边说，家里人已被她说服了，相信我没有做任何对不起她的事。我说谢谢时，心里一点也没有被感动，反而老在想师思家里的事处理完没有。

半夜里，沙莎对我说，她决定去监狱里看看牛会计。

半个月后，沙莎真的去了。

回来后，她说，牛会计在监狱里养得又白又胖。

师思像是也长胖了。她同杂志社里的那些女孩，一天到晚讨论减肥的办法。其中有一条是：当杂志主编，然后被人追着打官司。

女邻居同张律师后来又来过三次，他们一次比一次强硬，咬定如果私了必须付十八万人民币。他们还找了局长。局长表面没什么，但王婶说局长内心里开始烦主编老莫了。主编老莫当然比别人更敏感，他想早日了结这事，不惜将杂志社的财务家底和盘托出。主编老莫自己提出的五万元上限是杂志社真实的承受能力。从这一点来看主编老莫是急了。无论如何，主编老莫不肯相信这事是"猫头鹰"在江南伸过手来操纵的，他要我们别提这事，事情没有这么复杂，世界也没有这么险恶。现在，我们都明白，主编老莫这样做是不承认上了人家的当，他不能在这一点上丢人。据说，主编老莫偷偷约过"猫头鹰"的头头儿。对方推说忙，不愿见面，才将他刺激成这样。

杂志为一九九八年的订数展开大战之际，女邻居准时将我们的法人代表送上了被告席。作为第二被告的韩丁，也胸有成竹地上了法庭。当然，女邻居的诉状只要他赔偿三千元人民币。

主编老莫独自一人应付官司，我们全都被他派到全国各地跑发行。断断续续地忙了一个月，到十二月初，订单终于回来了，两万多一点的订数让主编老莫第一次冲着师思发火了。师思跑的是南方几省，那一带是我们的衣食父母，最好的时候曾达到过五万。不管怎么变化，南方几省的订数始终占有半壁江山。这一次，却掉得大，其中浙江一个省居然只剩下二十七份。主编老莫说，师思想取而代之也不能这么放冷箭。师思则说，她又不是公关小姐，连请人吃饭的权也没有，她用尽了正常情况下的一切办法，没有空手回来，正好说明包括我们杂志在内的这个世界还大有希望。主编老莫无论怎么愤怒，在师思面前也还是留有余地的。

春节很快就到了。腊月二十二，"猫头鹰"召开了一个声势浩大的迎新座谈会，我和师思都被他们请去了。所有人都得到一个红包。里面封了百元压岁钱。我得了两个，另外一个是他们许诺的百元美钞。他们的头头儿正式请我去他们那儿。面对那五十万的发行量，我不能不动心。让我犹豫的原因有许多，其中一点是我看到韩丁的模样，比股市暴跌时还不开心。董博士倒是春光满面，他同我们握手后，正人君子般坐在师思面前不苟言笑。

我们的杂志只给一些关系户寄了贺年卡。

大家都指名道姓地说，应该给主编老莫吃点壮阳药。

难过的还是过年的日子，不管是回黄州还是去唐家墩，听到别人祝我和沙莎夫妻恩爱早生贵子时，我都要努力地笑着，让大家看不出一点痕迹。当然，在这个城市众多人口中，不快乐的也不止我们。王婶和汪总是门里门外的一对冤家。钱主任更惨，老赵病成这个样子，还要在局里值班，连三十、初一都不落下。在深圳工作的女儿，到新马泰旅游去了，钱主任闲得无聊，竟考虑起给王婶和汪总征婚的事。她还同沙莎说，师思的事已有七成把握了。她已安排好，让师思在情人节这天同男方见面。

我想雪上加霜，故意在给主编老莫打电话拜年时，将师思的事透露给他。

对这事唯一高兴的人是沙莎。

喜悦让沙莎在情人节到来的日子里,一天比一天温柔。

情人节的前几天,老赵终于无法起床上班了。

大夫来家里看过后,吩咐准备后事。

老赵像一盏熬干的油灯,正一点点地熄去,他那眼睛里的火苗越来越暗。

沙莎奉命翻阅老赵的档案,她意外发现老赵二十年前就是正处级干部,当时他是另一个局的宣传处处长。十九年前,老赵不知为何一调到我局以后,就主动要求担任门卫并兼做清洁工。沙莎将这些基本情况,交给写悼词的人。

我、沙莎和王婶被局里安排就近轮流照顾老赵。

老赵的眼皮一次次无力地闭上后,又奇迹般睁开。

二月十四日上午,我同沙莎、王婶守在老赵家的客厅里。

钱主任看着挂钟说,这时候师思该同董博士见面了,她安排他们在一路专线车起点站碰头,然后一起去东湖游玩。我以为钱主任搞错了。钱主任说一开始就这样,这是她的经验,有些人将真实面目露早了反而不行。

这时,老赵突然在床上叫了一声。

钱主任连忙跑过去,坐在床边问老赵是不是有话要说。

老赵拿起钱主任的手,慢慢送到嘴边。我们都以为他要同钱主任吻别,根本没料到他会张大嘴将钱主任的手狠狠咬住。钱主任惊天动地地惨叫起来。我们扑上去,费了很大劲才将钱主任的手从老赵的牙缝里救出来。钱主任的手腕一会儿就肿了。

我们拖着她上王婶家里去敷药。

待我们回来时,老赵手里竟握着一枝鲜红的玫瑰。

玫瑰花瓣上的露水将花瓣和老赵的鼻尖粘在一起。

我上前用手一试:老赵趁钱主任不在时,一个人永远走了。

我跑到阳台上往楼下张望。

上班时间,小区里静悄悄地一个人影也看不见。但在某棵树荫下,似乎站着那位总在这一带卖玫瑰花的老太太。

钱主任放声大哭起来。她一边哭一边将那支玫瑰从老赵手里夺下来,用脚碾碎。

沙莎拿起电话给局长报丧。按道理,必须趁老赵尸体还在发热时将寿衣穿上。沙莎和王婶不敢动手,钱主任又只顾哭泣,我一个人没办法弄。幸亏汪总匆匆跑来了。他一进门就说有惊人的消息。王婶要他将老赵的寿衣穿好再说。汪总说这话他不说心里难受。

结果,汪总边给老赵穿寿衣边告诉我们。长江大桥靠汉阳的桥头上发生爆炸,一辆一路专线车被炸飞了,满满一车人全成了肉酱。我惊叫起来,因为师思很有可能就在车上。

事实证明,我的担心不是没有道理。本来师思同董博士已上了那辆大巴。突然间发现主编老莫也在车上。师思就拉着董博士下去了。结果主编老莫被炸得只有他老婆才能认出来。

在他的追悼会上，私下流传一句比悼词更容易让人记住的话：这样去死，不值得。

也就是这天晚上，我和汪总在我家里一人拿着一只啤酒瓶喝闷酒。隔壁屋里钱主任、沙莎和王婶，三个女人挤在一起抱头痛哭。她们反复嚷着一个话题：都做了一辈子的夫妻，哪来这样的深仇大恨。钱主任的手肿得像被蝮蛇咬过，打了两针先锋五号也不见消退。

凌晨时分，很远的江面上传来汽笛声。

沙莎突然一推我，她说：“我怕极了，人咬人太厉害了。蓝方，我们还是离婚吧。我怕你到时也像老赵一样。”

我背对着她说：“要是你走在前面，我不就没机会了！”

沙莎说：“你这是咒我先死呀！”

我们暂时不再说话。

天亮后，我揉着涩涩的眼窝对沙莎说：“好吧，我们今天就去将手续办了。”

在婚姻登记处，我们意外地碰见王婶和汪总。他们是来复婚的。王婶说，他们也想通了，人只能活这一辈子，能原谅人的时候就要原谅人，上半夜为自己想想，下半夜为别人想，这事就过去了。沙莎冷静地望着他们，说我们正在前赴后继。

离婚后，我和沙莎仍住在一起。对这套两室一厅里的一切物品与行动，我们都有详细的协议。包括早上起床后卫生间谁先用都有规定，所有一切都如美国法律那样周全。唯一疏漏之处是到了夏天，有空调的那间卧室如何轮流使用。在订协议时我想到这一点，但我没说。以沙莎的精明她不可能想不到这一点。她也没说。有时我想这也许是我们与上帝达成的一种默契。

主编老莫一死，韩丁那篇文章引起的官司就被人淡忘了。这天，女邻居突然领着那个在黄孝河路卖花的老太太来到杂志社。卖花的老太太竟然就是女邻居的母亲，她对我们说，自己是那官司中的真正当事人，她来告诉我们的领导，什么赔偿也不用给，她要撤诉。我将师思指给她们。师思已被提升为唯一的副主编，主持杂志社的工作。她被过去自己造成的问题压得时常将眉毛抹得一只高一只低。

我问过她同董博士的情况。师思说就像在广东吃那各种各样的虫子宴一样，开始有些恶心，后来情况有所好转。

有一天，我在外面同朋友泡酒吧回来，发现家里非常香。我忍不住敲了敲卧室的门。沙莎穿着睡衣，但她没有睡。她将自己的衣裙挂了满满一屋。床头柜上有只瓷罐，瓷罐里点着一只无烟蜡烛。上面的小盏里有一汪水。沙莎在那水里滴了一滴名为"岁月柔情"的香水，所有的香气都是从那水里蒸发出来的，让人不能不醉。沙莎要将所有的衣服都熏得像洒了法国香水一样，但是花费只有"毒药"等品牌的十分之一。这样的香味会倾倒这座城市的许多男子。我对沙莎说了声晚安，回到自己的房里。我想起师思身上也曾有过这样的香味。我一遍遍地默诵着这些充满香气的名字。只有对生活充满热爱的人，才会有这样的构思。这种热爱藏在任何一位武汉女孩的骨子里，看起来很庸俗，想起来却是另一番景象。

楼梯上，汪总用普通话说了句："你好！"

王婶马上轻柔地讥笑他在说弯管子话。

夜很深时，很难说城市有无秘密。

夏天的消息在窗外悄悄传递着。

不知道黄孝河路上的窨盖会不会再次飞起来。

一九九九年三月八日完稿于汉口花桥